爸爸過劫

方北方小說選集

方北方 著

本書由「方北方出版基金」贊助

「馬華文學獎大系」總序

葉嘯（馬來西亞華文作家協會會長）

一九八九年，吉隆坡暨雪蘭莪中華工商總會創設了「馬華文學節」，馬來西亞華文作家協會倡議配合文學節，舉辦「馬華文學獎」，獎勵表現優秀的馬華作家。這個建議獲得多個團體回應支持，作為文學節的重點專案，每兩年主辦一次，至今已進入了第十一屆。每屆只頒發予一位得主，除獎狀外，獎金為馬幣一萬元，是為馬華文壇最高榮譽的文學獎。「馬華文學獎」的意義在於主辦單位為工商團體，首開風氣，體現了「儒」和「商」的結合，志在提高馬來西亞華文文學水準與作家社會地位，為馬華文學增添了實際的推動力。

「馬華文學獎」的評審除了評估候選人的文學創作成果和文學創作思想之外，也必須衡量候選人在推動及發揚馬來西亞華文文學方面的成績與貢獻。由此可見，「馬華文學獎」的得主不單具備顯著的創作成績，更需積極推動馬華文學的發展。

「馬華文學獎」的歷屆得主如下：

第一屆（一九八九）：方北方

第二屆（一九九一）：韋暈

第三屆（一九九三）：姚拓
第四屆（一九九五）：雲里風
第五屆（一九九八）：原上草
第六屆（二〇〇〇）：吳岸
第七屆（二〇〇二）：年紅
第八屆（二〇〇四）：馬崙
第九屆（二〇〇六）：小黑
第十屆（二〇〇八）：馬漢
第十一屆（二〇一〇）：傅承得

馬來西亞華文作家協會作為歷屆「馬華文學獎工委會」顧問，在評選過程中，提供了實際的諮詢，確保「馬華文學獎」評審公正及嚴謹，以致「馬華文學獎」成為最具代表性的文學獎項之一，而歷屆的得主，可說是實至名歸。

工委會於二〇一〇年籌辦第十一屆「馬華文學獎」，我代表馬來西亞華文作家協會提出有意為所有「馬華文學獎」得主出版選集，以表揚、肯定他們在馬華文壇的貢獻。這項提議獲得工委會一致通過，並且邀請作協成為應屆的協辦單位，進一步加深了作協和「馬華文學獎」的關係。事實上，歷屆的得主幾乎都是作協的歷任會長或理事，因此，為歷屆得主出版選集，更是作協當仁不讓的使命。

在作協秘書長潘碧華博士的穿針引線下，我們獲得臺灣的秀威資訊股份有限公司支援，應允出版全部選集，並徵求「方北方出版基金」贊助部份經費。如此一來，解除了作協需動用龐大出版經費的顧慮，可以全力以赴。

秀威的挺身而出，讓「馬華文學獎大系」的出版更具意義，這亦可視作馬華文壇前輩作家在馬來西亞以外的國家，首次作大規模的作品展示。我們不敢奢望選集暢銷熱賣，卻極期盼能夠藉此向大家推介「馬華文學獎」諸位得主，尤其是前行代作家如方北方、韋暈、原上草、吳岸、姚拓、雲里風、馬漢，代表了馬華文壇早期的鮮明特色；而年紅、馬崙、小黑，以至傳承得的中生代，顯現的又是另一番景色了。

本大系由潘碧華（大馬）、楊宗翰（台灣）兩位負責主編，每部選集特邀一位評論作者為「馬華文學獎」得主撰寫評介，相信有助於讀者更深一層瞭解馬華作家。我也要在此向秀威同仁致謝，因為大家的努力，本大系才得以順利誕生。

代序一　故事

方昂

大概是十五年前左右吧，碰到搞文學的新交，居中的朋友只要說：「方北方的兒子」，這樣的介紹幾乎無往而不利；沒涉獵文學的，只要受的是華文教育，而歲數又四十上下，也可能會答：噢，方北方！

現在不靈了，三十歲以下搞文學的，大半不知道方北方是誰；沒涉獵文學的就不必說了。

我因此想：和時間的這場拔河，爸爸能耐多久呢？

除了在馬華文學史留下名字，爸爸會留下什麼文字？

爸爸好講故事，且真會講故事。我記得我們一家人都愛聽爸爸講故事。

爸爸什麼都喜歡講；書本他讀的故事，電影院他看的電影，從別人聽來的故事（他有一本小說就叫《聽來的故事》），他自己經歷的故事，家族的故事，發生在他故鄉——中國汕頭的故事，（我們百聽不厭的是中國內戰紅白軍鬥爭的故事，紅軍是共軍，白軍是國民黨軍，當時還在世的婆婆有時也會敘說一兩段紅白軍戰鬥的情節），日本侵犯中國的故事，他南來的故事，我們小時候發生過而我們自己已經不記得的故事，林林總總，不一而足。

爸爸天生有一種本領，什麼普通的小事，由他口中講出來，就逗人傾聽。哥哥和我一致同意那是爸爸的爺爺，也即祖公遺傳的因子，可不是，常來我們家串門子的兩個叔叔，我們叫正叔和平叔的，都是說話的高手。他們嗓門大，丹田氣飽，講話有腔有調，表情十足，最絕的是時不時在節骨眼兒蹦出一句潮州罵：「Pu Nia Bo！」，就像潮州大戲裡平空來的一記大鑼，叫你頭皮一緊，心口一撞，躲在後廳偷聽的我們以為，糟，吵架了，但主人欣然頷首，客人神定氣閑，氣氛融洽著呢。原來Pu Nia Bo是爸爸和叔叔語言裡的標點，是調節談話節奏的逗號。

爸爸講故事的魅力，與這句潮州國罵原來頗有關係。爸爸的Pu Nia Bo可以表達說故事人的義憤——他說：「……Pu Nia Bo，哪知他恩將仇報，當晚就下手把恩人給殺了……」Pu Nia Bo也可以表示惋歎——他說：「Pu Nia Bo，他竟然把十五貫錢給隨隨便便扔在一邊了……」，前一句Pu Nia Bo聲色俱厲，後一句卻不動聲色，效果可大異其趣了。

爸爸講故事常夾雜旁白和對白。他的旁白三言兩語，畫龍點睛，藉著對人物的褒貶，不著言筌地灌輸他的價值觀；對白則是他的潮州俚語的精彩表演——「殺人膽」（大膽），「半壁高」（體格高大），「塞糞」（道理不通），「娼嘴娼舌」（貧嘴賤舌），「肚齋齋」（肚子餓），「談曲」（胡說八道），「返當時」（提起從前），「反來反去」（翻來覆去），「橫加理隔」（蠻不講理），「下世八過」（丟人現眼），「哇囊」（哇塞），「心晃晃」（心神不定），「沒頭神」（恍惚），「哇慘」（慘了），「舞腫了」（玩慘了），「萬種痞」（孬種），「唬囊」（唬人），「死面爛樣」（邋遢），「臉毿毿」（臉無神采），——豐富而地道，粗俗而傳神；爸爸一會是官員疾言厲色，一會是升斗小民戰戰兢兢，一會是英雄義正詞嚴，一會是奸人滿腹機關；爸爸一生奉獻教育界，從教師而主任而校長，他講話的天份顯然大有說明。

但我最記得的是爸爸賣關子的方式。他講呀講呀，陡然「嘖」地一聲嚥一口水，然後慢條斯理地，也沒特別對著誰說：「去倒一杯水給我」，我們幾個小的就飛也似地搶著去廚房倒水，一邊嚷：「等我！等我！」待得他慢悠悠地啜了一口水，也沒特別對著誰，又問：「講到哪裡了？」我們七嘴八舌地提醒他了，他滿意地又「嘖」地一聲嚥下一口水，說：「講到這個秀才呀……」。

不講故事時的爸爸是個嚴肅的人，對我們甚少假以辭色，但我一直記得他曾經給我們說過的這個故事：「從前有一隻大猿猴，長得又黑又高，不久他生下一隻小猿猴；小猿猴長大了，也又黑又高，他也生下一隻小猿猴；小猿猴也長大了，也又黑又高，然後他也生下一隻小猿猴；小猿猴長大了，也又黑又高，然後他也生下一隻小猿猴……」。我忘了那次究竟是爸爸跟我們開少有的玩笑，還是他疲倦了，還是他的故事都講完了，還是他暗示天下的故事其實都是一再的重複？我只記得沒有Pu Nia Bo，也沒有嘖地一聲嚥下口水。總之是不了了之了。

爸爸的故事不了了之了嗎？他一生說了多少故事？多少人聽過他說的故事？——聽來的故事、思想請假的人、每天死千人的古城、娘惹與baba、兩個自殺的人、出嫁的母親、說謊世界、火在那裡燒、檳城七十二小時、江城夜雨、愛屋及烏、倒下來的銅像、春天裡的故事、馬來亞三部曲、風雲三部曲；到底哪一部會傳世呢？說故事當然有別於寫小說，擅說故事未必會寫好小說，但把故事說得好聽了大概離寫好小說就不會太遠了吧。

秀威出版社要重印爸爸的短篇小說，囑哥哥與我篩選並寫序；撫今追昔，不勝感慨，心想：冥冥中爸爸又要對新舊讀者開講了！

代序二　爸爸

方成

爸爸躺臥客廳的床榻上。肖馬，爸爸他今年應該是八十九高齡了。他仰臥，眼神呆滯，雙頰塌陷。許是因為心肺衰竭而長期缺氧，饑渴著空氣便把兩個鼻腔撐開得老大，活像兩個黑風洞。嘴更是一扇撇開的大門，從不閉攏。他就那麼長年累月躺著，已經兩年。

我湊近他的臉龐：

「爸，我是阿成！」

爸爸只是乾瞪著我。我湊上去他的耳邊：

「爸爸，我是阿成！」

還是那瞎瞪著人的眼神，彷彿說著：

「你，是誰，擾我清夢？」

可是爸爸的生命力堅韌頑強。我懷疑那是不簡單的眼神。我極少看過他被什麼擊倒。即使是他人生的最後一役，即使是老人癡呆症，他也不是那麼輕易被擊倒的。我寧願相信在那看似一片空白的眼神背後，爸爸還是保留著那一顆熾熱的赤子之心，旁觀著他熱愛的人間世，心中還有一個七彩繽紛的世界。

因為戰亂，爸爸沒能完成大學教育，在華南汕頭的一個大學只修完兩年課程。隱隱約約感到他總是引以為憾，並且總也以為完成了大學學業的長子瞧不起他。我始終無法啟齒告訴他，在我心中再沒有更成功的，更令我仰慕折服的英雄了。的確如此。爸爸讓我自覺不如之處太多了，可是最感我至深的還是爸爸對生命的執著，對理想的忠誠，對人對事近乎頑固的認真。從一個赤貧失學的喪父孤兒到著作等身的作家，爸爸的堅毅和數十年如一日求上進的精神是懶散的我遠遠，遠遠不如的。一個少年異鄉人，身無長物漂洋過海，來到南洋，即使再努力，事業成功的機率也是偏低的。他投靠的伯父讓受了兩年教育，便要在店裡幫傭。照常理爸爸的人生大道頂好也是當一個店裡的書記，娶妻養兒，庸庸碌碌終其一生。

正是爸爸堅韌頑強的生命力，讓他脫離命運預設的軌轍，以一已的意志為主導憑空開創自己籌畫的局面。小學教師——文藝青年——中學教師——小說家——暢銷書小說家——青年導師——全國作家協會主席——著作等身，被學者研究的作家——作品被翻譯成日英巫文，——第一屆馬華文學獎得主——他就這麼一路走來。

爸爸可能是馬華文藝的第一位暢銷書小說家，因為早在五十年代，《遲亮的早晨》便刷了八版，賣了一萬餘本，也影響了整整一代的文藝青年。五九年，我在麻坡中化三小念小五，便時常有老師半信半疑地問我：你爸爸真的是方北方？寫《遲亮的早晨》的方北方？我飄飄然地戴著名作家的兒子的光環在校園內踏著彩雲，直到小學畢業。

作為一個作家，爸爸銘刻在我永遠的記憶中的影像衍生在他埋頭創作第一個長篇小說《遲亮的早晨》的年代。那也是半個世紀前的古事了。爸爸是一塊花崗石，還是一個大理石雕塑？橫豎在那個住全家十一口也是客廳也是睡房也是家的全部的斗室裡，晚上入眠，閉眼之際收進眼簾的是那個。夜半夢迴，朦朧睜眼看到的也是那個。清晨一覺醒來第一眼竟然還是那個。那同一個不變的背影。面對著鐵條窗，無罩的燈膽的豆光下，爸爸伏在小木桌子上寫著。他的背心穿洞了，像咧開嘴打呵欠。他永遠的那一件藍色條紋睡褲。

爸爸睡在客廳的床榻上。爸爸他今年應該是八十九高齡了。他仰臥，眼神呆滯，雙頰塌陷。我想起相片裡寫作《遲亮的早晨》那個年代英姿颯爽的爸爸，誰能怪我眼眶潮濕而鼻酸。只是踏出門坎便坦然了。英雄老去，天地間千古來有誰能免？可是我的爸爸，只要我一息尚存，不變的永遠是我的英雄，我永遠的英雄。

二〇〇七年四月二日

導讀　動亂時代的人性激流——試論方北方作品中的人道主義情懷

金進（新加坡國立大學中文系講師）

一、南來文人的中國經驗：對方北方文學觀念的梳理

初接觸到方北方的早期作品，除了其中的現實主義藝術手法，我們還能夠嗅到濃厚的人道主義情懷。[1]如一九四四年寫作的一首詩〈教授賣書〉：「長沙失守，衡陽即日告急／國民黨軍一樣彷徨失

1 方北方（一九一八－二〇〇七），原名方作斌，生於中國廣東省惠來縣，一九二八年隨父南來檳城投靠伯父，同年父親病逝，一九三〇年一月就讀於檳城麗澤小學三年級，一九三四年升入鍾靈中學。一九三七年五月回到中國汕頭，六月進入惠來縣立一中讀初中二年級。一九四二年高中畢業，次年考入廣東南華學院。一九四六年完成了第一個長篇小說《春天裡的故事》（八萬字）。一九四七年四月搭「夏美蓮」輪經曼谷返回馬來亞檳城。一九四八年開始，先後任教於北海中華小學、孔聖廟中華中學、韓江中學、麻坡中化中學任教，一九六四年重返韓江中學，一九八九年卸任韓中校長。一九五四年中篇小說代表作《娘惹和峇峇》出版。長篇代表作「風雲三部曲」：《遲亮的早晨》（一九五七）、《剎那的正午》（一九六二）和《幻滅的黃昏》（一九七六）；「馬來亞三部曲」：《頭家門下》（一九八〇）、《樹大根深》（一九八五）和《花飄果墮》（一九九一年初版時名為《五百萬人五百萬條心》）。曾任馬來西亞寫作人華文協會第一屆副主席（一九七八－一九七九）、第二、三屆主席（一九八〇－一九八四）。一九八九年榮獲馬來西亞第一屆馬華文學獎。一九九八年獲第二屆亞細安華文文學獎。二〇〇〇年獲亞洲華文作家文藝基金會頒發終身成就獎。

措／桂林放棄的謠言已把民心摧毀／教授不得不攜妻帶兒逃往桂林去／／物價騰漲迫使關金幣值猛跌／萬金買不到一杯開水的法幣變成廢紙／拖欠了八個月的薪金就是領到手／今日過得了明日還是囊空如洗／／摻雜砂石與稗子的碎米粥再也沒有／沒錢買柴炭開水也沒法子煮／大人可以挨餓兒女卻嗷嗷待哺／生活隨著氣氛的緊張一日比一日難度／／師母早已把『防身』的首飾拋入金鋪／教授毫無辦法只好向僅存的書冊投注／賣掉心愛的書，何嘗不是賣掉自己的命／不這麼割痛兒女的肚皮已經頂不住。」另外還有一些詩歌，如〈在嘉陵江上〉（一九三九）、〈吐瀉症流行〉（一九四二）、〈抓丁〉（一九四四）、〈疏散〉（一九四四）等詩歌，這些創作都帶著典型的中國抗戰文學的風格，也踐行著中國現代文學中現實主義創作的藝術特點。[2]必須指出的是，一些馬華文學評論家對方北方小說中過於表現「現實主義」和「人道主義」的傾向頗有微詞，[3]那麼我們應該如何看待方北方的所持守的現實主義藝術手法呢？

2 毋庸置疑的是方北方所接受的「現實主義文學」影響來自中國，他曾在一九七三年撰文介紹中國現代作家，其中包括魯迅、胡適、魯彥、茅盾、朱自清、郭沫若、丁玲、巴金等作家，不過通讀全文，我們會發現方北方對魯迅的「時時抓緊現實的核心」的「戰士的姿態」、巴金「詛咒封建、憤恨舊制度，具有愛人類與人類愛的熱情」尤為讚賞。參見方北方〈現代中國作家的認識〉，《方北方全集十一‧散文及雜文》，吉隆坡：馬來西亞華文協會二〇〇九年版，第三〇一－三三三頁。而另一次演講中，他曾回憶說自己的寫作興趣開始於學習時代，在一九三七年返回中國求學時期曾經大量接觸中國現代作家作品。參見方北方〈寫作是怎麼一回事？〉，《方北方全集十五‧評論卷三》，吉隆坡：馬來西亞華文協會二〇〇九年版，第三〇一－三三三頁。

3 參見黃錦樹〈馬華現實主義的實踐困境——從方北方的文論及「馬來亞三部曲」論馬華文學的獨特性〉，江洺輝主編《馬華文學的新解讀——馬華文學國際學術研討會論文集》，吉隆坡：馬來西亞留台校友會聯合總會一九九九年版，第一二七－一二八頁。

馬來西亞建國之初，很多的馬華文學明顯帶著中國現代文學印記。[4]方北方的短篇小說〈古屋裡的人〉（一九四九）類似中國作家夏衍的〈上海屋簷下〉，小說中出場的人物都住在一個古屋，其中有頭家、估俚、小販、車夫、報人、校長、教員、書記、歌女、舞女，演繹著市民的日常生活。中篇小說〈說謊世界〉（一九六〇）明顯仿寫張天翼的〈華威先生〉，刻畫了屠叔公這個假心辦教育，實則沽名釣譽的假慈善家。那麼，方北方的現實主義所屬的文學譜系該如何看待呢？

如果要解決這個問題，我們先要梳理一下中國現代文學中的現實主義創作的線索。中國現代文學發生於五四時期，五四文學的基本特徵是啟蒙精神的高揚，啟蒙包含著「民主與科學」、「人性至上」、「現實主義關懷」，甚至還隱含著社會主義等方面的文學理想。從啟蒙文學到革命文學再到左翼文學，這是五四啟蒙文學發展的一個極端，而周作人為代表的美文，一味追求作品的藝術價值，這又是一個極端。在這兩個極端之間，啟蒙運動本身還有著自身的邏輯，它在後五四時期演變成人道主義，它基本上還是堅持啟蒙主義，並且按照啟蒙主義的理想來指導文學創作，類似於所謂的「民主主義」和「自由主義」作家，我把這種創作手法稱為「人道主義創作」。[5]這種人道主義至少有幾個特

4 從一九五九年五月號到一九六四年七月號，《蕉風》雜誌隨刊附送「蕉風文叢」，其中包括大量的中篇小說，如李士源《烈火的音響》、姚拓《黑而亮的眼睛》、黃崖《浪花》、黃戈二《鐵蒺藜內》、黃崖《三十四歲的小姐》、黃源《十字架上的愛神》、原上草《詩人方如夢》、余問蒼《懦夫》、山芭仔《無形的謀殺》、張寒《夕陽》、梁園《偷心記》、黃崖《人・神》等馬華建國初期的重要作品。同時期，一九六四年曙光出版有限公司出版了「文藝叢書」（第一輯）書目為：梁園《自由與枷鎖》（長篇小說）、黃崖《急流》（長篇小說）、陶焰《征鳥》（中篇小說）、蔡文甫《女生宿舍》（小說集）、原上草《房客》（小說集）、陳孟《報復》（小說集）、高秀《三個青年人》（小說集）、憂草《青春的悲歌》（散文集）、沈安琳《自由的召喚》（散文集）、馬漢《嘴臉》（小說集），這些出版活動和作家創作都推動著馬華本土文學的發展。

5 這裡我們必須限定一下這個用語，啟蒙主義在中國現代文學中是比較主流的文學思潮，人道主義是它在中國

色：第一，他們還是堅持對社會進行無情的批判，對於社會的陰暗面、對於人性的黑暗處給予充分的揭露。其次，五四時期的啟蒙主義者，他在揭露社會的陰暗面和人性的黑暗的時候，都持有自己的信仰和理想主義，但持人道主義觀念的作家，大多數心目中是沒有一個明確的社會理想，他們更多的是把社會理想轉換為一種人性的因素。特別是一九三〇年代之後，很多的作家看到了大革命的失敗，他們就轉向良知的立場去批判社會，在這個時候，作家背後所持的信仰和理想已經顯得不重要了，重要的是他用人性的立場來對這個社會中的不公正問題提出抗議。五四運動之後，很多作品都帶有這種濃濃的人道主義傾向，誕生了類似於葉聖陶〈倪煥之〉、柔石〈二月〉、巴金《家》等典型作品。從方北方的經歷來看，他的文學經驗和文學資源大多來自這一種人道主義創作，頗受這種人道主義文學思潮的影響。

二、對馬新華人史的象徵書寫

在抗戰時期，馬新華人還是認同中國是自己的祖國，祖國有難，國民自是要奮起支持。這一時期，除了籌募助賑、抵制日貨、實行罷工、文藝宣傳之外，還有大批馬新僑胞回國服務，僅抗戰爆發的前兩年，就有千人之上的青年僑胞或投往陝北抗日大學與陝北公學，或奔赴各戰場參加抗日救亡工

現代文學演變中的一個變態。那麼說，周作人、左翼就沒有人道主義嗎？不能這樣說的，我在這裡只是設定這個框架，這個思潮我就稱它為「人道主義」。在本篇論文中，筆者所用的「人道主義」是一種有別於革命文學的信仰，是一種秉著知識份子良心的文學創作。

作。[6]二戰結束之後，隨著世界範圍的反殖民地鬥爭潮流的湧起，再加上抗戰時期馬新社會形成國家意識的發展，馬新之地洋溢起越來越濃厚的本土認同，崔貴強認為二戰前後，馬來亞華人社會政治認同的變化，可分為三個時期：第一時期自一九四五年至一九四九年，大多數的華人心屬中國，只有少數受英文教育的華人能認同當地馬來亞政治情況而領導華人參與建國；第二時期為一九五〇年到一九五五年，因新中國的建立，世界上形成了冷戰格局，英殖民者在馬來亞大舉清除馬共的軍事鬥爭，開始有部分華人參與爭取當地公民權、參政權的種種努力，但大部分的華人還是囿於傳統習慣而對政治選舉表示冷淡，未能主動爭取參加全國普選；第三期為一九五六到一九五九年及其後的年代，特別是馬來亞聯合邦獨立之後，華人公民權與參政權問題，已經基本解決，絕大多數華人認同馬來亞的問題，已經解決。不過作為馬來亞國家的一個少數民族，在實際政治權力與經濟權力的分配、政權控制在語文教育問題與土著民族特權等問題的實踐上，爭議仍然很多。[7]而李恩涵更直接地道明：「東南亞各國的華人或華裔，實際都已是各該國的公民，為各該國的少數民族之一了。他們絕對不是華僑。特別是中國自一九五四年之後正式採取廢棄過去行之多年的『雙重國籍』政策、實行『單一國籍』政策之後，由華人自己在當地國國籍與中國國籍之間，自行選擇其一；選擇了當地國國籍的華人（裔），已經在法律上割斷了與中國的紐帶關係。他們只能算是中國人在他國的親屬，而不再具有任何『華僑』的身分了」。[8]方北方也通過自己的創作，自覺地參與了這一國家意識認同的過程，如在

6　吳逸生〈抗戰二周年與華僑〉，新加坡：《南洋商報・七七抗戰二周年紀念特刊》，一九三九年七月七日。
7　崔貴強《新馬華人國家認同的轉向（一九四五－一九五九）》，新加坡：南洋學會一九九〇年版，第五頁。
8　李恩涵《東南亞華人史》，臺北：五南圖書出版公司，二〇〇三年版，第二十八頁。

「風雲三部曲」的寫作中，主人公就一直自曝家在馬來亞。[9]

「華僑的被土人同化，其原因並不是很單純的，歷史上的公例：兩個民族的接觸，文化較低的一方一定被文化較高的一方所同化。土人的文化自不及華僑的高，華僑反而被其同化，其最大的原因，便是華僑和祖國的隔絕；其次的原因，則因當時冒險渡海到南洋的，多是迫於飢寒的農村破落戶，他們的文化程度，原來便在水準之下。在南洋住下兩代三代後，祖國給他的意識已漸模糊，被異地的環境長時期的融治，自然而然便會被其同化，三十餘年以前，清政府未注意到華僑問題。當時南洋和祖國的隔絕很深，土生華僑之被同化者在這時最厲害，他們既不知祖國是怎樣的一個情形，所受的卻又是當地殖民政府的愚民教育，又被土人環境長久的包圍，自然的便要被同化了；及至國內感到華僑問題的重要，而覺悟的華僑又感到自身在海外之地位，一面參加祖國的革命運動，一面努力華僑教育的發展，吾僑社會於是為之一變，而被同化的程度也就漸自遞減。其次，我國政府不能給華僑生存上以實際的保障也是使華僑不得不為土人同化之一原因，……南洋各地的華僑，他們被土人同化而入了外籍的，不自知其為中國人的固不必論，祖國意識尚未完全消滅的僑民，他們之所以願捨棄祖國而入外籍者，十九也是抱著這一見解的，中國政府的無作為，真也難怪僑胞捨棄祖國而入外籍。」這種情況引起學者的關注，這篇文章中繼續指出「現在各屬統治者，正加緊其同化政策。吾僑當此之時，如欲由絕途中尋得出路，依靠軟弱無能的政府是不行的，所以還是要自己起來自救，自救之道，我們在可能範圍之內，去發達華僑的文化事業；盡力增進華僑與祖國間之關係；努力取得當地的平等待遇。這

9 根據其子方成的回憶，方北方曾經「手指向牆壁上日曆裡的一九五七・八・三十一，他鄭重地對著年幼的子女宣告：我們新的國家誕生了，我一定學好馬來文！」參見方成〈方北方小傳〉，《方北方全集一・小說卷一》，吉隆坡：馬來西亞華文作家協會二〇〇九年版，第十一頁。

樣，才能免同化的危機。」[10]

〈峇峇和娘惹〉是方北方的中篇小說代表作，探討的是馬來亞社會中的峇峇和娘惹這一特殊華裔子孫的教育問題。[11]峇峇和娘惹的存在是馬新社會的特色，是華人與馬來亞土著融合的結果。方北方的這部小說展示著接受「獨立自主的國家的教育」的華僑和「長期受殖民地的書記教育」的峇峇和娘惹在世界觀和人生觀方面的矛盾，[12]小說中李天福的故事是一個引子，引出方北方對這一族群的嚴肅思考。林娘惹是華人李天福的再婚妻子，她按照自己所處社群的習慣，培養自己與前夫所生之子林峇峇，讓他接受英校教育，也潛移默化地告訴他華人傳統的不堪，結果林峇峇不僅對繼父冷淡，而且對親朋戚友也毫無禮貌。後來，在英式教育下培養下林峇峇過分追求自由開放，生活無度，放蕩不羈，把生母林娘惹活活氣死，太太也被逼跳河自盡，在日軍占領馬來亞期間還做了無恥的漢奸。小說的結

10 江應樑〈華僑與土人同化問題〉，《南洋情報》（一九三二年十二月一日，第一卷第二期），第四十三－四十四頁。

11 早期華人移民因為當地移民社會內無華人婦女，不得不與當地婦女結婚，特別是爪哇巴里島信神佛印度教的婦女結婚，所生混血種的子女，在馬來亞則稱為「峇峇」（Baba，男）或「娘惹」（Nyonya，女）。在母親的教養下，不會說純正的閩南方言，在家庭用語上採用一種峇峇中國話（Baba Chinese），亦稱「巴剎馬來話Bazaar Malay」，係將馬來語與閩南語混合而成，又間或混入英語與荷蘭語的文字和語法，與真正的馬來語不同。在飲食方面，兼用混合當地土著和中國食法，而菜餚風味偏向辛辣。在衣著方面，峇峇多採馬來人服飾，將正式所著上衣配加紗籠。峇峇的政治意識是服膺土著意識形態，而不再關心中國的政治與社會，有著極濃厚的崇荷和崇英意識。參見李恩涵《東南亞華人史》，臺北：五南圖書出版公司二〇〇三年版，第一八六－一八七頁。一九八四年，方北方曾撰此文就是為了分析這一族群與華族的關係。參見方北方〈《娘惹與峇峇》．日譯本序〉，《方北方全集十四．評論卷二》，吉隆坡：馬來西亞華文作家協會二〇〇九年版，第二七二頁。

12 連士升〈《娘惹與峇峇》連序〉，《方北方全集八．中篇小說卷二》，吉隆坡：馬來西亞華文作家協會二〇〇九年版，第五頁。

尾部分，以林娘惹的孫子林細峇的現身說法，對娘惹文化中的崇英教育進行了反省，肯定著華人傳統文化的價值。

方北方後期代表作「馬來亞三部曲」反映著新馬華人從心向中國轉向本土認同的過程，《樹大根深》（馬來亞三部曲之二）的創作時間在三部曲中最早，只是因為內容涉及政治敏感問題而推遲出版。這部小說試圖反映華人從漂泊南洋到落地生根的過程，小說中的很多主要人物都有著中國經歷，如華義因保護郭沫若而遭通緝。小說講述了早期華工華仁（橡膠園主）、華義（金寶興盛礦業公司財副，掌管文牘工作）、牛伯（金寶興盛礦業頭家）、胡大利（吉隆坡秋吉律大利商行老闆）、莊佬（吉隆坡莊發興寶號）的南來的經歷和南洋創業的艱辛，小說將華人南洋歷史貫穿其中，如過番、豬仔、馬共、新村、緊急法令時期、華玲和談、黃色文化等歷史關鍵字不斷出現，也將華族重要的歷史人物帶入小說，如對葉亞來的介紹。小說「透過華人祖先，昔年所過的非人生活，怎樣擺脫『豬仔』身分的契約，艱辛從事創業；而於戰前經過日軍南侵的洗劫，戰後復遭緊急法令的政治牽連，千辛萬苦，受盡折磨，才奠下家園的基礎。進而擺脫殖民地生活，獻身於建國而犧牲」，以一個個具體華人的艱辛求存故事象徵和影射著華人南洋移民的艱辛歷史。[13]另一部長篇代表作《頭家門下》（馬來亞三部曲之一）的創作主題也非常明確：「馬來亞第一代的華人頭家，多是從中國南來，具有傳統的倫理觀念，大都由刻苦耐勞，以慳儉與吝嗇起家。頭家第二代人物，仍保存著濃厚的民族思想，由於突破保守的局限，多能繼承父業，甚至大部分青出於藍。頭家的第三代人物，已經逐漸產生效忠居留地的國家觀念，有些甚至已興趣於從事社會主義的建設；不過有的由於養尊處優，人所欲為，而把公父祖

13 方北方〈《樹大根深》再版題記〉，《方北方全集五・小說卷五》，吉隆坡：馬來西亞華文作家協會二〇〇九年版，第五頁。

業花光的也不少。」[14]《花飄果墮》（「馬來亞三部曲」之三）中有五分之二的篇幅講述的是馬華公會的內鬥歷史，實是對《頭家門下》中的家族內鬥的延續。這部小說大量地用化名來設置小說人物，讓這些人物各抒己見，方北方巧妙地將馬華歷史貫穿其中，如種族關係、社會治安、華文教育等華社關心的重要課題。

三、與時代共脈搏的寫作：文學的人性關懷

在一次訪談中，當記者問方北方：「您的小說都以刻劃時代與家園的變遷為主，雖然意義長遠，卻不討好。何況事過境遷，人家早就忘記某一件歷史事情發生時的那種激昂了。您還是這麼執著地寫，值得嗎？」方北方認真地回答：「應該寫。人們雖然會忘記，但是我們已經寫下來了。」[15]在一九八四年馬華文壇的一次現代文學研究盛會上，馬華學界認為「一般上來說，我國現代小說所表現所關心的主題，可分為下列幾個：中國南來的華人在我國的經歷與體驗；社會的進展影響下的小人物的生活型態與困境；知識分子在我國的處境；華人文化沒落的問題」[16]，方北方的時事型小說也延續著這些馬華文學的主題。

14 方北方〈《頭家門下》後記〉，《方北方全集四・小說卷四》，吉隆坡：馬來西亞華文作家協會二〇〇九年版，第三七五頁。

15 古情〈用針車縫書〉，吉隆坡：《蕉風》總四五二期（一九九三年一、二月號），第三頁。

16 蕉風編輯室〈全國現代文學會議・總結論〉，《蕉風》總三七六期（一九八四年九月號），第八頁。

方北方的作品是投入生命的，他的生活的、感情的岩漿是不斷噴發的，這種情感，也是方北方作品能夠保持魅力的根本原因。早在一九五〇年代，他就曾豪言時代是進步的，「希望讀者挾緊我跟著大家走」[17]。岳玉傑曾經中肯地談到馬華文學，他認為「除方北方、姚拓等少量資深作家外，崛起於五〇年代的馬華小說家、詩人，如今已很少有人埋頭於文學了。如一九八九年劉紹銘編輯《世界中文小說選》，馬來西亞的入選作家為菊凡、丁雲、洪泉、宋子衡、雨川、梁放、小黑、潘貴昌、商晚筠，便很少老作家的力作。」[18]

方北方的小說每次都有著自己的問題意識，而且有著很強的時事性，作品大體上涉及到馬來西亞獨立以來近五十年來的各種社會問題。首先是關心教育行業的出路，反映著知識分子的艱難處境，提醒著在日益重商的社會，應該對華文教育事業傾以更多關注。[19]如〈殺妻案〉（一九五七）、〈教書先生〉（一九五七）都是寫貧賤夫妻百事哀的故事，後者講述著教書先生陳華德因生活貧困而服毒自殺的故事。〈思想請假的人〉（一九五八）則反映著讀書人的就業難問題，重估著知識份子的價值觀。小說藉李潮高中畢業後眼高手低的求職經歷，告訴大家職業是不應該分貴賤的，「希望高中學生提高

17 方北方《北方散記》，參見《方北方全集十一・散文及雜文卷》，吉隆坡：馬來西亞華文作家協會二〇〇九年版，第八頁。

18 岳玉傑〈生機與危機並存——淺論馬來西亞華文文學的現狀和前景〉，吉隆坡：《蕉風》總四六五期（一九九五年三、四月號），第四十六頁。

19 下面是一份關於一九七〇年新加坡中學生的「學生職業選擇」，其中對華人子弟的職業選擇作了比較，其中華校生選擇教師行業的比例百分之二十一，而英校生的比例只有百分之十二・一，可供我們參考：

面對現實的勇氣，擯棄『清高』與『自卑』的觀念，而發揮勞動的精神。」[20]

其次是高揚新的國家意識，講述華人在馬來西亞的境遇以及對多種族團結的政治訴求。中篇小說〈檳城七十二小時〉（一九五七年八月完稿，一九六一年八月重寫）講的是檳城發生的一場種族衝突，小說以詩歌作結尾，歌詞之中帶有濃厚的本土意識。「我們有的是來自印度／有的是來自緬甸／

性質	華校（男生37，女生39）	英校（男生34，女生40）
公務員	12	1
教師	16	9
技術人員	11	6
商人	4	4
軍人	2	0
工業家	1	2
律師	1	1
醫生	7	13
工程師	7	31
政治家	0	1
明星	1	1
學者	1	0
其他	13	5
總數	76	74

* 陳其海、陳後方等〈華英校中學生調查〉，新加坡：《獵戶》一九七〇年第二期（一九七〇年六月），第二十五頁。

20 方北方〈《思想請假的人》後記〉，參見《方北方全集九・短篇小說卷一》，吉隆坡：馬來西亞華文作家協會二〇〇九年版，第一四七頁。

有的是來自中國／大家都是熱愛馬來亞的土地／祖先們披荊斬棘／胼手胝足／把所有的血汗／一點一滴／都灌注在馬來亞的土地／連骨頭也當肥料把它埋下去／……我們有的是來自印度／有的是來自緬甸／有的是來自中國／大家都熱愛馬來亞的土地」。不過，方北方也並不是一味地看好華巫印族的關係，小說「這裡看見的只是強調民族間合作，而把民族間為什麼不能合作的根本因素刪去」，保持著自己的批判眼光。[21]其它小說如〈娘惹〉（一九五〇）是方北方第一篇描寫娘惹的作品，不過方北方持的是「薄羅衫子套沙郎，口嚼檳榔栳葉香；黑髮黑皮原漢種，番腔十足已忘唐」的觀點，對娘惹的命運多多少少有著偏執己見的嫌疑，而〈江城夜雨〉（一九六〇）則講述著印度人三米接受馬來亞為自己新的國家的過程。

再次是對華人文化沒落的關心。華文教育一直是馬新知識分子關注的問題，我們可以參照一場關於一九六〇到七〇年代馬新讀書問題的討論，當時對黃麗松（南洋大學校長）、劉英舜（義安學院院長）、饒宗頤（新大中文系主任）、李孝定（南大中文系主任）、張世典（公教中學校長）、劉佩金（南洋女中校長）、高亞思（南僑女中校長）、鄭金髮（華僑中學校長）等重要社會文教人士進行訪問。他們都指出本土的讀書風氣非常的差，黃麗松：「大學生不應只懂得講義，而是應該懂得怎樣讀書和讀什麼書才對。」[22]方北方在獨中工作四十一年，一直關心著華教的問題，著文不斷，其中代表作有〈獨立中學的發展及其前途〉（一九七一）、〈華人不能不關心馬華文藝〉（一九八〇）和〈馬華文化的形成及現狀〉（一九八四）等論文。他發表了〈趙李兩家〉（一九六四）中趙家學習英文教

21　方北方〈《檳城七十二小時》後記〉，參見《方北方全集七‧中篇小說卷一》，吉隆坡：馬來西亞華文作家協會二〇〇九年版，第一一三頁。

22　獵戶編輯〈讀書風氣問題〉，新加坡：《獵戶》一九六九年第一期（一九六九年六月），第二十二—二十七頁。

育，李家堅持中文教育，在比較中，表現著方北方對華教的擔憂。〈膠園新事〉（一九七五）中自強自立的中學生蓮香拒絕著暴發戶秦福的追求，強調著知識女性自立的精神。這些小說除了「推動馬華文運之外，還可使學生摒棄灰黃讀物，這是一件極有意義的文化消毒工作」，參與著當時反黃運動。[23]

最後一點，方北方時事型作品最大主題是對社會問題的關注。其中有對戰爭創傷的挖掘，如〈巴士上〉、〈愛屋及烏〉（一九七四）。前者講述著珍的家在日據時期家破人亡的慘景。在這部小說中，方北方依然用著自己追求真實的寫法：「斷牆殘垣下的汽車，有的四輪朝天，有的車背下的人，被壓得舌伸眼露，血肉模糊。有的脫了輪的車子，車廂裡正在燃燒著逃不出的搭客。男女老少，都被燒得焦頭爛額。車壁上也貼著路人被炸斷的手臂。血漬斑斑，慘不忍睹」。有人性惡的主題，如〈嘴臉〉（一九五五）、〈發財前後〉（一九六七）等作品講的是貧富變化後，人心變化的故事，後一篇小說中陳文端在得意後，說的話毫無感情，「答得那麼伶俐，語氣，像冰箱裡吹出來的一樣冷」。在其它中，有的反映著物質追求對愛情的侵蝕，如〈出嫁的母親〉（一九五二）中「美麗而年輕的張四娘，所以會嫁給不美麗而年老的董天公，這就是金錢在作媒」。〈窗外的人〉（一九五二）則涉及婚外戀題材，講述的是「物慾昏心」的office lady一個個地被男老闆勾引成情婦。有著對弱勢群體的同情，如〈醫生與病人〉（一九五六）講述著成天帶著孩子奔波在各診所之間的母親，在庸醫之間浪費著時間和金錢，張醫生、鄭醫生、李醫生和林醫生一個個讓這位窮人妻子不堪重負，「當我想到自己的丈夫每月的收入時，我的心頭又湧起陣陣的悲哀」。〈人性與尊嚴〉（一九六一）是為弱小者鳴冤，賣豆漿水的細峇殺死與妻子通姦的烏豬，被財大氣粗的烏豬家人告上法庭，律師孫大明仗義執言

[23] 方北方〈《愛屋及烏》後記〉，參見《方北方全集十・短篇小說卷二》，吉隆坡：馬來西亞華文作家協會二〇〇九年版，第一三三頁。

為其消罪的故事。而〈人狗之死〉（一九六八）裡傭人蘭嫂無錢裝殮自己夭折的小兒子，只能偷用富太太丁淑賢葬狗的小棺材。

四、結語

方北方已逝，對於他的爭論一直沒有停息過。方北方的作品能不能成為馬華文學的經典，就目前來看，至少有兩點能夠成就他：一是對馬新華人早期發展歷史的記載；二是他持之恒久的人道主義情懷。值得指出的是，他所持守的文學觀念影響著很多當代馬華作家，其中包括傅承得、陳雪風、許友彬、小黑、朵拉、方昂等人。至於方北方作品的現實主義，我們也必須正確看待，必須看到方北方的作品是馬華文壇的一個高度，就像中國現代作家郭沫若、茅盾，雖然他們的創作有很多我們後人不能接受的地方，但是正如郭沫若詩集《女神》是中國新詩的第一個高度，不講《女神》，無法講清中國新詩史，這是繞不過去。我們研究馬華文學，方北方就是馬華文學的一個高度，不對方北方及其同代作家進行系統而周密的研究，那麼研究其他世代的馬華作家就缺少了一個重要的參照系。我們首先應該意識到這一點，尊敬和愛護這位為馬華文學披荊斬棘的重要作家，任何有失偏頗的評價，都是對馬華文學發展歷史的不尊重。

目次

儒林劫

N城可風校長，收到他的老同學清化先生從H坡寄來一封信——

可風校長：

因為你沒有看報的習慣，所以我要告訴你一些消息：

第廿七屆馬來亞潮州公會聯合會已經訂定於八月十七日在H坡召開代表大會。今早看見報章發表H坡潮州公會向大會提出的案目是：請求政府從速施行供應小學生課本。

理由是本邦自施行小學免費教育以來，貧苦的家長，實在受惠無窮，惟一般埋沒良心的出版商，卻乘機榨取，編一些毫無價值的作業簿以及內容空洞的課本，不惜利用種種手段，向有關者實行利誘（有廿仙五十巴仙以上），一經採用，第二年就將課文先後顛倒，而曰：「新編訂」或將某些課文略改數字，便說是「新版」。串通教育界敗類，運用職權，強迫學生購買，以飽私囊，致使貧苦的家長，無法負擔，每逢學期更換課本期間，因無力購買書籍而被迫退學的不計其數，令人痛心，倘當局不從速施行供應免費課本，或採用有效的辦法制止奸商及敗類，則每年將造成無數學童流浪街頭。

……。

這件事就我所知，議論者不至於毫無根據，且所指的多是大家所認識的。你我都是現任校長，而你已經是發了財的，免不了會受嫌疑；因是老同學，我不得不把消息告訴你，希望今後大家好自為之，以免醜聞遠播，影響及其他潔身自愛的校長。

再者：為人師表，且是社會中堅，對這有負良心的嚴重問題，也不能無動於衷！

順此祝好

清化上

可風看完了老同學的信，想一想，認為自己沒有不是的地方，馬上就給他回信：

清化校長：

我所以養成不看報的習慣，是避免受不如意的事所刺激，如今偏偏收到你這封具有刺激性的信。不過，我看了之後，雖覺得其中也有使人傷心之處，卻處之泰然。

你說議論者所指的多是他們所認識的，希望大家好自為之。情深言切，不勝感激。

其實，以我這個校長，自問良心，何曾有越軌的舉動。我的小洋房、小汽車，以及三幾十依格小膠園，都是我由省吃儉用建置起來的，與學生家長根本毫無關係。

奇怪的，為什麼很多人都說我發財了，連你也這麼說。其實我銀行裡的戶口所存的，不過三幾萬元而已。大家總應該想想：我是要退休的了，難道教了三十多年書，連這一點款子也算是多的麼？事實上每年平均起來，不過千數百元罷了！

清化校長，好事者說我們當校長的，是教育界的敗類。既然是這樣，他們為什麼要將子女送來受教育？說我們運用職權，強迫學生購買書籍；你我都是校長，試問不飭令學生買書怎麼上課呢？說有甘仙五十巴仙，以飽私囊，事實是出版商自願奉送的，學生家長並無損失；因為他們到校外購買，也便宜不了許多，所以對於這些人的故意指責，我們可以充耳不聞。因為我們是校長，有這特權就是了。

至於有人會同情這些好事者的議論，是因為本身吃不到葡萄，所以就人云也云地說葡萄是酸的，你認為對麼？

專此敬覆，即請

大安

可風謹上

可風把信寄出後，非常得意，因為他認為清化所以會寄信告訴他這個消息，無非是幸災樂禍，目的要向他示威示威。如今他能將對方的理由逐一給予駁斥，總算已對症下藥，所以正要聽聽這吃不到葡萄的有什麼反應，因此一直在等著清化的來信。但是一星期過去了，清化沒有回信。

不過，可風認為清化是不甘寂寞的，不久一定會給他回信，因此他每天總是在等郵差把對方的消息送來。不出所料，廿八日那一天的上午，他終於接到清化的信了，但打開一看，卻是一則從報上剪下來的「小言論」，題目叫「良心語」。——

記得本邦副教育部長今年初在觀察坤成、尊孔、中華三中學時，曾發表說：

「有些學校的校長實在不行，但董事部因人事關係，卻不願辭退他們。現在教師職業有保障，應該專心辦學，不應該再去兼營生意，董事部必須擺脫人事的關係，聘請一位專心辦學的校長主持校政，所謂：「上樑不正下樑歪」就是這個道理。

關於更換課本的問題，雖然教育當局曾三申五令，為了減輕家長負擔，不得任意更換課本，但是還有許多校長公開在更換，這是校長為了利益和金錢。……」

日前潮州聯合會第廿七居大會又通過接受H坡潮州公會關於請求政府從速施行供應小學生課本，避免教育界敗類運用職權強迫學生購買以飽私囊事。的確是一宗切實且一針見血的提案。

不容許我們否認：今日教育界已有不少窮校長搖身一變成為富佬。難怪他們整天忙於巡視膠園，視察礦山，麻雀搓個通宵。至於教育何義，已置之腦後，質問何以如此？答：因為我是校長，有此特權！

嗚呼，華教！

……

可風校長氣得七竅生煙，幾乎不想再看下去，但又不願把它丟開，偏偏又看到文字最後作者的署名是「清化」，於是冒起火來，匆匆吃了早點，就駕著福士根新車，出發到H坡去。

當他抵達對岸碼頭，時間還早，認為清化可能還沒有起床，就把車子駛到一位親戚名叫四伯的家去。

對方一看見他，便笑臉相迎，問道：

「老侄，這麼早，什麼風把你吹過海來？」

可風慢條斯理從車中跨出來，大聲地說：

「四伯，我向來有早起的習慣，現在又是假期；孩子也大了，出門非常方便的。」

「出門既然方便，上個月有好機會，請你過海來磋商，你卻說有事無暇出門。」四伯有點埋怨，「難道是學校公事忙麼？」

「學校公事就是忙也無所謂，其實那天是另有一件好機會，所以就捨末逐本了。」可風得意地說。

「什麼機會，結果成功了麼？」

「機會倒是平常，只是可遇不可求。」

「成功了沒有？」四伯一直問下去。

「總算利已入手。」可風悠然自得。

「到底是什麼機會，可否相告？」

「四伯，錢已賺，無需再說了。」

「老侄，說句笑話：你真會賺錢囉！」

「四伯，我怎麼可以不賺錢？」可風認真地，「我是要退休的了，後半生的日子要過活呀！孩子又要受大學教育，不積蓄點錢是不行的。」

「你的教師公積金拿出來，就已經可以養老了，何況現在身邊又存有不少錢，後半生的日子大可不必憂慮的。」

「話固然是，但沒有近憂也有遠慮，還有老大和老二，今年十號位離校後就要進入大學攻讀，多存點錢總是可以潤心養肺。四伯，你說是麼？」

「老侄發財了，怪不得就連篇富人話。」四伯不以為然，「如你所說，那些不當校長的教師，他們的日子要怎麼過？」

「然而那些從商的，時運一來，賺個十萬八萬也是平常事。任教員的，當然十年教書不富，一年不教穿破褲。惟其如此，所以現在有機會就必須賺，否則等到校長退休，想賺也無從賺了。那時候的日子真的就如你所說的難過囉！」

「所以，你現在的收入總算不錯了。」

「平均起來，一個月千幾百元也不算什麼。」

「總之，可以說比上不足比下有餘。」四伯調侃地說，「而比那些任教員的也要好得多！」

「因為我是校長！」

「老侄，我們說來說去，總是錢的問題，還是轉其他的話吧！」

「有什麼問題？」

「近來有沒有遇見清化校長？」

「好久沒有見面，我今天過海來，就是想找他的。」

「我也是要見他。」四伯說。

「這樣，」可風答，「我們一起到他的家去吧！」

「也好，那你等我換衣服去。」

四伯立刻走進後廳，可風伸了一個懶腰，他就出來了。他們於是開了車，朝向清化的家去。

在路中，可風忽然問四伯說：

「你今天想到清化的家有什麼事？」

「相當重要的，想要回覆他幾句話。」四伯問：「那你找他有什麼事？」

「有幾個問題，想請教他。」可風心似不安地問：「那你到底有什麼事？」

「因為他的兒子要去南大攻讀，經濟有問題，要把住屋賣掉，託我介紹買主。如今那先前要買的人已不要了，所以我要告訴他。」四伯接著說，「奇怪的，他也是當校長，家庭的負累又不重，為什麼會沒有錢給兒子升學？」

「這個麼，就是讀死書的結果，因為平時只會講仁義道德而已！」

「人各有其志，倒不能一概而論。……」

四伯的話還沒說完，汽車左邊的前輪砰然一聲洩了氣，幸得可風身手敏捷，車子給煞住了，大家卻嚇了一跳。於是只得把車子停在路旁，請人前來修理。

修理車的人還沒有來，可風就說他不打算到清化的家去了。

「為什麼？」

「車破，興趣全失，就不想去。」

「也好。」四伯不想加以勉強，卻獨自前往。

兩個鐘頭後，可風回到N城來，內心另有一種想法，所以立刻展開信箋寫道：

清化校長：

拜讀大作，至為欽佩，蓋閣下獨具隻眼，見識深邃！惟世上最可悲者，是有眼哭不出淚的人。閣下悲天憫人，雖得天獨厚，具有慧眼，諒亦無淚可哭。不過，閣下如需延醫治疾，醫藥費弟概可負責，因誠閣下所言：弟已發財矣！

實不相瞞，弟所以發財，因弟非屬愚蠢之輩也！

茲有懇者，弟擬於H坡添購一屋，閣下倘能介紹，傭金照付，絕不食言。

專此順詢，令長郎近有意升學否？
即請籌安
可風謹上

第四天，可風收到清化的信：

可風校長：
大函拜收，承蒙關注，不勝感激！
天下最可悲者，不在於有眼無淚，而在於有眼等於無眼。
弟非經紀，何其有屋介紹，閣下有眼實屬無眼也！
小兒升學與否，須先知其學養可否造就，否則雖大學畢業，或專業訓練，不外如閣下者，其可再乎？
閣下以為然否？
專此祝快樂！
清化上

可風看完了信，眼瞳突露，氣昏了過去。

寫於一九六五年十二月十日

淑德流芳

一

常太太和善的時候，就是笑得前仰後合，聲浪幾乎可以把窗簾吹開，在她身邊陪著笑的人，最多是嘴巴鬆一鬆，心中還是誠惶誠恐的，因為她變臉的時候，往往也幾乎要把人置於死地才滿意；就是有一隻椅子，偶然絆住她的腳，或者一隻蒼蠅舐了她的皮膚一下，她都要把它們當人一樣，踢它一腳，掃它一手，所以家中那隻人見人愛的小白貓一看見她，也要拼命跑開。難怪不論親疏，都給她起一個不名譽的綽號：虎婆。

常太太知道許多人暗地裡對她這麼稱謂，她恨之入骨。她說：要是給她耳頭耳尾聽見，別怪她無情，刻薄一點，一定要抽他們的筋骨。雖然如此，近鄰遠親，背後還是習慣地那麼叫她。

前天下午，左鄰阿香嫂，因小孩發生急驚，忽然窒息了；她一時慌張失措，便跑進常太太的家，向她求助。

常太太聽見香嫂公然稱她為虎婆，額角上兩顆眼睛，忽然變成了紫紅色的葡萄，滿臉的橫肉，一時不停地抽搐。然後，戟手指著香嫂額頭；如不是臃腫的身軀牽制了她的行動，對方的臉不流血也要受傷。然而她的嘴巴還像噴射器一樣：

「娼婦！什麼虎婆。目無王章，孩子死了，關我屁事。滾開！慢一點，我用掃帚蘸尿，你出去！」

香嫂失神地溜了。

她卻合十起來，口不停地「阿彌陀佛！阿彌陀佛！」

事後，常太太解釋她的嘴巴固然有點潑辣，心地的慈祥卻為人所不知。她說她還是佛教徒，常常在懺悔之中過日子；她每天所以會嘴巴不停地罵人，她說這是心理變態後的一種需要。不這麼做，便用不著懺悔，不懺悔，她就無心禮佛了。

聽了她的話，使人似乎認為她是為了禮佛，才要罵人，因罵人出了名，才惹起不名譽的綽號。也許是這樣，所以每個晚上，在丈夫下班踏入家門後，她嘴巴自然而然就開動了。比方昨晚，她又把家中的幾位孩子罵得他們心驚肉跳。

常太太的幾位孩子固然頑皮，卻不至於要那麼天天咒罵。因為十個孩子中有九個是好動的，她卻動不動一罵就大半天。孩子們的舉動，不論對與不對，點點滴滴，都加以指摘，一直罵到丈夫認為實在非罵不可，也光起火痛罵，她才技巧地轉了方向，把洩氣的對象移到另一個子侄的身上，大聲說：

「千事萬事，都是大夭壽教壞的！」

孩子們一聽到父母已轉換口氣罵堂兄了，驚魂才會消散，因為憑每次的經驗，咒罵到最劇烈時，堂兄一定是代罪的羔羊，他們就可以安心無事。雖然有時情形嚴重一點，責罰堂兄的藤鞭也可能落在他們的身上，不過是一種象徵式罷了！

其實堂兄雖比堂弟大了一二歲，卻規矩得多。一、他早孤，二、寄人籬下，年齡已經十三四，對人對事，畢竟比弟弟明白一些，只因常太太擔心丈夫真的會盛氣發洩在骨肉的身上，他才被認為是教唆堂弟變壞的主犯。

常太太卻認為她不這麼剿罵，就不能對死去的大伯有所交代，因為孩子不教不成器，所以為了希望別人的兒子好，她給予嚴厲的教育自然也是一種仁慈。

不過好幾次，常太太臥病在床上時，孩子們在姐姐的指示下，走近她身旁，表示對她關心；侄兒也恐懼地躲在堂弟們的背後，問候幾句。常太太卻粗聲厲色，咬牙切齒地罵道：

「夭壽仔，假親熱！老娘用不著你，我有兒女關心就夠，你去死！」

二

二十七年前，常太太還是李家的養女。

常先生娶她時，屈指算來，他來南洋已經十年了。十年的時間不算短，因為他也已經到達而立之年。

不過十年的苦鬥，對於常先生算是有點成就的。雖然保持完整的人格，與堅守只事耕耘不望收穫的苦處，不是局外人所能領悟，但以一跑街伙計，贏得建生李老闆的青睞，將他提升為司理，甚至獲得老闆娘的愛婢做妻子，在別人看來，確是一件體面的事；最低限度，也羡煞了好些同事，因太太年紀只有二十罷了。

常太太未出嫁時，所以被稱為李家愛婢，是因為老闆娘恐怕觸犯大人關（華民務司政）的禁例，在名義上不能不將她當作養女看待，就因為這樣她也以小姐的身分自視。於是自配給常先生之後，她也處處以為高他一級。何況她自小就看慣了常先生給李老闆呼喚過日，加以常先生又多她十歲，她肯嫁給他，在心理上已經看得起他了。所以常先生處處必須禮讓她三分，她認為是天公地道的。

誰知習慣成自然，就養成了她好強的態度。

記得去年常先生做五十六歲生日的前四天，常家準備好了在紅毛樓大草場開宴席二十四桌。常先生在家中客廳辦事桌上，列下了一張請客的名單，其中大部分都是跟常家在生意上有來往的。常先生看看名額二百四十多位，已經超過預定的，就對身旁的太太說道：「大後天所要請的人，大體就是這些了。」

常太太接過名單，從頭到尾，仔細地看了兩次，都看不到自己兩兄弟的名字，就有點不滿意地說：

「老常，名單上為什麼沒有我兩兄弟的名字？」

「什麼兄弟？」常先生才倒到躺椅上去，便漫不經心地答。

「你昏了，連我有什麼兄弟也不知！」太太認真地，「到底是真不知還是假不知？」

「李家老三與老四麼，怎麼會不知。」常先生雙手叉在腦後，笑一笑說。

「正是！」回答的聲音尖厲冷然。

丈夫也不客氣地說：

「稱呼得這麼親切，他們哪裡是你的兄弟？」

「什麼？老常！」太太暴躁地站起來，趨近常先生的椅邊彎著腰，兩顆紫色葡萄似的眼睛，幾將要跳出了眼眶，恨恨地指著常先生的額角，「你放肆！忘恩負義，膽敢欺負我，我問你，他們不是我兄弟是什麼？」

「雖然名義上是兄弟，」常先生站起來，「但你並不是姓李。」

「哦，原來如此，你想挖老娘痛腳？哪。好，你看我外家落魄了。……」常太太立刻兩手插在腰間睜大眼睛，氣沖沖地，幾乎要把對方吞進肚子去。

常先生一時忽略了太太平日的潑辣，所以馬上站起來，放低口氣巴巴結結地說：

「是，是，是你的兄弟；何必氣成這樣，我只不過說一說而已。」

「豈止說一說，你不是存心要挖苦我麼！忘恩負義的傢伙，沒有我們兄弟，你老常哪會有今日？」

「是麼！」常先生意內言外，故意拉長聲音。

常太太更光了火，聲色俱厲地嚷道：

「怎麼不是！」接著聲音如雷貫耳，「告訴你，老夭壽，我是婢女出身，如今要怎樣！」

「既然知道就好了！」

常先生說後轉身準備走開。常太太卻氣得臉青唇紫，一手巨靈掌似地就刮過去。常先生不提防被刮個正著，眼鏡玻璃都破碎，右瞳被割傷，出了很多血。常太太仍不肯放鬆，又一記從頭上捶下去。常先生的頭顱像頂住樹上跌下的椰子一樣苦楚，於是也粗野起來，反身一腳踢過去，正踢中對方的肚子，常太太一骨碌便倒下去，立刻號啕呼救：

「救命呀！老夭壽打死人呵……」

孩子們和媳婦都圍上來，七手八腳，分別把父親和母親扶住。

父親因傷勢嚴重，由大兒子立刻載進醫院去。大女兒與媳婦便準備將母親扶進寢室。常太太卻不肯起身，還是不停地放聲大哭，一面嚷著：

「我要老夭壽償命，我已經給他踢死了！」

大女兒輕輕地告訴她說：

「媽，爸也給你打傷進醫院去了。」

「該死！老夭壽會死，我才心甘情願。」常太太咬緊牙齦詛咒著。

「婆婆，事已過去了，讓我們扶你進寢室去。」媳婦扶著她的胳肢窩，要求著說。

「我不進去，我要與老夭壽算個清楚。」

大女兒傷心地說：

「媽，爸還重傷呢，要計較什麼？」

「是的，爸爸重傷進醫院去。」媳婦接著說，「計較什麼，婆婆，還是進房去吧！給孩子們看到你這樣，不好意思。」

「什麼不好意思，你竟幫起老夭壽來，也要欺負我是麼？」

「婆婆，姑姑也是這麼講，我哪敢欺負你。」

常太太輕蔑地說：

「哼！姑姑是什麼人，你知道麼？告訴你：她是觀音，你是水鬼！」

媳婦無可奈何地低著頭，沉默下去。但還是站著。常太太卻指著她說道：

「你不要以為你生了兒子就光榮。你豈知？其實是我會生兒子；兒子好，才會跟你生。」

大家都臉紅耳赤，不好意思地聽著，常太太也不厭煩地把常先生毒罵一番後，就轉罵到子侄的身上。

站在門旁的孩子們，一聽見堂兄被咒罵了，大家無不惶惶岌岌，因這一次鞭撻堂兄的藤鞭，很可能要落在他們的身上，甚至也可能不是象徵式的了。

果然那個晚上，堂兄被鞭得皮破血流，他們也同樣滿身藤痕累累。

三

今晨，天色破曉。

常家的傭人照例很早就起床準備料理早點，給大大小小的孩子們用後上學去。

往日，傭人起身後，常太太也一定出來打開大門，到草場散步、看花，然後回到廳上漱了口，一方面喝咖啡，一方面督責孩子們上學。

但，今早常太太反倒沒出來。

孩子們沒有長輩在身邊囉嗦，大家都吃得自然與痛快，於是七點鐘聲敲後，先後都出門去了。

八點過了，常先生也起床，走出客廳來。他喝完早點後，正想與太太交代幾句話，然後準備上商行去，因見不到人，便叫小孫兒上樓去叫祖母下來。

小孫兒下樓之後，告訴祖父說祖母睡著不動，叫也叫不醒。

常先生感到意外，因太太向來不會睡到這麼遲的，立刻就叫傭人上樓去請她下來。

不料，傭人在樓上驚叫著：

「不好了！不好了！」

常先生與家人馬上趕進太太房裡去，一看，太太眼睛翻白，身心冰冷。原來已僵硬多時。

一時噩耗傳開去，親朋戚友紛紛湧到常府來。不久，常府李夫人治喪委員會宣告成立。

為了敬告知交，預備明天由報上發表出去，於是大家都公推素稱喪訃文字老手的宰先生起草訃告。

宰先生也自告奮勇地承受下來，於是還未到上午二點，這篇堂之皇哉的「敬告知交」的鴻文，便呈獻在治喪委員會諸公的面前。

其中兩位委員素來十分欣賞宰先生的文字，所以要他把訃文宣讀一遍。宰先生也得意地展開金喉，高低抑揚朗誦道：

「新城海上街從興號東主常世德先生德配李夫人，閨號善和，秉性慈祥，尤嫻德婦。出身名族，賢聲卓著。自歸常府，相夫教子，有孟母風；家庭怡怡樂然。世德先生，長袖善舞，於社會商場中，卓著聲譽；子媳繼志述事，擴展基業，皆李夫人所勉勵訓導致之。常府英才輩出，子孫蘭桂，或大學畢業，或赴歐留學，有者服務國家，有者獻身社會，可謂一門俊秀，里黨鄉社，咸皆刮目稱讚。夫人方期克享遐齡，為世閫範，詎意一疾不起，竟於五月四日與世長辭。……」

宰先生朗讀未完，常府最小的兩個孩子，忽然問在場的一位親戚說：

「宰先生到底在念些什麼？」

那位親戚若有其事地答：

「他說你母親，淑德流芳。」

「什麼叫作淑德流芳？」其中一個問堂兄說。

「我也不曉得。」對方答：「大概是說從今起，我們不用挨打了。」

思想請假的人

一

「恭喜你，可以到社會上做事了！」

有位在去年畢業了高中的同學——李潮，他來看我，一見面，我便向他這樣恭喜。我所以會向李潮說這種話，原來是我深知他的家庭，正像久旱下龜裂的田地，渴望著天賜甘霖一樣地急切等著他畢業，可以出來做事。

李潮卻嚴肅地回答我：

「無喜可賀！」

「為什麼？」

理由是這樣：

原來李潮自拿到畢業文憑的那天起，他就失業了，而家長六年來，流盡血汗，節衣儉食，支持他修完高中階段的課程，滿以為他拿到畢業文憑後，可以替家庭分擔一份責任的希望，也宣告落空，所以他與家人，已開始在苦悶中度過苦悶的日子，根本便無喜可恭了。

「李潮，難道不能再找職業嗎？」

是的，我向自己這樣問，再說：條條大路通羅馬，三十六行，行行出狀元，何況李潮離校還不久。

我於是發出安慰的口吻：

「李潮，你不必消極，慢慢找，不久也可以找到。」

他不說什麼，聳一聳肩，兩手一攤，似乎表示社會的不可靠，一時消極下產生的憤懣，激得他眼眶漲滿著淚水。

其實，幾個月來，他幾乎走盡他所能走近的職業門徑，每條橫在他面前的去路，都有無形的Stop的橫木，拒絕他前進；現在，在他看來，前路還是渺茫，毫無去向。

所以，難怪他蹙著眉，發出不平的口氣：

「我到鄉村區找書教，教育局卻不准高中畢業生註冊；我要進政府機關，找個小職員的差事，負責的人？卻認為華校的高中畢業生不夠資格；我想投入商場，找一低卑的位置只要可以糊口的，便感滿足，可是現時行情不振，正是裁員減薪的時候，不得已於最近幾天，趁著日間師範學校，將要開學的日子，自願降低高中畢業生的資格，擠入初中畢業生的行列，報名投考，希望每月可得政府發給生活津貼費四十餘元，藉以解決畢業後個人的生活，而且建立個政府承認的資格，以備日後可以執教，但是也不可能，據說必須將入學的理由呈報教育部，候部批准，然後看看有沒有餘額可以安插，始能決定。其實日間師範學校，在今天初中生入學擠擁的情形下，是永遠不會有空餘的學位的。那麼踏三輪車嗎？可是缺乏勇氣，而且踏三輪車也得具有踏三輪車的技術，以及其他必須具備的條件，並不是一時要踏三輪車便有三輪車可以踏的。……這是什麼社會，根本不是好人活的世界……」

聽了他敘述尋覓職業的經過，難怪他在四面碰壁的苦悶下，要產生滿腔憤懣的口氣。

「是的，我十分同情你。」我說：「這雖不是你的罪過，但要面對現實，難道踏三輪車是下賤的嗎？不然你為什麼產生不出勇氣？」

「面對現實。」李潮毫不猶豫地說：「方先生，當我畢業初中的那一年，你不是也要我面對現實，我就是聽你的話，面對現實，讀了高中，滿以為可以找到更好的職業，可是如今現實怎樣？」

「不錯，現實依然沒有改變，但我還是主張面對現實。」

李潮未發表意見，我也沒話說，雙方沉默了一陣，最後他才開口問我：

「那麼，請方先生告訴我，我現在要怎樣？才不算是逃避現實。」

「既然到處都沒有工給你做，」我站起來，理直氣壯地解釋：「那麼你就應該自動地去做工，只要你肯放棄智識分子的優越感，不要老是認為自己是高中畢業生，那麼還會有好多工作等著你去做的。」

「什麼工作，你不妨告訴我。」

「等到你有決心做的時候，我自然會介紹給你做。」

「哪一類的工作？」

李潮幾乎在我的話還沒說完，他便這樣問我。

「當然是人可以做的，而且應該做的工作。」

「你做過嗎？」他對於我提出的工作，似乎發生了懷疑。

「我們的同鄉都在做，要是我失業了，我當然也會去做的。」我卻毫不猶豫地對他這麼表示。

「哪一類的工作？」李潮似乎很關切，但似乎對工作已發生了貴賤的看法，所以他帶著要求的口吻：「請你告訴我。」

「現在我不想告訴你，等到你有決心幹的時候，我不但會告訴你，甚至會馬上介紹給你去幹。」

「那麼，讓我回去考慮考慮。」

「只是敢幹與不敢幹的問題，還要什麼考慮，你記得嗎？初中畢業後，你不是說碼頭的工作也可以做嗎？」

「是的，不過此一時，彼一時。」

「難道現在高中畢業了不同嗎？」

「不是這麼簡單的，方先生，還是給我回去考慮、考慮。」

李潮臨出門時，還是這麼猶豫不決。

「好吧！既然這樣，最好在三天內給我消息。」

在他踏出我家門外時，我也向他作這樣的交代。

二

李潮，是我一家親戚的鄰居，也是我在C中學任教時的學生。

他個子結實，身材不很高，卻具有一身發達的福相，圓圓的臉孔，常常開著笑容，很討人喜愛；黑溜溜的眼睛，老是發出光亮的神彩，使人一見，心窩便會發亮；筆直的鼻梁下，有一個厚唇又闊大的嘴巴，雖不時常發出聲音，卻似乎使人聽到他的脈搏的跳躍是富有節奏的，因此，大家都認為是個富有毅力的青年。

是的，他的功課，各科成績都搞得很好，對師長彬彬有禮，對同學謙恭溫和，所以美好的印象，老早就刻在師生們的心版上；大家一提起李潮，總是給予美好的評價。

我是李潮初中三畢業班的級任，對於李潮的學業和性格，的確比別人了解得多，但是他的家庭環境詳細的情形，卻不甚清楚，只知道他是個很小時便失去了父親的苦兒，因為學期開始時，他交來的家長姓名是女人的名字：陳玉娟；而在我檢閱他的小學學籍表時，也看到陳玉娟的名字。

是畢業考試舉行後的第三天，初中三的功課暫停了一個星期；趁著休息的時候，我因事到親戚的家去。

剛剛是我下了腳車，要把車子推上五腳基時，無意中抬頭一望，便看見了李潮站在右鄰第三間店戶的門前。

李潮看見我，馬上走向我的面前來，但他還沒有開口，我已經問他是不是住在這裡了。

「是的，方先生，我就是住在這裡的。」李潮答覆我後，便這麼問：「方先生，到這裡來有……」

他問我的話還不敢肯定，我卻知道他的意思，於是就答覆他說：

「我是來找親戚的。」

「方先生的親戚住在這裡，我倒不曉得。」

「上兩個月才搬到這裡來的。」我告訴了他，又問他說：「你住在這裡很久了吧！」

「是的！」

他指我親戚的家，又用拇指又指著他的家，接著說：

「方先生在親戚家理完事後，請到我家來坐吧！」

「好的。」我開始上樓去。

「一定來？」
我聽見背後他的聲音後，回他一句：
「一定來的。」
「我等著你呀！」
他很認真，我轉頭看見他滿臉掛著盼望的笑容。
大約過了半個鐘頭，我下樓來，李潮還在五腳基上等著我。
「來坐吧！」李潮引著路說：「方先生，難得有機會使你到我家坐。」
「是的。」我跟著他，一路走進那間前座是打白鐵店，後座是住家的屋子。
「你們就住在這裡？」一歇腳，我就問他。
「是，這就是我們的家。」
「不錯，地方還乾淨。」
李潮似乎不大注意我這句話，他面向著那位走向我們面前來的中年婦人，指著她向我介紹：
「這位是家母。」
然後指著我向他母親這樣說：「這位是我時常提起的方老師。」
「呵，方先生，請坐。」
他的母親一方面跟我講話，一方面把椅子送近我的身邊。
我坐下來，面對李潮這麼說：
「李潮，記得你曾告訴我說：你家有好幾個人，大家都有一點小手藝在做。那除了在這裡工作外，還有別的地方嗎？」

「沒有。睡、吃、工作，都在這裡。」他指著廳上的床鋪與幾張帆布床，以及床鋪邊的飯桌，與飯桌周圍的一些空餘的地方，和牆邊的一張針車。

「方先生，這地方，每個月的租錢還要廿元呢！」李潮的母親接著她兒子的話後這麼說。

「陳女士的國語很好，以前是在什麼地方服務的？」我聽見李潮母親的國語腔調十分準確，認為她一定是智識婦女，於是放棄話題，而轉向這方面問她。

「我母親過去也是教書的。」李潮搶先替她母親解答。

「這麼說，大家還是教育界的同道呢！」我說，「那陳女士現在不教書了？」

「是的，不教好多年了。」

一陣苦笑從陳女士的臉上掠過，使人一看，約略就可以知道：她的離開教育界似乎是有原因的，於是使我不經思慮地又這麼問道：

「為什麼不再教呢？」但我這麼問了後，立刻自知太過率直了，於是馬上發出一句認為可以中和的話：「教育界的飯，實在也難吃！」

「這個麼！」李潮的母親不以為然地：「雖然有好多人這麼說，但，我卻因為是身體不好。」

「我母親的肺部有不少毛病。」李潮十分坦白地替她母親解釋所以離開教育界的原因。

我卻認為自己太過率直，而覺得不好意思；就在我的率直受到自己意識所檢討的時候，從店口走進來一位約莫五十多歲的老婦人，手裡抱著一大籃空牛奶鐵罐；當她走近我的面前，李潮站起來，又給我介紹說：

「方先生，這是我的祖母。」

我站起來，向他祖母作禮貌上的點頭，李潮的母親便指著她這麼說：

「她老人家還十分健康，每天都幫助我們捶平牛奶罐鐵。」

「哦，很難得。」我說，「是的，看起來，老人家還十分健康。」

老祖母微笑著，一面頻頻向我點頭，一面走進廳後去。

這時候，我已經明白他們手藝的對象了，於是我問道：

「牛奶罐鐵，百片能賣多少錢？」

「不多的，大約三塊錢。」李潮說。

「哪兒來的這麼多空鐵罐？」我問。

「向人收買。」李潮說，「有時過港的人帶來賣。」

「此外，他的兩個弟弟每天到外邊去尋覓。」李潮的母親補充下去，「還有店前的白鐵店也拿給我們捶。」

「兩位弟弟，還未入學？」我問。

「他們已經小學三年級了。」做母親的淺笑著，「沒有辦法，下午放學後，就要他們幫助工作了。」

「一家人都十分能幹。」聽了她的話後，我就這麼稱讚。

「我母親也替人家車童衣。」李潮聽見我的讚譽，又替她母親表揚一點勞績。

於是，我又自然而然地這麼說：

「一家人都參加勞動，這是十分難得的。」

「不這麼做，一家五口的生活，以及兄弟三人的學費便無從著落了。」

我聽了她的話，又面對著說：「還是你陳女士能幹呀！」

「說了這麼多話，還沒叫茶來喝呢，真對不住了。」

李潮在他母親這麼表示後便馬上站起來說：「是的，是的，太糊塗了！」於是準備走出店外去。

我馬上阻止他說：

「不必客氣，我也該回去了。」

「怎麼可以。」李潮的母親也站起來。

「陳女士，」我說：「我不喝，下次來時才給你請。」

「歡迎！」他們母子幾乎同時這樣說。

三

會考舉行後，李潮自己知道成績不差，因為他對試題的解答，幾乎都達到圓滿的成績，但當學業結束後，另一個問題，馬上又在他心上發生：

就業呢？還是升學？

一天，他到我家來，大家一坐下來，我就這麼說：

「在道理上，有機會還是要繼續升學。初中畢業生，在目前馬來亞的教育法令下，要當小學教員是不可以的，要到社會上做事，學問又不夠用；假如，家庭目前還可以不必靠你維持，而有點能力支持你升學的話，我還是主張你繼續升學的。」

李潮聽了我的主張後，他慢條斯理，語氣降得十分低，他說：

「家庭生活，在目前，倒勉強可以靠她們自己維持，不過因了我這個人的升學，要使祖母和母親，以及兩個弟弟，支出超額的勞力，我捫心自問，實在有愧！」

「那麼你自己怎麼決定？」我聽他的話後問他。

「我的意思是打算找事情做，以便減輕家人的負擔。」

「你的話也有理由，不過家人在目前既然有能力可以維持大家的生活，」我還是堅持自己的主張：「那你還是升學好，雖然修完高中學程，學問不見得就充實了許多，然而以目前的情形看，至少比初中生容易找到出路。不過你母親意思怎樣？」

「我母親麼，倒是跟方先生你一樣，鼓勵我升學去。她說：她願意縮衣節食，給我修完中學的學程，因為她認為高中畢業後，進教育界，至少也可以當名小學教師。」

我聽李潮敘述他母親的意見後，雖然不同意她認為高中畢業後，一定就能走教育界的路，但修完高中課程後，對學問的增加，以及人格的修養，的確是有好處的，所以我還是鼓勵李潮說：

「你母親既然願意縮衣節食來維持你的學業，那你可以不必顧慮其他的，還是準備升學的考試。」

「我再升學，太對家庭不住了！」他這麼嘆息。

「將來記得報答她們，比方有辦法的時候，給祖母和母親生活得快樂一點。再說，有了學問，能夠多做一點對社會有益的工作，她們看到你有出息，也就會快樂了。」

「事實上，我再回學校讀書去，祖母和母親便要加倍辛苦下去。」他還是發出內疚的口氣。

「李潮，」我說：「聽你母親的話，其實她不但不會埋怨你，而且她還要支持你升學，你對不住她，這話怎麼說起？」

「方先生，」李潮似乎十分難過，他說：「我的話是有原因的。」

「是的。」我說。

李潮的眼眶忽然紅溼起來，他低下頭去。我雖不明白促使他悲哀的原因，但看到他憂傷悲鬱，也不好意思再問下去，於是大家沉默了一陣，最後還是他打破這沉默的局面，他說：「母親有一段傷心事，其實她盼望我早一點畢業，以便幫助她治療憂慮的創傷。」

「哦！」我有所覺悟，但，我還不敢要知道他母親，到底為了什麼而悲鬱，所以我只能這樣順他的意思說：「既然是有原因，那麼還是等你慢慢跟母親商量後才決定。」

因此，李潮見了我以後，關於就業呢？還是升學好？問題還是得不到圓滿的結論。

原來，在我們的結論還沒有產生的時候，有位同事來找我，於是不得不暫時將話題結束。

四

三天後，我接到李潮的信：

方先生：

你是我所敬仰的導師之一，所以對於升學與就業的問題，我還是想請教你。

前天你主張我還是升學好，我回家後，考慮將來的前途，以及面對目前的環境，我也認為還是升學對。不過，我還沒有告訴你一件事。我母親雖然也跟你一樣要我繼續升學，可是我一升學去，母親的心可能再要忍耐三年的痛苦，因為兩年前，母親原已希望我畢業初中後，我出去做事的；她怎麼要我趕快去做事呢？這是跟她內心的創傷有關係的。

其實，我的父親並沒有去世，去世的是我父親的良心。

原來在五年前，我們是有一個快樂的家庭，那時，我父母親都在K城C中學教書，及後我父親因愛上了一位女同事，等到我母親發覺後，父親已帶著他心愛的人，拋棄了我們一家，遠走高飛，離開馬來亞去了。

母親為了這件事，傷心失神，不到幾個月，憂鬱成病，想不到所患的又是肺病，從此書不能教，一家的生活陷入苦境。

那時候，貧病交加，母親幾乎要走上自殺的路。想不到父親從遠方寄來二千元，並且來信要求母親給予寬恕。

那時候母親雖痛不欲生，但一看見父親的信，認為父親的天良還沒喪盡，加上一時生活得到救濟，所以很快地就恢復生的意志，決心再生活下去，於是帶病進入中央醫院去。

祖母把父親寄來的錢，拿出一小部分應付家務外，其他的都寄到當店去，然後向人家收領衣服來洗，節儉地維持一家四口子的生活。

一直到我讀高小的時候，母親的病才痊癒出院，她不忍祖母再繁勞操勞下去，加以她出院後需要吃更多的補品，所以留在當店的錢，不到兩年多便給家庭用光了。

錢一完，我們的生活又逐漸陷入困苦的環境，雖然祖母還能繼續操勞下去，但母親也得盡力操作，否則大家的生活，以及我們的讀書費用，便會馬上發生問題。

母親為了維持這個家，日夜工作，不久又嘔血了，雖然沒有好像過去那麼厲害，但看樣子，她是不能再加重工作的了。結果生活的重擔，又把祖母的腰膀壓得更彎了，於是母親總是希望我早一點畢業，可以出來做事。

今日，母親的肺病雖然已停止了嘔血，但三年來，我在初中的費用，已耗盡她們的精力，

> 如今我怎麼可以再要祖母與母親繼續勞苦下去，難道我要把她們的血液，榨乾了才甘願？
>
> 所以我雖認為升學是應該的，可是，方先生你看在這樣的情形之下，我可以再升學去嗎？……

讀完李潮的信後，我特別到他的家去，但李潮不在家；他們這時老少正在「得得達達」地捶平白鐵片。

李潮的母親看見我，馬上放下工作，拉把椅子給我坐，同時叫她最小的兒子到隔壁店去買咖啡給我。

我告訴她來找李潮原因後，便將李潮給我的信交給她看。目的要使她對兒子升學的事，得到更多的了解。

在我喝完咖啡後不久，她已將李潮的信看完了。然後把它交還給我，這樣說：

「方先生，事情是實在的，難怪他會產生這種苦衷，不過，目前我的身體比較好一些了，可以多支出一點勞力，所以情形跟兩年前不一樣，因此我才打算給他升學去。」

「你的看法是對的，但李潮的苦衷也有他的道理。」我說：「不過我認為你既然有這種勇氣，願意再吃苦三年，我也認為李潮是應該再念下去的。」

「是的，雖然目前的生活，並不是出賣勞力就一定可以解決的，但是今天可以過，我們就應該為明天的日子打算。因此無論如何，我還是要他讀下去。」

聽了李潮母親的話，我認為她眼光遠大，看法正確，所以我這麼說：

「很難得，像你處在這樣惡劣的環境下，能夠產生這樣堅強的意志，的確不可多得。」

「有一分力量，就該做一分事情，要是明天不能過，那在明天再進一步地掙扎。」

「對的，我十分佩服你。」我說，「李潮不在家，那我改天再見他好了。」
「太麻煩你了。」
「再見！」
當我向她告辭，轉頭踏出前店時，李潮回來了。
他看見我，很高興，馬上一手拉住我，一手指著他的弟弟：
「去，快去叫咖啡請方先生，不要再忘記了。」
「咖啡已經喝過了。」我說：「不必再叫了。」
「再多喝一杯吧！」他的母親插嘴說。
「不必，喝過就夠了。」
於是大家一坐下來，我的話便拉進正題，我說：
「李潮，你的信我接到了，寫得有道理，你的苦衷我也十分明白，不過剛才我跟你母親談過，她還是堅持給你去升學。」
「我怎麼可以升學去？我難道要把她們的血都榨乾了才滿足？」他的眼眶馬上紅起來。
「李潮，你的話固然對。」他母親說：「但是你現在能夠做些什麼？」
「我什麼都可以做，就是碼頭工作我也願意做。」李潮馬上說。
「你的話是對的。」我聽李潮說後插嘴了：「不過你並不是一個不可以造就的人，再說，你有較高的修養，將來不是可以做一點比較有成就的事業？我並不反對你去做碼頭的工作，而且要鼓勵你去做，但以現在的情形看，你還是應該讀書。」
「是的，方先生的話是對的。再說，兩位弟弟將來的教育費，也要靠你供給呢！假如你的收入有限，那你怎麼應付他們的教育費？」

李潮卻低著頭，沒話說。

我於是開口：「你要面對現實，現在既然環境可以給你讀下去，你就讀下去吧！」

「面對現實！」

李潮若有所悟，輕輕地這麼說。

「對的，要面對現實！」他母親也這麼鼓勵他。

他卻不表示意見，只是站起來，然後這樣說：

「那我再考慮考慮。」

五

那年過後，我轉業到H校，李潮也來H校讀高中。

剛好高中一那年，我是他的級任；高中二那年，我也是他的級任；去年他升上高三才沒聽我的課，但他在畢業班這一年，我每到親戚的家，一定也上他的家去。一年來，我知道他們的生活不但沒有改善，而且接近掙扎的邊緣，加以樹膠跌價，空牛奶罐鐵也不值錢了，因樹膠跌價，製造樹梠舌（插入膠樹，接膠液流下膠杯）的白鐵當然也跌價，所以除了替人縫童衣外，其他的收入都成問題，於是家人已急切地等著他畢業出來做事。

年底學校舉行畢業考試的那幾天，李潮興致勃勃，而他的母親更加高興；記得有一天，當我到他的家去的時候，她破例地拉著我的手，熱淚盈眶地說：

「方先生，李潮將畢業了，三年來所希望的文憑，終於可以拿到手了，現在還要請你多多地幫忙，替他介紹個職業。」

「是的，李潮已高中畢業，我也替你高興！」

那時候，我的確為他的畢業而高興，雖然新教育法令規定高中不准執教，我卻認為他可以找其他的工作做。

今年年頭，當李潮忙於找職業的時候，我因患了嚴重的肝病，在中央醫院住了兩個多月，李潮沒有機會跟我見面，而我因病，身在醫院，對於他的職業問題也忘記了，一直等到我出院。在家休養的時候，他才來見我，我才知道他失業的經過。

由於我曾答應他母親要替他找職業，所以在我了解他實在已經找不到職業的情形後，我便打算替他介紹一份被人認為是下賤的工作，可是聽李潮的口氣，似乎對於我將介紹的工作，有待明白後才肯去幹的意思。原因是：他知道我的同鄉多數是在幹倒糞的工作。難怪當他離開我家時，會再三提出讓他考慮考慮的話。

六

三天後，李潮來見我，一見面，他便開門見山地問我：

「方先生，你打算替我介紹的工作，是不是貴同鄉所幹的那一類的事？」

我心裡有數，似乎很明白他對於倒糞的工作感到可恥。其實我並不是要介紹他做倒糞工作，而是想介紹他到倒糞公司任「葛把拉」[1]的助手兼「財副」[2]，因為我的叔叔是在倒糞公司做總管，十多天前，他曾要我介紹一位懂得中英文的人給他，他說月薪有兩百五十元，如果成績好的，可以正式升做「葛把拉」，押車出門，薪金能升到三百二十元。可是如今聽到李潮的口氣，我故意這樣問：

「假如是介紹倒糞的工作給你，你認為怎樣？」

李潮反應很快，他說：「我怎能去做這種工作，你忘記了，我現在已是高中畢業生呀！」

「李潮，我不會忘記，是的，你是高中生，但我要問你，倒糞的工作不是人做的嗎？」我毫無火氣地這樣問他。

「不要講笑話了。」他說：「倒糞的工作雖然也是人做的，但一個高中畢業生去幹倒糞的工作，未免太失斯文了。」

「依你這麼說，高中生所做的，應該是哪一類的工作？」

李潮沒話說，只是低頭沉默著。

「高中生不能幹倒糞的工作，」我說：「那麼應該去幹高尚的工作了，試問哪一類是屬於高尚的工作，現在，有哪幾類所謂高尚的工作給高中生做？」

「雖然，目前我找不到高尚的工作做，但是無論如何，高中生絕不應該去幹倒糞的工作。」

「這樣說，倒糞的工作要給誰去做呢？」

李潮不開口，我便接下去說：

1 工頭。
2 書記。

「難道人跟人，真正的是有分別嗎？不然，為什麼某種人應做倒糞的工作；某種人就不該做呢？」

「我並不是這個意思。」他說。

「那麼你的意思是怎樣？」我問。

「我認為與其要幹倒糞的工作，何必讀完高中呢？」

「那讀完了高中，就變成人上人了嗎？」

「不是人上人與人下人的意思。」

「既不是人上人，便沒有人下人了；既沒有人下人，大家都是人；既然大家都是人，凡是人所做的工作，大家便可以做了。」

「話雖然是這麼說，但高中生去做這類工作，實在是太沒有出息的。」他還是很認真地說。

「其實不肯幹這種工作的人，才真的是沒有出息！」我繼續說：「你要知道，幹這種工作的人，每月也可以收入三四百元，同樣也可以養活家人，那些所謂有出息的工作，收入未必就會比他們多，而且，工作的意義並不是以收入高就是高尚。」

「總而言之，那是一種下賤的工作。」

「李潮，想不到你讀完高中後會說出這樣的話，其實你這種話是沒有智識文化的想法。」我說：「教育是一種工作，碼頭工作也是一種工作，前者用心，後者用力，同樣都是工作，倒糞與碼頭的工作，哪還有什麼分別？」

「沒有分別，為什麼人家不高興去做？」

「你怎能知道沒人高興去做？」我說：「要是沒有人倒糞，糞豈不是要堆積如山了。告訴你：

我的同鄉就有無數人在做這種工作；我的叔叔，他有三個孩子是讀大學的，他老人家還跟糞車出門，督促工友去做工呢！依照你的看法，他是不應該做這種工作的，因為他的兒女們有的已當了大學的講師，那不是可能影響到他們的事業嗎？」

李潮對於我的解釋，似乎不相信是適當的，但他卻說不出反面的話來，我於是繼續再說下去：

「其實工作不應該有貴賤的分別，既然是工作，既然是人做的，人就應該去做，原因，勞動是神聖的，以勞動力換來的代價是具有著正確意義的。」

我停了一刻，希望這些話，李潮能消化下去。這時，他也許還在嘴嚼，所以沒開口表示什麼，於是趁著他抬頭望著我時，我再說：

「自認是高尚的工作，假如對群眾不發生利益，反而對群眾有害的，那根本幹那種所謂高尚的工作是可恥的。知識分子自認清高，斯文不可掃地的時代已成歷史的陳跡了，現在已是勞動界抬頭的時代，只有參加勞動，身心才能獲得康健，身心康健的人，才會關心大眾的利益；才會受到大眾的熱愛，所以我們應該改變過去那種落後的思想，勇敢地參加勞動，生活才有意義。」

李潮聽完我的話，他說：「話雖然這麼說，但這純粹是理論罷了。因為目前的社會還不許我們勇敢這麼做，因此高中生幹倒糞的工作，是可能受到輕視和辱罵的。」

「根本不是理論，而是實踐的考驗，假如大部分知識分子的觀念都和你一樣，才是理論的問題。」停了一會，我再說：「你以前當初中畢業時，不是說：碼頭的工作你也願意去做，現在為什麼變成這麼清高了？」

「現在已讀完了高中。」

「讀完了高中，認識就不同了嗎？」

「事實上，高中生還用不著去幹倒糞的工作。」

「是的，高中生還用不著去幹倒糞的工作，但是高中生如果不能解放自己的思想，認為勞動是不分貴賤的，那麼高中生去幹倒糞的工作，也不會說就把學問糟塌掉了，所以完全在於本身的思想問題，你認為可以做、應該做，那時你的自卑感根本就不會發生；而且你會認為去接受人家的鄙視是可恥的。再說，現在我並不是要你馬上去幹倒糞的工作，而是打算介紹你進倒糞公司任『葛把拉』的副手兼『財副』。」

「但，總算是在倒糞公司工作了。」

「既然這麼說，那你願幹不願幹、應該幹不應該幹，你回去跟你母親商量後才決定。」

李潮垂頭喪氣應付說：

「好吧。就讓我回去跟母親商量看。」

他走了後，我立刻產生了這樣的感想：

現在是什麼時代了，為什麼還有很多人認為勞動是可恥的，為什麼智識越高的人，越不喜歡勞動？

「不！有這種思想觀念的人，現在逐漸減少了。」最後，我卻這麼肯定地對自己說。

寫於一九五八年十一月五日

讓我活下去

秀壯每天早晨來校上課，總是要遲到十幾分鐘，所以她給老師的印象十分深刻，加以秀壯的身材矮小，膚色黃胖，兩顆像缺乏電力的燈泡嵌在灰色臉上的眼睛，是那麼黯淡、昏黃，更使人容易想起了他。

秀壯今年不滿十六歲，是高中二年級生。

在班上，秀壯是最沉默的一位，就是上體育課舉行拔河比賽，同學們十之七八都是跳跳蹦蹦、嘻嘻哈哈地表現得非常快樂，他呢，灰白的臉上總是泛不起一絲笑意。可是他做起功課卻相當勤快；比方上華文作文課，別的同學起稿還沒好，他已經交了卷。他可以很快把文章寫好，書法並不潦草，內容也相當可觀。

不過秀壯的學費，每月總是拖得遲才能繳交；由於學校是屬於獨立型中學，經費是全靠學費的收入來維持，所以當他超過期限不能把學費繳交時，總是被當局飭令回去拿錢繳了才准予上課。

他就是貧窮才不能準時將學費繳清；要他回去，他還是拿不出來。原因是他家裡根本就沒錢可拿，甚至他的左鄰右舍也都是窮困的，就是開口向他們挪借，也是借不到多少，原來大家都是生活在窮困的甘榜裡；十之八九全靠割膠度生。近年來膠價跌得好厲害，影響所及，大家的收入降低，甘榜裡的經濟情況也就更壞了。

秀壯的家是在麻河北岸的一個小甘榜裡，家居是間搖搖欲墜而破爛不堪的亞答屋。家裡除了三幾件陳舊發霉了的桌椅與八九種膠著黑垢的杯碟碗具，以及幾把擦得金亮的膠刀外，就沒有其他值錢的東西。他母親以及妹妹，每天黎明時分就要出門上工去；一天忙到晚，每人所得的工錢只有二元二角；有時下雨天，有時生病不能出門，所以一家三口，一年到尾都是過著勤勞而窮窘的生活。

秀壯本來跟甘榜裡其他的子弟一樣，都是在附近大甘榜的學校受完了小學教育就要輟學，不過他是比較幸運的，這，是由於他的學業成績優異，得到一位老師的獎掖，幫助他一部分的費用，鼓勵他升學去；他的母親也深明教育的重要，節衣縮食，給他繼續深造，所以才能一路升上高中來。他每天所以會遲到，原因是當他割膠回來後，只能搭上那七時卅五分一班經過大甘榜的巴士。這麼一來，巴士抵達碼頭後，總是超過上課的時間。

秀壯放學回到甘榜裡，都是跟大家一樣，穿著破舊的衣裳，頭髮留得長長，散落到嘴巴了還沒錢去理，兩隻手掌與十個指頭都是染著髒黑的膠垢，住宅的內外，滿地都是垃圾，四周圍又是成群結隊嗡嗡叫的蒼蠅；由於大家忙著工作，擠不出工夫去打掃，甘榜裡又缺乏衛生設備，所以幾乎每天可以看見居民發生疾病。病人多數因籌不出醫藥費不能到私人藥房去診治，也沒有法子順利進入政府醫院去，十家八家多是亂投藥物，因此時常可以聽到居民死喪的噩耗；而婦女們生下來的嬰孩，也因為營養缺乏，得不到醫藥的照顧，往往不到彌月便夭逝。所以有些大腹便便、臉色慘白的婦女，還沒有到了臨盆，就整天擔心著嬰孩的夭折，至於活下來的都要與病魔掙扎，才能苟延殘喘下去……。

秀壯就是生活在這樣的一個貧病交侵的環境裡，每天在死亡線上掙扎過日的青年。

他在第二學期開學後第二週星期一就沒來上課了（他這一次的缺席，並不是繳不起學費，他的學費在開學的第二天就已經繳交的了；這個學期開始，他的學費所以能夠很快便繳交，是因為他在假期裡，到大甘榜多做些散工的關係），原來是他的妹妹發生急病，需要他在家裡料理一切。

秀壯的妹妹名秀一，今年雖然只有十四歲，卻做著和母親與哥哥一樣的工作；就因為有了她的一份收入，家庭才可以勉強維持秀壯讀書，因此在感情與道義上，秀壯不能不想盡辦法使妹妹的病早日痊癒。

秀一患的卻是嚴重的急症。

三天前，她和母親、哥哥割完了膠回家時，半路上遇到大雨，大家空著肚子溼漉漉地趕到家裡後，妹妹來不及換掉衣服，通身就冷冰冰地發抖，過一陣後又發生高熱。母親以為是平常事，也就不加以注意。不料到中午時，情勢突變，不但熱度高升，呼吸更顯出困難，這時才託人趕下坡去買些便藥給她吃。可是熱度還是不能下降，而臉色就像受了太陽曬過的一樣紅光煥發；呼吸更加急促，甚至頻頻發出囈語，當晚秀壯和母親十分焦急，小心翼翼地加以照顧。第二天早上，他認為情形不對，於是替妹妹加穿了兩重衣衫後，便和母親扶她出路口搭巴士下坡到政府醫院去。千辛萬苦擠進掛號拿到牌子後，一直到了下午二點三刻鐘，才得到醫生的診視。但看她的醫生卻非常草率，還沒有動過聽筒便揮手叫她離開；而當晚吃完了那瓶藥水，就像沒有吃過一樣。秀壯看到醫生診視那麼馬虎，又看到妹妹的病這樣嚴重，心裡老是不安，第二天一早，就向母親這麼說：

「阿母，我看秀一的情形不對，還是早一點想辦法給她看醫生去。」

「我也是這麼想，」母親有氣無力：「中午我們再帶她到老君厝去吧！」

「阿母，你還想帶她到老君厝去？」他認真地卻帶著憂鬱的口吻。

「不去，怎麼辦？」母親哀怨地拉長著聲音。

「普通病人被帶去那個地方還無所謂，像秀一這樣嚴重的病，那種老君怎樣會醫好？」

母親聽後沉吟一會，愁眉不展地望著秀壯說：

「你怎麼知道醫治不好？」

「老君對待病人，根本就是敷衍了事！」

秀壯斬釘截鐵地說。

母親問：「你從何見得老君是在敷衍？」

「你想：我們早上九點鐘到達醫院，病人已經擁擠不堪了，那麼多的病人只有一位醫生，不但時間不夠，醫生的精神也是有限，加以他在診視病人時，又是那麼草率，所以幾乎是敷衍塞責。你看，有些病人開口多問一句，他就暴躁地揮手，好像趕豬狗一樣叱人離開，像這樣隨便看、隨便給藥吃，病重的人，怎樣會被醫好？」

「這樣說，秀一的病，應該怎麼辦？」

「我認為今天應該早一點帶她去給私人醫生詳細看一看。」秀壯說：「否則，病只有加重下去！」

「看私人醫生，哪裡去找錢？」母親面有難色，「聽說每次開手，最少非八元十元不可！」

「家裡一點錢都沒有？」秀壯低聲問道。

「都給你湊去買書了，這三幾天來，大家又沒有上工，哪裡有錢，昨晚的一干筒米，還是向菜店仔賒來的哪！」

一時，母子倆無言相對，大家有如窒息地感到痛苦，於是一切都是冷靜的，只有秀一的喘息沖淡了冷靜的氣氛。

一會兒，還是秀壯先開口：

「秀一的病這麼嚴重，沒錢也得想法，今天非給她下坡去看不可！」

「雖然是，不過要到哪裡去找錢？」母親無限感慨：「這些老君動不動就要八元十元！還有來回德士的車費呢？……」

話說後對著秀壯發楞，秀壯也凝視著她，又是一陣使人難以忍受的空虛的沉默，但空虛過後依然還是現實，所以秀壯再說：

「阿母，等我想辦法去！」

他便匆匆忙忙地趕下坡來，他走過熟悉的路，他找上了那熟悉的人，雖然頗費唇舌，也終於拿到了十二塊錢，於是他又匆匆地在碼頭雇了德士趕回家去。

母親看見兒子帶了錢回來，便問他說到哪兒去找的。

他帶著要求的口吻這麼說：

「請你先不要問我的錢是哪裡來的，還是先給我知道你借到了錢沒有？」

「只借到三元。」

「三元也好，現在就趕快把秀一扶上德士。」

母子倆於是將秀一扶上了車。卅分鐘後，已經將近中午的時刻了，秀一還是沒辦法立刻得到醫生診視，他們拿了掛號牌子後，擠在人堆中焦急地等著、盼望著……

老的、少的病人，一位一位拿了藥品絡繹離開了藥房，擁擠的候診室逐漸寬鬆了，但秀壯和母親的心緒卻逐漸緊張起來，因為秀一的呼吸愈來愈短促，慘白的臉色越看越可怕；再看到許多衣衫襤褸的病人從衣袋裡把破皺的鈔票一張一張掏出來付還醫藥費時，更使他們擔心著自己袋裡的錢可能不足，於是像被趕赴屠場的羔羊一樣驚懼忐忑；等呀等，好容易才輪到秀一被診視。

斜坐著在輪椅上的醫生，似乎看見病人的氣色不佳，兩顆疲倦的眼睛突然發出凌厲的神情，但畢竟因筋疲力竭，那道一時匯集的眼光立刻又消失了，於是左手拇指以下的三個指頭托住額角若有所思，一會兒才站起來問道：

「是什麼病？」

「被雨淋引起的。」秀壯戰戰兢兢地說。

「吃過藥沒有？」

「吃過老君厝的藥水。」秀壯又答。

醫生於是用過聽筒聽後便說：

「愛打針！」

「愛打針。」秀壯六神無主地隨著說一句。母親也接下去問道：

「老君，打針要多少錢？」

醫生不開口，睜大了眼睛對她掃視一下，就進行給秀一打針，然後對他們說：

「要小心照顧她，她的病已經不輕了！」

「老君，她，她患什麼病？」母親無限哀怨地問。

醫生揮著手說：

「肺炎……趕快出去，還有病人要進來看！」

他們惘然失措地將秀一扶了出來，又坐到剛才的椅子等著拿藥水。

十幾分鐘後藥物配好了；針藥費一共是十二元，秀壯鬆了一口氣，原來他們袋裡合起來共有十二元，不過要回甘榜去的德士費還沒著落。他沉吟苦思一會，對母親說：

「請你暫時在此坐一會，我再設法找車費去。」

母親憂心如焚，聽見他說要設法找錢去，不勝悲痛，正要開口問他到哪兒去找錢，秀壯已經匆忙地踏出藥房門外去了。

大約廿分鐘後，他回來了，馬上一起又渡過麻河，坐上德士匆忙回去。可是抵達家裡，秀一的藥水還來不及服下，短促的呼吸忽然斷了。

母親撫屍痛哭，秀壯卻哭不出聲，只是噙著淚水對秀一慘白的面靨發楞……一陣後，他咬緊牙齦，忽然把藥水瓶揑在手裡，大力地摔向地下去，讓它破個粉碎，然後咬緊牙齦憤恨地吼叫：

「秀一，你為什麼會死！」

接著用手掩住臉孔大聲狂哭。

母親看他哭得那麼淒切，便停止了啜泣，戚然地說：

「秀壯，人既然死了，你哭也沒有用。」

「我怎麼會不哭，她是我的妹妹呀！」

「她也是我的女兒。」母親說：「不過秀一善後的事，不是哭可以解決的。」

「我有辦法。」秀壯堅決地說：「反正我與你還活著。」

「活著有什麼用？」

「活的人會想辦法！」

「你還有什麼辦法？」

「還不是那一條路！」

「秀壯，難道今天的錢，你又是向那放高利借的？」

「不向他借，還有別的路嗎？」

「可是廿元是要還卅元的呀！」

「雖然是這樣，別人向他借可不容易；要不是我跟他兒子同學的關係，而前次我們借他的廿元，於一個月內，每天都能把一塊錢還給他，今天可沒有這麼容易借出來了。」

母親沒話說，默然凝視著秀一的屍體，然後憂鬱地哭著說：

「秀一死了，活著的我們，怎樣活下去？」

「我們還是要活下去！」秀壯站起來，揑緊拳頭打著桌子說：「目前我們雖喘不過氣，但還是要活下去！」

母親看到兒子近似發狂了，便走近他身邊安慰道：

「秀壯，不要這麼激動呀！激動是無濟於事的。」

秀壯拭掉淚水憤恨地說：

「我永遠不會忘記今天妹妹是怎樣死，更不會忘記我們今天要怎樣活下去。總之我一定要活下去！」

寫於一九六一年五月十五日

這就是生活

一

火球似的太陽，滾出水平線，暖和地溫煦了海峽的氣流，晨風似乎沒有往日的冷冽。然而不慣於早晨出門的人，還是有點寒意。

從吉隆坡開來檳城的早班火車，一湧進北賴車站，來不及吐出最後一口氣，就像病人彌留脫陽時那麼「呵」一聲僵硬了。一時不知從哪兒來的許多黑油油的印度卡夫，如螞蟻群擁緊屍骸地攀上車廂去。其中那個高大的，在三號位看到一位身材瘦削、手臂如鐵條的中年人，正仰著頭在吃力地從吊架上拖下沉重的皮箱，便上前幫他一臂之力，替他扶下來，然後指著它，懇求地說：

「頭家，讓我給你拿上渡輪。」

「不用，我自己會拿的。」主人氣喘喘，幾乎答不出聲。

「無所謂，我給你拿吧！」

印度卡夫一面說，一面便把皮箱拿著走。

主人一面跟一面想：這只皮箱雖然是重了一點，還是應該自己拿的。因自己也是遭逢失業，要出錢請人代勞未免過分，何況身上的盤費已經無幾……可是一想起卡夫也是為了生活才這樣，他也就不加以計論了。

他，子林，昨晚整整熬了一夜。不過還好，三號位的客人不算擠，那短窄的座位，就給他一人獨占。只因一路來，心事重重，連夜咳嗽，使他不能入眠，所以精神有點懶散。現在海上陣陣的晨風，撲面送來，吹散了他的倦意，使他一時倒感到神志清醒。

子林離開檳城大約八年，今日渡輪的新型碼頭，已改變了舊日的面貌。開赴阿逸依淡律的政府巴士，還是打從碼頭的面前經過。他熟悉地乘上了青頭的一號巴士，卅分鐘後便到達了目的地。他按址找到了門牌，卻見不到他所要見面的青雲。

青雲的內弟影人對他說：他姐夫三天前到曼谷去，要五天後才能回來。

子林隨後十分失望。為了要親自將吉隆坡的朋友寄託交與青雲的皮箱親手還給他，就對影人說：

「我因事必須親自和青雲先生見面，可否讓我在你們的客房寄住幾天，等待他回來？」

影人聽後，才遲遲這樣說：

「這裡是住家，一切恐怕不方便。我介紹你到青雲哥的俱樂部去住。」

子林像乘飛機急速下降，心頭一陣空虛，卻不便拒絕，於是苦衷地說：

「也好，你就帶我去吧！」

二

青雲是ＡＥ俱樂部的現任總務，影人介紹來的客人，座辦當然就替他選了一間寬大的客房，但是子林卻要了三樓後座的小房。

子林若不是吉隆坡的朋友託他帶來這只皮箱，他自己的行李幾乎可以簡單到不必攜帶。不過，他今日走進這高尚的俱樂部，手上那隻美麗的皮箱卻提高了他的身份。不然座辦不會特別殷勤地替他把它搬上三樓來的。

座辦一離開客房，子林喘息得連道謝一聲也來不及，立刻就把房門關掉，一屁股坐下床褥去；舉頭一望，無意中看見牆上大鏡裡的自己，經過一夜的勞頓，消瘦的臉孔已青黃得近於灰白；配合著高顴下低凹黯淡的眼睛，如果不是下頦的鬍子顯得特別粗長，簡直就是一個骷髏。如今骷髏上的亂髮蓬鬆，臉貌的污穢塵垢，也無心利用大鏡下的自來水盆梳洗一番，就消沉失意地倒下去。一時百感交集，各種憂傷的思緒，都集中在心頭，許多可怕預料中的事，一件一件似乎將在他的面前發生。

昨天下午，他還不敢決定到檳城來的，因為他自知肺病已經嚴重，形容也是枯槁，來回盤費又無著落，如果老朋友不念舊情，一見面就表示討厭，那不必說醫藥費籌措不到，連日間的伙食費也成問題。可是，偏偏遇見友人何光，託他帶一只皮箱交給青雲。他還沒有表示答應，何光就塞廿元到他手中。他人窮志可不短，一向不隨便要人的錢，所以說不想接受對方的，卻答應替對方把皮箱帶出去。只因阿光非常熱切，錢一直要他拿，他就把它接受了下來。也就是有了這廿元，他才乘上了晚班的火車。

沒想到今天會使他這樣失望。因為見不到青雲，這幾天的伙食就有了問題，如果五天後他不回檳城，以後的日子怎麼辦？想到這裡，他停止了思慮，立刻翻身坐起來，把袋裡的錢數一數，還有整整七塊錢。看看壁鐘的長短針指著十點一刻，覺得肚中已骨碌骨碌地響動，意會到昨晚在茨廠街食攤草草吃下的一餐，早已消化得連渣滓也被消光了，於是洗了臉後就下樓出街去。

車水路到汕頭街是可以乘巴士的，他為了省下一毛錢，還是看那空著位的車子一輛一輛從面前駛去，但一路走著，身體有點飄浮。雖然這段不算短的路途，終於給他走完；到達汕頭街時，卻已感到大腿似乎已斷了筋的一樣。

餓火上升，氣力耗盡，身體更感疲倦；一陣咳嗽過後，頭更加重了，身輕了許多。他還是彎進煙筒路，走入大發興粥店去，打算吃點稀粥就了事。因時間還早沒有開市，只得再拖著疲憊的步伐走向調和路口來。想起中午一餐的時間也到了，於是不得不叫飯來吃。店家問他要煮個什麼湯，他不敢要什麼，只吩咐在飯上放下兩塊豆乾，就隨便吃了兩碗。花了五毛錢之後，肚子算是填進了一些東西，精神已逐漸好轉起來。踏出路口，順便在印度人的士多買了一個麵包，準備應付今晚的一餐。

回到俱樂部，走完了三樓的梯子，胸膈忽然煩燥，又喘又熱。為了驅散身上的熱氣，便在天臺沖個涼，一時覺得涼爽些，卻睡不下去。因為心裡老是想著青雲會不會五天後回來。想呀想，一直到了下午三點多，還是為這問題擔心煩惱。後來，天色一變，大雨滂沱，一陣涼風吹散了空間的熱氣，也驅走了他身上的煩燥，才把他帶進睡鄉去。

三

足足睡了五個鐘頭，如果不是喉頭發生一陣刺癢，一股硬痰衝出了口腔，子林很可能再酣睡下去，因此不得不起床，把痰塊吐掉。漱了口之後，感覺肚子有點餓，便把麵包撕成碎片，一塊一塊放進口裡。吃完了後，想喝些水，走下樓來，經過中廳，兩個茶簍放在桌上，旁邊卻坐著兩位衣冠楚楚的人在高談闊論。他不好意思上前，便走出大門，無目的地向街上跑去。一直感覺口渴之後，才在路邊吃了一碗紅豆水，滋潤了肚中乾涸的麵包。

這時候，街燈齊亮，萬家燈火，都市的夜生活到處展開；庇能律人潮滾滾，比起吉隆坡秋吉律的車水馬龍，卻遜色得多，何況他無意逗留於熱鬧市區，所以一直從五腳基向前走；經過蓮花河，走到舊關仔角，就在石堤圍欄坐下來。面對著大海，除了看見對面海灘隱隱約約藍色的燈火外，漆黑的夜色就替他築起了藏身的大地，使他頓時感到安全得多，於是許許多多過去一年一年所發生的往事，就一件一件被想起來了：

一九四五年八月十二日，潮城的人民忽然得到日軍無條件投降的消息。一時炮竹響遍了城池四郊，人民心中八年來積壓著的憤恨，隨著炮聲像火山爆發一樣，都給爆散了。大家瘋狂跳躍與歡呼，激情地互相擁抱，沉浸在快樂的氣氛裡，那是他生活最愉快的日子。

那時他年紀才廿歲，和同學青雲、翼群剛離開了學校，於是在歡樂的日子中抖擻起精神，準備為人生展開積極的工作。

他們的精神一致，目標一致，工作的決定也一致。因在抗戰中，他們都是積極的救亡份子。抗戰勝利，他們的熱情也沒降低。雖然他們是三個人，三個人還是一條心。大家又是華僑，便決定到馬來亞，只因沒有入口證不能出門，因此經過申請得到准證後，已是和平後的第三年。臨出門時，由於認為在海外有互相守望的必要，就決定結拜為兄弟。那時候，青雲年紀比較大一點，做事也較為老練，所以被稱為老大，子林被稱為老二，翼群為老三。

一九四九年，大家首途抵達檳城。子林與翼群由於擁有師範學校的畢業文憑，登岸後，便在教育界找到了工作。青雲也很想教書的，只因缺乏資格，還沒有位置。好在三人住在一起，生活不成問題，但青雲卻鬱鬱不得志，一直在候差隊伍等待了三年，三年之後，又發生不幸的事。那是一九五二年當翼群偕愛人林芳離開檳城，轉任吉蘭丹某華校教職時，他忽然發生了嚴重的肺癆病，一日吐了三次血，一時神志昏迷不醒，若不是子林馬上延醫搶救，恐怕早已丟了生命。雖然醫藥費不是子林一時所能籌措得來的，他還是向同事借貸，才使青雲不至於失醫挨餓。子林因白天上課，晚上為他熬夜，弄到自己病倒了被傳染還不發覺，一直到幾年後去吉隆坡任職時病才爆發，好在有妻子照顧，情況沒像青雲病發時那麼厲害。然而他的妻子卻因疲勞過度，在生下了女兒後而去世。

一九五四年，青雲的一位親戚要了他去幫忙，於是在幾次來往印尼的生意中，順利地發達起來了；數年之間，便擁有了妻兒、洋房、汽車，也打穩了事業的基礎，而晉身為商界翹楚，社會的聞人。子林呢，妻病逝後，肺疾復發，被教育局飭令停止工作，好在父女二人，負累不重，加以平日稍有積蓄，又得到同事的介紹替某商家理賬，生活勉強可以維持。可是貧病交加，還要竭盡思慮，日子的確也不是好過，於是他便寫信將此中的苦況告訴青雲。青雲除了來信安慰之外，沒有其他的表示。從此他也少跟青雲通信了，卻時常想念翼群。但翼群他們到了吉蘭丹，除五年前曾在吉隆坡會過面，便音訊杳然，因此也無從和他聯絡。

一九六三年，給他理賬的那商家倒閉了，他的工作也失去。他便停止了女兒的學業，並向房東求準將房租延慢繳交，可是兩口子的生活，儉儉也要二三十元，這個數目不是失業時候所能解決的，好在過去的幾位同學經常給予接濟，才勉強拖過日子。但是他很難過，認為老是靠人接濟不是善法，加以醫院配給的藥品也不能根絕肺病，才不得不到檳城來找青雲。

想到這裡，悲從中來，忽然看見天色一片漆黑，團團的烏雲像要壓下來，海角也隱約發出了呼嘯。他認為天快要下雨，便趕著跑回去。沿庇能律，趕到首都戲院門前，本想再跑回俱樂部去，但雷聲隆隆，急雨已追來了，不得已才乘上經過面前的巴士。

四

「老二！」

子林走入俱樂部，正要踏上樓梯，忽然聽見熟悉的叫聲，便停止腳步，回頭看過去，意想不到，原來是容光煥發、身材肥胖的青雲。於是走上前，停息了一下，說道：

「老大，你不是到曼谷去了？」

「是的，我因急事剛從曼谷回來。一抵家，影人告訴我你在這裡，便趕著來看你。」

「影人兄說，你五天後才能回來。我等著因為有事想和你商量，還有……」

子林的話還沒有說完，青雲搶著問：

「你最近為什麼這樣瘦？」然後就牽起子林的手，「我們上樓去談吧！」

在二樓前房會客室，老大與老二對面坐下。青雲第一句問道：

「你吃了吧？」

「只是馬虎吃了一點。」

「等一下，我們出街去吃。」青雲關心地問：「近來好麼？我本來想寫信給你，要你和侄女搬到檳城來住，因事忙，遲遲沒有動筆。」

子林沉默了一會，好像不願意開口似地說：

「好什麼？已經失業兩年了！」

「為什麼不寫信給我！」青雲面有難色，說道：「你不是好好在教書麼？」

「早被教育局停職了！」

「因什麼事？」

「肺病！」

「怪不得這麼瘦。」

子林不說話，頭低下去，青雲接著說：

「早應該到醫院去，明天我送你進中央醫院。」

子林咳一聲，站了起來，廢然地說：

「吉隆坡也有醫院，不過身邊沒錢，一切都成問題，特別是患肺病的。……我本想寫信向你商量，後來想起還是親身來好，但又不敢來，總是猶豫不決。昨晚因何光託我帶一只皮箱給你，所以我就決定來了……」

「阿光要你交給我的皮箱在哪裡？」青雲一提起皮箱，興然走向子林面前，急切地說：「把它交給我吧！」

子林看到他的緊張，故作緩慢地說道：

「皮箱在三樓房裡，等下才去拿。」

「不！」青雲著急地說道，「有要緊事必須辦理。」話還沒說完，就轉移臃腫的身體向著房門，做起引路的樣子要子林去拿；子林自然而然跟著踏出門限，走上三樓去。

青雲喘息不已，一看見皮箱，笑逐顏開，連忙說：

「好極了，想不到是託你帶來的。」接著肅然地問：「他有鎖匙給你嗎？」

「沒有。」

「無所謂，無所謂，我有的。」

「很重要吧！」子林看他的舉動，聽他的口氣，明白箱子的重要性，故意說道：「箱子很重，要請人來拿下來。」

「不必，我自己拿就好。」

青雲一面答，一面便把皮箱提起。顯然因箱子過重，使他手臂必須用力，他卻不在乎地臉有喜色。於是走出了門外，回過頭來對子林呵呵笑著說：

「老二，辛苦你了，你休息休息罷！我等下一定回來，我請你吃飯去，因為我也還沒有吃。」

可是，一直等到天亮，青雲沒有回來。

五

子林神志緊張，滿身汗水，匆匆地趕上下午兩點一刻的渡輪後，心境才逐漸平定下來。

這時，赤陽西斜，海面無波，雙雙的海鷗追逐著天邊的雲朵，原是南海風光最美麗的時分。子林卻無動於衷，因為他情緒雜亂，心中另有一番思想。

他站在甲板上，眺望這曾經住過一時的海島，不勝依依。但想起現在急急要離開了，倒有點好笑。昨天他本來打算在俱樂部凍藏幾天，等候青雲從曼谷回來替他解凍。沒想到未經凍藏便要回去，事情真的不可預計。如果不是青雲毫不經意地，把他塞進中央醫院的三號病房，說不定他可能在俱樂部多住幾日，等候接受青雲的幫助。但他認為住在檳城中央醫院與住在吉隆坡的醫院都是一樣時，就趁青雲趕著飛赴曼谷離開醫院後，立刻走出病房。

他所以如此斷然離開，是因他看出青雲視他比起皮箱還不如，又剛從青雲口中知道了翼群的地址，所以當他身邊還有六塊多錢可以乘巴士時，就趕著到怡保去。

四點三刻左右，在怡保曾亞明路，子林找到了翼群的門牌，那是一座新建築的小洋房。他按一下門鈴，一會兒，便有一位打扮入時的少女出來開門，笑臉歡迎；十分殷勤地招待他在大廳坐下。他看看廳中的擺設，不論是沙發、桌椅、電視、唱機、燈火……無一不是新型摩登，氣派豪華。正在擔心走錯了門路時，忽然有一位指甲染得血紅，腳扣金環，長髮披肩，劍眉杏眼，形態妖豔的少婦走出來，笑嘻嘻地從他身邊坐下，然後依偎緊他，親熱地伸過手搭在他的肩膊上，操著廣府腔調，婀娜地說：

「大哥，飲烏狗蜜，也是喝錠標白蜜？」

子林看一看對方的態度，發覺情形不對，尷尬地站起來；期期艾艾地用華語說：

「真……真對不起，我看錯門牌，我要找人……」

「無所謂，你要哪一位，我們電話一去，人馬上就來的。」

「不，不，我不是來找快樂，我是要在你們的這裡尋一位叫翼群的男人。」

子林一邊說，一邊抽腳跑出門。正要踏出門外，忽然聽見一位婦女用華語叫道：

「先生，請慢點，你是來找翼群的？」

子林返身，向內廳望去。她正是翼群的妻子林芳，於是馬上說：

「翼群嫂，是你！」

「是的，子林哥。」

廳中兩位女子知道他倆原是認識的，就走入內廳去。他們於是坐下來。子林慨嘆著說：

「唉，五年不見了，好在你變得不多，我才認得出。」

「子林哥，你才真的沒有變，只是瘦罷了。」林芳苦笑著：「自三年前翼群過世後，我已經大大不同了。」

「什麼？」子林立刻站起來，驚異地：「翼群過世了，我毫不知道呀！」

停了一會，林芳才若無其事似地解釋：

「是的，我想不便通知你們，免得大家關心。」

「是怎麼過世的？」

「可不是因貧病交侵，後來失醫就死了！」

子林無限感慨，一股思舊的情緒，繚繞心頭，鬱鬱不消；過了一陣才問道：

「你們現在生活怎樣？」

「比翼群在生時好得多了。」林芳世故地說：「他在生時，除了教一份死書之外，樣樣都不敢動，孩子又時常病，怎麼不窮呢！我們如果還是和他一樣，一家六口，恐怕早已死光了！」

「那你們現在是做些什麼的？」子林想起剛才入門時，那二位女子對他過分熱情的態度，自然生起了疑竇。

「還不是走女人最容易生存的路。」林芳泰然地拖著長聲音。

子林卻手按著頭說：

「這，這……怎麼可以！」

林芳看了他一下，然後笑一笑，說道：

「唉！子林哥，你不要一輩子書呆子氣，芸芸眾生，同樣都在搶飯吃，方法不同罷了，不必大驚小怪。」

「不是大驚小怪，君子愛財，取之有道呀！」

「子林哥，君子一個值多少錢？翼群就是希望成為君子，所以我們今日才落得這般田地呀！」

「這、這……」

「不然，要活活給餓死嗎？」

「這……」子林一陣咳嗽，忽然咳出一口濃血，趕快用手巾把它包著。林芳看得十分清楚，所以自負地說：

「這什麼？這就是生活；你就是對於生活方法的認識模糊不清，所以今天才會這樣。」

「這，這就是生活？」

子林喃喃自語，覺得一陣暈眩，對於生活的真諦也產生了疑懼。

「當然是生活，只是生活方法不同；雖然不同，有什麼不對？」

「是的，這也是生活方法；昨天印度卡夫硬硬要替我搬皮箱，也是為了生活……」

子林還是喃喃地不知自己口中說些什麼。

「好了，我們還是不談這個。」林芳若有所思地說：「你是從哪兒來的，近來做些什麼？」

子林聽後，恍然大悟，痛苦地說：

「我正如你所說的十足書呆子氣，所以貧病交加，不得已前天晚上才從吉隆坡乘火車到檳城找青雲，沒想到住不下，即刻離開；離開之前知道你們的地址，因為很久沒見面，十分想念，便順路來看看你們，沒想到你們的日子也是不好過的！」

「不。」林芳睜開眼睛，不同意似地說：「我們的生活並不壞。你看，現在我們住的、吃的、用的，一切都比翼群在教書時好得多，我的孩子又有書讀，有什麼不好？你千萬不要以為青雲的子女就比我們幸福得多，更不可認為他們的生活方法比我們高明。其實，馬虎就是了，不必計論得盡其所以。如果要以你的看法來說，他們的方法也是有問題；沒有問題的是他們被稱為社會名流，我們被視為娼妓。但是娼妓一有了錢，也是可以成為上流人物的，再說娼妓也會把兒女栽培成為學者或博士；既然是這樣，我們為什麼不可當娼妓？」

「雖然是，也是不正當的呀！」

「我告訴你，只要能獲得金錢就是方法，既然是方法，在這種拜金主義社會中，就無所謂正當與不正當。如果說我們求生的方法不正當，那麼是誰迫我們不正當呢？」

「唉，一言難盡！」子林感慨萬千：「總之，今天你們的日子可以過得去就是了。我不想多講，還是準備回去。」

「什麼，還沒有給我請就要回去？」

「不必了，我還是早點回去。」

「這樣，你是真正地輕視我們了。」

子林想一想，笑著說：

「也好，我就留著給你們請。」

「不但要給我們請，你還可以住下來，我樓上有房；吃、宿、用，你不必憂慮。你要明白，你與翼群還是結拜兄弟呢！」

子林熱淚盈眶，他沒想到在風塵打滾的弟婦對他這樣熱忱，於是就留下來沖涼，換衣；修洗一番後，精神也好得多，當晚在她盛情招待之下，也吃得十分飽。本來也想住一宵，可是一想起自己在吉隆坡臨出門時，女兒手中只有一塊多錢，生活恐怕有了問題，便向林芳說明必須趕回去的理由。林芳懇切地挽留再三，他還是要出門，於是就塞了二百元到他的手中去，和氣地說：

「這一點錢，你拿去醫病，以後有困難，隨時告訴我就是。」

「我、我怎麼可以要你的錢？」子林愕然，但卻把錢推回去。

「你要明白，我們還是自己人，不必計較這些的。」林芳總是誠懇地要他拿。

子林推卻不得終於接受了。當晚就匆匆搭德士回來吉隆坡。

六

子林回到吉隆坡暗邦路口的寓所，已經是午夜時分。他摸上了樓梯，靠著街燈射進窗口的光亮，經過通路，到了自己房外。推門進去，一團漆黑包圍著他；於是他輕聲地叫道：

「美玲，我回來了，你睡了是嗎？」

沒有動靜，他以為女兒睡去，於是開了燈，不料，吃了一驚，美玲吊在她自己床鋪上的橫木自殺了。

他一時六神無主，慌張地替她割斷了繩子，讓她睡下去。摸一摸她的身體，僵硬冰冷，已經絕氣多時。不勝悲傷，撫屍啜泣：

「你……怎麼要這樣做呀！」

忽然看見鋪上有一封信，立刻打開來：

爸爸：

你回來時，我已經永遠離開你了。

我十分對你不起，你病得這麼重，我不但不能幫助你，還要累贅你。想起來，我只有走這條路，你才會比較好一點。

我的死，一點也不埋怨。不過，我不明白：你為什麼老是不讓我去當歌女，其實我已十六歲了，怎麼不能為生活而工作呢？既然我不能工作，活在世上有什麼用？」

子林無心看下去，忽然一陣濃痰湧上喉頭，接著便暈眩地失去了知覺。

發財前後

一

失業太久，煩悶極了！

踏出大學之門匆匆已經兩年，除了第一年替同學在C中學代過一學期課之外，就一直捱在家裡；到了今年年頭，實在再也忍不下去，才想起隨便找一份不計高低的工作來消磨日子，總比閒在家裡強得多。但在這僧多粥少的社會，就是要找一份比較粗重的工作也是不容易的；結果在年頭幾個月裡，還是沒辦法找到工作。難怪一提起職業，母親就對我這麼說：

「美芬，算了吧！留在家裡就留在家裡，生活比較清苦一點吧了。我只有你這個女兒，你弟弟又小，雖然我們沒有什麼較大的入息，兩間店屋收入的租金，儉儉也可以過日子。古人說：知足常樂，所以一時找不到工作也無所謂。」

最近，我忙於找職業，母親又是這種口氣，我就不得不這麼答道：

「但，我畢業了大學，老是捱在家中不做事，也不好意思。」

母親不以為然，慈祥地說：

「有什麼不好意思，不是你不工作，是沒有工作可以做！」

「我把選擇職業的條件降低下來，是應該可以找得到的。」

「你想有什麼工作可以給你做？」

「有一位同學介紹我去擔任家庭教師。」

「家庭教師，」母親關心地問：「到哪一家去教呢？」

「哥美森律一家有錢人家。」

「你去過了沒有？」

「見過一次面。」

「主人怎樣？」

「才見過面，不很清楚。」

「也該先探聽一下。」

「呵！主人姓關，人又高又瘦，瞎了一隻眼。」

「太太又矮又胖，是嗎？」

「是的，口相當闊。孩子男男女女聽說很多，因為學業成績差，所以要請一位專門補習的家庭教師……。」

我的話還沒有講完，母親急急地問：

「是不是開錫礦的？」

「聽說是呀！」

「是他們！」母親以懷舊的心情感嘆：「難道真的是他們！」

「他們是什麼人？」我詫異地問：「你認識他們；他們跟我家有什麼關係？」

停了一會，母親才緩慢地說：

「關係麼，說起來倒是有點兒關係，可是最近他們發了財，也許已經忘記我們。」

「這怎麼說起，我為什麼一點也不知道。」

「那時候，你年紀還小不懂事。」

「這麼說，你就講給我聽吧！」

我靠近媽的身邊，向她這麼要求。

二

十五年前，你弟弟出世以後，我因產褥多病，身體虛弱；雖經中西醫生悉心調治，還是不能起床，你父親於是託人請了一位姓李的奶媽來照顧弟弟。

記得李奶媽第一天踏進我的房間，就給我留下不好的印象，因為看了她的相貌，心中就不爽快。你想：人矮，腳短手短，臉孔長長，眉毛粗黑，眼睛又小又圓，高聳的鼻梁卻直貫額冠；加以唇啟牙露，膚色灰黑，活像一張老鼠臉，看起來，怎會給人好感呢！

不過奶媽貌雖不揚，工作卻相當認真，於是不好的印象，就逐漸給她的勤快沖淡了。

她到我家不久的一天，忽然對我這麼說：

「先生娘，府上工作不多，我工作歇後，可以到你房間來看顧小孩，也可以和你坐坐談談。我知道你終日躺在床上，張先生從早到晚又在外頭工作，你一定會寂寞。」

我看她人雖矮小，想事倒是周到，也就歡迎她到房中來了。所以每天在她工作之後，或飯後的黃昏，她就常常在我的身邊。

李奶媽的丈夫姓關，因為沒有正當的職業，家中雖養一男一女，四個人的生活也是不容易度過，因此她便出來打工，希望賺點錢去維持家計。

奶媽的工錢每月四十塊，她說這數目儉儉可以維持過日，因那時租人家咖啡店樓上的一間房子，租金只是十塊錢，家裡又有米牌，可向政府買配給糧食：魚菜不貴，孩子也很少其他費用，所以她初來的幾個月，每逢月之十五及三十日，拿了工錢回家去，返工時總是有說有笑。可是半年以後就不相同了，她那又高又瘦的丈夫，常常到我家來找她。他來向李媽說什麼，為什麼事而來，我卻不知道。不過每次他來時，李媽總是要向我預支工錢。有一次，我無意中問起她丈夫近來為什麼時常來找她。她毫不隱諱地說她丈夫時常跟一些豬朋狗友在一起，不知他們在做些什麼；問他，他也不說。

「你應該勸勸他呀！」我對她這麼說。

「怎麼勸法？」她毫不在意地答：「吃到這把年紀，自己不會想，還有什麼辦法！」

雖然她的丈夫常常來向她要錢，她也好像不在乎的樣子；在我身邊時，還是談笑自若，保持她那一貫樂觀的態度。

第二年八月中秋的前一個晚上，李媽在廚房洗碗碟，我家大門口忽然來了一位婦人，連聲不停地大叫李媽的名字，聽來口氣十分緊切。李媽於是馬上奔出門去，不一會卻又走進我的房子來了，非常慌張地說：

「先生娘，不好了，我家男人在三星路口給人殺死。我要趕快去看他……」

她的話還沒有講完，人已不見了。

我雖然不明白他們到底發生了什麼事，但自己的心卻也慌張起來；更奇的是在李媽出門後，我的心忽然跳個不停，好像他們所發生的事跟我有關係似的。一時焦迫不安，似乎預感到自己也有事要發生了。果然不到一個鐘頭，就有警察到我家來報告惡耗，對我說你父親駕車失事，人危在旦夕。我一時愕然，好久不能開口，過一會，才曉得趕到中央醫院去。

一踏進醫院大門，就看見李媽從裡面奔出來。

她一看見我，連聲帶啜地叫道：

「先生娘，不好了！張先生已……」

「怎樣啦？」我強裝著鎮定：「人在什麼地方？」

她拉著我的手，匆匆地跑進病房去。

我觸目看到她的丈夫還活著，只是滿頭滿臉流著血。過後才看見你父親陳屍於地板上，頭歪一邊，氣已絕了。

我啜泣著問李媽：到底是發生了什麼事？

李媽失神地沒出聲，只是凝視著我；直至我發狂似地扭著她的肩膊，不斷地捶著，她才哭著說：「剛才我離家趕著去三星巷看我男人時，張先生剛駕車回來，他在門外一看到，知道我有急事，就馬上要載我去，不幸走到半路，車子跑得太快，撞到電燈柱子……」

我還沒有聽完她的話，自己就急得哭起來。

……

一年後，李媽和她的丈夫來看我。

那時做丈夫的，眼睛已瞎了一隻，但十分神氣，態度與過去完全不相同。

我還在病中，度量狹小，一看見他們的傲相，就發起脾氣，說了很多不好聽的話。以後，他們就不再到我家來了。

不久，我們也搬了家，後來有沒有再來找我們，我也不知道。不過聽一位和他們認識的朋友說：李媽的丈夫，那一次因押走私的私貨出了事，被同路人追殺，殺不死，只傷了一隻眼睛，但從此一路順風，後來又和人做錫礦的生意，而今已發達了起來。

「這樣，我還是不去教好。」

母親把舊事說過了後，我就這麼決定。

三

但一星期後，介紹我去的史同學卻來催我去。

「我打算不要了。」我認真地對她說。

「為什麼？」史同學奇異地問：「到底有什麼不對？」

「沒有什麼。」我聳一聳肩：「只是不想教吧了！」

「奇怪，講得好好的，而且已經與主人見過面，不去怎麼好意思；還是去吧！」

「為什麼你這麼熱心？」

「因為關先生對你的印象很好，特地打電話來關照我叫你快一點去。」

「這麼說，我就去看看。好，我就教下去，不好的話，我就不幹。」

「不好，當然就拉倒啦！」

我於是在當天晚上七點左右就上關家去，那天也許是週末，所以他們家中只有一位女傭人。傭人知道我是去擔任家庭教師的，就引我到前廳來。

我坐下來，以為不久一定有人回來的，可是三十分鐘後，還是靜悄悄，我覺得太空閒了，想從身邊伸手拿得到的几上那書堆中，找一本書來看。但几中所有的書本，都是已經脫掉了封面的破損的連環圖書，其中有一本還有封面的《國際電影》卻已被撕成了兩截。

眼睛找不到東西好看，自然就移向四周望一望，首先觸進眼簾的是廳中屏風掛著的那幅臉紅冠赤、金碧輝煌的關帝君全身像，接著看見的是，兩旁的對子寫著的大字：

春來也魚龍變化
時至矣桃李芳菲

對子下面的桌上，放了一個插著金花與糊著紅綢的大香爐，左旁放著一座玻璃洋燈。右旁放了一個黃銅的座鐘，桌子的左邊門口橫著一架棕色閃亮的名貴鋼琴。鋼琴邊壁下放著一架廿餘寸的電視機。靠近大門的窗口下，又放了一架勝家的縫紉機。對照的左壁上，掛著一幀廿多吋的合家相。周圍橫橫直直又掛著七八個鏡框相，相下排列著一排由單只湊成的椅子。大廳中央所放的卻是一副暹羅柚木的西式家私。看起來，中西合璧，像打了領帶卻又穿著木屐的人那樣風趣。

當桌上的座鐘響著八點的時候，門外忽然發出一陣尖銳的汽車煞住聲，接著是人馬雜沓的腳步，以及連續的歡呼與叫噪。轉眼間，女傭人就從內廳跑出來，望著我說：

「頭家和頭家娘來了。」

她的話才說完，男女大小六七位的孩子就一窩蜂似地擁入廳中來，最後是一高一矮的男女主人，一位提著紅毛丹，一位拿著榴槤，相繼踏進廳裡。

那母親才把紅毛丹放落地下，孩子們就爭先恐後地蹲下去搶著吃。

父親連聲大叫著：

「小流羅，東西還沒放好就搶著吃，到底成什麼體統？」

做母親卻若無其事地笑著說：

「有什麼要緊呢！東西反正是要買來吃的。」

那父親似乎沒有注意母親的話，看見我從座位站起來，便向著我微笑地說：

「張先生，你幾時來的？」

我還沒有答出口，他的太太一面拍拍手掌中的塵土，一面接著說：「先生給你久等了。」然後望著傭人：「有倒茶出來沒有？」

「茶已倒了，先生七點就來了。」

「對不住張先生。」做父親的接著呼喚他的孩子們說：「來，大家來叫張先生。」

我順著叫聲向孩子們看去：有的雖然若有其事地站起來，有的卻已動手在剝榴槤。

母親指著那剝榴槤的孩子說：

「小的不成樣，大的也這樣，快來，阿福、阿珍，你們來呀，來叫先生。」

大約是十四五歲的阿福與阿珍就放下手中的榴槤，走到我的面前，笑笑地叫道：

「張先生，張先生。」

「你們都好。」我也笑笑地說。然後對著他們的家長問道：「關先生，這兩位是你們的大孩子？」

「不，是第三和第四的。」關先生答：「第一和第二的在店裡還沒有回來。」

「羅拔、露茜兩位，也要請張先生教他們。」關太太插嘴這麼說。

「他們什麼時候會來，我要和他們談談，以便了解他們的程度。」我這樣問關太太。

「等一下不知道會不會來。」關先生馬上替太太這麼答。

關太太於是就對丈夫催著說：

「你就打個電話，叫他們馬上回來吧！」

「也好，我立刻就去打。」

關先生立刻走進內廳去了。

我就指著那幾個還蹲著在吃紅毛丹和榴槤的，問關太太說：

「還有其他的要補習嗎？」

「除了那兩位最小的，」她指著說：「其餘的都要補習。」

「這樣，請你把所要補習的都叫來，我來和他們談談，以便看看他們的程度。」

「阿虎、阿肥，快去洗手，張先生要教你們讀書了。」

關太太於是走近他們的身邊，推著兩位向廳後進去，但其中一位這麼高聲叫著：

「阿媽，我要放屎！」

「去，去，快去！」關太太推著一位較小的進去，然後對那位較大的說：「阿肥，你快去洗手，乖乖，先生要教你讀書了。」

關太太走進內廳去，關先生立刻出來，對我說：

「羅拔與露茜快回來了，對不住。」

「不用客氣，讓我來跟他們談談，看看需要補習些什麼。」

「好的，張先生，你慢慢跟他們談，我和內人現在有事要出門去。」

關家夫婦出門去後，我就開始進行和孩子們談話的工作。經過一個多鐘頭的詢問和了解，才約略明白他們各人的程度，與應該補習的時間：

阿福是關家的第三男孩，今年十五歲，現讀於HC獨立中學下午班初中二年級。

阿珍是阿福的妹妹，今年十四歲，讀PW獨立女中初中一年級。

阿肥十二歲，正在讀初小四年級。

阿虎十一歲，也正讀初小一年級。

我了解這四位孩子的學業情況後，準備再了解一下兩個大的程度如何，才作課程的安排以及時間的分配。但將近十點了，那兩位大的還沒有來。於是我向傭人說聲要走之後就出門去。剛好發動了機器腳踏車正要開行，路中忽來了一輛開足燈光的汽車，光芒刺得我眼睛昏花，而停止了前進。一下子，車上走出了一男一女的青年。男的走到我的面前，就伸出手來，好像要和我握手，我還沒有反應，女的就開口：

「先生，你是我們的家庭教師張先生嗎？對不住，我們來遲了一步。」然後指著她身邊的人介紹說：「他是我哥哥羅拔，我是他的妹妹露茜。」

「啊，你們兄妹來了。」我一面還禮一面說：「我正想要回去了。」

「先生，慢點，還早呢！」羅拔很快地說：「進去我家坐坐吧？」

「先生進來坐一坐。」露茜也拉著我的手這麼說。

我於是停了火，跟著他們踏進廳裡，那幾位小的看見我們進去，就分別拉住他們的哥哥說：

「羅拔，今晚聯邦半夜場的票買了嗎？」

「露茜，我要看看小林旭，我要看小林旭。」

「一定看，一定看，票都買了。你們先不要吵，我們要跟先生講話。」

羅拔個子高大，兩眼炯炯有神，滿面油光煥發，剪的是小林旭的髮型，大約有廿三四歲。露茜也不少過廿二歲，臉色皙白，眉清目秀，馬尾的髮型，與牛仔裝的穿著，看起來十足是個飛女。男的是讀聖芳濟獨立班的第五班，女的是讀美以美女校的第四班。

我明白了他們的學程後，踏出門外要回家時，羅拔又是要和我握手。我雖認為無此必要，但當他的手伸出來時，我只得接受了。沒想到他握得那麼大力，而且這麼說：

「Miss, good night!」

四

於是，我依約定的時間，就在第三天的晚上上課去。

但是，從七點等到九點，家裡除了傭人之外，就沒有其他的人。在八點鐘過後的時候，我問傭人為什麼他們還不回家。她說可以替我打個電話去店裡問問看。

她打好了電話，出來對我說：他們就要來了。

我以為車子跑得快，一二十分鐘就可以將他們送回家的，可是四十分鐘之後，門外還是靜悄悄，在我等得不耐煩時，電話鈴響了，傭人接過後，就露出笑容對我這麼說：

「張先生，頭家來電話說：孩子們已給頭家娘帶到新世界看商展去，請你明晚才教。」

明晚，我又依時上班，可是跟前晚一樣，家中還是一個人的影子也沒有。於是九時的鐘聲一響，我就決定回家去。

正踏出廳門，街頭一輛汽車匆匆趕來，由車上走下來的是又矮又肥的關太太。

她看見我要回去，馬上拉住我的手，口不停地向我道歉：

「對不住，張先生，真對不住，昨晚給你等，今晚又給你等，太不應該了，請你原諒。」一面拉著我的手向前：「進廳裡來坐一會吧！」

我本能地跟著回到廳裡來，正要坐下椅子，電話鈴響了，關太太趕快走入廳去，一會兒就出來對我說：「張先生，我男人從店裡來電話給你，請你去聽一聽。」

「哈囉，你是張先生嗎？我是姓關的，真對不住呀！孩子們已經買了票，吵著要去看聯邦的偵探片，所以今晚又不能上課了。請你原諒就是，明晚，我一定要他們準時回家去……」

但是，第三晚八點鐘過後，回來家裡的只有那十一歲的阿虎與十二歲的阿肥。

他們一到家，阿肥就懶洋洋地在沙發上睡起來。

阿虎看到阿肥睡了，就拖緊阿肥的腳喊著說：

「不要睡嘛，起來呀！」

「我要睡。」阿肥不理睬，還是睡他的覺。

我於是問阿肥：

「為什麼這麼早就睡？」

話還沒說完，他已經發出鼾聲睡去了。

我於是轉過頭問阿虎：

「你哥哥是不是每晚都這麼早睡？」
「有戲看，他就不睡；沒戲看，他就要睡。」
「你呢？」
「我不睡，我要看戲，看完戲，還要吃粿條。」
停一會，我又問他：
「阿福和阿珍，今晚又去看戲是嗎？」
「不！他們在打麻將！」
「打麻將？」我不相信地：「跟誰打？」
「和隔壁的人打。」
「在什麼地方打？」
「店裡。」
「你爸爸和媽媽知道嗎？」
「下午，我媽還跟他們一起打。」
「羅拔和露茜呢？」
「他們去跳舞。」他答得很快。
「你爸爸和媽媽知道嗎？」
「我媽媽給他們去。」
「你們兩人今晚為什麼不去看戲？」
「我媽給我們吃粿條，要我們回來。」

「回來做什麼？」

「回來睡。」

「現在，你要讀書還是要睡呢？」

「阿肥睡了，我也要睡。」

他的話才說完，很快就跑進內廳去。

內廳的傭人走出來，世故地這麼笑著說：

「張先生，有錢人家，多不想讀書的。」

「關先生何必要我來替他們補習呢！」

「是因為學校的成績考得不好，又聽了一位親戚的勸告，一時才想起要請先生來補習。」

「既然想要補習，為什麼又不回家來？」

「做父親的雖然有意要孩子補習，過慣夜生活的孩子，怎麼肯回家讀書呢！」

「這樣，我可以不必來了。」

「張先生，你顧慮得這麼多做什麼，你每晚準時來就是，他們不來讀是他們的事。」

「這樣有什麼意思？」

「管得那麼多，月尾拿得到薪水就好了。」

「不，不能這麼做的，後天，我一定要和他們交代個清楚。」

「也好。」

傭人同意地說。

可是後天，我還沒有上關家去，介紹我的史同學來找我，她一坐下就這麼說：

「真對不起，關先生要我來跟你講。」
「講什麼？」
「他講他的孩子們老是不想讀書。」
「我正想今晚去問問他們到底要不要讀，如今他既然這麼說，那省得我麻煩了。」
「不過，孩子雖不肯補習，但關先生說，等他好好勸孩子們之後，如果他們肯讀，明年還是要請你。」
「謝謝，我可不想去了。」
「為什麼？」
「發了財的人，哪想要讀書？」
史同學不再問下去，我也就轉了話題，談到別方面去。

五

一星期後，我從報上的廣告中，找到了理想的職業。雖然薪金不高，可是肯盡忠職守，我想也是可以維持家計的。
是辦妥了工作手續的那一天黃昏。
我懷著喜悅的心情，高高興興地剛踏進家門，便發覺家中也增加了熱鬧的氣氛。
原來家裡除了母親之外，關先生夫婦也在廳中。
他們看見了我，男的笑笑，女的也笑笑；笑中帶有一種意思。

我立刻向他們打招呼。

母親卻叫我馬上去廚房煮咖啡。

我把咖啡調好之後，正要把它拿出來，在內廳便聽見關太太的聲音：

「張太太，十多年沒見面了，對於你們的情況，我們一點都不知道；如不是這次史姑娘告訴我們，我們真不知道張先生是你太太的小姐！」

母親沒有說話。

關太太接著說：

「你這幾年來生活好麼？」

「還過得去。」是母親的聲音。

一陣子沉默。

壁鐘「的的答答」聲音，卻分外響亮。

這也許是各人過去與現在的身分不同，便造成了雙方不能一時間暢所欲談的局面。

我於是把咖啡端了出來。

母親立刻說道：

「關先生，關太太，請用茶。」

關太太拿起茶杯，作象徵式的一啜，舌頭幾乎沒有觸到咖啡，就笑著對丈夫說：

「老關，十多年了，你記得麼？那時張小姐和現在幾乎完全不同。」

「是呀，所以張小姐和我見過兩次面，我都認不出呀！」關先生笑笑地看著我：「何況已經十多年不見面了。」

母親直望著窗口，好像無心聽他們的話。

我知道母親自從那次父親車禍身亡之後，對他們就一直存著一種難以理喻的成見。於是為了打破沉默，我著意地說：

「媽，關先生和關太太，原來以前是和我們有來往的。」

「是的，那時你還小。」母親說後望著關先生：「那時你也常到我家來的。」

「是的，張太太。」關先生說：「沒想到今天大家又碰面了。」

「如果不是張小姐到我家當補習先生，然後，由史姑娘告訴了我們，我們就不知道你們住在哪裡。」

「是啊，提起補習，張小姐，」關先生望著我說：「真對不起，幾位小的真沒心想讀書，請你原諒就是。」

「不過，羅拔，他卻很想請小姐教他。」關太太接著說。

我靜靜沒開口。

母親又是沉默下來，只是聽他們講話。

關先生不自主地笑了笑，獨眼兒閃一閃，然後吞吞吐吐地說：

「張太太，我想跟你談一件事。」

「什麼事？」母親揚起眉，望著他。

「我們已經知道你們住在這裡，今後就讓我的羅拔常常到你這裡來。一者讓他來跟張小姐補習，二者，讓他們來往做朋友。」

母親聚攏了眉，顯然不歡迎似地，於是半拒絕地說：

「羅拔哪裡要讀書，就是來這裡補習也沒用呀！」

「張太太，羅拔雖不讀書，跟張小姐熟了，他就慢慢肯讀。」關太太認真地說。

我搶著答：

「我看羅拔真的不想讀書，不用來了。我也沒有時間教他，因為我現在已經有了工作，白天辦公，晚上要休息。」

母親聽我這麼說，也不再開口。關先生卻說下去：

「不過張小姐如果肯教導羅拔，他一定會跟你補習的。」

我還是不開口，母親也靜默地坐著。

關先生與關太太終於站了起來，勉強地對母親擠出了一個空洞的笑容。

然後，關先生這麼說：

「張太太，我們告辭了。」

接著，關太太也這樣說：

「張小姐，有空，請常陪你媽到我家去坐。」

「謝謝！」

母親和我送他們出門之後，我立刻打一個電話問史同學：為什麼他們會到我家來。

史同學正經地說：

「關先生夫婦已經看中了你，準備娶你做媳婦呀！」

寫於一九六七年四月二日

醫生與病人

我是八個孩子的母親，因為平日營養不良，加以住的地方空氣不好，所以我和孩子們常常要生病。特別在流行病盛行時，我就幾乎每天要帶孩子們去給醫生看。

都市的人口多，掛牌執業的醫生當然也多。

我家的孩子雖然多，但我的丈夫收入少，所以在那麼多的醫生中，我不但應選擇一位開診費便宜的，而且也要找一位醫術比較高明的。為了我的經濟問題，所以使我不得不這樣盤算。

但是我的朋友告訴我說，醫術高明的醫生，他的診費一定不會便宜；診費便宜的醫生，他的醫術可能不是高明的。

我聽她的話後，覺得頗有理由，可是我卻想起門市不熱鬧的醫生，未必是醫術不高明；而門市熱鬧的，未必是醫術高明的醫生。因為醫術的高明與不高明，其實不在於診治一般普通疾病上可以斷定，而在於能診治不易診斷的雜症才能算是高明。

所以一般得到地利的醫生，往往門市熱鬧，然而嚴格考驗起來，他們未必是屬於醫術高明的醫生，而一些倒霉的醫生，因醫務所置於交通不便的地方，或者本身的脾氣太古怪，所以門可羅雀，但他們不一定就是醫術不高明的醫生。

我經過自己的理智活動後，為了配合家庭經濟，便決定將孩子們讓一位診費便宜而門市又不壞的張醫生診治了。

張醫生的診藥費，每次每人只收兩塊錢，他是上了年紀的老醫生，據說經驗豐富，人也溫和。第一次，我帶孩子去給他看，他伸出手來，在孩子的額上一摸，然後笑著對我這樣說：

「不要緊的，發燒罷了！」

「需要打針嗎？」我問他。

「不必！」張醫生說：「吃過藥粉便會好。」

我付了兩塊錢，孩子吃完藥，燒果然退了。

第二次，第三女兒因感冒發燒，張醫生仍然用手在孩子的額上一摸，又是裂開笑臉對我說：

「不要緊，發燒罷了！」

「張醫生，她還打噴嚏呢！」我說。

「她打噴嚏嗎？不要緊的！」張醫生說：「發燒也會打噴嚏的！」

我沒有話可說，付了兩塊錢，把藥粉帶回家來，但孩子吃完藥粉，病卻加重起來。

於是我又帶孩子上張醫生的醫務所去。

張醫生又是用老方法，用手一摸後，仍然又是咧開笑臉說：

「不要緊，發燒罷了！」

「張醫生，她在家裡打過很多噴嚏。」我說：「恐怕是傷風吧！」

「是麼？那麼讓我用聽筒聽聽吧！」

接著他便用聽筒在孩子的胸上按一按，然後又咧開笑臉說：

「不要緊，小傷風是有的！」

但孩子多吃了一瓶藥水後，病還是一樣，結果一連再吃完三瓶，才告痊癒。

第三次，第五孩子在某天下午一點鐘時，身上的熱度忽然高升到華氏一百零三度，我馬上抱著他帶到張醫生的醫務所去，但張醫生已下班回家去了。我卻為孩子的病著急，接著便把他帶到張醫生的住家去。

張醫生換了睡衣正要上床午睡，他一見我去，便問我說：「孩子患什麼病？」

我告訴他說：孩子的熱度非常高。

他又是那樣地伸手在孩子的額上一摸。這次也許是他的手感覺到熱度實在高了，所以破例地用聽筒在孩子的胸上按一按。他聽完後還是笑著說：

「不要緊！熱度不怎樣高，吃完藥粉，熱度就會退的。」

我很擔心，所以問他說：「熱度這麼高，到底是什麼病？」

「病麼？」張醫生笑著說：「不要緊，發燒罷了！」

拿了他開的藥方後，我回到他的醫務所去拿藥，但配藥師都回家去吃飯了。依照他們規定的時間，要等到下午兩點半鐘才可配藥，慢則三點鐘左右才可以領到藥。於是我更焦急了；孩子靠緊我，身體好像火一般熱，而吸呼也逐漸短促了，神色顯然變得更壞了。

我的心像被千萬隻螞蟻在咬著，一時想給其他的醫生看又找不得，因為剛剛是中午休息的時間呀！不久，好在我轉變念頭，把孩子帶到西人藥房去，醫生雖然也下班休息了，可是經我說明孩子的病情後，那負責在門前向病人登記的婦人，馬上拿起電話機來通知樓上的人，樓上的醫生下來了。

他一看，馬上打開孩子的嘴巴，用電筒探照後，便指著對我說：

「那是白喉！病很嚴重了！」

我看見孩子的喉頭，都浮起圓粒狀的白圈，一時大驚，問他說：「怎樣辦？」

「是急性白喉症，再慢兩個鐘頭，便無法救治了。」醫生說。

我被嚇了一跳，但私心卻慶幸自己覺悟，跑對了門路，否則更不堪設想！

果然經洋醫生打過「血清」藥針後，孩子的神情漸漸轉佳。

隔天，孩子的熱全退，病也痊癒了。

從此，張醫生的醫務所，我一步也不敢踏到。

但疾病在孩子們的身上是輪流著發生，我不再找張醫生，也該另找一位來替孩子們診病。

給西人醫生看嗎？那做不到，因為他們的診費，每次起碼就要十塊錢，何況西人醫生未必個個就是醫術高明的，有八個孩子的我，老實說，負不起這樣重的開銷。

於是我又得找那診費比較便宜，而醫術又不差的醫生。

不久，果然給我找到了一位合理想的了，他便是我過去的舊同學鄭醫生。

鄭醫生看見我，很高興地說：

「我們是老同學，你孩子們有什麼病，沒關係的，帶來我這裡看好啦！」

我聽了他的話，為孩子們的健康而慶幸。

於是孩子們一有病，我便帶他們去給鄭醫生診治了。

鄭醫生的診治方法，雖然比張醫生周到詳細，而診藥費比張醫生的高五毛錢罷了，但是孩子們稍微有複雜的病，他似乎束手無策。

有一次，大孩子因為發熱，吃過他五瓶藥水，又打過三次針，病還不見起色，當第六天孩子再給他看時，結果我看到他還是給那種藥水，我的信心便動搖了，而從速把孩子帶到西人醫所去，診斷後，才發現原來是患腸熱症，事後經過打針服藥，才日見起色。
又有一次，第四孩子喉頭發痛，鄭醫生診斷後說：「沒關係，那是初起的白喉。」
我聽後有點害怕，便問他說：「怎麼辦？」
他說：「打血清針好了，沒有關係的！」
於是他便在孩子的腿股上打一針血清。
但半天後，孩子的熱度沒有退，口水反而一直流個不停。我著急了，下午又帶去給他看。
他看了一下，馬上又給孩子打一針血清，但這一針過後，不到五分鐘，孩子忽然昏迷下去。
我看看事勢不對，問他為什麼會這樣？
鄭醫生說：「沒關係，等下再看看怎樣。」
可是時間一秒一秒過去，孩子還是在昏迷狀態中，我更加焦急，商得他的同意，馬上把孩子帶到醫院去。經過醫生檢查後，才知道孩子原來不是發生白喉，而鄭醫生用血清已經不對症了，加以藥量比孩子體力而能接受的過強，所以害到孩子昏迷下去。
事後，據醫院的醫生說，要不是孩子的身體強壯與救急得時，那小生命可能早被犧牲了。
於是從此孩子們有病，我也不敢再請教鄭醫生了。
第三位是我一時信任的李醫生。
他是我們的同鄉，又是最近再去倫敦考察醫藥才回來的，加以他的醫務所離我家不遠，而且在我們同鄉之中，大家都說他是位能幹的醫生，雖然他的診費與藥費比較別人的貴一點，然而他有這麼多的優點，在我的理想中，當然是可以信任他的了。
有一月的某天，我因為自己的月經已過十六天不來，一時認為身體不對，便打算去給醫生檢查一下。於是聽過朋友對李醫生的稱讚後，我便走上街頭到李醫生的醫務所去。

在候診廳上足足等了兩個半鐘頭，才輪到我被診視的時候。

我一踏進診室，看見李醫生還沒有拿下他耳上的聽筒，他的聽筒正按在一個嚎啕大哭的孩子背上，他一看見我，眉頭一蹙，便放下聽筒，馬上坐到他的桌子上去，一邊看那病孩子的登記卡片，一邊開藥方，但接著又一邊看我的登記卡片，而且一邊唸著我的姓名說：

「你看什麼病？你看什麼病？」

「我嗎？」我正想再說下去時，但李醫生卻比我先開口，對那孩子的母親說：

「二點鐘吃藥水，二點鐘吃藥粉。」

我看見他正跟人說話，便將想說的話停下來，可是李醫生忽然轉過臉來，若有其事地說：

「我問你說看什麼病，你為什麼不說出來？」

我說：「你正在跟別人講話。」

「講話是我的事！」李醫生說：「要你說給我聽是你的事。」

我不明白他的脾氣，心裡卻有點反感，但我把反感壓下去，反而溫和地說：

「讓我講給你聽。」於是我把月經不定期的情形說出來。

李醫生聽後問我說：

「你幾歲？」

「卅二。」我答。

他又問：「生過幾個孩子？」

「八個了。」我答。

他聽後，很快地這樣說：

「你這樣會生，比豬母還厲害！」

他的臉很嚴肅，像法官一樣莊嚴。但我聽他這種話後，我的臉孔比他的更嚴肅了。

「又是有仔了，現在只能補胎。」

聽了他的話，我的心非常不爽，但既然給他診視，也得付錢拿藥的。

回到家裡，氣不能消，藥也不吃，但月經忽然來了。

於是我把李醫生的藥水丟到垃圾箱裡去。

聽過李醫生對病人的問話後，從此關於我本身的病，我便不想給他看了，但對於孩子的病，我卻不能因為他的態度有問題而打消對他的信任，於是當第四孩子忽然生病了，我還是帶去給他看。

那一次，孩子是發燒。

李醫生一看便這樣對我說：

「有大便嗎？」

我答：「有的！」

「你怎麼知道他有？」

「我是他的母親，怎麼不知道？」

李醫生無話說，靜默一下，接著又問：

「大便幾次？」

「一次。」

他對我一看，臉也很莊嚴地說：

「你怎麼知道他只放一次？」

我說，我剛才不是跟你說：「因為我是他的母親呀！」

於是李醫生無話說又是靜默了，可是靜默不久，他又對旁邊另一位候診的婦女說：

「你昨天不是來過嗎？現在又要看什麼病？」

他一邊說話，一邊還用手摸我的孩子的額頭。

我看李醫生的態度與聽他的口氣，心裡總覺得他似乎屬於「心不在焉」與「語無倫次」的歇斯底裡的人！

可是孩子吃過那堆藥水後，病是好了的。

由於孩子的病給李醫生見過後有效力，於是當第四個孩子生病時，我便不因他是屬於歇斯底裡的人，而改變給別人看了。

那一次第四孩子是傷風後發熱。

他診斷後對我說：

「注意！雖是輕傷風，但也要注意，不要給他重感！」接著又說：「我叫你注意，為什麼你不注意聽？」

我說：「我有聽到呀！」

「你有聽到，為什麼不說一聲聽到？」

我不加以解釋，只是問他說：

「可以給他吃點東西嗎？」

「你不是醫生？為什麼知道不可以給他吃一點東西？」接著他說：「吃粥！吃粥！可以的！」

付了錢拿了藥回家來，孩子提議起醫生說起可以吃粥，但當晚吃了粥，熱度反而高升了許多。

明天起來，熱還是不退，不得不再帶去給李醫生看，當輪到我時，司役推開診室門叫我進去，李醫生一看到了，馬上板起面孔說：

「你不怕見笑？現在是男人看病的時候，你女人為什麼要進來？」

我氣得幾乎忍耐不住，但周圍有人，我只得把氣壓下去。

過後，當我再帶孩子進入診室時，李醫生很快便說：

「你昨天才來過，為什麼今天又要來？」

「因為熱度沒有退呀！」

「為什麼熱度會不退？」

「……」我不說話。

他便問：「他吃過什麼東西？」

「吃粥！」

「誰叫你給他吃粥？你是醫生嗎？」

「昨天你不是說可以給他吃粥嗎？」

李醫生無話說，又是靜默了。

結果再吃他四瓶水，病才起色。

又一次，最小的女兒發生漏瀉屎症，那時我本想不再給他看了，但因趕時間，同時想到他對小孩的漏瀉症，或者比其他的症候有辦法，於是再冒不識趣的心情，帶著孩子給他看。

可是結果吃完五杯藥水後，孩子愈瀉愈厲害；人也幾乎瘦了一半。

當最後一次，孩子再給他作第六次觸診時，我忽然聽見他的女護士進房來對他這樣說：

「醫生，紅毛路五號住家來電話說，他的孩子瀉得很厲害，要你再到他的家去看。」

李醫生扳起臉孔說：

「你回電給他們說：不在office，叫他將孩子帶去醫院！」

聽完李醫生的話，我覺悟了：

李醫生的醫術是到這兒為止了。

於是離開診室後，我連藥也不配，只付了診費便離開了。

當天的下午，孩子的漏瀉症，聽一位朋友的指示，到青草店買了一毛錢紅竹葉沖冰糖吃後，便告止瀉。

於是對於這剛剛從倫敦考察過醫藥回來的李醫生，以後孩子有病，我也不敢找他了。

如今，我又發現一位林醫生，他看病倒很小心，而孩子有病經過他診後，最多吃完一瓶藥水病便好了。可是他的診藥費很高，每次起碼要六塊錢，而且他常常會這樣說：

「病好，應該再來買一瓶補藥水吃，這樣病才會徹底痊癒！」

林醫生的交代也許是對的。

但生存於這個少數人的幸福建築在多數人身上的社會，窮人身上一朝發生疾病，要是袋裡沒有夠足的錢，便別想病會徹底治好。

於是當我想到自己的丈夫每月的收入時，我的心頭又湧起陣陣的悲哀！

寫於一九五六年八月二十五日

六親無親

一

陸家單傳的幼孩陸六患了不治之症，為母的陸姆，還抱著極濃的希望；希望六兒所患的是普通病症。

可是顏醫生經過檢查後，卻對他這麼說：

「你兒子患的是癌症。」

「醫生，嚴重不嚴重？」陸姆緊張地問。

對方泰然地對她一看：

「當然嚴重。」

「醫生，你好心救救他吧！」陸姆哀怨地：「他是我的獨生子。」

「我這裡設備不齊。」醫生向房門一指：「你還是趕快把他送進醫院去。」

「這樣，勞駕你給我寫封信，說明病情，入院手續會比較方便。」

「要我寫封介紹信入醫院，你要給我三十元。」

「醫生，我們是窮人家，哪來這麼多錢，求你做做好事幫個忙吧！」

「我這裡不是慈善機關。」

「你是醫生呀！」

「醫生也要吃飯。」

「但是，我孩子已給你醫了好久，花去不少錢。」

「那是醫藥費。」

「他總是你的病人。」

「你很會說話，我可沒這麼多的時間跟你理論，你交來三十元後，我才能替你寫信。」顏醫生又是指著房門外說：「去！去！」

陸姆無可奈何，望著醫生揮手叫她離開。

二

西照的夕陽，雖退了熱力，光度還是相當強。它把那間無遮無掩，孤立無依，而亞答已經一片殘白的板屋，曬得更慘白。尤其是門楣下那二道黃底，在風吹日曬之下，已變成白色的吳爺公符，給呼呼的晚風拂得發出列列刺人耳鼓的怨聲，更使人起了肅然冷寞的哀感。

陸姆踏入家門，面對廳中丈夫的遺像，淚涕俱下，號啕大哭起來……

為了醫治六兒的病，她羅掘俱窮，僅有的一枚訂婚金戒指也賣掉了。如今四壁蕭然，到哪兒去籌措三十元給顏醫生？籌不來，就白白等兒子死。……

她想了一整夜，問題還是不能解決。

天一亮，她抱起六兒，離開一無所有的亞答屋，跑向海邊的路去，決心跳海。但走到半途，忽然想起三年前丈夫臨終時對她這麼說：

「秀英，對你不住。我將離開人世，卻放下生活擔子讓你肩負。我真懊悔不將當初父親留下給我的幾千元，好好為自己生活打算，而全部交給我弟弟作升學的費用。如今他已發達成為體面人，卻對我這窮途落魄的哥哥當作陌生者。不但不肯援手相助，還說盡梟情絕義的話。想起來，我真是活該。希望你吃苦，今後就是有任何困苦，也要自食其力，刻苦把六兒養育成人，使我能瞑目於九泉。」

於是，她立刻打消自殺的念頭，咬緊牙齦，轉向叔叔的家走去。

三

「你這麼早抱著孩子到這裡做什麼？」

陸叔的傭人七姐打開籬笆門上街買菜，看見陸姆失神地抱著六兒，坐在門旁的石墩上，就驚奇地問：

「七姐，我來找你頭家，向他要求施捨點錢醫治六兒。」

陸姆飽含淚水，望著懷中昏迷不醒的六兒。

「唉，陸姆，孩子病成這樣子，你也該早點來找他呀！」七姐同情地說。

「就是不敢來呀！」

「你們還至親呢！」

「自己有點生氣時，還是想靠自己。現在已經四面絕路，六兒又非進醫院不可，所以不得不求至親搭救搭救。」

「來，我帶你進去。」

「這樣早，他們醒了麼？」

「頭家與頭家娘，今早要上雲頂高原去，頭家娘已經起身了。」

「陸叔呢？」

「他還在樓上。」

「我還是在這裡多等一會。」

「不必等，救人要緊。我帶你進去，你又不是什麼外人。」

她們踏入廳內，恰巧陸嫂從廁所出來。

陸嫂一見傭人引著陸姆踏進內廳，便無好氣色地大聲叫道：

「七姐，你七早八早，隨便把人引進來做什麼？」

「頭家娘，她不是別人，是陸姆！」

「就是六姆，七姆，也無需一早就闖進我家內廳來呀！」

「陸姆的孩兒病重，要求頭家多隆點錢，讓她把孩子送進醫院去。」

「真衰！求人出錢，為什麼要把病人帶進我家。出去！出去！」

七姐啞然，不知所措，以眼色向陸姆示意。

陸姆只好退出內廳，趕快走出大門外。

陸叔在樓上聽見妻子像貓兒被人踩踏斷了尾巴而高聲大叫，也大聲地問：

「到底是什麼事呀！」

「你下來看看，就明白七早八早是什麼貴人到來。」陸嫂幾乎把胸中的怨氣都噴發出去。

陸叔把口中的半截朱律猛向痰盂一丟，匆匆將腰間鬆弛的紗籠束緊，慌張地跑下樓來。睜大了眼睛，向大廳內廳搜索一周，看不見什麼人，就奇怪地問：

「到底是什麼人來過呀？」

「人，已跑出門外啦！」

陸叔聽後，馬上又從內廳走出大廳，再踏出大門。一看，原來是七姐、陸姆與陸姆懷中的六兒，一時狐疑雖散，怨氣卻從口中發出：

「到底什麼事呀？陸嫂你這麼早到我家來？」

陸姆誠惶誠恐，不知從何說起。七姐卻替她這麼說：

「頭家，陸姆的孩子病重，無錢入醫院。」

陸叔反應很快：

「誰說進醫院要錢？什麼人都可以要求進醫院去！」

「細叔，六兒患的不是普通病症，而是致命的癌症。」陸姆哀怨地：「他須趕快診治服藥，但入醫院的手續並非容易；如有私人醫生的介紹信，就會快捷順利。不過顏醫生要我三十元，才肯替我寫信，我特地來求你給三十元，讓我把六兒送入醫院去。」

「醫生到底放什麼屁，寫封信就要三十元？」

「是的，他鐵面無情，非三十元不可！」

「臭醫生，你不必他的信，親自把六兒送入醫院就是。」

「細叔，恐怕誤時誤事，你就做做好事給我三十元。」

「會有這麼嚴重的事！」陸叔繃緊臉孔，嚴肅地：「我一向不使閒錢做戇事。」
「細叔，你就看在六兒父親情分上，救救他吧！」
「不必囉嗦了，我無閒錢！」
「六兒是你親胞兄唯一的血脈，你就見死不救？」
「我無力可救。去你的！你不必多說。」陸叔發起脾氣，手一揮，就走入內廳去。
七姐看在眼裡，氣在心中。她對陸姆這麼說：
「哭什麼？不必喪志，天無絕人之路，你在這裡等我一會。」
七姐出來，把一張五十元的新加坡幣，塞進陸姆的掌心，苦笑著說：
「這算是我贈給六兒醫病，你趕快找顏醫生寫介紹信去。」
「七姐，你辛辛苦苦，我怎麼好用你的錢？」
「陸姆，你不必介意；如不放心，等六兒長大出來賺錢時，再還我好了。」
陸六被送入醫院去，陸姆的二位好朋友上門來向她慰問。
陸姆十分傷心地說：
「六兒患的是有錢人也不敢患的病，如今我家一無所有，看來只有等著死了。」
「不必煩惱，病早發覺，醫治得早，很有希望醫得好。」其中一位姓林的女士這麼給她安慰。
「話雖這麼說，可是到哪裡去找錢醫他呢！」
「陸姆，你不是有位有錢的叔叔？他家有的是錢，只要你肯向他開口，他一定會幫助你的。」林女士繼續說。
「他有錢是他的事，看來是不會幫我們了。」

「平日對你沒什麼幫助，還有話可說，現在侄兒病成這個樣子，無論如何他是義不容辭的。」

「我已上門向他要求過，」陸姆聽陳女士陳述理由後說：「可是他卻無動於衷。」

「此一時，彼一時呀！你不妨再向他求情，看好不好趕快送六兒出國醫治。」

「我明知他不肯幫助，六兒的爸生前也叫我無論如何辛苦也不能找他，但為了救六兒的命，我還是找了他，他卻置之不理，還有什麼話說。」

「這樣，你應該請別人幫助了。」

「怎樣說法？」

「我自有道理。」

四

林女士有一位好朋友李仁，他是N報的副採訪主任。

林女士希望李仁能通過新聞的報導與呼籲，使陸六獲得讀者的同情而給予資助，以便到外地去醫治。

李仁十分熱心地說：

「現社會雖很少肯拔一毛以利天下的富翁，但卻有不少熱心的讀者樂意幫助窮人；只要是應該救濟的，新聞一發表出去，就有廣大的讀者支持，紛紛把義款寄來。明天你把陸六的照片交給我，我一定大力呼籲讀者支援就是。」

林女士即日就把陸六的相片交給李仁。李仁說道：

「我有位姓陸的有錢朋友，我去找找他看，說不定可以幫助他這位小同鄉。」

「李仁，你說的這位有錢朋友，是不是住在西方路海堤高尚住宅區的陸福？」
「是呀！就是他。」
「你不用去找他了。」
「為什麼？」
「他就是陸六的叔父。」
「那不是更好？」
「可是陸六的寡母找過他，他卻置之不理。」
「有這樣的事？我可不信。」
「那你就去找他吧！」
「當然要找他。」
「你什麼時候找他？」
「現在。」
「情形怎樣，等一下可以告訴我嗎？」
「下午三點前後，我一定把詳細的情形告訴你。」
下午三點正。
林女士在大華咖啡店等候李仁。李仁如約前來。他以勝利的口吻說：
「林女士，我早就知道陸福不是那種見死不救的人。」
「那陸福他怎麼說？」
「他說，呼籲讀者支持陸六出國治病的新聞千萬不要發表，以免影響他的社會地位。他說挽救陸六的性命，他責無旁貸。」

「那他可以把陸六送去外地醫治了。」

「他說絕無問題，叫我趕快去替陸六辦理出國的手續。」

「謝天謝地，李仁你總算做了件好事。」

「其實，我也真的可以請廣大的讀者救濟他。只是為了爭取時間；如今由他叔父負擔一切費用，實在再好也沒有了。」

「那麼，李仁你就好事做到底，趕快替陸六辦理出國的手續去。」

「說辦明天就辦。」

熱情的李仁通過人事關係，一星期之後，就把陸六母子的護照等都辦好，於是他就到西方路找陸福去。

但陸福與太太陸嫂已上雲頂高原去，傭人說須二星期後才能回來。

兩星期匆匆過去，李仁在陸家找到陸福，陸福認真地說：

「老朋友，我這幾天心境不佳，你慢幾天才來談這件事，好嗎？」

「救人要緊！」李仁笑著說：「陸六出國的手續已辦好了兩星期了。」

「我何嘗不知要緊，無奈我這回在高原失手太大，現在完全沒有心情呀！」

「救侄兒的性命，只是區區之數，對你該沒有問題的。」

「到底區區到多少？」

「陸六與母親一起出門，最少千五到二千才可解決。」

「老朋友呀！我可不是開銀行的！到哪兒一下就可找到一兩千？」

「福兄，不要說一兩千，就是一萬八千，你也該籌得出的呀！」
「話固然這麼說，錢可不是容易賺的嘛！」
「但，這是救你自己的侄兒。」
「可是救不值得救的有什麼用？」
「怎麼不值得救？」
「生癌的十個九個死；陸六不久也是死。」
「可是陸六的病不深。」
「總之，都是要死！」
「這麼說，你反悔，不想救他了！」
「不是反悔不反悔，而是值得與不值得的問題。」
「為什麼不值得？」
「你不明白就是。」
「你上個月不是叫我趕快辦理陸六的出國證？」
「我不清楚他患的是癌症。」
「你怎麼會不知道？陸六的母親已求過你，也向你說過陸六患的是癌症。」
「真的有誤會呀！」
「現在你已經知道，可以坐視不救嗎？」
「在此間醫院的一切費用，由我負責就是。」
「陸六現在住的是免費的病房，不必付醫藥費的。」

「這樣，到底還是可以留下給他當喪費用的。」
「看來，你已認為陸六必死無疑的了。」
「那是不必說的。」
「這樣，還是讓我通過報章，請廣大讀者來挽救他好了。」
「你、你……」
李仁不睬陸福的反應，走出陸家後，立刻去找林女士，正要告訴他陸福食言。林女士卻對他說，有位無名氏交來二千元，要他轉給陸六母子出國去醫治。
李仁一時忘卻了陸福的不仁，立刻轉怒為喜，說道：
「林女士，真有這回事？」
「哪，支票在這裡。」
「這樣，事不宜遲，明天就給他們訂機票去。」

五

陸六由無名氏資助二千元出國治病的新聞發表後，當天晚上，陸福就到李家來找李仁。一見面，開門見山地問：
「李先生，無名氏到底是誰呀？」
「無名氏就是無名氏麼！」李仁淡然地說。
陸福卻殷切萬般：

「氏雖無名，到底也有真姓真名。」

「當然有真姓與真名。」

「老朋友，好不好給我知道他的姓名？」

「他就是做好事不露名才稱無名氏。」李仁拒絕他說：「對不住，無可奉告。」

「告訴我，我會感謝你的。」

「你要知道他是誰做什麼？」

「和他交個朋友嘛！」

「莫非認為他有錢？」

「跟這種人交上朋友，總會有好處的。」

「恐怕他不想交你這個朋友。」

「到底是為什麼？」

「無名氏說：你連至親的侄兒都不要。」

「可是無名氏，到底是值得交的呀！」

「這麼說：六親無親，只有錢最親。」

「這……這……」陸福一時語塞。

李仁搶先說道：

「我沒時間跟你多講閒話，我寫新聞去了！」

寫於一九七三年二月五日

人臉變化

一九四七年的冬天。我辭去惠縣的人事室主任，離開哥哥主管的家鄉，回到馬來亞來。

十二月中旬一天下午，當「夏美蓮」輪駛出汕頭馬嶼口外，我找到了鋪位；為了要將一張席子鋪下去，向左邊隔鋪的一位青年人商量，要求他把他的席子移過一點，好讓我的放下去，因他的鋪位左邊還空餘著許多地方。那人一聽懂我的意思，馬上站起來，和藹的臉上泛起笑容。一邊將他的席子拖過左邊去，一邊溫和地說：

「好的，好的，讓我移開。」又指著我的席子：「把你的拖過來吧！」

他那種磊落的態度，的確使我感動，也使我不得不連忙向他道謝幾句。

「不用客氣，大家同船過江，互相幫助是應該，用不著說客氣話。」

他的話那麼熱情，幾乎使人不能輕易忘記他的好處，於是我不得不向他請教姓名。

「敝姓陳，小名文端。」他緊緊保持那一百度的和藹與笑容，也問問我的姓氏，然後又說：「貴縣姓方的有好多是我的朋友，甚至有好多是世交，當家父未去暹羅經商以前，我就常常到貴縣去。」

我一聽到暹羅，問他是不是要到馬來亞。

「不，我是住在香港，只到暹羅走一走罷了。」接著他問我：「方先生也去暹羅？」

我告訴他：我的目的地是馬來亞檳城，不過要在暹羅登岸，然後搭「國際快車」南下。接著，我又問他到過暹羅嗎？

「暹羅去過兩次了，因為那邊有生意，每年須去巡視，所以算是老地方了。」停了一會，他問：「方先生到馬來亞去，是不是做生意？」

我告訴他：自己沒有生意做，不過弟弟經營的商行，缺乏人手，要我去幫忙。

「那很好！那很好！」他連聲道好，有如很羨慕的樣子。

大家寒暄了一陣，我為了其他的事務，想找一位朋友，就上第一艙房去。找不到朋友，我回到鋪位來，被一位姓李的同鄉發現。他走近來說：

「老方！你也要過番？」

「你呀！老李！」我興奮地：「想不到你也在這裡。」

「是的！要過番去！」老李很熱情，滿臉笑嘻嘻：「我真想不到你也會過番。」

「環境不好，住不下去。想來想去還是到南洋走走好。」

「幹嘛？哥哥做縣長，你當人事室主任，這樣的環境嫌不好，還有其他的比這個好！」

「就是哥哥做縣長，有好多事情看不過眼，才要去過番。」家鄉怨聲載道的苛政，幕幕又在眼前出現，促使我快言直語地道出要走的原因。

「哥哥做縣長，自己有這麼好的位置，在別人實在是求之不得呀！」老李說得很認真。

「是呀！方先生有這樣好的機會，為什麼還要過番？」站在席子一邊的陳文端，聽見老李提起我的哥哥是惠縣的現任縣長，便很關心地插進一句為我惋惜。

「要是我有這樣的位置，過番去就是有金礦可掘，我也不想去！」老李又這樣說。

「是的！是的！」陳文端說：「方先生呀！你實在太戇了。現任縣長是自己的哥哥，要是我，大可撈一筆；何必溜烏水去過番！」

「你們所想的，也許以為對。我卻認為不是這樣。」

「為什麼？」老李問。

「什麼理由？」陳文端又加上一句。

「因見解不同，大家的看法就兩樣了。」

我正想陳述理由，船上忽然響起噹噹的鑼聲，原來是船公司要檢查船票。於是老李回到他的鋪位去，陳文端也坐下去。

陳文端，年紀輕，臉孔漂亮，修長的身材，穿著雪白的西裝，老是掛著笑容。跟人談話，先生前先生後，禮貌十足。

我看不出他是商人。我聽他那斯文的口氣，總以為他是剛離校不久的學生，因談到教育問題，大家的觀點並沒有多大的距離。

不過，每當談話將近於結束時，他常會這樣問我：

「你弟弟在檳城是經營什麼生意？」

「經營建築材料。」

我告訴了他。他還進一步地問：

「資本雄厚嗎？有沒有直接辦洋貨？」

「據說店裡所經售的貨物，都是直接向歐洲廠家採辦的。」

然而，他老是感到不滿足地問了又問。我也很熱情，把所知道的都告訴他。

於是大家從談話後互相了解的感情上，慢慢地建立起友誼的基礎。一時，他對待我的態度，比我對他的更好，不到三幾天，已經很親熱，幾乎無話不說，甚至把所有的食品，諸如果子、罐頭、餅乾等物拿了出來；而且很認真地說：「同船過江，有物應該共用，反正我一人用不完。」

我在他那熾熱的感情慫恿之下，為了表示謝意，勉強用了一點果子，但心裡總覺得不好，因自己不想老是白吃別人的東西。

六天後的一個早晨。船抵曼谷，將靠近碼頭時，陳文端把他在香港的永久地址開給我後，便要我也把檳城的地址開給他。最後他特別對我提起：

「希望大家從今天開始做事業上的好朋友，時常通訊，多多連繫，將來在生意上、業務上，可以互相幫助的地方一定很多。」

所以登岸後，他要我到他的店裡去看一看，但我因趕時間，來不及跟他去，後來只在上火車的前一刻，於電話上跟他通了一次道別的話。

兩個月後，我在檳城接到陳文端的來信。他告訴我：他已回到香港去了，希望我常常跟他通訊。再過兩個月，陳文端又來信說，他因業務上很忙，所以很少寫信給我，希望我多多原諒他。還不到一個月，他又來信告訴我：他香港的生意做得不錯，希望我常常寫信告訴他，關於馬來亞建築材料的市情。

一九四八年十二月中旬，他又來信說：他要到暹羅來，希望我能去暹羅一行。我回信告訴他，我抽不出時間，但他又來信提起最好抽空到曼谷住幾天，因他有好多機會可以跟我合作。結果，我還是不想去。

一九四九年，我一共又接到他七封信。一九五〇年又來了八封，每封信上都是充滿感情與美麗的詞句，使我對他的熱情感到驚異，因此我每次給他的回信，總極誠懇地加以答覆。

前五天，我剛從學校回來，陳文端忽然在我的面前出現。他那白皙的臉孔，雪白整齊的西裝，立刻喚回了我的回憶。我興奮地上前握緊他的手；不等他開口，便提出：「你為什麼會到檳城來？你怎麼會懂得我這裡的地址。」語氣幾乎像唧筒裡激出來的水一樣急。老實說，受了他六七年來文字上的感動，我一時竟也激動起來。

但相反的：陳文端卻慢條斯理，看看我的臉後，便注意起我的衣著來了。看他那種神情，好像專為研究我的衣著而來。

「七年了，但你還像從前一樣年輕。」他也許是看到我身上那簡樸而口袋又破壞了的衣著，感到失望，所以口氣及神情和過去幾乎有一百八十度的差別，接著他這樣問我：「你、你沒有做生意了？」

「陳先生，坐下來慢慢談吧！」我還不敢證明我對他內心的猜測是正確，態度仍像先前的一樣未變。我說：「生意的事情慢一點說，我先問你，你怎麼會知道我這裡的地址？」

他沒有笑，反而有點嚴肅：「我到你弟弟店裡找你。他說你已不在那裡工作，所以我照他的指示，坐車到這裡來找，但想不到你真的已不在他店裡做生意了。」

「是的！已經幾年不做生意了。」我也開始收斂起自己的笑容。

「不做生意！」他一面說，一面張望我的狹小的房子。也許跟他的理想有不能估計的差別，所以口氣極緩慢地問我：

「現在做什麼事了？」

「教書！」

「教書！為什麼你不做生意？」

「因為我覺得教書有意義。」

「你太戇了！教書是不能發財的！」

「是麼？坐下來談談吧！」我一面談，一面在身旁拉了一張椅子，指著請他坐。

「坐坐！」他說著，但不坐下去。只從褲袋抽出雪白的手帕來，拍拍他衣袖上的一點塵埃，然後看看我拉給他的那張椅子，好像不耐煩的樣子。

我看他不想坐，也不勉強，只問他說：

「你為什麼會到馬來亞來？」

「到馬來亞看看有沒有生意可做。」

「現在住在什麼地方？」

「國泰旅行社。」

「就在我這裡的對面呀！」我說。

「呵！」他有神無氣地只呵了一聲。

「我們這裡地方小，到外邊咖啡店談談吧！七年不見面，一定有好多話可以說。」

「呵！不必啦！我還有其他的事。」

「那麼，晚上我上你那邊去吧！」

「呵！我恐怕有事要出去！」

「這樣，明天早上……」

「明天麼？明天一早，我要上飛機走了！」

他答得那麼伶俐，語氣，像冰箱裡吹出來的一樣冷。

我想再開口，他卻比我先說：

「老方！不麻煩你啦！我要走了。」說著，便失望地開步走了。

「好的！」我看他這樣，也不想再多開口挽留他，因為我心裡明白：陳文端是商人，我是窮教師。

但，我料不到他會變成這麼冷酷，同時由於他滿臉都泛著冷氣，更使我無從了解他到底是什麼身份的人。

不過幾天後，新加坡關稅處緝獲的那宗鴉片走私巨案，料不到報紙發表出來的主犯，居然是陳文端。

寫於一九五〇年五月三十日

點秋香

一

誰與王子求認識或有來往的，都知道他不但身材矮細，而且嘴鼻耳朵腳手，也十分短小，幾乎與五尺應門的童子不相上下；難怪大型汽車的座位，多了他一人坐上，也不會使人覺得擁擠。

然而這個相書上被稱為「五短」的人，卻是屬於「貴格」的一類。

姑不論身材與相貌對於人的得失關係如何，其實王子求自小至大，一路來靠公父的餘蔭，確也十分順境地呼風得風，喚雨得雨。就以今日他所擔任的那個××銀行的經理職位，所管轄的地區，雖然屬於三等城市的經濟機構，但是，三等城市有三等城市的經濟活動。諸如不少商家，為了經濟周轉靈活，無不希望透過王經理的關係，可以順利地向銀行取得更多的透支，於是在這經濟決定了一切的商業社會中，王子求當然成為社會名流，十天八天中都是繁忙地過著應酬的生活。所以從外表看來，當然不少人都認為王子求養尊處優，樂處融融。

但是，王子求也有好多不快樂的地方是外人所不知道的，比方身材矮小，使他的自卑感日形深重；尤其使他傷心的：他行年四十又五，身邊除擁有七位千金外，徹底卻未有一男半子；如今太太又患了不治之症，本身又沒有兄弟，不但高堂為他急煞心機，自己也整日在冀求子息的希望中費精神。可以說不如意的事，十之七八，偏偏從他的身上發生。所以外表看來，他的生活雖然闊綽，內心卻憂鬱萬分。

再說，王太太已經病重在身，每每想起子嗣的問題，也影響她嚴重的病症日趨危境，終於輾轉三年之後，悄然逝世。

王太太死後，主持家務與管教孩子的責任，立刻都落在王子求的身上。但事實上他是負不了什麼的，好像家務的決定、孩子的保健，以及管教的種種問題，實在都不是指揮傭人所能應付與勝任的。所以他雖然有的是錢，但是金錢並不能替他解決一切的難題，無怪老太太總是希望他從速續弦。老人家認為一者娶進來的人可以負起主婦的責任，二者說不定可以很快就填慰子息虛缺的空隙。親戚朋友，以及商界來往的，也都贊成或慫恿他從速物色，然而，王子求似乎一時無動於衷。

王子求並不是不答應續弦，也不是意味他與亡妻情深義重，更不是他的生命力已經退盡。其實他所以遲疑不決，是有深重的隱情，特別是成群的女兒已經逐漸長大；大，二、三的高度，都超過他個半頭顱，實在都是使他有所顧忌，所以每逢有人慫恿他從速結婚時，他難免要婉轉地說候慢一些時日。

老太太卻不以為然，三番幾次這麼提醒他：

「到時父老子細，有什麼意思。再說，我也是有年歲的了！」

「雖然是，」王子求內疚表示：「但一時間，要求適合的也不容易。」

「只要你說一聲欲娶，哪怕沒有對象麼！」老太太十分把握似的：「你妻死後，外面在等著求親的不知有多少了。」

「不過像我這麼矮小，年歲又高，我要人，人不一定愛我！」王子求自卑地笑一笑。

「你雖然矮小一點，貌並非不揚。」老太太認真地指出：「現今世界，十人九人是看錢不取貌。」

「固然如此，不過樣子也要端正一些。」

「這一點，你大可不必掛慮，其實我們娶的還是要選擇，並不是杉頭木角都搬進來。」老太太欣然自得：「何況有錢已使人欽仰五分。」

「這恐怕是買賣式的婚姻。」子求發表說：「夫婦的結合是應該有感情的。」

「也不盡然，我看有錢就有感情。」

「錢有時也不是萬能！」

「在我看來，」老太太十分自信：「只要你喜歡，幾乎可用點秋香式來加以選擇。」

「恐怕就不會這麼如意。」

「怎麼會，告訴你：不是黃花閨女的還不可娶呢！」停一會，老太太接著說：「不過年齡卅初也無所謂。」

「是的，這一點我倒同意。」

老太太聽後安慰他一句：

「你放心好了，一切候母親給你做主意就是。」

二

王子求從生理的要求上可以再結婚，是無可厚非的；在家庭的組織與管教子女的責任上必須再結婚，也是理直氣壯；為表示對慈親孝順需要媳婦奉侍老人家而結婚，也是天經地義。於是王子求喪妻不到一年，凡是與王家有關係的，都知道他不久又要做新郎了。

事實的要求似乎一點也不會過分，於是日子便促成形勢的需要；需要的觀念便使有心人產生了更大的膽量。

這麼一來，王子求為亡妻做過年祭後，發自心中的哀愁已淡忘了許多，慾念更鎮壓了自卑，感興如春筍初茁，揭開了快樂的心扉，也開始發出爽朗的歡笑。

從此王子求的年齡忽然好像退成了卅五，他出入交際場所的次數與渴念伊人的痴念，也跟著時間在賽跑而加重。幸福之神飛上了他的身；和他見面的人，都是告訴他今天他所喜歡聽的話，所以整個白天與晚上，他的耳朵都被貫注了殷勤的甜言和蜜語。

有的說要介紹美麗的淑女給他。

有的說要跟王家結親，要將自己的姐姐嫁給他。

有的說要充作紅娘，撮合他與鶯鶯的喜事。

有的更說要和他在天作成比翼鳥，在地成為連理枝。

一切都是美的，一切都是屬於幸福的；他幾乎成為快樂的王子，醉醺醺地回到家後總是把甜言與蜜語告訴了老太。老太太笑嘻嘻不說什麼，只是要他小心地加以選擇。

日子是實事求是的良機，許多人就利用機會忙著向老太太說媒。

張大嫂興致勃勃地向老太太推薦自己的侄女說：

「我們阿蓮是最適合做你家的媳婦，也很切合王先生的身份。阿蓮名義上雖然是結過婚，可是過門後不久便喪夫，王先生也是失了妻，這樣大家都十分適合。」

老太太馬上搖頭說：

「怕死人囉，一過門就剋夫，八字一定粗硬。至於我們子求雖非處男，但今日以男人為中心的社會，身分上是全無關係的，你不用擔心沒人嫁。」

李老叔也是受人所託，前來向老太太推薦阿嬌，他熱情地說：

「阿嬌這孩子是我看她從小長大，脾氣完全沒有，性情卻十分溫柔，世上難找到第二位；年歲雖高一點，但比你家少爺還少五歲，這該是王少爺最適合的對象。」

老太太認為女方年齡已經四十，生男育女都有問題，所以便沒有和李老叔再接談下去。

何秋嫂也上門向老太太大力介紹她的妹妹說：

「金妹高中畢業，學問好，品格高，年歲才卅，雖然右腳有點短縮，跑起路來卻無傷大雅，何況你們出入是常坐汽車……」

一聽見對方的右腳有點短縮，老太太便無興趣再聽下去。

李媒婆也受人所託，替某女士大力吹噓：

「貌美，人溫和，年齡也相當，特別是身體好，臀部壯闊，像力康雞一樣，包管進王家後，生男生女，隨心應想。」

但老太太看過對方的相片，認為子求站在她的身邊，有如四加侖的小油珍，放在五十加侖大油桶的旁邊無異，真是相形見絀，所以也不願與對方接談下去。

……。

東不成，西不就，聽在耳朵，看在眼裡的女傭人阿鳳就笑問老太太說：

「應該是怎樣的人，才可以當少爺的太太？如果像你的看法，恐怕永遠選不到人。」

「這個麼——」老太太老經世故地說：「阿鳳，你放心，船到水路開，我家少爺自有福份就是。」

三

在一個偶然的機會中，王子求給商人史得全載到他的家宵夜去；就在這一個偶然的機會中，王子求忽然看中了史得全的妹妹史得芬。

史得全未有徵得妹妹的同意，就對王子求的要求一口答應，甚至為了表示自己的心跡，更私自從妹妹的相簿中摘下她的一幀相片送給他。

王子求因此十分歡喜，一回到家裡，就指著相片對老太太笑嘻嘻地說：

史得芬的身材幾乎和他差不多，眉目嘴鼻也十分清秀，所以他對她一見就喜歡。

老太太不表示可否，只是把相片接過手，看了再看，然後問道：

「人是不是長得與相片一樣？」

「是的，一點也不會相差。」

「這樣說，你的眼光也不錯呀！」

但是，事實卻與王子求一路來所擔心的一樣：他要人，人不一定愛他。

原來史得芬不肯接受哥哥的意見，她說她雖然是年紀廿六七的人了，但她不願意做七位孩子的後母，所以無論如何，她一定不嫁給王子求。

史得全十分惋惜地說：

「這麼好的對象，恐怕是你永遠找不到的。」

「這麼說：他好在什麼地方？」

「一，王子求有錢；二，是他愛你的。」史得全緩慢含蓄地繼續說：「別人可不會這樣，所以在我看來，這是你不容易找到的好對象。」

「這麼說，你就把我看得十分低了！」

「你該知道，你也是有年歲了，難道真的要做老處女麼？」

「是的，但我不會給錢迷了心，告訴你：我寧可做老處女，死也不嫁給年將半百的老頭兒。」

史得全無法說服妹妹，卻不敢一下子就拒絕王子求。王子求以為對方還是女流之輩，免不了會忸怩；不肯一下答應理所當然，所以便對史得全加以暗示：

「令妹的事成功後，兄臺向敝行進行透支的事，兄弟一定鼎力相助。」

「無問題，你放心就是。」

史得全因擔心自己的透支落了空，除了安定王子求的心外，還是竭盡心機企圖轉移妹妹的心。可是史得芬對王子求的約會，一次也不肯賞臉。

這麼一來更使王子求著了迷似的，癡情日深；然而當他看出希望不能實現後，忽然頹喪下去，日日買醉澆愁，不上半月，一病不起，夢中頻頻發出囈語。

老太太深知王子求的病因，便親自上史家去，希望女方給予援手解開兒子的心鎖。史得芬卻把自己鎖在深房裡，始終不肯與老太太見面。老太太只好再三懇求史得全請妹妹同情她的獨生子病重，給予救護的機會。

史得全為了自己，也為了妹妹，實在都使他必須勉為其難。可是史得芬的固執，始終使他無法可施，不得已便請姐姐史得賢出來幫忙說服妹妹。

史得賢卻因丈夫逝世不久，正為兒女的生活問題忙個不了，所以無意為這件事浪費寶貴的時間，無奈經不起弟弟的再三要求，也就換了衣服跟弟弟回來。

史得芬知道姐姐到來，目的是幫助哥哥說話，就索性不跟他們見面。於是姐弟只好在房門外，忙著不停地向她催促。

這時，老太太又迫不及待地上門來了。

史得全一時就忙著替姐姐向她介紹：

「這是家姐得賢。」

老太太沒聽清楚，便上前牽緊得賢的手，然後懇切地帶著要求的口吻：

「小姐，我們子求是真心愛你，你就答應他吧！」

原來得賢與得芬的年齡相差不多，相貌也幾乎完全一樣，所以老太太一看見她，就親切地向她攀談起來。

史得賢莫名其妙，正要向老太太解釋自己的身分，史得全心裡有數，馬上截斷她的話，忙請老太太坐下，接著對她說：

「為了幫助子求恢復健康，我們一定不會使你老人家失望的。」

「我一家就要多多感謝你們了。」老太太說。

史得賢如啞子吃黃蓮，每要開口，便給史得全岔開了，只得張著眼睛看著他。

史得全卻以暗示的眼光，好像對她說：

「請你不要說，忍耐一些時候吧！」然後就催促老太太說：

「你老人家先回去吧，讓我們從長商量後，明天一定給你滿意答覆。」

老太太含著淚，悲喜交集，一回到家，馬上就安慰子求。

王子求緊張地說：
「真的麼，她答應了！」
「真的，史小姐答應你了。」
王子求聽後，好像身上的巨石被踢開了，馬上就坐起來，已經不想再睡下去。從此病況逐漸起色，第二天就走出廳來散步，於是他打一個電話給史得全。
史得全答覆他說：
「一切都沒有問題，你可以安心！」
「真的麼？」
「放心好了。」
王子求終於心花怒放，精神逐漸恢復了常態。

四

王子求約定了史得全的妹妹在中國飯店吃飯的前二個鐘頭，史得賢對史得芬說：
「妹妹，是你同情哥哥要我這麼做的，以後就該多多幫助我，可不要說我閒話。」
「姐姐，你放心。」史得芬說：「不過要是對方知道姐姐已結過婚，那不是笑話？」
「笑什麼話，他也是結過婚的。」史得全很快地答：「如果他不要，那不了了之不是更好！」
史得賢卻膽怯地表示：
「我認為這麼做是不好的。」

「怎麼不好？」史得全老謀深算：「一，你的兒子以後就不怕無錢過日子，何況你的年齡不深，為了生活也必須再結婚。二，醫了王子求的相思病，也算好生之德。三，對哥哥也盡了幫助你的責任。不然我幾乎走投無路，利人利己，一點都沒有錯！」

但史得芬聽後，馬上把口附在姐姐的耳朵說：

「……」

史得全聽不見妹妹的話，卻聽見姐姐這麼說：

「如果王子求是真心相愛，不但沒有問題，他們母子還會歡喜呢！」

王子求陪史得賢吃過飯之後，話機相投，十分高興。

當他們要離開飯店時，史得賢以堅決而溫柔的態度問王子求說：

「王先生，你喜歡我是真心的麼？」

「到了今天還提這種話麼？」王子求熱切地：「不真心，我怎麼會為你害了病。」

「既然是這樣——」史得賢端莊地說：「我要告訴先生：我不是史得芬，而是她的姐姐史得賢。」

「你不必騙我你不是史得芬。史小姐，我喜歡的就是你這個人。」

「你到底搞清楚了沒有？」

「史得芬小姐，我自從看見了你就傾心，所以我可以發誓，不管你的名字叫什麼，我王子求所愛的就是你，海枯石爛，也不會變心。」

「王先生，這樣我必須坦白再對你說：我真的是史得芬的姐姐史得賢，而且是結過婚，只是丈夫在五月前死去了。本來是回家去勸導妹妹成全你的婚事，哪知妹妹不肯，你老太太卻把我當作得芬，弟弟又慫恿我這麼做。如今事實是這樣，如果你嫌棄的話，我還是我，你還是你，因為我們都還沒公開宣布。」

「我深深地受你的誠實所感動，而你的態度更增加了我的信心，我必須對你說：你我都結過婚的人，只要我們相愛什麼也不能動搖我們的信心，望你不必掛慮，希望從今以後，我們可以快快樂樂地生活下去。」

史得賢果然給王子求帶來了不少家庭的快樂；而使王家更快樂的是：她入門五個月後便為王子求生下一個又白又胖的男孩。

寫於一九六五年七月二十六日

教書先生

一

陳華德告訴我說：昨晚七時，檳城公寓剛上了燈，許有明先生就給人發覺了已經服毒自殺。紅十字車將他舁進醫院去。車到半途，人卻斷氣了。

許有明為什麼要自殺？今後，許有明的兒女要靠誰過活？……

這一連串的問題，立刻都從我的心裡發出來。

許有明，是我的同鄉，他是我三年前在新加坡一間中學的同事。人誠實和藹。只要你一看見他，就會發現他臉上早堆著笑容在迎接你了。

二

許有明，待人接物，彬彬有禮；負起責任來又認真。沒有男人常有的嗜好，頂多應酬朋友喝杯咖啡烏。回到家裡，批改課業外，不是替太太抱孩子，就代太太洗衣服。

因此同事們，多稱呼他為「老實先生」。

「老實先生」和我的感情頗好，所以，那時我常常到牛車水他家去看他們。

他們的住家很狹小，小得有點臭氣發生時，就要經過個把鐘頭後才能消散出去。一家人，住在那麼小的一個房間，小孩子一吵鬧，在別人看起來，幾乎悶得要命，但老實先生卻不以為然，因為他有一位儉樸能幹的太太。

他的太太雖然很疲弱，一家六口的生活，在她整天的勤勞下，卻措理得井井有條。比較缺憾的，就是大的孩子十四歲了，還在街頭賣鹹煎餅，沒機會給他入學唸書。

三

昨天下午，我才在庇能律遇見許有明，看見他手裡抱一包東西。那時他滿面春風，像中馬票一樣高興。

我問他說：「你為什麼這樣高興？」

他左手指著右手的牛皮紙包說：「老兄，我今天獲得這一包陳太太家人穿過的舊衣服！」

一包舊衣服就值得這麼高興，我覺得奇異；為了要知道他的一點近況，我順手就拉他進街旁的咖啡店去。

我問他要的是咖啡或是咖啡烏。

他說：「我要牛奶水。」

我勾起記憶，說：

「你從前不是不喜歡牛奶水嗎？」

「是的！現在不同了；負累重，營業不足，多喝點牛奶多得點益處。」

我聽他的話後，看他的眼睛，看他的嘴唇。是！那些地方連一點血色也沒有。於是我問他說：

「近來的生活怎樣？」

「不是和過去的一樣！」

他很快喝去半杯牛奶後，才答我說。

「嫂夫人的身體康健吧？」

我想起了他那能幹的太太來，就隨口問起了她。想不到他回答我的，是那麼使人驚異的話：「去年年尾，給汽車撞斃了！」

「為什麼？在什麼地方？」我急要知道。

「神經失常，被撞死在西方路！」

他的聲音很悲，臉雖不哀，可是眼眶裡的淚珠快要滾出來。

我企圖塞住他的眼淚，就問他說：

「神經怎麼失常的？」

「唉！事出諸無法！」

我知道他更加傷心了，就指著他的杯說：

「把它喝完了再說吧！」

於是他把所存的半杯牛奶一口喝完，然後面對著我這樣說：

「自從和你一起在C中學辭職了後，你到中馬去，我呢？因為負累重，只得帶著家人回到北馬來，為了一家的生活，於是我不得不找書教。適逢×中學需要一位文史地教員，我託人介紹，得到那位置。」

「在未接到學校的聘書以前，董事長叫我去見面，他說：『先生！你雖然是大學畢業生，惟我們學校因經費不足，所以請你的薪金連津貼在內，一概是二百二十元。你要嗎？不要，錢更少的還有人要……』」

「想起兒女那許多口可怕的嘴，我無法異議，就把聘書接受了下來。」

「近年來，馬來亞因生產力減退，物價一天比一天高，一家六口的生活，以教書的收入扣去房租三十元，僅存的一百九十元能夠維持日子嗎？很難。因為兒女不幸發生病痛時，一月的日子沒有完，錢早已用光了。」

「於是大兒子照舊又要出街賣鹹煎餅去。雖有人笑我說：『爸爸教書，兒子賣鹹煎餅。』但每天能得五七角錢，也聊勝於無。」

「由於經濟支絀，家人平日營養當然不足，內人的身體就這樣的勞作有、營養無的日子下敗壞下去。」

「去年臨盆，因血氣不足，以致胎兒未出，人已昏厥，幸得鄰居戚友施救得快，始告回生，但人還是昏迷，於是託人打電話請西醫，醫生都說，中午是休息的時間，不能出門，不得已等到下午二時，那三追催？四請的醫生才姍姍到來，但人又昏厥過去了。經過打針後，神志雖稍恢復，因恐再度昏去，便把她送到醫院去。第二天，胎兒雖生下來了，可是人因出血過多，又告昏倒下去，等到再度清醒時，人的神經卻失常了。就在第三天晚上，她被發現給汽車撞斃在西方路上，後來經過調查，才知道是從醫院逃走了出來的……」

「後來？」我找不到適當的說，只這樣一問。

「後來，人死萬事休，但家庭裡的事就打不開了，今年的情形更大不相同，薪金沒有增加，物價卻一天貴一天，要雇一位傭人來幫忙家務，更沒法了，於是孩子的衣，髒的髒、破的破，弄得衣衫襤褸。」

「早上，我到北海去，經過陳太太的家，她告訴我說，她有一包舊衣服，要送給人家，問我要不要它，我很需要，於是就和她進去，將它拿了回來。」

「東西還好吧？」我搶先問一句。

「聽說還沒有破，只是舊了的。」

「你有把它打開來看嗎？」我問。

「沒有，都是舊衣料，何必看呢？」

這時，我開口再要問他一些話時，他忽然站起來，指著街邊對我說：「我的孩子在路上，我去叫他進來。」

許有明於是放下他手裡那包用牛皮紙包裹的紙包，交代給我替他看後，就跨出店門去。

一會兒，他帶著他的孩子進來，對我說：「孩子因營養不足，所以比在新加坡時也大不了許多。」

「是！不見得大！」我看他雖增加三歲了，可是那張枯黃的臉兒，依然還是像褪色的黃紙一樣；而身材也瘦得像竹竿一樣。

最後許有明告訴我說，孩子是來找他的，因為家裡有一位陌生女人在等待著他，要等他回去見面。

我也有其他的事，想到另一位朋友的家去，所以就和他分手了。

四

想不到昨天才見過的許有明，今天卻自殺了。於是，我立刻到他的家去。一家都是孩子的哭聲。大的孩子也不在家裡，只有幾個小的孩子在桌邊哭成一團。我覺得驚異，就問在場的一位青年說：

「許先生為什麼事自殺？」

「你還不知道嗎？」

「不！不知道！」

「大兒子給車撞死了！」

「什麼！大學子給車撞死了！在什麼地方？」

「西方路！」

「他到那兒做什麼？」

「找擔保人！」

「擔保誰？」

「擔保他的父親！」

「他的父親犯了什麼罪？」

「帶鴉片土！」

「哪裡來的鴉片土！」

「北海一位陳太太騙他帶過來的。」
「是不是藏在那牛皮紙包的舊衣服內？」
「是呀！」
「他不是把那紙包帶回家來了？」
「正因為把那紙包帶回家來，所以才受罪！」
「為什麼？」
「許先生把那紙包帶過海來後，陳太太就隨著過海到這裡來，要等著把東西取回去。哪知道許先生一回到家來，陳太太告訴他說其中幾件不是舊衣，正要取回那包東西時，他背後忽然出現了緝私人員，於是陳太太和許先生就被抓出去。及後經過人擔保，許先生才回來，他回到家裡，想要和他的大兒子說話，哪知找不見他的大兒子。不久，忽然有人來報訊他兒子在西方路於半個鐘頭前給汽車撞斃了。原來他兒子到西方路請好了擔保了，回家時或許神志過分緊張，致不小心在轉彎的路上被車撞斃。許先生接得這個消息後，過了一會兒，不聲不響就服毒自殺了……」
「事情有沒有告訴陳太太？」
「事情一發生，早就告訴她了。」
「她怎樣表示？」
「她看見許先生死後，就宣布說那包舊衣服不是她的。」
「陳太太是怎樣的一個人？」
「年紀輕輕，儀表很端正，衣飾也很華麗！」

五

第二天，我又到許有明先生的家去。

有很多人因為憐憫他的兒女，紛紛掏出袋裡的錢，預備捐給他們。

前天和我講話的那位青年，問我說捐助給他們多少錢？

我說：「四十塊，不過要候我明天設法後才能夠交出來。」

「為什麼？」

「因為我也是一位教書先生呀！」

寫於一九五七年十二月十日

不是六月流火

熱帶的馬來亞三月裡的氣候，就像南中國六月裡的流火那樣悶人。

這是三月裡最後一個週末。

日中度的時分，在大多數人的感覺之中，十二點的長短針已斷了鍊似地，老是不能交叉在一起。是的，開年以來，很少有一天的天氣像今日這樣熱。好比多年來都不必開電風扇，而自然風陣陣吹來，使人十分涼爽的堂皇寬敞的辦公廳，今天就顯得反常，一點風也沒有，空氣已經凝住。一時使人有如置身於火屋之中；胸膛陣陣的悶鬱，幾乎要從毛管擠出去，卻老是擠不出。於是令人感到通身在燃燒，呼吸短促，有隨時被窒息，或被燒死的危險。

千真萬確！

辦公廳裡的老師們，眼睛都是浮上了血絲，汗流浹背，有如池塘裡的魚群，中了蘆藤毒液，神志昏迷。

只有史校長比較能耐，不像別人那麼怕熱。

史校長雖然是「肥頭大耳」一類的巨型人物，他甚至剛才還能夠局促在播音室裡，捱過廿幾分鐘，熱心地勸勉學生們必須多讀華文；之後又匆匆地親自駕車送子女上英文午校去，回到辦公廳來，固然滿身大汗，但是，現在電風扇下，他卻神氣奕奕。

下午一點正，放學的鐘聲響了。

校長精神一振。往日這時，他或許會走到校門外的走廊上，看看學生們放學回家去。這時，他卻從公事包拿出六盒剛在鎮上買的Lucky Strike煙包，把五包分別塞進左右褲袋，然後打開一包，抽出一枝含在口中，正要伸手到桌上拿火柴，坐在他左邊的費教務似有預感，機警地一箭步趨前，擦亮了手上的火機，送上他的面前，殷勤地說：

「這裡有。」

史校長俯下脖子，縮緊雙頰，深深地吸了一口煙後，就把桌上的煙包推到費教務的面前去，然後望著他，呼出一口煙霧，氣急地說：

「你也抽一枝吧！」

「謝謝！」費教務彎了腰抽出一枝後，緊切地：「可以走了吧！」

「等一會，黛英也要去。」

「那好極了，只是三缺……」費教務的話沒說完，忽然看見黛英踏入了辦公廳，便興奮地：「不必等，太座來了。」

黛英搖著手提包，向辦公廳姍姍走來。她似乎只看見史校長，所以旁若無人地盈然笑著說：

「老史，我這襲迷你裙的色澤與裁工如何？」立刻兩手插在腰間，用腳跟轉了個大圓圈，像跳芭蕾舞那麼活潑。

「好極了！色澤鮮豔，又別出心裁，和口紅配合起來，相得益彰！」

「這樣，才能振奮你的精神呀！」

「史太，今天實在年輕得多，看起來只是三十來歲。」站在一邊的費教務，明知史太已是半百的徐娘，為了博取她的歡心，就故意誇張：「這樣打扮起來，像雞冠花一樣美。」
「小伙子呀！好在我太太老了，不然她聽了你的稱讚，可能就不肯跟我跑在一起了。」
「老史，你並不老，其實，……我也不見得就怎麼老！」
「好、好，太太，還年輕、還年輕，快要上車吧，免得他們在等。」
他們，他們三缺一，的確是在等。
那三位是誰？
坐在方城桌上東方位的是方士傑，西方位的是屠俊逸，南方位的是陳逑理。
方士傑和屠俊逸是從對海趕過來的。陳逑理因中午沒有課，早溜出了校門，卻沒有想到已經約定了的史校長會遲到。
方士傑也許是等得不耐煩，所以雙手不伸，就以左腳鞋頭脫掉右腳的鞋跟，然後用右腳不輕不重地向對方同事的腳腿踢了一下，埋怨地說：
「嚇，小屠，你怎麼約，一點了，老史為什麼還不來？」
「咳！急什麼，你這大學生，一點斯文都沒有，口講就好，為什麼踢手踢腳？」
「噯呀！變成這麼正派了，要斯文就不該到此地來！你知道這是什麼地方？」
坐在南方位的陳逑理，看到方士傑幾乎要翻臉；便岔開兩家的話，搶著叫：
「不必再爭了，等下打不成，大家都是苦悶才會到此地來，要鬥就搞政黨去。」接著放低口氣轉圜地說：「我想老史該來了吧！」
「呵！搞政黨，你們這批從寶島回來的才會這一著，我可沒這顆心。你恐怕沒人打，放心！等一下人馬正多著呢！」方士傑暴躁地站了起來。

「是的，今天拜六，那班師訓教師一來，恐怕遲到的就沒有位打了。」屠俊逸無意附和的話卻消下了方士傑的火氣，於是在陳逑理看來幾有一觸即發的火藥庫，終於化成無事。

終於他們所約的人來了。

史校長一踏進門限，方士傑又氣又急地站起來，大聲地提出質問：

「老史，你真不守信，昨天約好了一定要在一點前到齊，我們守約，請了一節假提早趕到，你卻姍姍來遲，你搞什麼的，怕職位丟了嗎？」

「方先生，你我職位都是鐵飯碗，不但不會丟，而且有年功加俸呢。」史校長緩慢地說道：「對不起，只因身邊還有點事，所以來遲了，請大家原諒就是。」

屠俊逸接著說：

「閒話休提，趕快坐下！」

陳逑理也附和：「是的，快坐下來才說。」

史校長於是一面拉椅子，一面笑著問黛英：

「太太，是你先打，還是給我先打？」

「當然是我先打。」黛英立即坐下去，認真地向他說：「你不怕沒得打，等一下就有腳的。」

「是的，史校長，我們暫時就坐著看好了；不久一定有人來。」費教務嘻皮笑臉地說。

方城之戰，第一回合於是開始。

大家的牌子一拿上手，門外又來了兩腳，史校長，費教務與他們便馬上湊成一桌開戰起來。

不到五分鐘，又有位進來，於是第三戰區的砲火又告爆發；不久第四桌只是三缺一，但女莊家一上去，大家很快地便駁火了。

這樣一來，不到兩個鐘頭的光景，四周的戰雲密布，炮聲劈劈啪啪，響徹雲霄，斗室已像火海一樣，各人情緒雖緊張，卻都能沉著應戰，因為大家都願意投入火海去燃燒！

戰區的火力猛烈無比，接防的人馬也川流不息，不過，終因速戰速決，所以下午六點的晚鐘一敲過，有些戰線已潰不成軍。

史校長連戰敗北，加以接防乏人，所以頹喪地躺在牆角邊的椅上暫作假寐。黛英在另一戰地追亡逐北，攻無不克，打得各方棄甲投降，一時也因缺乏應戰的角色，於是也退下牆邊來慰勞老史一番。

黛英神采煥發，看見頹喪的史校長把頭顱架在椅背靠上，蓬鬆的頭髮有如麻雀窩那麼散漫，便立刻打開手提包，拿出了白骨梳子，靠緊著他，像老手的電髮師，慢慢地給他梳起頭來。

史校長像一頭蜷縮在主人懷裡的哈巴狗，它閉著眼睛，靜靜地迷睡著任黛英梳理。

不管周圍有千百對眼睛，如探照燈一樣亮地瞪著他們，他們還是肉麻地依偎著，親熱地渾成一體。

不久，黛英妖嬈百般地問道：

「老史，你覺得舒服嗎？」

「怪舒服的。」史校長閉著眼，微笑地說：「我的好太太。」

「餓了嗎？」

「不，還不餓，他們要拿出來吃了。」

「也好，你就養養神，準備應戰。」

黛英完全不理會旁人對她的舉動感到反胃，還是像倒在臥床上與丈夫那麼火辣辣地擁在一起，於是燙得好多對緊瞪著他們的眼睛不得不移開去……也許是一時擔心自己的眼睛被那狂熱的慾火焚傷吧！

但，人類的眼睛畢竟是貪婪的，既然已經處身於流火之中，自然而然地，不一會又把眼光投向那對衣冠整齊的動物身上去了。

人狗之死

卜內門高尚住宅區第三條石仔路，那座獨立式、坐北向南、紅牆綠瓦的華麗的小洋房，看去雖然十分寬敞，屋裡住的人，卻少到只有女主人和一位女傭人，與一頭小洋狗而已。

女主人丁淑賢的丈夫陳約翰，是荷蘭ＰＷＮ輪船公司的二手買辦。

陳約翰的工作與別的買辦不同，因為他幾乎長年要隨船漂洋過海，所以很少有一段較長的時間可以讓他回家度假休息；惟一的機會，只有當船停泊家鄉的碼頭時，他才可能和太太團聚三數日。

但是，陳約翰卻不像其他船員，是屬於拈花惹草一類的人物。

他與丁淑賢結婚已經整整十二年，雖然膝下還是虛無，然而太太正如其芳名一樣賢淑；加以每每輪船靠碼頭時，總是有許多雜務使他忙得不能開交，所以不論在良心上、時間上，總是使他要保持好丈夫的美譽。

陳約翰也沒有其他的嗜好，惟一比較花他精神的，是他身邊那一頭小狗。不過，與其說他喜歡養狗，倒不如說他是藉養狗的工夫，來消磨旅途上的寂寞。

丁淑賢原是沒有養狗的興趣，只因丈夫的喜愛，她受了影響，也就逐漸興趣起來，到了最近，興致甚至比丈夫的濃厚了許多，因為，她長年也是在空虛寂寞之中捱過日子。

近年來，夫婦倆雖然喜歡養狗，卻都不會養得多，各人只是養一頭，因為養一頭容易管理。原因是當丈夫隨船靠岸後，妻子就要把它與丈夫所養的狗互相對換，於是為了看看誰的養得壯美，就不能不集中精神養一頭了。這樣一來，對於狗種的選擇，一定要看它的肌肉是否結實壯健，毛色是不是潤滑金亮；而性靈會不會活潑敏捷，甚至呼吸能不能勻和等等，都追溯到它們的前三代去，幾乎非出身名系的不養；而且吃的、用的，樣樣都要小心調護。要是發生了一點毛病，也立刻要傭人把它送到獸醫局那裡去。不這樣，就認為沒辦法把它們養得精壯可愛。

最近，陳約翰在船上所養的是一頭法蘭西種，短毛的臘腸狗，名叫則地。丁淑賢在家所養的是意大利的蓬獅狗，取名亨利。

前星期六，丁淑賢從丈夫寄來的相片中，看到則地滿身都是雪花一樣的白毛，兩眼炯炯有光，樣子活潑可愛。回看自己養的亨利，雖然也清一色渾身是黑毛，但瘦削的身材老是養不大，不論給牠吃怎樣滋補的好料，眼神還是下垂無力；急得她憂煩不安，因為丈夫的船，再過兩個半月，就要在家鄉的碼頭靠岸，如果不及時把它養大，那這一次是沒辦法對換了。換不成，不但掃丈夫的興，也證明了自己養狗的功夫低劣，所以數日來，總是督促傭人蘭嫂要特別注意；甚至加薪給她，要她將餵兒子的奶，暫時分出一半來餵亨利。她認為非這麼加工培養，是沒辦法改變它的現狀的。

狗吃人奶，在丁淑賢看來，當然是再好也沒有的了。但對於這種不近人情的事，蘭嫂也認為無所謂。因為她今日正在鬧窮，丈夫病重在醫院，家中兒女成群，正在急需用錢；而已經三個月大的嬰孩，也不至於因少一半奶水就怎樣，所以她自然接受了主人的意思，每天擠出兩次奶水給亨利吃。

今天蘭嫂上巴剎買牛肉給亨利，牛屠所有的是昨天存下的，她懶得到別攤去，便買了二斤回來，但主人看它肉色紫紅，認為不是新鮮的黃牛肉，擔心亨利吃後不易消化，要她立刻上別攤去買今天剛屠上的。

蘭嫂聽了主人的吩咐，匆匆出門準備上巴剎去，但又退回廚房，拿剛買的打算退還給牛屠。亨利看見蘭嫂手裡提著牛肉，就跟在她背後出去，於是當家門被關閉了後，亨利就留在門外，她卻一點也不知道。

蘭嫂到巴剎，買了新鮮的牛肉後，便要將帶回來的退還給原來的屠攤，只因屠主不在，於是她又把它帶了回去。才走進三條石仔路口，忽然看見主人門口圍了好幾個人，女主人的聲音特別響亮。她就趕快跑上去。

丁淑賢怒沖沖地指著她：

「你回來了，好，你看！」

蘭嫂向她所指的地方看去，嚇了一跳，原來亨利的頭顱破了一邊，一個耳朵掉在地上，滿身都是瘀血，氣息似乎已絕，四腳還在抽搐。她就驚異地說：

「為什麼會這樣？」

「問你就知道。」

「我、我可不知道呀！」蘭嫂摸不著頭腦：「我到巴剎去實在完全不知道。」

「誰叫你讓亨利出來？」

「是我讓亨利出來？」蘭嫂還是莫名其妙：「怎麼會是我讓它出來，我實在完全不知道。」

「就是亨利跟著你出來時，你不知道，把門關後它不能進去，才給野狗咬死了！」

「啊！」蘭嫂明白了之後，十分內疚地說：「都是我不中用，不知道它跟在背後，把門關掉，害它不能進去！」

「不要再講其他的了，還不趕快去請林醫生來，看看還可以救嗎？」

「等我把牛肉拿進去後，立刻就去請。」

「不把它丟掉，還要拿進去做什麼！」

蘭嫂即刻轉了身，趕著去請林醫生。走到半路，發覺手中的牛肉，想要把它丟掉，覺得可惜；於是以為林醫生一個鐘頭後才能上主人家去，就偷空趕快把它拿回自己的家來。

家中的幾個孩子，自從母親生下小寶之後，幾乎數月不知肉味。所以大女兒接過沉重的牛肉後，就十分高興地向母親要求說：

「我們把牛肉煮了在中午吃。」

「大寶，不能在中午吃的。」母親說：「最少要煮到今晚才會爛。」

「不是要燒很多炭麼？」

「不多燒，不會熟呀！」

「家中一點炭也沒有。」二寶插嘴說。

母親面有難色，就從袋裡挖出四角錢，很難出手地對大女兒說：

「大寶，拿去買火炭，記得煮到今晚才可以吃。」

把錢交給大寶之後，她就走近搖籃旁，看見搖籃裡的小孩還醒著，便把他抱起來，擁在懷中，將乳頭塞進他的小嘴裡。小孩子吮不到奶汁卻哭起來，她為了趕回去，就慌張地把小寶放下。跑到陳家，主人正在悲傷，因為亨利在醫生還沒到，已停止了抽搐。

丁淑賢因愛狗心切，就要蘭嫂到棺材店買一口成樣的小棺木，然後叫她找一位熟悉的工人，叫輛德士，陪著它坐車到公司山去埋掉。

下午五點左右，一切料理了後，蘭嫂與工人阿福坐著車，離開石子路頭，正轉向開赴公司山的大路，忽然迎面看見大寶匆匆跑來，於是車一停，她就走下來，還來不及問，就聽見大寶喘呼呼地哭著說：

「媽，小寶不好了！」

「什麼？」蘭嫂幾乎愕然無言。

「小寶死了。」

蘭嫂聽後，慌張地就一手把大寶拉上車，然後叫阿福趕速把車子開向她的家來。

一進門，她看見二寶抱著眼睛翻白了的小寶，就嚷著問：

「小寶怎麼會死？」

二寶低著頭不敢說。

大寶也低著頭不說話。

三弟、四弟、五寶只是哭。

蘭嫂卻發瘋似地叫著：

「為什麼？你們快說給我聽！」

三弟拭去眼淚指著大寶說：

「是大寶給他吃了牛肉湯才死。」

「吃牛肉湯怎麼會死？」

「大寶給他吃了再吃，吃得很多。」二寶說。

蘭嫂把孩屍抱過來，哭著問：

「大寶，你給小寶吃了多少？」

「三次，給他吃了二牛奶罐。」

「你為什麼給他吃得那麼多？」

大寶啜泣著說：

「因為小寶一直哭，又沒有奶給他吃；他又喜歡吃，我就給他吃。」

「誰叫你這樣！誰叫你這樣呀！」蘭嫂號啕大哭。

「大寶，你害死小寶了。」

一時，大大小小都放聲大哭。

過了一陣，蘭嫂才停止哭，鎮定地問：「什麼時候小寶死去？」

「四點半鐘沒有呼吸。」

「如今怎麼辦呢！」她嘆息地說。

在旁的阿福勸她道：

「大嫂，悲傷也沒有用，應該去報警察局了，然後就一起送到公司山去。」

「也該有一小口棺材呀！」

「我去替你買，你去警察局報。」

「現在我卻沒有錢，少少也要廿元，剛才主人買來葬狗的還要卅元呀！」

「你沒有錢？」

「是的，家貧，一下要找廿元不容易呀！」

「回去向你主人借不是好？」

「前天我才向她借六十元還債和買米，如今真的開不出口，何況現在她因愛狗死了正在傷心。」

「我有辦法了。」阿福忽然說。
「什麼辦法？」蘭嫂問。
「把死狗隨便丟掉，空下來的棺木不就可以給小寶用麼？」
蘭嫂認真地拒絕他說：
「不能，不能，給主人知道還了得。」
「不必給主人知道就是了。」
「不能，我不敢這麼做。」
「不這麼做，有什麼辦法！」
停了一會，蘭嫂若有所悟地說：
「阿福，我有辦法。」
「什麼辦法？」阿福問：「快說來聽。」
「前天，我剛買一條草蓆還沒有用。」
「這、這怎麼可以！」
「唉！」蘭嫂嘆息說：「不可以，誰叫我們窮呢！」
阿福愕然語塞，一時講不出什麼。
天空卻漸漸昏黑，看來是要下雨了。

訂正於一九六八年六月十日

出嫁的母親

一

前天。張小玲沒有到校上課，昨天又沒有來。我很想念她。今天是禮拜六；下午沒有課，我要到她的家看她。

這是我昨天早上告訴我媽的話。

二

我和張小玲是愛群小學四年級的同學。她的家，住在我每天去學校必須經過的路邊。在教室裡，我和她同坐一張凳子。她對我很好，我也十分愛她，所以我每天下午回家，有空閒時，就喜歡到她的家裡去玩一回。

她的家，除張小玲的媽：張四娘，和張四娘的媽：李外婆三個人外，就沒有其他的人了。雖然說她們租房間住的，那個屋子很大；同屋住的人還多得很。可是我大都不認識他（她）們的名字，只有一位老人，我是認識他。他很慈祥，人家叫他陳老伯。

三

下午。當我到張小玲的家時，她的家門已上著鎖，人都出街去了。於是，我向隔房的陳老伯問起張小玲的家，是發生了什麼事情；她為什麼兩天不到學校上課。

陳老伯答我說：

「她們家裡有事情！」

「什麼事情？」我問陳老伯。

「張小玲的媽，張四娘，星期日早上要出嫁了。」

陳老伯微笑著對我說。

「什麼？張四娘還要出嫁？」

我十分驚異。

「你小孩子覺得很奇怪嗎？」老人淡然一笑之後又繼續說：

「張四娘為了生活，她應該嫁人啊！」

「……」

我一時找不到第二句話問他。但，我的心感到一陣難過。於是，我急著要知道娶張四娘的人是誰。所以再問陳老伯說：

「娶張四娘的人是誰？是個怎樣的人？」

「他嗎？聽說是最近發了財的；名叫董天公。」

陳老伯這樣簡單給我解釋，我還不明白，於是我再問他說：

「他是怎樣的一個人？」

「董天公嗎？他是一個面短、耳短、鼻短、耳小、嘴小，而臉上滿是黑麻的矮胖子，像電影明星殷秀岑一樣胖。」

陳老伯說完後，就離開我到他的房裡去了。

「矮胖子，殷秀岑！」

想起張四娘，她明天要嫁給一個像殷胖子那樣的人，我的心很難過。因為我不明白張四娘那樣年輕又漂亮的女人，為什麼願意嫁給一矮胖子，而且又滿臉都是黑麻的人？

「為什麼？為什麼？」

「……」

當我想不通這些問題時，只好把它帶回家裡去問媽媽了。

我的媽媽給我問得不耐煩時，就答應我說，讓她去張小玲的家探聽個明白。

四

晚上。

七點鐘的時候。

我的媽從張小玲的家回來。

她滿面罩著愁容，這樣對我說：

「是的，明天早上，張四娘真的要出嫁了。娶她的人名叫董天公，是一個非常難看的中年男子。」一張四娘和董天公兩人的認識，和雙方同意於明日結婚。據說時間急得像閃電一樣快，快得只有那麼十天罷了。

原來董天公這人是經營百字票發達了不久的人，張四娘是最近才上了百字票賭癮的女人。董天公每逢各州府舉行賽馬的前兩三天，就到張四娘住的屋裡來收集賭字。而張四娘則是專門向同房裡的人收集賭字交給他的經手人。

莊家的董天公常常向張四娘收集賭字；經手收票的張四娘常常將賭字交給董天公。有了這層關係，所以他和她，她和他，就這樣認識了起來，以至一見鍾情。

董天公的為人怎樣？身世怎樣？沒有人知道。能知道一點的：他是一個喜歡賭博的人。

張四娘呢？張四娘是讀過小學的女人，今年三十二歲。

同屋住的那些喜歡賭百字票的人，男男女女，因為知道她懂得寫字，而且寫得端正，所以大家都來請她寫賭票。

原來張四娘，她本是不喜歡賭博的。自從張小玲的爸爸過世後，她和她的母親李外婆辛辛苦苦做些針黹工作，草草維持一家三口的生活，以及供給張小玲的學費，本來勉強可以維持得過。

自從百字票的賭風吹進他們的屋裡以後，同屋住的十幾家人，男女老少，幾乎都像受到傳染病一樣地上了癮。她初時雖堅持不賭博。但人受不了誘惑的，特別是生活困苦而意志薄弱的女人，一看到青青紅紅的老虎鈔票，更容易上了人家的當。因此，在人家的慫恿與甘仙的利誘下，張四娘很快就走進百字票的賭窟了。於是她不但代理董天公收莊，而且也跟人家一樣買字。據說她除中過一次得一百六十元外，一直到現在，就輸得連甘仙以及身邊僅存的一點首飾都輸光了。結果在生活陷入苦境，而對以往的工作又沒心做下去的局面下，她便跌進董天公特設的陷阱裡。由於董天公用金錢接濟她；買衣料給她，送首飾給她；又用大型汽車載她兜風，於是張四娘就醉迷迷地倒向董天公色情的懷抱裡去。

美麗而年輕的張四娘，之所以會嫁給不美麗而年老的董天公，這就是金錢在作媒！

金錢怎樣會作媒呢？原來是張四娘一家都要靠它過活啊！

本來張四娘的出嫁是應該的。因為她年紀輕輕，丈夫過世了，而自己又沒有特別的生活技能，所以她的出嫁是一個合理的辦法。問題是那一個要娶她的董天公的人到底靠得住嗎？不過失去媽媽的張小玲實在有點可憐！……

「張小玲怎麼樣了？」我急問媽一句。

張小玲今年已十一歲了，對於她媽出嫁的事，她雖也和你一樣，不明白到底是怎麼樣的一回事。可是今天當同屋的大孩子告訴她說，你媽明天起就要嫁到別家去了。她就流著鼻涕，十分悲傷地哭起來。她本想問張四娘說，明天為什麼要到別人的家去。但當她看見她媽媽也在暗地流淚啜泣時，她也不敢再問什麼，只跟著流淚罷了。

……

五

星期日的早上。

我忽忽到張小玲的家去。我要去看董天公是怎樣的一個人，他怎樣來把張四娘接出去。但男女兩方約定的時間，已經過了兩個鐘頭，還不見董天公到來。於是大家有點著急。我和張小玲也覺得奇怪。

中午十二點了，董天公的汽車還是沒有來，同屋的人議論紛紛，大家都說事情一定是發生蹊蹺了。於是有人提議派人去董天公的寓所看個究竟，大家都贊成。

下午一點鐘後，出去打聽的人回來了，他一踏進門就大聲喊著說：

「董天公昨晚半夜三更逃走了。」

「為什麼？」大家很驚異。

那人說：

「拜六的賽馬頭獎尾二字開五十七，他給人家中了七百塊，一共要賠五十六千，他沒錢可賠，當然就逃走了。」

寫於一九五二年六月五日

喜臨門

年將七十的常福，人老心不老；四月初旬喪妻，六月中旬又準備作新郎。

定聘前一日，雙方家長約定在龍鳳酒家擺酒歡聚，時間已過，女方家人大部已坐上席位，男方的卻姍姍來遲。

開席之前，鬢髮斑白，背已佝僂的老丈人徐佬，看見從馬賽迪大型汽車走下來的那位滿面雞皮疙瘩，走路迂緩的未來女婿，以為是對門親家，便笑嘻嘻地走上前迎接，然後小聲而客氣地問：

「常先生，令郎也來了麼？」

「老丈人，為婿的我就是呀！」常福扶起徐佬的手，笑容可掬地自我介紹。

「呵！」徐老被潑了一面冷水似地，臉色一沉，幾乎說不出話，只是一聲：「你……？」

「唉，我就是常福呵！」對方神氣十足：「徐先生，你沒看過我的相片？」

「看過是看過，相片並不像你呀！而且做媒的不是說常福只有五十歲麼？」

「唉！」常福放下徐老的手，然後含混地說：「五十與六十有什麼差別？馬馬虎虎就是呀！」

「但我年已七十，看來比你還後生呢。」徐老很快地接著說。

「雖然是，你阿娟也不算年輕呀！」

「阿娟，我阿娟年還未過四十！」

二老正在一問一答之間，一位遲到的親戚笑嘻嘻地向他們作揖賀道：

「兩位先生福氣，今日喜事臨門。」

常福一時喜形於色，頻頻點頭答謝，徐佬卻腳踩手抖，尷尬萬分。

宴會時，客人開懷暢飲，飲勝之聲與狂熱的音樂，增加客人的興致。

常福一時眉飛色舞。

阿娟老是落落寡歡。

徐佬卻愁眉不展，一句話也不說。

但徐佬一回到家，滿懷心事與積鬱，一下子都在女兒面前傾瀉出來。稍後，他才口氣平順地問女兒說：

「你怎麼可以答應這門親事？」

「也是阿媽的主意。」阿娟一口就把責任推在她母親身上。

徐老太聽後，走向丈夫面前，不以為然地問道：

「老伙計，這門親事怎樣？有什麼可嫌？」

「你想想呀！他是怎樣的人了？」徐佬揑緊拳頭，發抖似地說。

「不用說，人老是老一點，但……」

太太的話還沒說完，丈夫搶著說：

「不只老，其實一隻腳已踏進棺材了！」

「人家雖然一隻腳踏進了棺材，可是他有大把銀紙，你可知道麼？」

「大把銀紙，對女兒到底有多少幸福？」

「暫且勿論幸福如何。」老太緊切地說：「我問你，四十多的女兒不嫁待何時？還有，人家不是老，就愛娶你這個老處女麼？其實常福有的是洋樓、汽車、銀紙，難道就娶不到黃花閨女是無？」

「你就只知道銀紙，卻完全不替女兒設想。風前燭，一吹即熄，到時女兒不是要守一輩子活寡？」

「有什麼相干？反正有的是錢，日子可以過得舒服，你要就有麼？」

「我看你滿臉都掛著銀紙。」

「你不要錢，為何一定要收對方三千聘金？」

「你……」徐佬給太太氣得全身的怒氣都從頓跺著的腳底下升回心頭，臉色一片慘白。

「哼！」徐佬太也滿臉怒容，走進內廳。

只有阿娟躲在廳一邊，暗地裡在抽噎啜泣。……

徐佬看見女兒哭得分外淒切，於是在怒氣消沉之後，便走近阿娟面前安慰道：

「不要哭了，事還來得及。」

「爹！」阿娟淚漬未消，猛抬起頭來，驚異地：「你說什麼？」

「還來得及辭掉呀！」

「歡聚的酒才喝過，親戚朋友也都知道了，怎麼辭得掉？」

「可是我還沒有接受他的聘金。」

「聘金不聘金，名分已定，我看反悔不得。」

「這麼說，你是願意的了。」

「我雖不太願意，但阿媽也很歡喜。」

「你如果反對，她對你也沒辦法。」

「不能，媽說我年紀不小，如果再要選人，恐怕自己沒有機會。」
「她胡說，你才四十出，我們如果隨便一點，慢慢將可以找得到。」
「恐怕也是枉然！」
「什麼理由？」
「媽說婚姻是前生註定，勉強不得。」
「這樣說，你完全不嫌棄常福的年歲了！」
「也是沒辦法的。」
「為什麼？」
「因為上個星期五，媽已先把常福的三千元聘金收下了。」
「你說什麼？……」
徐佬的話還沒說完，人已愕然昏去。一下子，家人七手八腳，有的趕快把他扶上床鋪，有的急忙打電話找醫生去。
十幾分鐘後，一輛簇新的馬賽迪大型汽車在徐家門前停下。站在門外的，馬上向屋裡的人大聲說：
「陳醫生來了！」
但，走進徐家來的不是醫生，而是常福的堂侄，他十分沮喪地這麼說道：
「家叔父剛才吃了喜酒回去，心臟病猝發，在送去醫院途中逝世了。」

寫於一九六九年五月二日

自討沒趣

一

農曆十月下旬至十一月初，一般上都認為是男娶女嫁的黃道吉日。這些日子，生活稍過得去的，都可能接到一個或兩個以上的喜柬。不要說別人，那位住在升旗山腳極樂寺旁，平日少交遊少應酬的教書先生文篤行，在同一天中就接到了四份；其中有一家姓錢的，還請他擔任餐會的主持人。

文篤行，人如其名，淡泊明志，廿餘年來教書為生，一直嚴守崗位，家庭的食口固然眾多，生活負擔也重，不過，他卻能按照收入的數目撙節開支，仍不至於被視為赤貧的窮措大，加以為人忠厚，且有兒女在受大學教育，因此，好些看遠景的親朋戚友，都會以為他的家庭前途，正在日漸好轉中。

是麼，論財，文篤行比上不足，論才呢，頗為鄰里所尊敬，且兒女多已長成，一家和和氣氣。這樣一來，難怪那些人家以家勢衡量身份的，當辦喜事之日，找不到適當的人來主持兒女的婚禮時，為方便起見，自會情意拳拳地請他出來主持。

文篤行雖行年五十有餘，卻未敢妄自稱老，且認為在大庭廣眾的場面，為人說說好話，當十分推不開時，偶爾為之，如果有求必應，希望成為新聞人物，未免自欺欺人了。故每有所請，他總是婉轉推開出去。

然而，有人需要時，仍要請他勉為其難。

不過，自從去年起，文篤行為徹底拒絕起見，他往往向對方這麼說：

「還是請別人好，因為好幾位由我主持，婚禮舉行過後，就發生不吉利的事，諸如一對還未滿月的夫婦在車禍中，夫喪命，妻殘廢，又有一家婚後不上四個月，就鬧意見離婚，更有一家，婚禮剛行畢，家翁當晚就去世……」

這麼一說，決定請他主持餐會的，聽了不祥的話，便不敢堅持下去。

然而，這一回文篤行為什麼又接受錢家所託呢？

文篤行說，因為前年自己的女兒出閣，錢太太到過家來幫忙他，如今錢先生大兒子結婚，再三要他幫忙，他當然不好意思拒絕。不過，他沒答應之前，對錢先生這麼說：

「錢先生，你媳婦外家在商場頗有名氣，照理該請有地位的來主持比較體面，再說，你請我教書的出場，不知對方同意嗎？」

「對方親家說由我們男方作主。」

「你也該找一位他們認為可以的名流。」

「因為再也找不到更適合的了，再說，你文先生也算多子多福，由你主持，也不輸過別人。」

「我想你還是請名流主持比較好。」

「不，我有心求你，你一定要幫忙。」

「既然這樣，我不答應也得答應了。」

「一言為定，我到時自然駕車來，你和太太在家等，千萬不要誤事。」

「答應你了，你放心就是。」

二

錢家長郎舉行婚禮的前兩天。文篤行包了一個十二元的紅包作為賀儀，親自送上錢府去，回家之後，便把衣櫥裡那套整年沒穿過的西裝拿出來曬一曬，預備主持餐會的這一天可以穿。哪知道，打開一看，大衣與長褲已被老鼠咬壞，處處洞破。一時愕然，不知如何是好，因要補不能補，做新的，少之須一百元，裁縫恐怕也趕不來，於是馬上到禮服店去，打算租一套應付臨時之用，但是不只租金貴，而且多數褲管過窄，不合身分，一時左思右想，最後想起舊的一套既已破洞，照理也該有一套新的，以備不時之需，便決定多出點錢請裁縫從速趕工，誰知裁縫師都說日子急促，趕不出手。不過有一家說，倒有好些客人訂製後而過期不來取的可以平價。文篤行認為只要稱身，對於便買與新製都沒有什麼關係。於是就選了一套絨質深灰色而合身的，以八十大元把它買了下來。

為了替人主持餐會，文篤行這個月的開銷，超出預算之外，多了九十餘元的支出，幸而文師母一時拿得出，否則還需一番張羅。不過文篤行並不耿耿於懷，他認為事既然已經做了，就無需加以計較，何況如今自己擁有一套新西裝可作喜事時穿用，所以心安理得，像沒有發生過什麼。

文師母卻以為如不是要排場，需穿大衣，她這一小筆由點點滴滴儲蓄起來的百八十元，倒不必因文先生要買大衣支出一部分去。她說：如果經濟餘裕的話，買一套大衣固然不算浪費，但在量入為出的境況之下，暫時可省當然要省，何況大衣也不是自己急急要用，等兒女出來做事時才購買也不太慢。聽她的口氣，便若有所失地感到意外。

三

錢家長郎結婚這一天。

文家的壁鐘才敲過十一點一刻，文篤行因責任在身，心神有點牽掛。他沖好了涼，穿上皮鞋之後，就殷切地催促文師母作好準備，以便錢先生的汽車來時，可以馬上出門。

文師母嫌他過分緊張，瞟他一眼，著意地說：

「人家的婚禮是十二點舉行，現在十一點還沒到，幹嘛這麼慌張？真是人老了就會無事忙。告訴你：十一點半準備出門還來得及。再說：人家錢先生今天是新翁，哪有時間來載你，我看還是自己搭巴士去妥當。」

「唉，太太別自作聰明，錢先生話已講了，哪會不守信；既然交代我們在家等，他一定來，你還是早作準備，免得讓他等待。」

文篤行一派認真，文師母無可奈何，只好換上了出門的衣服，等呀等，半個鐘頭很快就過去，十一點三刻的鐘聲也響了，文家空曠的路口還是靜悄悄。

文篤行神色黯然，從廳前走回廳後，又從廳後走出廳前，時不時探望門外的馬路，依然沒有一點聲息，似乎明白錢先生的汽車不會來了，便走向正襟危坐的太太面前，陪著笑臉說：

「太太，倒是你有眼光，錢先生剛做新翁，拿不出時間來了。」

「你不是說他一定會來？」文師母擺出一副莊重而又冷然的臉色。

文篤行一本和氣地說：

「照道理，話講了就一定來才是。」

「今天人家是什麼日子；再說，道理一斤多少錢？」

「你有眼光，你的話對，現在閒話休提，為了趕時間，我們搭巴士已來不及，還是趕快僱亞沓的德士去吧！」

付了兩塊錢車租，匆匆趕到喜臨門酒家來，算好，十二點還沒到，不如意的心，仍然發出溫和的笑意，走向主人的面前去。

站在酒家門口迎接賓客的主人，看到文篤行夫婦走來，便說聲請裡邊坐，但那笑欣欣的臉卻是向著別人的。

文篤行領著太太走進禮堂，為了準備登台，便選了廳上左面的一桌坐下。

新郎與新娘隨著「結婚進行曲」悠揚的樂聲冉冉踏進禮堂，全體賓客一起站立，表示歡迎。

文篤行坐了下來，以為主人或司儀會前來邀他就位，所以整一整外衫的衣裾，作好準備。可是雙方家長完全沒理會他，也沒其他的人接近他。他與太太被孤立在失落的一角，似乎看不出有人要他主持餐會這回事。

「莫非已不用我主持了。」文篤行心想：「但那一天他為什麼上我家請我；再說，要換體面的人，也該告知我一聲……。」

可是，錢先生腦中，根本就沒有文篤行這個人存在似的，只是笑意盈然地緊陪著那位容光煥發、上身臃腫、下身矮小的中年人，一直走上講座。

文師母冷眼對文篤行看一看，文篤行一無表示，似乎已看穿了一切。

終於儀式開始，果然不出所料；教書先生被放棄了。

司儀這麼大聲地說：

「今天是當業鉅子錢萬里先生令長郎××君與商界聞人宰千秋先生令次媛××小姐舉行婚禮，現在恭請××銀行董事經理陶百萬先生致詞……」

陶百萬站起來，潤一潤喉，然後吶吶地說道：

「諸、諸位來賓，呃，……兄弟今早十點多從吉、吉隆坡回家，正在沖涼房、沖涼。忽然錢萬里先生叫我出來，我問他做什麼，他說他們是我過去的選民，故所以，要我給他兒子結婚做個什、什麼主持人，我想起來也是應該，故所以，沖個涼後就來主持了。……」

文師母一時氣激，毋庸聽下去，憤然地說：

「豈有此理，原來陶百萬回來了，便棄你而就他，真是沒禮貌！」

「太太說話小聲一點。」文篤行泰然地：「何必這麼激動，人家既然不要，我不是落得清閒；不用登臺自欺欺人，再好也沒有了。」

「怎麼可以給人要時就拉，不要時就棄；到底把你當什麼？」

「明明是教書先生嘛，人家要的是銀行經理。」

「你也不必自卑，難道教書的就輸過經理許多。」

「不輸，為什麼棄我就他？」

「豈有此理！」

文師母氣急無話可說，文篤行似若無其事：

「何必看得這麼重？」

「走，不要挨下去了！」

人鬼之間

一

近幾月來，賈能幹每逢遇見熟人，就這樣自我介紹：

「別小視我，我是一條龍。」

平心說一句：賈能幹實在相當能幹。

你想想：他在大學新聞系才讀了一年，就接手幹實際工作，然後經歷一年的訓練，便擔任《天天日報》的採訪主任。在職期間，工作表現不弱，甚得上司器重。可見這人的能力、膽識，確實不是泛泛之輩。

賈能幹不讀完新聞課程，便走馬上任，是因為他認為對待生活必須跑捷徑。他對朋友說：他當日之所以選修新聞系，只是想通過新聞工作去了解社會，以便可以順利到達理想的目標，登上社會的金字塔。

因此，當他認識了一點新聞學的概念，就以為不必再花太多的時間去死啃新聞理論，他認為社會就是大學，只要在社會生活三五年，無論學識能力，一定比在大學裡所獲得的成績要強得多，所以他放棄學業搞實際工作。果然隨心所欲，不到一年光景，由新聞記者，高升採訪主任。

《天天日報》給採訪主任的職薪不算怎樣高；照賈能幹的收入，在以金錢多少作為衡量一個人身分的現社會，他要爬近上層社會，恐怕還須相當的時日。所以賈能幹為了縮短走近金字塔的距離，他從事賭博，希望贏了錢之後，社會地位自然會日見提高。他之所以選擇賭博這一行，原因是他精於麻將戰術；連年以來，工作之餘，每與同事上陣作方城之戰，多少總有所斬獲。這麼一來，也就認為靠賭博發財是輕而易舉的事了。

賈能幹希望深入賭博世界，於是由於工作上的關係，為了測驗馬經可靠的程度，他出入馬場。經過一個月的觀察，他認為賭馬的冒險，比通過其他事業，發財的機會更多，加上他深信自己手上的貼士比人可觀，於是在「馬無夜草不肥，人無橫財不富」的觀念之下，他苦讀馬經，向馬場進軍。

二

這些日子，賈能幹為了工作與上馬場的方便，他以便宜的價錢買入一架二手車。那天，剛好吉隆坡賽馬，他買了五塊錢車牌號碼的萬字票，無巧不成雙，果然給他中了一萬八千塊。

賈能幹歡天喜地，以為時運已到，便將原來預備攤還的債務暫擱一邊，而集中所有的資力傾注在貼士可靠的馬隻，夢想撈他一筆，以便從此順利直步青雲。

但這一場賭注，全軍覆沒，於是容易得來的也容易出去；賭囊現金輸盡，債臺高築起來。

然而太太卻以為他身上有錢，有一天對他這麼說：

「能幹，我們住在這裡，交通不便，蚊子又多，不如趁你袋中有錢，到新開闢的甘榜知甲住宅區訂一間瓦屋。」

「那我們這裡的板屋作何打算？」賈能幹無精打彩，這麼問了一句。
「買了新的，就把這裡租給人家。」賈太太一時格外興奮。
「這種屋子能租出多少錢？」
「能租出多少就多少麼！」
賈能幹心無意，口卻有意地說：
「如真能買新的，就把它賣掉好。」
「賣掉？」賈太太望一望剛剛由她腰包掏出千多塊改蓋灰瓦的屋頂，似乎不捨得把它賣掉，所以說：「反正不需用到它全部的錢，賣掉它做什麼？」
「你豈知道，買新屋需要多少錢？」
「最多麼，我們所看過的這種平民排屋，廿四五千好麼？」
「廿四五千就是一筆大數目了。我哪有這麼多錢？」
「你不是剛中了十八千的萬字票？」
「不用還人？」
「就是還人了，也還有足夠的錢，可作首期的定銀，然後才分期付款。」
「廿四五千的屋子抵押給銀行，最多只能借出十一二千。」
「那你現在連十一二千也沒有？」
「你有所不知！」
「不知什麼？」
「欠人太多了！」

「多到什麼數目？」
「最少也一萬八千。」
「就是還了一萬，也該存有八千。」
「可是東消西失。」
「你到底還存有多少呀？」
「實不相瞞，只存三四千。」
「也好，就是四千，也還足以把屋子第一期的定期付出去。」
「不夠的八九千呢？」
「慢慢想辦法麼！」
「你有辦法想？」
「反正你的舊債大半已經還清，如今向人借多少來買屋子，應該是沒有問題吧！」
「這，恐怕很難！」
「為了訂屋子，再難也得想辦法，否則，你手中四千，不久就會花光了。」
「這麼說，非買屋不可了？」
「說真的，你還是趕快把錢交給我。」
「交給你？」
「不交來，今天拜六，明天禮拜，你又要上馬場去。」
「說不定可以再贏錢呢！」
「如果逢賭必贏，鐵釘與狗屎都可以吃了。再說，你賭贏過幾次的一萬八千？」

「這麼說，手裡沒有錢就不能再賭？」
「可沒像有現款賭得那麼大。」
「你很會說話，我鬥不過你。我就把支票交給你好了！」
「現在就拿。」
「慢一點好嗎？」
「慢到什麼時候？」
「下午。」
「講到就要做到。」
「還會騙你？」
「賭棍哪有一句真話！」

三

昨天下午，賈能幹並沒有把支票交給太太，因為他雖有支票，銀行裡卻沒有存錢。今天支票又不能交給她，終於在晚上回家時，他把支票交給太太了。但，交給她的只有三千元，而且將三千元開做兩張支票。其中一張誌銀二千的是即日可以兌現的；另一張一千的卻是期票。他所以能開出二千元的支票，原來是用汽車向人押借的。

「為什麼一千元要等一個月後才能兌現？」

太太發覺一張是期票，就這麼問。

「因為我必須留一千塊作臨時周轉。」賈能幹隨機應變搪塞過去。

「你不是說存有四千塊？」

「其實只有三幾千塊而已。」

「我說你沒有一句是真話，沒錯吧！」

「太太，何必這樣對待我！」

「能幹，不這麼對你，你快要變成鬼了！」

「好了，不必說得這麼刻薄，錢已經在你手中，你就馬上想辦法把屋子訂下來吧！」

「區區的兩千塊，怎麼想？」

「你不是說，為了買屋子，再難也得想辦法嗎？」

「你說有四千，現在只有兩千，叫我怎樣想？」

「所以，應該把我們這一間板屋賣掉呀！」

「到了這種地步，看來也非賣不可了！」

於是兩個星期之後，賈能幹的板屋終於以七千塊賣給了人。但當天買主下訂的一千塊卻給他在即日的馬場輸去，所以後來交回太太的手裡只有六千塊，連同前日的二千塊共八千塊。可是在進行賣掉板屋的期間，他認為板屋賣出去時有的是錢，況且二千塊的支票還沒用到，也就支出來送到馬場去。因此，當太太把它交給建築公司時，他馬上懇求太太把它收回，以免銀行退票，氣得太太七竅生煙，不得不向娘家兄弟借貸四千塊，湊成數目交還建築公司，然後再押給銀行。

新屋落成，賈能幹買了一套新式家私，也做了好多電器設備，但十之八九都是賒來，或以分期付款的方式購入。太太卻被蒙在鼓裡，以為丈夫為了建設新屋子不惜花錢，倒也情有可原。殊不知店家先後把賬單送到她手中來，才明白原來是到處賒欠的，弄到她狼狽難堪，可是賈能幹卻把責任推開，置之不理。

賈能幹以為新屋或者可以給他帶來新運，比方馬場失利，千字、萬字，總該再中一二次的。但是使他大失所望，馬場還是連場敗北，千字、萬字期期全軍覆沒，比起過去住在板屋時更是倒霉。於是，引起了他對新屋的風水與分金方向發生了懷疑；以為近日凡賭必敗，此中可能是新屋風水對己不利，就請了素有交情的風水先生向天看到來勘測。

向天看一踏入新屋門限，像早有預感似的，羅盤還沒開格，便把金絲眼鏡向上一托，蹙緊眉尖，而搖頭擺腦，嘆道：

「這、這種格局一定漏財，敗運！」

「老向呀！一點也不錯！」賈能幹深以為然：「難怪自搬入新屋以來，事事失敗！」

「如不從速加以改造，來運更糟。」向天看極有把握似地慢條斯理說：「不但破財，且將有傷亡的大事發生！」

「真有此事？」

太太雖不以為然，聽見有傷亡的事發生，一時也不免有些疑問了。

賈能幹看一看太太的臉色，也就得意地說：

「好在我及時請你老來勘測呀！」

「不過……」向天看又是把金絲眼鏡向上一托，卻沒把話說下去。

賈能幹迫不及待地追問：

「不過什麼？老向！」

「非大大破格，來個鯉魚翻身加以改造不可！」

「鯉魚翻身？依你老兄指點就是。」

四

這幾天，甘榜知甲的路人，看到賈能幹的平屋正門屋頂忽然砌起一個獅口大嘴似的巨窗，無不嘖嘖稱奇。因屋頂的獅口大窗比正門還大得多，遠遠望上去，好像一座不設閘門的瞭望台。而經過後尾路的人，也無不認為奇中更奇，因賈家的後門，旁邊又開一門；一家變成兩家似的。

鄰居看見這種奇形怪狀，有的就問賈太太說：「前門屋頂開天窗，後門旁邊又開門，到底是為了什麼？」

賈太太滿肚子怨氣，給人一問，也就十分容易地發洩出來：

「還不是風水先生的傑作，說什麼可以消災納福，廣招財源，才把一間好好的屋子，做到如此不倫不類！」

「嗨！哪有這樣的事，你先生還是吃報館飯的人呢，平日鼓吹破除迷信，怎麼自己倒信起風水先生的話來了！」

「財迷心竅麼！所以理智失常。」

「這樣如何指導社會，教育群眾？」

「是麼！教育程度不高的人，也沒有這麼想法；全個甘榜知甲的屋子哪有一間屋頂像他那樣開窗，後門旁邊又開門！」

「難怪你說你先生是給財迷了心竅，理智失常。」

「可不是！」

「嗨！人真的變成鬼！」

鄰居臨走向自己內心小聲這麼說，因不想讓賈太太聽見，以免傷害對方的感情，所以發出的聲音很低，沒想到賈太太卻聽見，不但不怪對方，反而也這麼說：

「雖然不是鬼，其實也已經不是人了！」

老天似乎也同情賈太太，所以發出一陣悶雷，遠遠從天心傳來，接著鼓起重重的黑雲，四合立刻陰霾霾，一下子沙沙的雨點從屋瓦滴下來，滴落在賈太太臉上。

賈太太踏入家門，雨越下越大，一時廳中便濕漉漉。原來天花板上屋頂的獅子口都把天空的風雨吸進來。於是她氣沖沖地對著躺在臥舖上的丈夫無好氣地詛咒：

「賈能幹呀！你這死鬼，看看你的傑作吧！好好的天花板和屋頂都把它打破，如今風雨潑進來，怎麼辦？怪不得左右鄰舍都說你人已變成鬼了！」

「緊張什麼？潑進來的都是財呀！」

「財你死鬼！」

「管你鬼不鬼，發了財就是仙。」

賈能幹一點也不氣，愛理不理似地這麼說。

賈太太卻氣上加氣：

「死鬼！我看你怎樣成仙？」

賈能幹像不倒翁立刻從臥舖搖起來：

「不瞞你說：八月十五日獅頭山大伯公生日過後，左右鄰舍就會改口叫你頭家娘！」

「從何頭家娘法？」

「船到水路自然開，你用不著操心，到時你的頭家娘名字自然響噹噹了。」

「我看你真的越來越不像人了！」

「好吧！你等著瞧，到底我是鬼還是仙？」

賈能幹有如財神真的已經上身，得意洋洋地又躺下臥舖去。

五

八月十五日，獅頭山大伯公生日的前三天，那是舊曆八月十三日，這一晚，太陽才下了山，賈能幹早已從報館回到家，沖好了涼，換上乾淨的衣褲。雖然與家人一起上了餐桌，可是葷腥點滴不入口，只是用點青菜，草草了事，然後摒除雜念，盤坐床上。

午夜十二點鐘聲一響，便從臥室走出大廳，正襟危坐，面對廳上屋頂獅頭窗瀉下的那道寒光，閉眼凝神，喃喃有詞地念誦南無阿彌陀佛。

賈太太雖不以為丈夫神經發生變態，也認為舉動確已失常，就站在臥門外問他：

「能幹，這麼夜了不睡，到底耍什麼把戲！」

賈能幹毫不分心，目不啟開，仍是聲聲南無阿彌陀佛。

「你到底在做什麼呀！」

「南無、南無阿彌陀佛……」

賈能幹還是念念有詞，心不旁鶩。

「賈能幹呀！你到底聽見沒有？我問你，你在搞什麼？」

對方無動於衷，一點沒反應，還是夢遊於自己的思想天地。

賈太太再也忍不下去了，走近賈能幹的身邊，向他一推，沒想這麼一推就把他推倒下去。賈能幹卻像不倒翁，翻起身又是正身危坐，繼續他的經詞。

賈太太似乎再也不讓丈夫如此痴迷，認為他已走火入魔，就蹲下身去，一手托住賈能幹的下頷，一手向他的右臉頰一刮。

這時的賈能幹才半開瞇眼，對太太一瞥，嘟著嘴，揮手示意要她走開。

賈太太看到他人還醒，才把他當朽木一樣放開，但，站起身，卻破口罵道：

「好好的人，真的變成鬼了！」

夜越深，萬籟越靜，大地墜入沉寂的深淵，賈能幹還是念念有詞，竭盡禪思，要讓自己魂魄飛近獅頭山大伯公廟去。

第二夜，賈能幹像八月十三夜一樣清心寡欲，禮念佛經。

第三夜，賈能幹仍是虔誠專一，堅定信心，認為有求必應。

到了八月十五日，當天星期五賈能幹托詞生病，向報社請了一天假。其實是希望在家中養精蓄銳，準備入晚爬上獅頭山嶺去。

渾圓的月亮冉冉上升，賈能幹準備好了香燭，時不時伸長脖子探望甘榜外大路，等著迎接風水先生向天看與乩童齊夢祥到來。

六

獅頭山的大伯公廟，離市區三哩遙之外，在黑水村背後的山嶺上，雖然海拔只有一千二百多呎，可是山勢嶮峻，峰嶝嶙峋，且十彎八曲，不是容易爬上去的。

賈能幹年壯氣盛，勁力十足，向天看與齊夢祥已上了年紀，卻具有爬山越嶺的經驗，所以山路雖崎嶇不平，三人還是奮勇地一站越上一站；到了半山雨亭，喘呼呼地打算休息一下，再繼續出發，忽然天不作美，遠方飄來一片濃黑的烏雲，把才掛上中天的圓月密密遮住。一時四野茫茫漆黑，誰也看不見對方在哪裡了；雖然他們備有手電筒，可是照得了近前，卻探不見前路。因為明月收斂，星光也失落，且沙沙落下細雨，霧越來越濃。茫茫的山路，更加陰沉，使人寸步難移了。

向天看面對此情此景，似有自知之明，所以啟口說道：

「賈先生，我看事勢不對，我們還是知難而退吧！明天再上山就是。」

齊夢祥也同感似地說：

「向先生的話有理，我贊成。」

賈能幹卻看法不同，他著意地問：

「為什麼要知難而退？」

「第一、依我老向感覺，你運度似仍未到，所以不如意的事還多；第二、三日三夜以來，你可能心身不淨，所以風雲才會突變，既然老天不同意我們上山去，我們就該知難而退了。」

「道來有理，道來有理！」乩童齊夢祥附和地說：「所以，我們還是下山，明晚才來。」

「老向，第一、三日三夜以來，我清心寡欲，誦經分釐不馬虎。第二、大伯公有意考驗我們，故意呼風喚雨，看我們是否經得起打擊。所以如今半途而退，豈不是白費三日三夜的功夫？」賈能幹挾其餘勇說：「其實既來之則安之，而今路雖難走，天可無絕人之路，因此我不同意退回。」

「我看，大家還是知難而退。」

向天看還是主張下山去。

齊夢祥也接著說：

「我絕對贊成。」

一陣風呼呼過後，賈能幹說：

「這樣吧，再過十分鐘，烏雲如果不散，算我倒霉，大家回去。」

向天看深信烏雲不會很快就消散，十分鐘很快就過去，大家必能下山去的，於是就順水送人情一般：

「好的，如果十分鐘之內，月亮復出，表示你有福份，大家就一起上山去。」

看來大地如一座陰森曠蕩的大墳場，四野陰冷淒然，任何有呼風喚雨的力量，也吹不走低壓下來的濃黑的烏雲，任你有多長的手臂，也撥不開雲霧，把月亮移出來。

賈能幹失意萬千的時候，忽然之間，烏雲逐漸稀薄，大風呼呼，廓清了遮住的明月的雲霧，月亮一下子露出它的光芒。

向天看看明月忽然露面，不得不連聲說道：

「真是風雲莫測，真是風雲莫測。」

賈能幹轉憂為喜地說：

「我說的無錯吧！怎麼可以入寶山空手而回！」

齊夢祥噤若寒蟬，一語不發。

廿分鐘過後，雲清月白。

三人終於如牛喘息一般地攀上了獅頭山。

七

大伯公古廟是獅頭山嶺一座具有百年歷史的廢廟。據說過去香火極盛一時，而今日見式微，加以年久失修，所以古舊殘破。廟門看來固然還保存下原來的外貌，內庭卻七零八落，敗垣斷牆，屋頂多已倒塌，幾根橫梁也大半墜落。四周荊棘叢生，滿地瓦礫。要是白天來看，破相畢露，一無是處。如今黑夜籠罩，月亮雖然照得大地如白晝，卻也遮掩了它的大半殘敗廢塌。

賈能幹不是來欣賞古廟的風光，也不是來觀察庭院的建設，目的是希望大伯公生日顯靈，賜給他真字，以便明天星期六在馬場發財，而順利登上社會的寶塔。他看看正中的香爐，香灰雖然不厚，幾杜香插下還不至於倒下，於是把二呎見方安放香爐石墩掃拭乾淨；在油盞上添了油，點起紅的燭，然後擺好青果五牲，對向天看說：

「老向，你前日所說的，看來很有希望。」

「怎麼會沒有希望，你家天花板上屋頂所開的大窗，正是面向獅山這大伯公廟的廟門，如果三天三夜你真的已做到清心寡欲，誦經千遍，包你今晚大伯公所賜的是真字。不過發財後，可不要忘記我老向就是。」

於是，廟前廟後雖然一片陰森，但燈光燭影互相映輝，也發出一片稀紅。
然後，向天看喃喃有詞地誦經念咒。
然後，齊夢祥捧著銀紙，掩住臉孔。
然後，賈能幹一片誠心，雙手合十的下跪。
一切已上正軌，大伯公有如已經下凡，大家無不欣然自慰。可是，忽然安放香爐的石板上出現一條幌動的黑影，賈能幹與向天看不勝駭異。舉頭一望，原來在半截吊下來的橫樑上蠕出一條碗口大，約一丈多長，口捲舌尖的蟒蛇來，二人不約而同大聲一叫，齊夢祥睜開眼睛，轉頭向後一望，鼻尖正好觸到蛇頭。一時心寒膽裂，「嘩」一聲撲落地面便失去知覺。大蟒蛇落地之後，也蠕向牆邊草叢中去了。
賈能幹六神無主，向天看又驚又急，匆忙把齊夢祥翻過身，掏一掏他的人中，才把昏迷的齊夢祥弄醒過來。
「現在回去吧！」齊夢祥驚醒之後就這麼說。
「當然回去啦！」向天看立刻接應下去。
「一切已經成為過去，為什麼不繼續進行？」賈能幹攤開雙手：「如果稍微受打擊就回去，不是空跑一趟。」
「你還想發財？」齊夢祥淡然地說：「我可沒有這種興趣了。」
「是麼！心情欠佳，六神驚散，什麼神再也附不上身，還要留下做什麼？」向天看向齊夢祥說：
「是嗎？」
「不錯，憑我歷來經驗，我深知福德老爺再也不附上我身了，還是回去吧！」

「大家也該再試一試。」賈能幹無可奈何地，幾乎向二人發出要求了。

「我再也不試，要是蟒爺再蠕出來怎麼辦？剛才不被它繞纏已是萬幸，再要等它出來嗎？你們不下，我先下。」

「下、下，我向天看也跟你下去。」

賈能幹看看大家要下山已成定局，也就不再開口了。於是無精打彩，跟著二人背後踏出廟門。

離開古廟不遠，才走了廿幾分鐘，天空忽然又變色，月亮又是被烏雲遮住。雖然不像剛才上山時，黑沉沉的伸手不見五指，可是月亮邊緣透出來的寒光也照亮不了山路。大家擔心烏雲加深，月光失落，不得不硬著頭皮走下，便半趨半溜地順路滑下來。可是有時腳尖觸不著地，上半身已經趨下，一失去平衡，不但跌了一跤，屁股撞傷，而手掌為了攀挽沿途路邊的樹木，又被荊棘刺出了血。

好久之後，趨近谷口，前頭的向天看與齊夢祥已越過獨木橋，在後的賈能幹一不小心，腳尖鉤住了野藤，上半身早已趨前，終於「撲」一聲，滾落橋下去了。等到前面二人站住向後望，已不見人影，連聲音也聽不見。於是雙雙大聲呼喚：

「能幹兄！能幹兄！」

可是能幹兄一聲回音也沒有。

向天看明白情形不對，就與齊夢祥前前後後加以探索，好久還是看不見賈能幹的蹤跡。而大聲呼叫也得不到反應。

齊夢祥看出情勢不對，於是說聲：

「老向，怎麼辦？」

「連人影都看不見，怎麼辦？」

向天看已拿不出主張，還是齊夢祥想出了辦法：

「既然看不見人影，也聽不到人聲，可見非你我兩人所能救得了。這樣，老向，你就守在這邊，我先下山去，在卜間口多請幾個人前來幫手尋找。」

向天看連聲不絕地：

「去、去，快去！救人要緊！」

一個鐘頭之後，好些人帶著火把，爬上山谷口來了。這時，月亮也恢復發出光芒，山野坑谷已經一目了然，大家詳細一看，就發覺了賈能幹原來是滾落橋下左邊的坑溝去。一腳插入坑溝裡的石縫，一腳掛在溝旁泥土上，頭顱架空沒有碰著什麼，否則不堪設想了。但到了大家將他那挾在石縫的左腳拖出來後，腳肉已經支離破碎，只好即時把他載入醫院去。

三天後，賈能幹那敷上了藥的左腳，忽然發炎，劇毒上升。醫生為了搶救他的生命，認為非立刻把腳腿鋸棄不可。

賈太太遵醫所囑簽了字，終於噙淚看著丈夫的腳腿給電鋸鋸掉。

過了一個星期，賈家一房遠親老叔從鄉下到城市中央醫院來看他。

賈能幹苦笑著說：

「老叔，我記得前次也曾向你說過：我是一條龍，如今真的已成一條龍了。」

「什麼樣的龍？」

「獨腳龍呀！」

「也好，只求今後肯做吃，不要想吃，雖是獨腳龍，也可以發揮勞動力過活的。」

坐在病床旁邊的賈太太卻黯然神傷地說：

「可是人已變成半個鬼了！」

「不，太太，我不是鬼，我還有半個人，今後我會如老叔所說，老老實實發揮我的勞動力的。」

「但願如此！」

賈太太抹去臉上的淚漬說。

寫於一九七五年十一月一日

古屋裡的人

一

那是去年春天的事。

那時候，我因一家的生活負擔過重，而教書的收入，又不能維持一家的生活。所以我和家人商量後，把自家所住的一間屋子頂掉，把收入的錢，作為打發一家回國去的川資。

經過數月的籌備，家庭順利地撤回國去後，我需要找地方住了。但在新加坡這人口稠密的都市，要找房子住是十分不容易的。於是我四處拜託朋友，請他們介紹房子。不久，我有一位同事，伍福山君告訴我說，他住的地方，還有一間很好的房子，所在十分適合我寫作。不過要候他跟屋主商量後才能決定。但是很快的，當天的下午，伍君就來告訴我說：屋主叫我去看房子了。於是我便和伍君到他住的地方看房子去。

那是一座年代已久，而且又深又闊的中國式建築的古屋，除正座外，兩邊還有厝包，古香古色十分精美。但一踏進內庭，卻使人覺得陰森悚然。怪不得過路的人多說這是宮廟，是祠堂。

據伍福山君說：宅主盧蔭庭大夫，在前清是做過惠潮嘉三州道台的。後來因感到清政府腐敗，所以率帶家眷南來。他為了紀念祖先，以及希望子姪輩不忘先祖起見，所以特別建築了這座中國式的樓宇，想作養老終生……六十年前盧大夫死後，家道中落；年長月久，子孫不昌，家庭經濟逐漸陷入困境。所以近代後裔，一方為了維持家計；一面為了消除樓宇的陰森，使之增加生氣，就把樓宇的房間絡繹租賃出去。因此目下這古屋就成為一座房客擁擠的公寓了。

伍君又說他介紹給我住的這一間房子，是在正座樓宇第三層曬台上。它可以說是本屋唯一的瞭望臺兼吃風亭。據說這是盧大夫晚年吃風賞月的地方，所以設備十全十美。雖古香古色，倒也雅觀逸致。四周窗圍裝飾玻璃，屋頂琉璃碧瓦，明晰異常。白日倚窗望海，海景歷歷如畫。而屋裡天井，以及四周房座，在涼亭上任何一面望去，也一目了然。地方總算清幽，光線充足，給我居住，的確是一個再好沒有的地方了。

但是這間房子在六十多年前，曾經發生過一件不幸的大事。那是盧大夫的大少爺，背著大少奶暗設外室。大少奶鬱鬱不歡走告盧大夫。可是盧大夫無法阻止大少爺的風流舉動。於是大少奶一氣之下，便走上供人吃風賞月的亭子吊死了。自此以後，盧大夫就少到涼亭吃風賞月。但一年後，盧大夫也在涼亭上吊自盡。所以相傳說大少奶和盧大夫的陰魂，時常在涼亭裡出現。因此一直到現在，就沒有人敢在這裡歇宿。

……

屋主李女士聽說我要租用這房子。她初時勸我說還是不要租用它好。但我根本不相信人世間有鬼的存在；而看這房子後，又覺得地方清靜，確實非常適合居住。於是終於把它租用了下來。

這座大屋子裡住著很多人，其中有頭家、估俚、小販、車夫、報人、校長、教員、書記、歌女、舞女……老老少少，大家相處一起，好像一個大家庭。

房東太太是一個精明能幹的女人，所以房客中平日所發生的糾紛，在她大公無私的調解下，大事化小，小事化無。……

一年了。

我想不到這兒一住就住了這麼久。一年來我在這兒見過不少房客，因本身過於偏頗，不時表現出人類為了自私的「愛」，發生過不少不幸的事件。但「愛」是人類共有的本性，所以很多不幸的事件，發生過後的憎恨，都在愛中消除去。比方：

這兒二樓的中房，住著一位賣雞鴨的惠州人，名李金定。他是一位五官端正，年紀才三十出的美男子。現在已是四個孩子的爸爸。他的妻子陳碧娘目下的肚皮又是便便隆起，看樣子又將近臨盆了。但他與隔房的一位年輕舞女蔡莉絲有曖昧的情事，所以引起了妻子的嫉妒和不滿，常常跟那舞女吵鬧不已。每逢事情發生時，賣雞的李金定心不敢留在屋子裡，一溜煙就跑出去了。那好像吃盡甜酸苦辣的蔡莉絲卻不肯收兵示弱。於是賣雞的女人只好回到自己的房子關起門來，好比失去愛兒還要悲痛地大喊大叫，把丈夫和舞女咒罵得狗血淋漓。一時大的孩子哭了，小的也狂叫起來。有時甚至連尿缸裡尿水，也從樓板的破洞處，像急雨一樣濺下來，弄得住在樓下的人們啼笑皆非。可是事情過後，李金定和陳碧娘還是雙雙逛街，親密如故。而蔡莉絲與李金定的眉來眼去，也從未間斷。……

他們的左房住著一位賣粿條的潮州人，姓陳名金德，身材瘦弱，也是兩個孩子的爸爸了。陳金德的女人駱情影卻滿面橫肉，夫妻也是頂好吵架的一對。但夫婦間在吵些什麼，因受牆板之隔，使人無所得知，有時只能在壁外聽見「乒乒乓乓」的敲打床椅聲，夾雜著夫妻發出的咒罵罷了。但有一個晚上，夫妻相罵鬧出門外來了，才使人聽見做丈夫的這樣說：「為了一家口食，又缺本做生理（生意），故所以才想去僥倖看！」

「早死！無錢做生理，做尼（做麼）有錢去輸贏？」

做妻子的總是一步趨上一步向丈夫潑罵。

事後：做丈夫的一連幾個晚上不出去了，可是三幾天後，如是吵鬧的事又再發生起來。

陳金德的隔房住著一位獨身漢，約四十歲左右的家人，據說是房東的親戚。他早年因好賭濫嫖，弄得今日腳筋軟弱不能走路。但拉得一手好提胡，每當夜深人靜，從窗外常常可聽見他拉的提胡聲，音調十分柔和。可是他出口罵人卻十分惡毒；常因房裡的火炭不見了，而對人破口大罵特罵，好像：

「死鬼種！拿人家東西，呆定著打死你！」

這樣咬緊牙根一直呢喃了大半天，總是不肯停口。可是事情過後，又是對著孩子們嘻嘻哈哈笑個不休。

再過去的房間，是住著一家布商的頭家，肥頭滑面，嘴下粘一大把鬍鬚，年紀約近五十，他的女人看樣子卻只有十八九歲；滿面蛋黃色，最近帶著咳嗽病入醫院去。做丈夫的因為妻子不在家，所以也時常外出夜遊。因此前妻遺下的孩子，因無人管束又是吵鬧連夜；火水油珍聲常常響徹四周，甚至兄弟間時常演出鐵公雞，鬧得古屋裡風風雨雨，使人寢食不安。

樓下正座的房間，住著一位閩籍的肥婆。肥婆的丈夫是某商行的走街，誠實能幹，是商界的翹楚。但每遇肥婆，卻輕言細語，惟命是從，她的大孩子周亞峇已經英文九號（高中）畢業，跟樓上的歌女馬金玲小姐感情很好，所以他們時常到郊外拍拖遊玩。但稍微給肥婆知道了，回來時總要被她剿罵一番。

肥婆的對房住著另一位舞女，蔡咪絲和一位七八歲的女孩，白天可以常常聽見女孩嗚咽哭泣，久而久之才知道是受蘇咪絲毆打。原來那女孩是蔡咪絲向人買來的，預備將來自己人老珠黃時，有人好做替身，當搖錢樹，以致近來常常教導女孩跳舞的步法，稍不順意就大加毒毆了。

再過去的房間，也住著一些人，比如那位老校長，聽說出身還是大學生，但因生性剛強，心地偏頗，在霹靂地方教過不少中學，總因事事好認真，不喜歡與董事來往，且常常因過分認真，致得罪人家。所以往往不上兩三學期就離校。最近擔任某處小學校長，薪金微薄，妻病子死，貧病交加，前月老妻因神經反常，忽又演出跳樓自殺，幸得樓下有沙堆頂住。雖腳折血流，沒有一命嗚呼，卻已嚇得老校長死去活來。但老校長的性子還是和過去一般。他根本沒有想到現社會不適合正人君子過活的。

門口房住著的是一位修理汽車的青年，有著英偉的精神，富有正義心，時常好為人抱不平，最近因代友人議公道理，險遭對方暗算。又因他的親戚林七嫂病重，出街代她奔走，致腳車跑錯路線，鑽入禁區，也險些兒斷送了生命。

青年的隔房又住著一對老年夫妻，心地良善，兒子在外經商，但時常受人欺壓。

對面的房子也住滿不少人，那兒也時常有糾紛發生，總之古屋是一個小市民群的社會層，形形式式的事情，都在彼此不了解下發生著。

二

前星期週末的晚上，古屋裡忽然出現了一個凶影，驚得雞飛狗走。沒人敢看，一時傳說紛紛，幾乎使人聽後毛髮為之悚然。

事實的經過是這樣。

時間約八點鐘左右，古屋裡各家戶房間的電燈都開亮了。但二十分鐘後，電燈局不知怎樣發生毛病。電流忽然中斷，弄得全市一時變成黑暗世界。

於是黑暗的魔鬼凶凶包圍了古屋，古屋一時像被捏碎了，像被吞進肚子去了。……於是，古屋裡老人咒罵電火聲，小孩子慌張的腳步聲，幼童的叫嚷聲，女人找不到燈燭的呢喃聲，十分亂雜地混成一片，一片吵鬧。

經過十餘分鐘後，各房戶的火燭才先後光亮。但驟然看去的燈燭光，似同鬼火一般黯淡，加之東遮西閘，黑影幢幢，古屋裡更顯出陰森了。

就在這燈燭正亮的時候，樓房上老校長的女人忽然又神經反常，大聲叫喊：

「鬼呀！鬼呀！拍散頭毛的凶鬼呀！」

這一叫喊，嚇得鄰右的人都駭抖起來，東逃西躲，你避我走。特別是小孩子更抱緊頭顱狂吼大叫……

原來古屋裡的人，他們的腦壁上早已印上一幅可怕的魔影，大家都知道古屋裡有鬼的故事。所以一聽見鬼出現時，就幾乎魂不附體地驚得要鑽落地縫裡去。

老校長的女人叫喊後不久，樓上後尾的歌女馬金玲，接著又叫喊著：

「救命呀！救命呀！鬼來了！鬼來了！」

「……」

這時古屋裡的人更加驚駭起來，女人和孩子都躲到自己的房間去，門聲乒乒乓乓，情景非常緊張，也十分肅殺，只有少數男子出來通路的地方張望打探。但議論紛紛，沒有人走上樓去救應。

最後還是歌女的男友周亞峇——肥婆的兒子，和門口房那位修理汽車的青年走上去。當我也跟隨他們尾後上去時，我看見那歌女在微弱的燈光下，臉也變成兩指大，亂髮蓬鬆，眼淚橫流。周亞峇一進去，馬上把她摟住，不停地安慰著說：

「別怕！別怕！你看見什麼？告訴我。」

「？……？……？……」

但馬金玲卻驚得雙手發抖，一句話也說不出。

「別怕！別怕！告訴我，你看見什麼呀？」

周亞峇把她摟得更緊。

很久以後，馬金玲才下句接不著上句抖指著櫥邊說：

「那……那邊……衣櫥旁。」

「果然有鬼呀！」

經過馬金玲指點後，修理汽車的青年，面向著那兒一看，也發出如雷響的叫喊。室內觀看的人，經這一提醒，大家果然看見櫥邊有一個黑影在蠕動。於是大家「呀」一聲，各都退後幾步。

這時我的好奇心一動，卻從人堆後衝上去，順手用電筒向櫥邊一照，在強烈的光圈內，果然有一位頭髮四散，黑眉紅額，齒露貌惡，身軀肥胖的女鬼。

但我卻不信她是鬼，正想走近去時。歌女的男友周亞峇卻搶前一步，用手一拖，把那佝僂著的女鬼拖出來，哪知道一拖就把女鬼拖出聲音來了，她罵出聲說：

「夭壽仔，你哥（還）敢來！」

鬼聲一出，大家一時恍然，才知道她原來是樓下房肥婆裝扮的假鬼！

周亞峇看見原來是自己的母親，轉身一溜煙就逃開了。

這時候電流也復原了，燈光格外明亮，把肥婆的面目照得清清楚楚一絲不掛——她圍著紗籠拍散頭毛，眉頭塗著黑煙，額角糊上紅粉，神情凶惡，果然僅有三分像人，大概七分已像鬼了。

事後這人裝扮的假鬼，看見原形畢露了，伴著追趕自己的兒子下樓，口裡又不停地詛咒一陣：

「臭渣某，看以後再敢狗沙吾亞嵒無（勾引我的亞嵒否）？」

三

第二天，接著昨夜的事情，古屋裡就發生風波了。

原因，歌女的母親昨夜因過海去，所以女兒被凶影騙驚一事，她完全不知道。今早當她回來發現女兒眼圈紅腫，滿面淚痕，就問她說是發生什麼事，女兒一聲不應反而大哭出來。後來才由昨夜在場的隔房亞嬸，把她被假鬼欺嚇的經過講出來。做母親的知道女兒被欺弄的事後，一時怒火上升，立刻興師向肥婆問罪。

肥婆昨夜原形暴露後，雖自知理短，但因平日驕橫成性，好勝心重，反而強蠻奪理不肯認輸。於是兩家未出腳手交戰以前，就先破口舌戰一番，首先的戰情是這樣：

「死鬼！老虎婆！快出來呵！」

「出來了，怎麼樣？早死！」

「老虎婆！我問你，活人為什麼做鬼騙驚人？你說來聽！」

「是！我要做鬼，做鬼驚馬金玲，嚇她以後不要在這裡住。」

「為什麼馬金玲不可以在這裡居住？什麼理由？」

「她常時要跟亞嵒勾搭在一起。」

「臭娼！老虎婆，金玲有三長二短，看你吃得消麼？」

「看你去死！看你去死！」
「看你去死！看你去死！臭娼！」
「早死！我怎是臭娼！你母女才真是娼！」
「你一人拖過一人，不是娼是什麼？」
「我一人拖過一人未知。你的金玲到吉隆坡去唱歌，不是娼是什麼？這暫不說，我問你，馬金玲為什麼要勾引我亞峇。」
「你敢死，你亞峇好貨，誰看得下他！」
「看不上他，為什麼馬金玲常常帶亞峇到加東去？」
「問問他，金玲走一步，誰叫亞峇也跟一步。」
「這就是臭貨！」
「臭貨未知，一人拖過一人，才真是臭貨！」
「是！干你何事？早死！早死！」
「你早死！你早死！」
「你早死！」
「你早死！」
「你！」
「你！」
「！」
「！」

……。

雙方發出的戰火燃燒著雙方的胸膛。各人的胸膛迸出火花來了；火花燒焦了喉嚨。於是雙方各出真傢伙來了。

她一拳，她也一拳。

最後肥婆的腦袋忽被對方用木棍毆出淋淋的血漿來。看來比昨夜裝扮鬼時的凶相更加可怕。

但結果肥婆還是昏倒下去。於是十分鐘後，一輛救傷車載著馬打（警察）才把她舁出去。而古屋裡這塊桃色的風波才告暫時結束。

翌日，肥婆從醫院回來了。

她的頭部還紮著紗巾，像初出院的傷兵一樣，面貌消瘦了許多。她好像是遵從醫生的吩咐，沒有像往日一開口就像街上的輾路機一樣啦啦響。所以她踏進古屋後，只這樣罵一句道：「夭壽！慢慢和你算賬！」

這之後，她就躺在床上無聲無息了。

下午房東太太李女士出來做斡旋人。她先到肥婆的房間探傷，然後向她解釋一切，並陳述官場的厲害，希望雙方聽她勸解平息。

肥婆聽房東太太李女士的話覺得有理，並且想起在法庭拋頭露面也不是文雅的事，所以表示她願意聽調停，在外和解，不過提出來的條件頗苛：

第一：金花紅綢向她當面道歉。

第二：賠償醫藥費五十元。

第三：即日起馬金玲不准和周亞峇親近。

李女士聽她提出來的條件後就問她說：

「你騙驚馬金玲的事，應該怎樣賠償她呢？」

「那是另一件事！」肥婆輕輕地說。

「這不能說那是另一件事，其實昨日發生的事，正是前夜你騙驚她的事件所引起的！」

李女士進一步說。

「誰叫她母女喜歡引誘亞沓呢？」

肥婆又是老調重彈了。

「亞沓這樣大，又不是小孩子，這怎麼可說是她們引誘他呢？」李女士不客氣地批評一句。

「亞沓的年紀輕過馬金玲呵！」肥婆近乎強辯了。

「這不論年紀的，現在是文明世界，相親相愛是青年們自己的事。何況亞沓又不是無讀書的人。」李女士又進一步地向她解釋。

「……」

肥婆一時無話可說，停一會後，口氣才較和順地說：「好罷！請你主意就是！」

李女士聽肥婆最後的口氣後才微笑著說：

「既然肯聽我主意，雙方就有和平的話可說了。」

於是她又上樓向馬金玲的母親商量了一番。結果又得到馬金玲的母親諒解，只不過提出關於法庭的事要請她想辦法銷案。

李女士表示毫無口解，聲明願意為她們之間的和平出來奔走，於是她大刀闊斧把肥婆所有的條件斬存一條，就是馬金玲日後不要跟周亞沓在一起。至於金花紅綢面，以及賠償醫藥費一事都取消作罷。

最後肥婆再經過多人的勸說後，對於房東太太李女士斬決僅存的條件才肯接受下來。

但當晚國泰冷氣戲院九點一刻場，周亞峇又伴著馬金玲在那兒看戲了。

寫於一九四九年五月二日

爸爸過劫

一

爸爸這個人，不論做什麼事，總是觀前顧後，小心翼翼，顧此顧彼。朋友問他為什麼處處這樣小心？爸爸老是微笑著說：「小心尚且會得罪人，何況粗心大意，要佔人家便宜。」難怪與爸爸來往的多說他是安分守己的老實人。爸爸既然安分守己，對於住的問題，當然也不會有過分的要求，加以房東太太對我們一家又是那麼和氣，所以我們兄弟姐妹，雖然是一年比一年增加，狹窄的房子使我們感到一天比一天局促，然而爸爸也不想搬開。爸爸說：搬到哪裡去呢？今天屋荒這麼嚴重，租房子也不是一找就有，再說，新的就未必會比舊的好。因此，爸爸就沒意思要改變現狀。爸爸沒有意思要變，也不願意隨機應變，環境卻時時在變，甚至也強迫爸爸不得不變。爸爸果然變了，由小變而大變；由漸變而突變。那是今年以來，家庭忽然發生了巨變，特別是爸爸與媽媽變得更厲害，差點連兩人的生命也變沒有了。他們是這樣開始變的：春節過後的第五天，房東太太向爸爸說：他們的屋子已經賣掉，要爸爸趕快另租房子。爸爸認為人家要賣掉屋子是出於不得已，他應該方便人家，馬上找房子。爸爸於是拜託朋友介紹房子給他。朋友們卻慫恿爸爸不要輕易就搬走，因房東把屋子賣掉有錢賺，要人搬開，就該賠一筆補人做損失。爸爸卻認為不該存有這種念頭。他說房東太太把房子租給我們，並沒有要過我們什麼茶錢，也沒有附帶其他任何條件，相反的，租錢又是那麼便宜，對我們一家又是那麼照顧。如今房東的房子賣得出，機會難逢，房子趕快搬還給她是天公地道的，爸爸所以毫不猶豫地準備搬家，於是促成我們的環境開始變了。爸爸找到了新住所，那是學校蓋的宿舍，租錢是貴一點，房子卻是新的，而且是半獨立式，兩房一廳，一廚房。這樣的房子，爸爸說他從來是沒住過的。爸爸十分高興，媽媽和我們兄弟姐妹也跟他一樣歡喜，房東太太聽到我們很快找到了房子，又是那麼理想，搬出去又這麼順利，同樣地為她自己，也為我們而高興。爸爸在興奮的情緒鼓舞之下，買了一套小家私，也買了一個大型的書櫥，他說要把屋子稍微佈置一下，認真地多讀點書，切切實實地為我們兄弟多補習點功課。於是就在搬家的這一天，他十分高興地忙得不能開交。爸爸首先把我們的吊鋪拆開，再和媽媽把它一件一件搬到屋外去，又把他那兩千多本像寶貝一樣的書籍分別包紮起來，我們兄弟也幫他們把用具一件一件移出去，然後大家一起把它們裝上羅里車，是那麼滿滿的一車，一直到下午兩點，大家才分乘兩輛汽車，離開了那我們一家依偎了將近十年的房子。爸爸看了房東太太和鄰居們那麼多人出來送行，言辭又那麼懇切，依依不捨地悲喜交集而流淚了。爸爸到達新居所門外，內心似有異於尋常的感受，因為他已帶領我們一家踏入了新的環境。爸爸看見一切新舊的家私堆滿地上，一時雖然使他忙個不了，興奮卻使他忘記了一切的疲勞。於是當我們兄弟姐妹把地板擦洗乾淨之後，爸爸和媽媽就著手把我們的吊鋪裝上去，接著再把大小器具安置起來。到了一切安排稍有秩序之後，爸爸忽然說他覺得四肢無力，精神頹失，全身刺熱。媽媽叫他沖個涼，涼涼身。可是爸爸沖過涼後，全身突然痙攣，一連打了幾陣寒噤，踏出浴房之後，人忽然冷得發抖起來。爸爸四十多年來沒發過大病，他說今天病魔忽然來叩他生命的大門，是險、是危，使他毛骨悚然。因為晚上醫生發現他的病情，不是平常的普通疾病。

二

爸爸沒發生過疾病以前，對於病魔的侵襲，早已提高警惕。因為疾病的發生，在他看起來是十分可怕的，原來在他小的時候，他親眼看見病魔找過祖母，祖母因家貧請不起醫生，不久就給病魔拉走了。他又看見父親，在病魔入侵時，也因買不起貴重的藥品，生命很快地給奪走，爸爸也看見小小的外甥在他手裡給病魔硬硬帶走……難怪爸爸說他要特別小心嚴防病魔突然的出現，因而時時注意自己身體各部位的防務。爸爸認為他不能有病，一病什麼問題都可能發生，因為他是一家之主，家人全靠他一人養命，要是病魔對他不客氣，把他扣留個一月半月，那這些病中日子的工作，叫誰來替他負擔。比方爸爸工作的這間學校，他一天不能到校上課，便要付錢請人代。他收入原是有限的，以有限的收入，應付一家日常無限的支出，要不是他們量入為出，生活可能時時有問題，何況病一上身，醫藥費須即時付出。但今天爸爸確確實實病倒了，而且是一場嚴重的病。爸爸告訴醫生說他是因為搬家操勞過度，且在身體疲倦與發熱的情形下沖了涼，身體一時冷熱發作，疲乏萬分，小便才有如赤紅的血液。爸爸給醫生按過脈，全身再經詳細檢查，驗過尿之後，醫生要爸爸馬上進醫院。爸爸問是什麼病？醫生說不是平常的普通病，只有趕快進醫院，才有希望可以醫治。爸爸聽後精神和臉色並沒有改變。他對我們說他有信心，認為自己是不會大病的，媽媽卻驚懼色變，甚至掉下眼淚。爸爸安慰媽媽說不用怕，他是不會有危險的。可是媽媽答他的是：你如有三長兩短，這十口的一家叫我怎麼辦？爸爸進了醫院，醫生不說出病情，媽媽問一問看護小姐，看護小姐也搖頭不說，到了第二天才無意中透露出是癌症出血。爸爸還是臉不改容，也許他想起不治的癌症，也許他想起我們一家以後的日子，所挨受拳毆腳踢。驚魂未定，再受綽號武則天的女校長以木尺抽擊掌心，然後加以鞭打廿藤鞭。級任陳老師看到崇成口吐血絲，苦楚難堪，便把他載回家來。爸爸剛好在家，看到兒子神情頹喪，體溫升高，且頻頻呼痛，詢問情形之後，不信該教員與校長會毫無理性。然經級任陳先生的解釋，與幾位該班的同學證明後，爸爸才明白了其中的真相。原來崇成因為是陳級任寵愛的學生，而陳級任因與李教師及女校長平日感情不睦，於是當崇成觸怒了李教師之後便成為他們發洩情緒的對象了。爸爸完全明白真相，就立即把崇成帶往中央醫院求醫去。值班的醫生檢驗孩子的傷況之後，也許是由於同情心所驅使，馬上電告警方派員，前來醫院錄案。適逢S報的記者在場，深明情形之後，便進行調查，並將經過寫成新聞發表出去。爸爸也將詳細的經過呈報教育局，並具一報告，本著大事化小的態度，報告××校董事部，請求給予主持公道。爸爸料理了一切應辦的事後回到家裡，看見幾位關心他的同事，都在廳上坐著等他回來。當他們看到崇成的神色頹喪哀怨，都憤慨地表示對付這種野蠻的所謂教師，應以牙還牙懲罰他們。但爸爸認為事件既然發生了，還是以和平的方式向對方交涉比較妥當，只要對方勇於認錯，下次不要再有這種野蠻的舉動發生，一切的事件都可以和平的方式解決。因為他深深明白：只有這種莫明奇妙的社會，才會產生這種莫明奇妙的事。所以爸爸還是本著一貫的態度：寧可自己吃虧一點，以求圓滿解決。他於是安心下來。他在聽候有關當局的意見，以及等待該校董事部的措理。第二天，當地的兩家大報都以顯著的版位登載這件事的經過，其中的S報特別發表社論，指出教育是一項神聖的工作，對一位年幼無知的兒童加以拳打腳踢是不智的。但第三天的報紙發表有位記者就此事件向有關長官督學詢問對該學童被毆打的事情有何意見。該督學官說：他檢查該名學生，看其精神良好，且天真活潑；身上並無傷痕……爸爸看了報紙，心裡雖然明白督學官也許是為了逃避責任才講這種話，可是當爸爸回想到前天那位督學官對他所說的話時，他感到人心叵測，實在可怕，所以爸爸還是沉默下來乎不是尋常的病痛。爸爸一時沒有想到厲害方面去，以為是一般的普通肚痛症，便叫媽媽吃一點便藥看看。但第二天早上，媽媽說已經痛得難以忍受了。爸爸這時才稍微注意，叫她去給盧醫生看。盧醫生說那是心氣病，吃了藥就會沒有問題。爸爸和媽媽都相信醫生的話（因為媽媽前年曾發生過一次嚴重的肚痛症，後來給盧醫生診斷出是子宮出血，血淹上心，由他介紹入醫院動手術，搶回了生命）。但今天服完盧醫生的藥後，病況不但沒有絲毫起色，甚至痛得暈倒好幾次。媽媽說因為絞痛的情形，已經像前年進醫院動手術時一模一樣。爸爸雖然開始憂慮，可是問過盧醫生之後，又稍微安心。因為盧醫生說，過去的子宮病已經根治痊癒，而且現在也檢驗不出是子宮出血，所以純粹是心氣病痛。爸爸也認為盧醫生的話不會沒有道理——原來一年以前，媽媽因感家累過重，不能再多養孩子，聽從家庭節育協會的指導，將輸卵管給綁了起來，沒想到輸卵管綁紮之後依然受孕。可是受孕反常，因胎兒是結在輸卵管外，於是由於日子的發展，胎兒的重量日漸增加，輸卵管不能負荷，終於挽留不住而告破裂，子宮出血就一時增加。當血液逐漸堆積而引起肚腹腫脹後，不但身心痛苦難堪，而心臟也幾乎有隨時停止的可能。所以當盧醫生發覺後，馬上把她送入醫院施手術，結果開刀，除棄胎兒，將堆積於肚腹裡的瘀血清除掉，保全了生命。當日醫生為免後患，已把輸卵管割除，因此對這一次的肚痛症，當然相信盧醫生的話。——可是天下事往往難以意料，媽媽所患的確確實實與前年所患的一樣，原來又是胎兒結在另一端的輸卵管上，因此又是子宮出血引起肚子疼痛。最後經過西人醫生確定後，爸爸再把媽媽送入醫院去。但這一次可沒像上一次那麼順利，因媽媽的身體經過一次大手術，體質還沒復原，如今再經子宮出血，體力消耗幾乎殆盡，所以踏入醫院，人已奄奄一息。爸爸說他想不到他自己才離開醫院不到三兩個月，妻子又接著進來，他也沒想到被開過刀後的肚腹，如今又要開刀。而醫生經過驗血，測量心臟後說媽媽生存的希望十分低微，因為病人身上的血液已消耗過量。爸爸像被宣判了死刑，認為一切都完了。他看看病榻上那神色全失的媽媽，有呼吸像沒有呼吸。他一時沒有了主張，不知如何是好，感情的閼流沖上他心頭，激得他悲泣流淚。爸爸聽了醫生們的口氣，看看護士的神色，明白媽媽的生命危在旦夕，就立刻把我們兄弟姐妹從樓下帶上來，讓大家跟媽媽做最後的見面。我們看到媽媽的眼睛像殭屍的一樣凝視，大家都號啕大哭，大姐哭得死去活來，最小的弟弟叫媽媽抱他一下。鄰床的病人，都為我們這一群將失去母愛的孤兒而灑淚。爸爸好像不忍媽媽驟然拋下我們一群，就蹲在床頭，以最清醒的心神安慰她幾句。媽媽似乎明白周圍的情景，淌出兩顆晶瑩的淚珠。爸爸忙用手巾抹去她臉上的淚漬，但一顆一顆的淚還是從媽媽那僵硬凝視著的眼瞳不停止地滾出。爸爸於是把我們打發回去，我不願回家，和爸爸一起守在床頭，預備媽媽斷氣之前和她做最後的訣別，以及料理後事。爸爸失神，悲哀，忘記自己的疲倦，他說他不願意媽媽在不該離棄我們一家時離開，所以抖擻起精神，從失望之中去追尋渺遠的希望，希望媽媽會像他幾個月前一樣突然奇蹟出現，轉危為安。因此爸爸振作起來，摒棄一切雜念，像虔誠的信徒向神明祈禱。爸爸的希望忽然開花了，但是並不意味媽媽已經脫離危險。原來醫生說要為媽媽開刀。醫生說，開刀生存的希望固然十分渺茫，不過希望能把病人的生命搶救回來。爸爸求之不得，馬上簽了名。他認為儘管是最危險的手術，可是九死一生中，還有希望可把生命搶回來。不久爸爸跟隨在媽媽睡著的推車後面，一直到手術室來。奇異的是媽媽經過輸血後，神志已逐漸清醒，於是當她被推進手術室時，爸爸向她做最後（假如開刀後永遠不會醒回來）一次的安慰。這時他看她的神色似乎表示：我不怕，你安心（是的，媽媽不該怕，因為她在前年已有過一次被開刀的經驗）。雖然如此，爸爸在手術室的門外還是屏息斂足等著。他明白這是最後的生死關頭，也明白媽媽死亡的成分十分高。因同時進入手術室的除了英籍的主任醫師之外，還有兩位華人醫師。兩個鐘頭過去了，又是半個鐘頭要完了，爸爸像熱鍋上的螞蟻一樣焦急。他問在場陪著他的林先生說，你看人會死嗎？林先生說：你不要怕，吉人天相，不會死的……話還沒說完，手術室的門打開，英籍醫師走向爸爸的面前說：祝你幸運，人有得救了。爸爸悲喜交集，眼珠滾下了！

五

爸爸從年初到年終，經歷重重險釁，雖然破費了不少金錢，也流了不少血淚。不過家人耗盡了元氣之後，總算保存了薄弱的生命。可是當我們一家正陷入筋疲力竭，再受不起摧殘的時候，沒想到在這年終將結束時，爸爸又要遭受失業的災厄，幾乎被迫走入家破人亡的死谷。爸爸家貧無奈當教師。他在教育界服務已經十三年。他在C中學一直工作了十年，如果不是三年前他的朋友L一直要他辭掉C校轉入H校，他真的捨不得離開C中學的。他認為當教員的，不能見異思遷，應該老老實實、勤勤懇懇站穩崗位服務下去。他後來所以會離開那依偎十年的C中學，那是除了L一直不停地拉他走之外，就是他太感情用事。他認為好友既然擔上了學校董事會的要職，十分需要他的幫忙，他當然不能太過自私只顧自己，就毅然離開C中學轉到H中學來，當初絕不會料到兩年後的今日，他會在所謂好友L的絕情下被炒魷魚。爸爸為甚麼會被辭職？當權的L為甚麼要辭退他？原來H中學今年九月中旬聘請了一位姓房的博士掌校，全校中只有爸爸一人跟房校長同姓。房校長被無理辭退，他同情房校長的遭遇。房校長棄職，瓜田李下，他當然也被辭退了。房校長所以被辭退，同事都說因為他純粹以讀書人的本色辦理校政，不肯跑走頭家的門路。L是剛要發財的頭家，房校長對他也漠然淡視，難怪原來支持他的也要恨他入骨。辭退房校長的頭家們，提出來的理由是房校長不懂英文，且天天在辦公時間閱讀報紙，無心管理校政。有一天L問爸爸說房校長的品學如何？爸爸說房校長是位難得的人才，如果董事會把學校全權交給他主理，相信學校一定可以辦得十分出色的。第二天，當爸爸知道房校長被辭退成為事實後，剛好他見到L，就對L說房校長上任只不過六週，他的才能還沒有發揮，董事會就這麼隨便把他辭退，在人情上、在道理上，都是講不過去的。沒想到L十分生氣地說你想替你老親流鼻孔血嗎？爸爸說做人可以自己吃虧一點，可是道理不可以不顧呀！就因為爸爸仗義講了這麼一句話，結果他年底的聘約也就發生問題了。爸爸被炒魷魚，必須馬上從學校的宿舍搬出，但我們搬到哪兒去？我們是一個具有十一丁口的家，爸爸有這麼大的一個家，怎麼可以沒有一個固定棲身的住所？但是前路茫茫，他要帶我們一家住到哪兒去呢？爸爸接到解聘的這一天，他咬緊牙齦，他詛咒社會……他從來沒發過脾氣，但如今他好像心理變態一樣。他認為安分守己的根本是庸才！他以為人心不應善良，應該奸猾，他說他決定改變過去做人的態度。因為他想不出守本分的人為什麼要受欺負，心地善良的為什麼會吃虧，而那些敢做敢為的倒能享受舒適的生活，這是為什麼？爸爸想也不想，滿腔都是怒火，他說他的胸膛幾乎要爆炸。但經過一段時間後，爸爸理智清醒了，他認為他的想法是錯誤的，必須馬上恢復人的本性；本著過去做人的態度，做個真真正正的人，因為他想出一個道理，他說既然做好人會吃虧，社會上為什麼還有許多人排隊等著做好人？爸爸於是心安理得，帶著我們一家老少搭上流浪的列車投荒去了。

修正於一九七五年五月五日

殘局

一

你是常住在K城的話，很可能知道K城有家金沙同鄉會。日間的金沙同鄉會並不怎樣熱鬧，因會友多數是商人，大家都忙著商務；除了星期日以外，幾乎都不會到會所來的。但是晚上就不同，因為大家忙了一天，在吃過晚飯後，有些人想找個地方休息，自然而然就會跑到會所來。

金沙同鄉會的會所寬敞，佈置雅觀，會友們當然樂意來消遣；有的看報，有的聊天，有的玩音樂，有的打麻將，各樂其樂。……

許七叔，雖然不是金沙同鄉會的會友，卻與金沙同鄉會的幾位讀書人很有來往，所以他的大部分時間是消磨在金沙同鄉會裡。

大前年中秋那個晚上，月色很美，會友們一時興之所至，有部分人就跑上會所的天臺品茗賞月；在閒談中，當大家談論到「人生與金錢」的問題時，七叔提出他的見解：

「人的智慧是萬物的主宰者，所以被稱為『萬物之靈』。金錢在萬物之中是最現實的。所以人生一朝缺乏了金錢，就是怎樣『靈』也不靈了；特別是在這銅臭社會，金錢更能發揮無比的威力！」

大家靜靜地聽。七叔呷了一口茶後，接著說下去：

「於是在一切都應以金錢解決的觀念下，大家便拚命想辦法找錢；難怪在大都會有笑貧不笑娼的現象，原因是錢一到手，萬事都如意了。」

有位與七叔是同樣看法的林先生附和地說：

「是的，錢可以使人得到榮譽外，錢還可能從病魔的手裡買回生命。這樣看起來，金錢怎麼會不重要！」

「所以銅臭社會有銅臭社會的本質，最明顯的，銅臭社會為了滿足人心的需要，各種賭博事業，都是一直隆盛不衰。比如在郵局出售的福利彩票，所以未到開彩的日期便被搶購一空，何嘗不是大家都希望發財呢！」那位金沙同鄉會的財政許上人也發揮他的見解這麼說。

「是囉，財一上身，馬上變成巨富，馬上可以成為社會名流！然而不斤斤計較金錢的又當別論了。不過……」

七叔還要繼續發表他未完的意見，金沙同鄉會的主席李一明也踏上天臺來，大家便轉變了話題，談到別方面去。

許七叔雖然認為金錢在現社會是重要的，但是他不願意隨便向人低頭。他說，他寧可喝白開水過日，卻不肯嘻嘻哈哈地討人同情。

可是在這商業社會裡，氣質愈重，生活發生問題時，問題愈不易解決；何況他的境況已瀕於「貧無立錐之地」了。

再說，他雖然寫得一手好詩文，然而詩文一斤到底值多少錢？說得徹底一點：要是金沙同鄉那幾位讀書人不支持他的話，他的生活就幾乎馬上可以發生問題。

所以他處在這種生活大半靠人接濟的情形下，認為金錢在人生中很重要，不是沒有原因的。不過他把金錢的重要性估計得那麼高，與其說是本身長年累月受到金錢的壓迫，不如說是他對現社會不滿而發出一種控訴。

因為他之所以視金錢重要而愛金錢，卻不會愛得連氣節也出賣，所以他對人彬彬有禮，對事認真嚴謹，只有一件事是例外的，就是對於女人感到特別興趣。

如果不是窮困的話，他可能早就有妻室；所以還是光棍一條，原因就是金錢不肯為他作主。

七叔的處境雖然如此，他對金沙同鄉會會所左邊路旁那位主持福利彩票亭生意的女郎卻十分有好感。每天他來往金沙同鄉會，經過街邊的彩票亭時，要是那位彩票女郎在亭裡，他一定會跟她打個招呼。同鄉會裡的人，因為知道他與那女郎有來往，有時就故意請他去代買幾張彩票，他也樂意替人跑腳，雖然那位女郎有時沒有注意到他，有時甚至連望他一下也幾乎沒有工夫。其實他也滿不在乎，還是興致勃勃，認為年輕了好多。晚上經過時，那位女郎如果還沒有放工，他自然而然地也會靠近彩票亭去，殷勤地問她一句：

「彩香嫂，這樣晚了，還不放工？」

「呵，七叔，要回去了！」

雖然這被叫彩香的也是短短地回答一句，但是那個晚上七叔的睡眠甜蜜得多。如果有一天，他從彩票亭裡看不到彩香來上工，心便若有所失。那最早的幾個月，他甚至把看彩香當作生命活動上最有意義的一環呢！

二

兩年前，一個偶然的機會，許七叔這樣認識了彩香。

那一天，金沙同鄉會的財政許上人，因中了福利部彩票的安慰獎五百元，當天領得獎金後，即晚就在紫羅蘭酒家開了五桌酒席歡宴親戚朋友。許上人所中的彩票，就是七叔轉手賣給他的，所以七叔也被邀入座。

那個晚上，主人十分高興，客人的酒也就喝得多了；所以一路回到同鄉會來，大家已經醉醺醺。當一行人經過靠近會所路旁的彩票亭時，七叔忽然拉住許上人的手，在彩票亭的小窗口前站住，笑嘻嘻地指著窗口裡面坐著的彩票女郎，話不成句：

「老……老親……你……知道麼？你所中的彩票，就是我……在這裡買的。今……今晚你再向她……買十多張回同鄉會做公……司吧！今日，你所中……的，只不過是安慰獎，以後要中個頭獎。」

「是麼？也好！你就跟她拿二十張來吧！」許上人一口答應後，一面伸手向袋子裡掏出二張紅虎的鈔票塞到七叔的手裡，一面低下頭向彩票亭裡的女郎望一望，然後說，「聽你七叔好話，中個二獎也好。大家有得分，就是託你的福了。」

七叔接過鈔票，立刻向彩票亭的小窗口塞進去。這時他三分酒意，七分殷勤，笑嘻嘻地向亭裡的女郎說：

「你……你……貴姓，告訴……我……們好麼？我們……要向你買彩票。」

彩票女郎為了集中視線看清楚亭外的人，便把頭打歪一邊，然後向七叔淺笑著說：

「歡迎你們買，但不必稱我做小姐；你們太客氣了，我叫彩香。」

「彩香小姐，你數二十張……出來吧！」七叔的手放在小窗口的板架上等著拿，一面笑欣欣地望著許上人：「號碼：要選個好的呀！」

「好的，好的。」彩香一面數彩票，一面奉承他：「多買就有多中的機會，頭家！」

「是麼？彩香小姐！你……說會……中麼？」七叔將彩票接過手，便把頭低下去，笑嘻嘻地向對方這麼打趣。

「一定中的。」對方向他投著溫情的眼光，也送給他一個嫵媚的微笑。

「聽……你好話，中了，我們一定請……你喝酒！」七叔發著濃厚的酒意，許下美麗的諾言，就將彩票塞進許上人的衣袋裡去。一時歇斯底里地哈哈笑了一陣。

笑聲還在散發中，彩票女郎大聲插進一句：

「你們中了，恐怕就忘記我了！」

「不會的！」許上人抽回腳步返過頭來揶揄說：「如果真的中了，我們的七叔不但不會忘記你小姐，而且會請你上丹絨武雅海邊的酒店食風去！」

「是的！是的！你小姐放心！哈哈！」旁邊的人也這麼幫口笑著說。

「聽……聽見麼？彩香小姐！」七叔也退回幾步，醉醺醺地打了一個呃，若有其事地：「只要……要真的會中，利益一……定有你份的……」

「是麼？」彩票女郎如得到什麼，一抹笑意停在嘴邊，經過了好久才消失。

許上人一行人，回到金沙同鄉會去，在客廳喝過幾杯鐵觀音的功夫茶後，就分別離開會所去了。

七叔因「無家可歸」，所以喝過茶後，就坐到客廳上躺椅去；然後把手掌交叉起來放在腦後當作枕頭似地睡下。在略帶青色的原子燈的光芒照射下，他還是滿面酒氣，紅光煥發；看樣子，他是喝得相當醉了。可是他並沒有被醉神迷住而立刻就發出鼾聲；他的兩顆眼睛亮光光地注視著天花板下那把不停在轉動的電風扇，似有無限心事跟電風扇在打轉著。一直到將近午夜時，他才到財副房與書記一起睡去，老是對書記稱讚彩票亭裡的女郎怎樣溫存大方，怎麼美麗惹人喜愛，怎麼……

於是第二天中午，七叔利用一段是彩票亭裡的生意最冷淡的時間去造訪彩票女郎。剛好這時女郎閒散地在打絨線衣。她看見七叔在亭前站住，而且低下頭來，滿面露出笑容，很有意思地看著她，便開口問他：

「先生，還要買彩票麼？」

對方只是笑笑，卻不說什麼。

彩票女郎看見他沒有說什麼話，於是又問一次：

「先生，你還要買彩票是麼？」

「彩香小姐，我是經過這裡，沒有什麼事，只是……想看看你。」

「先生，你這麼有心，我實在接受不起！」彩香還是低下頭打著她的絨線衣：「謝謝你，但請你不要叫我做小姐。我人老啦！已經是兩個孩子的母親了。」

「這樣，我叫你做彩香嫂好了。」七叔雙手放在小窗口的木緣上，膽怯地：「彩香嫂，你……你討厭我在這裡打擾你麼？」

「不會，我是賣彩票的，你熱心來幫忙，我是十分歡迎！」彩香握住絨線球，想要知道什麼地問他：「你先生現在有什麼話要跟我說？」

「話，嘻嘻……倒是沒有什麼話。」七叔無限興奮：「我只是覺得來看你便會十分快樂。」

「是麼？你先生太客氣了！」彩香笑意盈然：「請問貴姓大名？」

「我姓許，朋友們都叫我做七叔。」

「許七叔，你來看我，必定有事要指教我。」

「不！不！實不相瞞……」

「那是什麼事？」

「我看你的人很好！」

「好話！好話！你太稱讚了！」

「實在的，你情性溫存，態度大方……」七叔口氣慢條斯理：「還有，人也長得端正。」

「許先生，你過分稱讚了，其實我並沒有如你所稱讚的那麼好。」

「實在的，你長得十分端正。我的朋友們都這麼說。」

彩香臉上泛起一陣紅，不好意思地把頭低下去；馬上又動手打織絨線衣，可是似乎毫無頭緒地不知從何織起。

「彩香嫂，你別誤會，我非是不三不四的人。我可以對你發誓，我對你並沒有野心的企圖，只是希望與你做個朋友而已。如果你不討厭，我和你打打招呼，或者談談世事，也就心滿意足。其實，我毫無歹意，請你放心！」七叔惟恐彩香對他發生誤會，於是幾乎將心裡所要說的話，在一口氣之中都說了出來。

「許先生，你要跟我打招呼，我也沒有理由可以反對！」彩香正經地說：「我是婦家人，而且這裡又有工作做，恐怕會有不便的地方。」

「是的，是的，你說得有道理，不過我也不是天天會來打擾你；只要你有空閒，我才敢來。」

「這、這……」

「不會怎樣的，我走了，彩香嫂……」

從此，第三天、第四天……許七叔每天來往金沙同鄉會，他自然而然地會靠近彩票亭去，然後殷勤地問她一句：

「彩香嫂，工作忙麼？」或是說：「這麼晚了，還不放工？」

「呵！七叔，要回去囉！」

雖然彩香嫂只是這麼短短地回答一句，七叔感到非常快樂。就這麼樣地經過一年多時間的招呼與問候，他們便由不認識而認識，由認識而來往，而深交，而做成密切的朋友。

三

七叔與彩香做了朋友之後，他們相處的時間也多起來；常常在晚上九點鐘前後彩票亭的工作結束時，七叔便帶她到新世界遊藝場看廣府戲去；有時彩香在放工後也請七叔去看大眾戲院第二場電影。甚至七叔也時常上彩香的家去；如果是他們的話談得投機，往往七叔也會留在她家裡，跟她的兒子立新睡在一起過夜。

彩香是結過婚的職業婦女，據她告訴七叔：她十六歲時，還在父親主持下的學校讀書，由於級任老師李君對她的學業十分關心，她對李老師也非常尊敬；卻沒想到李老師對她也有愛情的追求，於是在太平洋戰爭爆發後的那幾天，正是日本飛機轟炸檳城的期間，她和李君在逃難的路上便草率結了婚。等到日本軍政府佈告安民時，她才知道父親在日機的大轟炸中犧牲了。從此她和李君便過著顛沛流離的日子。二年後，他們已是兩個孩子的父母親。但不幸，在日軍投降的前幾個月，李君忽然被日軍憲兵部抓去，從此一去不回。

雖然關於丈夫的消息一點也沒有，她心上那希望的火把還是不會熄滅。因此在這長年累月的日子裡，她咬緊牙齦，挑起生活的擔子，到處流浪。如今兒子長大，她的年齡也不少；大的已經有了工作，只是，所得的待遇才能維持兩三個人的生活。於是幾年來，她為了供給第二個兒子上夜學讀書，又得出來找工作。

彩香由於一向是在勞動中過日子，如今年雖然已三十六七，還是相當健康；眉目嘴鼻，也長得端正；那對黑溜溜的眼睛，更襯出整個臉孔的活潑與美麗；怪不得七叔對她一見傾心。

七叔看來為人良善，具有讀書人的氣質，又有樂於助人的美德，比方有一次彩香病倒，幾乎天天去探望，替她把家裡應做的工作做完；甚至那兩個月孩子的學費，也由他設法繳交。雖然他也十分窮困，卻沒想到那麼肯幫助人。基於這些原因，彩香也樂意和七叔做朋友。

不過彩香卻否認她已經和七叔在戀愛，她說和一個男人來往，甚至做了密切的朋友，並不一定就是在戀愛。再說，七叔對她雖然十分熱情，她卻把他當作長輩看待。她說稍有問題的是有時明知七叔對她的熱情與殷勤超過常度，她卻提不起勇氣拒絕他的親近。七叔呢？當他在金沙同鄉會感到得意時，人家說他已經和彩香在戀愛，他笑嘻嘻地不加以否認。

其實不論彩香如何說法，七叔暗地裡已承認他和彩香在愛河裡游泳了。

四

去年聖誕節那個月，有一天晚上，是福利彩票快開彩的前兩天，七叔在同鄉會喝過兩大杯啤酒，樂陶陶地跑到彩票亭，要邀請彩香上新世界遊藝場看電影去。彩香正要放工，剛好有位中年人跑來買十張彩票。彩香從一本彩票冊撕下給他。她看冊上所存的彩票已經無幾，就開口對那中年人說：

「先生，這裡所存的不多了，把它完全買去吧！多買有多中的機會。」

對方卻冷然地這麼答：

「買十張已經是很多，要中一張也會中，不中一百張也不中！」話一說完，一陣風似地就跑開。

站在旁邊等著她收檔的七叔卻嘻皮笑臉地：

「彩香，到底還存下幾張？」

「大概五張。」彩香對他一看，若有所思。

「就拿給我吧！」七叔話還沒有說完，手便向小窗口伸進去。

「你想中彩票？」

「有這麼想！」

「中了怎麼辦？」彩香對他嫣然一笑。

「那時，我們買紅毛樓、汽車，住在一起。」七叔有如真的中了彩票，神氣十足。

「哈哈！哪有這麼福氣！彩票會給你中！」

「說不定的，人家是人，我們也是人。」

「那就給你剩下的吧！」她低下頭，把彩票數一數，然後把它遞出窗口外，用開玩笑的口氣說。

「這裡五張，其中一張可以中頭獎。」

「聽你好話。」七叔伸手把它接過來，不好意思地笑著說：「不過，我袋裡現在沒有錢。」

「不要緊，你就拿去，暫時掛賬好了。讓我先把它的號碼記起來吧。」

彩香把號碼記好了後，立刻收了文件，便跟七叔向新世界的街場走去。

在路上，兩人有談有笑，十分快樂；快樂得幾乎看不見路中來往的人，所以放浪形骸，無所不談。當他們來到遊藝場門外，看見另一個彩票亭，又談起彩票的問題來。彩香十分認真地說：

「七叔，彩票如果真的會中，就是中個十五萬，或者七萬五，都是好的，不過你肯不肯借點給我兒子做生意？」

「彩香，你真傻了！」七叔睜著圓大的眼睛，十分正經地望著她：「其實我中了就是和你中的一樣，還說什麼借啦。」

「七叔，話雖是這麼說，」彩香口氣緩慢：「但錢還是屬於你的，我就應該向你借呀！」

「你還是這麼計較，難道你還不知道我的為人。」七叔認真地：「老實說我是沒有錢，如果真的有錢，還計較什麼你的、我的。」

「是。你七叔向來是喜歡幫助人，不過當你拿出大錢時，恐怕會有所顧慮了。」

「彩香，你把我估計得很低，我可不是那種見錢死的人。」七叔噓一口氣：「今天我對你所以不能幫助，原因是我沒有錢，要是我一旦有錢，我是不會吝嗇的，那時要幫助你們絕對沒有問題。」

「可是我不能無功受惠呀！」

「彩香，我向你說句真情話，只怕我不會中，會中的話，多多都是你的！」

「多多都是我的。」彩香不好意思似地把頭低下去。

這一晚，他們在露天電影場上，依偎得很緊，從開場到散場甜甜蜜蜜地談個不休；電影的內容怎樣，幾乎都沒有一點概念。回到家裡來已是午夜一時了，但，情話依然綿綿。

當夜，七叔又是在彩香的家裡留宿。

五

十二月份福利彩票開彩的那一天。

彩香在開彩的場所，看到她經手賣給七叔的彩票居然中了第三獎，又驚又喜，沒耐心等到散場，便坐上三輪車趕到金沙同鄉會來找他。

七叔跟朋友們正在作方城之戰，忽然看見彩香匆匆到來，立刻把麻雀牌壓下，走出去找她。

彩香恐怕消息走漏，便在他的耳邊小聲地叫他到街邊的咖啡店去。七叔返回桌邊與朋友交代了後，立刻離開會所和她出來。

四隻腳才跨出會所門限，彩香已忍不住地把七叔的手拉住，急切地說：

「你的彩票真的中啦！」

「中了！」七叔驚愕失措。

「還有假麼！」彩香認真地：「實在是中了！」

「中第幾獎？」

「第三獎！」

「第三獎！」七叔頭一歪，若有所思；一會兒，忽然這麼說：「彩票還放在同鄉會衣架上的大衣裡。你就在咖啡店等我，讓我拿出來再說。」話還沒有說完，就慌忙地跑回去。

彩香已無心到咖啡店去，就在路邊彩票亭附近站著等。但，十分鐘過去，七叔還沒出來，她等得不耐煩，就跑回同鄉會去找他。

「七叔，七叔。」腳一踏進門，情不自禁地叫起來。

「七叔，不是跟你出去了麼？」會所裡的人看見她那麼慌張，便這麼說。

「他已回來了。」彩香又是那麼著急。

「他一來，立刻又是出去了。」那人再說。

「並沒有呀，他回來後就一直沒有出去！」

「有的，他明明從大門匆匆出去。」其中另一位說：「他還交代我們不必等他。他說你有要事，他必須去。」

「實在沒有出去。」彩香還是像失去寶貴的東西一樣焦躁。

「你到底有什麼事要找他？」那人又問。

「沒有，沒有……」彩香欲言又止。

「沒有，就在這裡再等他一下，他一定會回來的。」

「謝謝你。」彩香心不在焉地答謝後，便這麼想著：他的彩票也許放在別處，這時出去拿也說不定，我就在這裡等他一會吧！

但天色逐漸黯淡，終於變成漆黑；七叔還是沒有回來。

彩香還是想等他，時間上的負擔卻使她增加了失望。她逐漸感到空虛；認為七叔的不告而走是有原因。她把原因當作是他怕人知道，所以跑去她家裡等她，於是匆忙地跑回家去。可是七叔並不在她的家；連兒子也說他並沒來過。這時她才認為事情是有點蹊蹺，但不對兒子說個明白，又匆匆地趕向金沙同鄉會去。不幸，當她跨過馬路時，忽然被迎面衝來的汽車撞倒；救傷車還沒到，人已失去知覺了。

六

第二天，彩香發生嚴重車禍的新聞，就在K城的報紙發表。

七叔看見新聞，並不想到醫院去看她。原來是那一張中了三獎的彩票藏在他的身上，已經使他忐忑不安，根本就沒有再去想彩香生死的問題。

他慌張地跑過幾個地方，總是想把自己躲藏起來，但老是藏不住。最後才跑到金沙同鄉會主席李一明的家裡，把中彩的消息告訴李一明，要求李一明讓他在家裡住下來，替他保守秘密，然後再陪他到吉隆坡福利總部領取獎金。李一明答應他的要求。他就暫時住了下來。

李一明問他關於彩香發生嚴重車禍的事知道麼？

「早上的報紙有登載。」七叔淡然地。

「你打算怎樣？」李一明停了一下：「要去看她麼？」

「她不是已經在醫院了？」七叔還是推諉地：「有醫生照顧是最妥當的。」

「固然已經在醫院，但傷勢頗重，你應該去看看她才對！」

「看她！」七叔心有芥蒂似地說。

「是的，她是你好朋友。」李一明笑一笑：「何況你現在已經有了錢。」

「可是我不能露面。再說，我……和她……只不過是泛泛之交！」

「你們是泛泛之交？」李一明笑著：「外間都說你們已經同居囉！」

「沒有，沒有。」七叔連聲否認：「絕對沒有這回事。」

「淺交與深交都好，她現在有難在身，既然做了朋友，在道義上，就應該去看她呀！」

「讓她去吧！反正這個時候我也不願露面。」

「其實你去醫院探望她一下也無所謂，因為你中彩票，根本沒有人知道。」

「但是，她是知道我中的。」

停了一會，李一明這樣解釋：

「她知道，並不會損害你，因為你們過從甚密。再說，現在她傷勢嚴重，也不會提到彩票的事。」

「不！我還是不要見她！」

七叔既然斬釘截鐵這麼表示，李一明也不再說得盡其所以了。

七

半個月後，彩香的傷勢逐漸好轉，只是頭部的創傷還未十分痊癒，必須留在醫院。她兒子立新為了要帶飯食給她，每天必須到醫院去。

立新看到母親孤零零地躺在病榻上，從來沒有人來看過她；不像其他病人，一到醫院開放時間，就有親戚朋友到來探慰。於是不勝感傷地說：

「媽，以前你小病時候，七叔天天去看你，如今你傷得這麼重，他卻沒有來過一次，真是奇怪！

我好幾次到金沙同鄉會找他都找不到，人家都說他已經中了彩票……到底是真的嗎？」

「事倒是真的！」母親有氣無力地說。

「真的！」兒子十分感慨：「那真奇怪了，沒錢時天天找你，如今有了錢就不見了！」

「立新，我想七叔不是這種人。」彩香嘴邊浮起一絲沒有內容的苦笑。

「那麼他為什麼不來看你？」兒子卻認真地這麼問。

「大概是怕人勒索。」

「我們並不是土匪。」

「他卻怕人知道。」

「但是無論如何不應該躲避我們，你想，一年來幾乎都天天在我家吃飯，開口閉口都是講良心話，現在中了彩票，人就變了！」

「不！立新，我看七叔是不會變的，他是讀書人，怎樣也不會變到這麼離奇。我認為他不來看我，其中必有原因。」

「媽，他實在是變了！」孩子毫無顧忌地：「不過鄰居都說他跟你很要好，有的人還說他跟媽……」

「跟媽怎樣？」

「跟媽同居。」

「有人這麼說？」

「是的，很多人這麼說。」

停了一會，母親以懷舊的心緒與平穩的感情解釋：

「鄰居會這麼說，也是有幾分根據，因為平日七叔實在對我太好了；我不知怎樣，也喜歡和他在一起。」

「既然這樣，媽你這一次傷得這麼重，他為什麼一點也不關心，難道不是有了錢就變了！」

「……」

彩香沒話說，但是陣陣憂傷的氣色，卻從她臉上散露出來了。

八

七叔跟李一明緊緊張張到吉隆坡領了獎金後，立刻把它存入銀行裡，即日便溜到新加坡去。在這個大城市裡，雖然很少人認識七叔，但K城金沙同鄉會好幾位過去和他有交情的朋友，卻陸陸續續到新加坡來找他。

朋友們找他的原因，固然有好幾位是想向他開口借錢，有幾位確實是來新加坡辦理自己的事務後順便看他一下的。七叔卻東躲西避，連那位始終是接濟他的朋友要見他，也幾乎見不到面。

不過，那些要向他說項的，卻老是想辦法去追踪他。七叔卻怕得要命，一直擔心著衣袋裡的支票給人發現後而推卻不得時便要把它開出去。所以最初幾天，日夜為了支票收藏的問題費盡心機，後來才發現內褲袋裡是最穩當的地方。原來他認為外褲沒有解下，內褲袋裡的支票，是永遠沒法拿得出的。

於是七叔把支票收藏妥當了後，安心得多了，也就敢在公共場所出入了。

一天晚上，七叔給友人帶到夜總會去。

在那裡，他看見朋友們一位一位擁著舞女下海去，只有自己孤零零地，心裡很不好過。就在他開始感到寂寞與空虛時，忽然有位年輕健美的女郎，飄飄然地從他身邊經過；一陣風混著脂粉與香水氣味，吹進他的心房，使他活躍起來。他貪婪地看她幾下；她卻姍姍地走開。他的精神也像被帶走。一陣空虛與寂寞油然從心頭產生，但他不堪寂寞下去，立刻叫舞女媽咪，要請那女郎坐檯；不巧，女郎已給別人先要去，然而卻是坐在他對面不遠的地方。

七叔靈機一動，從衣袋裡摸出四張紅色鈔票，拿著它對舞女媽咪說：

「這四十塊給你喝咖啡，你無論如何，要設法把她叫來給我。」

不到一刻鐘，那位七叔一見喜歡的舞女，果然飄到他面前來；使他高興極了，深深地向她凝神注視，然後有如奉承世姐，十分禮貌地請她坐下，接著便向她這麼說：

「小姐，天生麗質，實在美極了！」

對方嫣然一笑，把手巾掩蓋著嘴巴。

「小姐，貴姓大名？」

舞女投著蠱惑的眼睛：「我叫魯絲……」說後乞乞地對他媚笑一陣。

「呵！魯絲小姐，你太美了。」七叔諂媚地：「我看像你這麼美的人還是第一次！」

「真的？你說謊話。」魯絲嫵媚地看著他，以緩慢的口氣：「比我更美的你都叫過，我哪會是最美的呢！」又是蠱惑地乞乞笑著。

「實在的、實在的……」七叔惟恐表白得太慢，急急地自我坦白：「我從來還沒有要過舞女；不信麼，我連舞也不會跳！」

「實在嗎？你……」魯絲婀娜地：「那好極了，我教你跳！」

「不！我不會跳，只要你陪我，坐在我身邊，我就心滿意足。」

「不要緊，既然來到舞廳就要跳；不會跳也要學。」

「實在我是不會跳。」

「我教你。」

「會笑死人哪！」七叔膽怯地：「除非在一個沒人見到的地方。」

「唔……」魯絲性感地：「我們靜靜地到另一個地方去？」

七叔應得很快：「不過，今晚我是跟朋友來，諸多不便。」

「這麼說，我就陪你坐坐談談。」魯絲投機地：「你喝香檳或威士忌，或萬蘭池？」

「我常喝萬蘭池。」

「喝萬蘭池的人，酒量一定很好！」

「哈哈！一點點、一點點……」

七叔滿身的骨頭，好像在按摩女郎的指尖搓揉下散開出去。於是在魯絲的殷勤慫恿下一喝再喝，結果醉醺醺地，幾乎連內褲裡是藏放支票最秘密的地方也忘記了。印象不褪的，只有面前魯絲的秀色；難怪他魯絲前、魯絲後，把魯絲捧得如雲端上的女神。

魯絲也發出渾身解數，無微不至，盡量使七叔抵達快樂的高峰，七叔委實再快樂也沒有了；於是摸出兩百元塞在魯絲手裡，笑嘻嘻地：

「明晚，我自己一個人來，你帶我到另一個地方學跳舞去，好麼？」

「哪有不好！」魯絲淺笑著：「我一定等你。」

第二個晚上，七叔如約到來，魯絲給予他一次難以得到的「心滿意足」。

從此，七叔便給魯絲把玩於股掌上。他在魯絲的家裡，飽享溫暖，像生活在迷宮。他為了表示自己的闔綍，便把藏放支票的地方公開給魯絲知道。於是魯絲把他膠著緊在家裡長住下去；甚至每當七叔要求她嫁給他時，她都不加以反對。這麼一來，七叔的支票在每次向魯絲有所要求時便一張一張開出去。不到一年，床頭金盡，魯絲反臉無情，把他踢出迷宮似的寓所去。

九

七叔的錢花光，在新加坡流浪了一個時期後，就在第二年的年頭，消極地回到K城來。

他踏進金沙同鄉會，雖然沒告訴人他的錢已經花光，但會友們都知道他的錢是怎樣花的；大家對他也不像以前那麼熱情，李一明也鄙視他了；以前曾經接濟過他的那幾位讀書人對他也冷淡了好多。他十分內疚，形容逐漸憔悴，再也不敢到彩香的家裡去。

一天中午，七叔在路上蹓躂，忽然遇見立新，他羞慚地把頭低下去。立新卻把他看得分外清楚。

當天的黃昏，他回到金沙同鄉會去，一踏進門，忽然發現彩香坐在廳前。他立即退了出去，但已給彩香看見了。

彩香馬上追出來，懇切地：

「七叔，過去的事，就讓它過去吧！」

七叔低著頭，好久以後才不好意思地說：「我太昧良了，實在對不起你！」

「哪裡話，過去的不必再提了。」

「你會原諒我？」七叔抬起頭：「彩香！」

「我恨你，就不會來找你。」

「彩香，這麼說是真的啦！」

「還會假麼？」彩香淺笑著：「這邊的會友們陸續要來了，講話不便，晚上還是到我家裡，我請你吃飯。」

「我不知道要怎樣感謝你才對！」

「這些話不必提，晚上我等你。」

彩香回去了，七叔眼前一陣黑：心裡十分難過，但過了一會，他又恢復常態，甚至又開始得意了。於是沖了涼後就準備上彩香的家去。

晚上八點的鐘聲還沒響，七叔已踏進彩香的家來。這時彩香已備好了飯菜，菜色雖然不豐，他們的情緒又活躍起來，有說有笑。

可是不久立新忽然回來；他一見七叔，開門見山，粗聲厲色地：

「你又窮到不能過日子，又要到我家來吃飯，如果有頭腦的話，飯是吞不下的。」

「立新！立新！你不能無禮貌，你說什麼話？」

「媽，你忘記了，你發生車禍時，他對待你怎樣？」

「過去的事還要計較什麼？」

「我是不會忘記的！」

一時，屋子裡的空氣像被抽去了一般，使人窒息。

不久，低著頭向飯菜發楞的七叔，忽然抬起頭來，痛苦地說：

「是的，彩香，立新所說的話是對的，我實在沒有臉子再吃你們的飯！……」

他一面說，一面離開飯桌，踉蹌地直向大門走。

彩香忙跟著出去，哀切地叫著：

「七叔，七叔，你到什麼地方去，回來吧！回來吧！」

七叔垂頭喪氣，毫沒反應，一去不回，終於被門外的黑魔吞沒。從此永遠，永遠也不會回來了。

因為第二天的早晨，被發現在金沙同鄉會天臺上投繯自殺的就是他。

不過，使立新以及其他的人意想不到的，是七叔被埋葬後的第二天，彩香也失踪了。

趙李兩家

一

名西醫趙子南與教書先生李堅立，兩家不但是世交，在五年前還是鄰居，論起兩家的交往，如果從公父算起，已經有五六十年的歷史了。當初兩家的祖父從中國出門到南洋來，各人身邊除了船租盤費外，並沒有其他的餘資。可是由於兩人一路來能衷誠合作，加以經營得法，不到十年光景，大家總算成家立業。不過及後由於兩方對下一代的教育與出路觀點不同，於是形成今日兩家的社會地位與經濟環境迥異，甚至兒女們的思想觀念也南轅北轍。

近五年來，趙李兩家已不再是鄰居了。

原來趙子南的父親趙太生是新市的名西醫，趙子南也是當時的熱門醫生。一家收入頗豐，加以人丁興旺，所以在趙太生主持家務時，便從故居遷到郊外的海濱大廈去。李堅立因為父親是教書出身，而本人也是以教書為生；雖然一家丁口已經不少，由於入息有限，卻依然守居舊家。

趙氏父子為什麼會從醫？

因為趙子南的父親趙太生是受英文教育出身，趙太生所以會受英文教育，完全是出諸母親的意思。當初趙太生的爸爸是給媽媽陳家招贅去的，而陳家的成員都是受英文教育，所以做母親的主張給兒子進英校，父親由於對教育問題不甚關心，也就沒有異議了。趙太生九號位畢業後，母親看到執業西醫的出路長，收入豐，便決定送他到香港大學攻讀醫科。八年後，趙太生不負父母所望，回來居然成為新市有名的醫生；廿年後，趙太生又把趙子南送進港大去，所攻讀的依然是醫科，後來當然又是掛牌西醫了。

趙子南自從開業到今天，雖然只有十多年，由於他膽識過人，加以妙手回春，所以近六七年來門市比趙太生的醫局更擁擠非常。這麼一來，父子倆的收入大為可觀，十分快地便晉身為新市的富豪。

至於李氏一家，所以會從事教育，說起來是這樣：李堅立的祖父在中國雖沒有受過怎樣高深的教育，畢竟由於是書香子弟，所以一到了李為業入學的年齡後，便送他進華文學校受教育去。李為業因為學業成績優異，在中學還未畢業時，便給某小學當局預先聘為教師。做父親的認為兒子既然有志從事教育，當然不加以反對，而且鼓勵他積極為下一代站緊崗位。後來李為業又把李堅立送回中國升大學去；大學畢業回來後，依然還是走他所走的路。父子倆從事教育，生活不至於發生問題，畢竟是清苦的，加以近年來兒女成行，教育費的支出浩繁，於是負擔之重，在在都使李堅立透不過氣。如果不是靠公父有點不動產，要維持一家的生活，幾乎是不容易的事。

趙李兩家的經濟情況雖然不同，但兩家的兒女，都已受了相當的教育。

好像趙子南的女兒嫣然、兒子菲立，今年都已經受完了大學先修班。今日趙家正準備給他們到倫敦大學讀醫科去；而菲立的妹妹嫣妮也跟姐姐與哥哥一同出門，打算赴意大利攻讀音樂。

這幾天趙家就忙著為兒女出門的事進行一切籌備；一批親朋戚友也在他們臨行之前，紛紛登門致賀。趙子南為了給兒女餞行與答謝親友們的雅意，便特別在海濱大廈籌備一個盛大的酒會。

李堅立也有三男一女受了相當的教育，老大李秀生，二小姐李秀梅去年高中畢業。高中畢業只是到了學業的一個普通階段，李秀生與李秀梅因此都希望繼續上大學。做父親的何嘗沒有這麼打算，但單就兩人的學費每月便要一百二十元，還有其他的實驗費、書籍費、雜費、以及車費，算起來儉儉要兩百多元。他們的收入有限，除了應付家庭開支與其他三位男女的教育費外，所存的已經無幾。要他加重這筆負擔，實在是不容易的，但不給升學要他們做什麼呢？非但一時找不到工作，就是做人的學識也是有限，所以近日來一家正在為兒女的升學問題，愁眉不展地大傷腦筋。

二

這一天，海濱大廈面前的馬路，排列著長蛇陣似的各種顏色光艷奪目的豪華汽車；車夫們多離開車座，三兩成群地在路旁談笑，於是平時冷清清的海濱大路就人聲嘈雜了。

海濱大廈堂皇的大廳，像第一流的夜總會那樣寬敞輝煌。大廳後端中央，放著一張鋪上了艷麗的棗紅色桌布的長臺，臺上排著各種歐西名貴的美酒和許多色澤鮮美的果子；廳左右兩邊排列了整齊的椅子外，其他一切日用家私都被搬開出去。於是在華燈的銀光照耀之下，五色繽紛的屏帳與艷紅的地氈，更顯出高貴與華麗。

樂隊演奏著配合人類心臟跳動的「樂又樂」流行音樂，無異給廳上的客人注射一針活潑情緒的強心劑。於是西裝筆挺的名流紳士，笑咪咪地抱著珠光寶氣的貴婦名媛。而瀟灑活躍的青年男子，也興致勃勃地擁緊窈窕淑女。大家熾熱的情感燃燒著浪漫的火焰，縱情地沉迷在高度快樂的氣氛裡。

身材又高又胖的趙子南，滿面春風；腰圍如五十加侖油桶一樣臃腫的張太太，也笑靨迎人。他們雙雙站在門外，不停地與每位來賓握手敬禮。舞會開始後，他倆一高一矮，互擁著下過舞池樂又樂了一回，也許因盡了主人的身分，便回到長臺邊來，忙著向賓客盛酒敬菸。

一部分客人雖然意不在於酒，或者對酒沒有興趣，主人還是殷勤地把酒傾注入他們的杯裡。有時酒就像水一樣地溢出杯外，或是傾潑掉了也毫不在乎。趙子南夫婦根本就不會注意到酒的價值，只是希望客人縱情歡樂，滿醉而歸。於是不會喝酒的，在主人盛情敬致之下也喝了不少。至於一般嗜酒如命的，正是他們的大好機會，幾乎喝得爛醉了還是不停地飲下去。就因為大家的酒喝得多，廳上發出的狂歡大笑，便響徹雲霄了。

趙子南夫婦原來也是酒國的能手，可是今晚未敢喝得過量，因此他倆的笑貌雖然渾紅得像雞冠花，但神志清醒。對於客人愉快的程度，他倆似乎十分了解。於是那些未獲得最高快感的客人，夫婦都想盡辦法使他們尋到快樂。比方逗引他們高談闊論，或是替他們牽引舞伴，無不克盡招待的能事。這麼一來，精神都集中在高度愉快的伊甸樂園。主人趙子南因此宣布舞會的意義。

音樂一停止，他站到麥克風前，賓客也就回到兩旁的椅子坐下來。他擔心聲音不能集中，便用兩把手掌圈著嘴巴，然後興奮地說：

「各位先生、兄弟、姐妹、朋友……今夜大家熱烈光臨我家，參加我們為嫣然、菲立、嫣妮三人舉行的巴底（party），使到今夜的舞會十分熱鬧。我和我的咪色（Mrs.），感到無上的光榮和快樂！」

「現在，我和我咪色要奉告大家，我們為什麼要將嫣然、菲立送去倫敦讀醫科，將嫣妮送去意大利讀音樂……原因是我父親和我都是醫生，所以一定要兒女們承繼我們的事業：行醫下去。」

「大家一定知道：做醫生的實在有很多算不完的好處，除了是社會的專門人才外，一掛牌做了醫生，老實說，生活便無須掛心，還可以使家庭保持經濟周轉靈活。因我們要病人給多少，病人就給多少；而且又都是現的，所以每日都有現款收入；門市熱鬧的，不到一兩年，便可以收回出國讀書時所花出的一切所費。甚至醫生一日在做，便有能力送兒女出國留學去；外人所說的：醫生的家庭，世世都有醫生，就是這個道理。」

「其次，做醫生的，社會地位高。別人無論有什麼事，如果是認識我們的，無不希望我們到他們的家去。就是我們不去參加，或者對他們有什麼不周到時，他們也不會有埋怨的心理。原因是他們都會希望我們是他們生命發生問題時的救星。即是說：他們自知生命的保障與醫生有密切的關係，所以對醫生總是表示得勤勤懇懇。」

「此外，我要向大家報告實況：多數醫生的家庭，一切的開銷實在是浩大的，所以必須有源源不絕的大把金錢來使用，生活才感愉快。做醫生的收入，雖算不錯，但必須有人繼續開藥房做醫生，家庭才可能快樂地維持下去。這樣，我們就只有給嫣然、菲立到倫敦讀醫科了。」

「至於嫣妮所以要給她到意大利讀音專，因為她已考得了英國海外音樂課程的第八級piano（鋼琴）的公開比賽，也得到champion（冠軍）。她hundred percent（百分百）是音樂界特出的人才，不給她去意大利深造，實在是糟蹋了她。請大家想想：她樣樣都好，怎麼可以不給她去呢？於是希望為國家多造music（音樂）人才，就讓她跟姐姐和哥哥一起出門去。當然的，我和我咪色也是希望她學成後嫁給醫生，這樣她便可以過得十分快樂。」

「諸位，很對不住，我是不會說話的；加以喝了酒，話更講不好，所以我今夜所要說的話就是這些。」

一連不停的熱烈的掌聲過後，客人都要求趙太太也起來說話。趙太太推辭不了，便姍姍然地移動她那肥胖的身體到麥克風前，然後忸忸怩怩地：

「諸……位，請……原諒我，我……是不會說話的，因……此，我沒話可說，好……在我所要說的話，我……先生都說出來了。」

「不……過，我希望大家今夜要做到不歡樂不回家……」

一陣掌聲後，客人推舉約翰代表來賓起來說話。約翰滿口酒氣，呃呃聲地這麼說：

「呃……今夜、真是、十分、快樂……呃……因為、又有、好酒、可喝……呃……又有、姑娘、跳舞……可是、我們、要有、更大、快樂……呃……，希望、菲立、回來、做了、醫生，……時時、也給、我們、舉行、快樂、舞會，……呃……更是、希望嫣妮小姐、將來、也在、舞會、多唱、幾支、流行歌曲……呃……」

「謝謝、大家、說話、完了……呃……」

又是一陣掌聲，但比剛才主人說話時鼓動得更熱烈，原因是大家對呃呃聲感到非常的興趣。

主人與客人分別致辭和演說後，舞會還是繼續舉行，客廳依然洋溢著音樂與歡笑。不過隨著午夜的加深與客人酒後倦意的增加，熱鬧的氣氛已經不能維持主客之間的興奮。就在接近午夜的時分，客人便絡繹向主人辭別，離開海濱大廈去了。

夜色陰沉，馬路冷靜，海濱大廈的門外，所有的汽車已經稀疏零落。於是舞會歇後還不到一個鐘頭，空虛的大路又是無邊的空虛……

三

可是同在這一段時間裡的李家，那一間左右牆邊都放著書櫥的大廳，中央圍坐著父母子女好多人。寒夜雖然緊緊包圍著整個古老的屋子，冷風也颯颯地吹進廳裡，但廳上兩個大門還是洞開著。一盞六十燭光的電燈，被風吹得東搖西擺，廳上的光線因此忽強忽弱，但各人心裡發出的興奮卻驅走了身上的疲倦，原來大家是為讀書的事正在熱烈地進行討論。

雖然大家對於升學的問題各有各的看法，卻都一致認為書必須讀，學問必須加以充實，才能盡了做人的責任，為社會服務。

好像大家提起書必須讀時，那位剛考到高中離校文憑的老三秀清，他本來是坐在窗口下的凳子，靜靜地聽著父母和哥哥姐姐在討論的，一兩個鐘頭來，他都不參加意見。但當他聽見哥哥堅提著書必須繼續讀下去時，便運用了他那流利的口才這麼說：

「書要讀得那麼高做什麼！會閱讀報章雜誌，可以寫信、記賬，能夠運用思想做事就夠了。因為得到高深的學歷後，不外也是要踏入社會做事；既然最終目的是做事，不如早幾年出來充實充實經驗也是一樣的，反正大學畢業後也是踏進社會去。再說：大學畢業後不見得就容易找到工作，今天南大畢業出來的只不過是四五屆而已，可是就有大量數目的人，投入失業隊伍等著找事做，可見讀大學與不讀大學似乎沒多大的關係。」

這時，坐著面對窗口的那位身材高瘦、體質結實、精神奕奕，做為父親的李堅立卻不以老三的話為是，所以他馬上由座椅站起來，面對老三說：

「你的話，我們驟然聽起來好像頗有道理，嚴格地說，卻似是而非，因為讀書的目的並不完全為著找事做，我們要活下去，固然必須找事做，可是除了生存外，我們還必須生活；生存與生活可不一樣，終日無所事事，就是活著，也是等於活屍。因此只有美化人生，為人生多留下一些有意義的記錄，才可算是生活。要美化人生，就必須充實生活，要充實生活，就須要多讀點書，利用讀書的心得來指導人生，時時為社會、為人類多做點有意義的事。所以讀書不只是純粹為解決生存，主要的目的，是為生活養蓄是非的正義感！」

「爸爸的話說得十分對！」老大秀生迫不及待，幾乎無庸李堅立的話說完便站起來用爽朗的語氣說：「我相信老三剛才的話是故意那麼說的，因為我明白他不至於那麼輕重不分。」

老三秀清卻不承認，也不加以否認，只是微笑沉默著。

當李堅立轉身坐回原位後，李太太，睜大了眼睛興然地稱讚，又似乎是挖苦，她說：

「你說得對！怪不得祖父和你教了這麼多年的書，我們還是吃不飽，餓不死！」

李堅立反應得很快，他笑著說：

「因為我們沒有學習賺錢的技術，不過我們的生活也不能算壞；大家放眼望去，現社會有多少人的生活會好過我們！」

「那麼，為什麼公父教了一輩子書，兒女卻沒辦法升學呢？」李太太積極地問。

「不一定教書的人，就一定要有錢給兒女升大學的。」李堅立答。

「所以，我可以說你只有鍛煉了一張會教書的嘴巴。」李太太近似揶揄了。

「但爸爸的嘴巴卻不是市井一般終日言不及義的嘴巴。」大女兒秀梅插一句。

「所以我們吃不飽，餓不死。」李太太解釋：「並不是沒有原因的！」

「但，我們卻過著快樂的日子呀！」老大秀生很肯定地說。

「不過今天，我可能會使你們不會快樂了！」李堅立面對秀生苦笑著。

「為什麼？」秀生問。

「你們升學的問題！」

「升學的問題？」

「是的，今年似沒辦法可給你們升大學，各人暫時還要找工作。」

大家聽了李堅立的話後，都不說什麼。一時廳中肅然，只有夜風吹拂著電燈發出忽斷忽續的冷笑。

李堅立的神思也陷入不可思議的苦悶之中。他固然明白讓兒女今年到大學去深造是最好的辦法，但，他是最了解家庭經濟的情況。因此他認為與其在困難的經濟情況之下，不加以顧慮地把兒女送進大學去，弄得捉襟見肘，不得不到處想辦法給予維持；不如暫停一個時期找工作做，經過一二年後，各人手頭有點積蓄時再去深造也不算慢。所以他才對他們這麼說，想不到不能獲得大家的反應。

過了一陣的沉默，老大秀清才開口：

「找工作去！」

「是的，進大學不必一定要跟年齡賽跑。」李堅立說：「今年不進大學並不是意味著已與學業斷絕了關係，其實對各種功課是可以加以準備的。」

「但是工作不一定就可以找得到的！」秀梅苦衷地表示。

「工作雖然一時無可能找得到，可是不要計較職位的高低，經過相當時間奔走後，可以找得到也說不定，這總比立刻就必須籌措一大筆來應付入學的需要來得寬容了。」做父親的說。

「這樣不是使他們大失所望了！」做母親的感嘆。

李堅立接著這麼表示：

「我不是反對秀梅今年升大學去，不過我必須計算在各項開支縮減之下的確有能力可支持，才敢答應，否則，做無把握的事，我怎不再三考慮了？」

李太太卻認為兒女的升學是不能拖延的，她以為打鐵需要趁火熱，否則時過境遷，經過一二年後，孩子們向學的熱心可能降低，屆時便銜接不下去了，至於經濟方面，她明白向親朋戚友挪借，是不可能靠得住，可是家庭的開支倒是操在自己的手裡，她是可以盡量節省；同時孩子們除了學雜費必須繳交外，其他一切是可以節約的，甚至可以半工半讀，在她看來，日子一定可以打發過去，因此她的結論是這樣：

「我願意把現在家庭的生活程度降低下來，盡量把節儉所得的給兒女在今年入學去，必要時我也可以找點工作做，不要給他們的心冷下來。」

「既然你有決心，就從開源節流做起，預算如能得到入學所需的三分之二，那就跟他們報名去。」

「這樣才對，因為路是由人踏出來的！」

李太太聽了丈夫的話後，便這麼堅決地說。

「媽說得好！其實沒有錢讀大學的大有其人，只要我們有決心、肯幹，問題是不難解決的，何況爸媽又會盡力支持我們。」

「好，就這麼決定吧！」大家堅決的反應，提高了李堅立的信心。

夜色茫茫，他們討論了好幾個鐘頭，已經聽見雄雞喔喔啼開始報曉了。

重寫於一九六四年五月二十日

江城夜雨

一

這不是一篇使人感傷的哀惋的故事，而是一部關於馬來亞從抗日時期到積極展開獨立運動的時代插曲。

當你還沒有把故事讀完，你看到主人翁的遭遇，或許可能為他灑下同情的淚；然而當你把它讀完了後，你可能把淚漬拭掉發出會心的微笑，甚至對國家提高一分熱愛的信念。

要知道故事的起因，必須從印度青年三米說起。

提起三米，在戰前，你也許常常在今天的新加坡女皇道見過他，因為那些日子他時常喜歡在海邊的長堤散步；或者在廿年前，你是位參加保衛麻河的抗日分子，你也可能看見被日軍的盒子炮轟傷了腿的三米，是那麼剛強與英勇；或者是最近，你在麻坡河畔，看到三米從遙遠的印度前來尋訪未婚妻的淒惻與豪放，也許會對他發出無限的同情與崇高的敬意。

為了使讀者明白三米的身世，寫故事的人必須從他認識三米時寫起。

一九四零年，我在新加坡英國陸軍海外部隊：印軍軍團獨九旅服務，少尉三米跟我感情特別好。

那些日子，不論是在工作，或者工作後出街散步，我們幾乎常常是在一起。

那時，他只有二十歲，我比他少一歲；大家因年紀比較輕，感情豐富，幾乎有話就無所不談，也談得十分投機；說得親切一點，已經如兄似弟了。

有一天，是黃昏的時候。

新加坡忽然下了一場大雨，軍人宿舍在暴風雨的掃射之下，像要崩塌下去。這時，大家對著山雨來後風滿樓的景象似有不尋常的感覺；我也以不尋常的心情，站在窗外痴望東面高崗上那一列通身淋漓，滿頭散髮，而被雷雨鞭撻著發出緊張怒吼的椰樹，忽然有人用手掌在我的肩膀上不輕不重地拍了一下。我被嚇了一跳，翻過頭來一看，原來是滿臉棕黑的三米；他露出一排雪白的牙齒，笑容可掬地對我說：

「陳！我發出的徵友啟事，有人應徵了！」

「呵！三米，你倒有一番閒逸的心情，難怪你不覺得這場雨下得很大！」略停了一下，我才改變態度，轉換口氣說：「這樣該向你恭喜了，應徵的是男是女？」

「是女的，很美！」三米得意地笑著。

「為什麼一下子就知道她很美？」

「因為這裡有她的照片。」

「在哪兒？讓我看一看。」奇怪，我也和他一樣忘記了營外滂沱的大雨。

「哪，就在這裡。」他立刻把信封打開，將照片拿出來。

我一看，實在也認為長得不錯。那是一副鵝蛋形的印度古典美人的笑靨：黑油油的細膩的臉上，嵌著一對放在白雪堆裡閃亮著的黑葡萄似的眼珠；豐滿的鼻樑下的大口，露開著一排整齊皙白的牙齒，陪襯著那誘人的甜嫩的酒渦，笑意盈然地像向你打招呼一樣……

我將照片遞給三米，然後這樣說：

「眉目清秀，黑白分明；人長得美，又是自己的同胞，祝你幸運。」

三米把照片接過手，又看了再看，正要把它放進信封裡，忽然一道強烈的電光割破漆黑的天壁，接著空間發出一聲霹靂的巨雷；一株高大的椰樹向東邊營房的宿舍壓下來；宿舍轟然一聲後便傾塌下來。一時大家都趕到東邊的宿舍去。

然而滂沱的大雨，仍像一隊強大的空軍，在高空盤旋著而不停地向大地轟炸掃射。

二

四個月後，有一天假期的早晨。

我很早起身，心情有如當天青空的白雲一樣輕鬆；三米的臉色也像棕紅色的蘋果一樣金亮。他很熱切地邀我一同去看他的筆友美娜，我毫不猶豫而興致勃勃地這麼說：

「你既然知道美娜的家在哪裡，早就應該讓我去看看她。」

「陳，你不要誤會，我雖然早知道美娜的家，但我從來沒找過她。今天我邀你去，還是我和她第一次的見面。」

「呵，你和美娜通了這麼久的信，還沒見過面？」

「就是這個原因，所以我才請你陪我一同去。」

但，當我們駕車到達武吉知馬後，美娜的鄰居說，美娜在五天前已跟她母親搬去麻坡居住了。

「麻坡，我在小時候是住過幾年。」當三米感到失望後，我便這樣說：「那個地方，我是十分熟悉的。」

「陳，你是說，麻坡對於你是不陌生的，你可以陪我去是嗎？」

「三米，我的話並不是這樣，但我對於你的意思是十分明白的。」

「這麼說，反正時間還早，一百多英里的路途，兩個多鐘頭就可以抵達了；今晚遲一點回來也無所謂。」

「只要你感到需要和高興，我一定奉陪。」

我們於是毫不猶豫，從武吉知馬一直向前，車子越過新山橋，一路北上來了。

兩個多鐘頭後，我們抵達麻坡。十分容易地，車子在土油棧路兜了一個圈子後，便找到了美娜的家。

「這是陳，我替你介紹。」三米一見了美娜，似乎找不出適當的話題，所以第一句話便這麼說。

「陳先生，我是見過你的照片的。」

「你怎麼會有我的照片？」我有點奇怪。

三米搶著替美娜答：「上個月我倆拍的，我把它寄給她。」

「所以我早就見過你。」美娜接下去說。

「美娜，我們這次從新加坡到這裡來，目的是來給你請吃燒雞的，因為你信中好幾次提起要請我吃燒雞。」

「難道你來的目的只是在於吃燒雞，而不是要看美娜？」我不客氣地挖苦他一句。

「是，我媽燒的雞是頂有名的；我們第一次見面，我當然要準備一些好菜請你們。」美娜輕易地避開話題而天真地說：「只是你們來得太驟，要是早一點給我知道，那就更好了。」

「這固然是三米欠周到。」我也順她的意思說：「但，美娜你也疏忽了；因為你要搬家也不早告訴三米一聲。」

「其實我早已在信上對他說，只是沒告訴他在什麼時候搬罷了。這回之所以這麼快就搬，是因為朋友有空車要到麻坡來，所以我和媽就跟著來。」

「燒一隻雞，也不必用什麼時間準備啊！」三米說：「吃完晚飯，我們就要回新加坡去。」

「好的，我告訴媽去！」美娜一面說，一面轉身跳進內廳去了。

我們在外廳聽見她和她母親這樣說：

「媽，我的好朋友從新加坡來，我要請他們吃晚飯，請你準備你的拿手好菜吧！」

「是不是你的三米？」是婦人的聲音。

「嘻……」美娜歡笑著說：「你不要開玩笑了，請你趕快準備，他們吃完晚飯就要回去。」

「為什麼這樣匆忙？」她母親的話：「三米為什麼不多住幾天？」

「他們是有事的呀！……」美娜嬌嗔地說。

「好、好……我就去準備！」

「這樣才是我的好媽媽。」

「不過你應該先把他們介紹給我看看。」

「媽，那你就跟我出來！」美娜的話還沒說完，她便一手拉著她母親出來了。

她母親又胖又矮，圓滿的臉上掛著與美娜一樣惹人喜愛的笑容；而兩個酒渦更襯出她的老實與慈祥。一看就知道是喜歡客人的主婦。

難怪大家一開口就談得十分融和。

二十分鐘後，我為了造訪一位童年時代的朋友，要獨自出門去。三米高興地說：

「這樣也好，你去找你的朋友，我和美娜到丹絨散步去。」

美娜的母親笑意盈然地說：「這樣我也有充分的時間去準備晚餐。」

於是各人做各人的事去了。

我找到了朋友，從他們的熱情談話中，給我拾回了童年的美麗回憶。

三米和美娜在丹絨的散步中，看樣子也把友誼的基礎打得更穩固了。因為，當我看見他們時，他們十分親暱地談得津津有味，幾乎不知道我已經走近他們的身邊。

難怪吃完了燒雞和晚餐後，我對麻河的風光依依不捨，而三米也似乎不願意在當晚就離開美娜的家。

然而為了明早的差事，我們終於在萬家燈火時踏上新加坡的歸途。

回到新加坡，國泰第一場的電影才散場。但，吃完晚飯回軍營料理一部分事務，可以上床睡覺的時候，已經是接近午夜了。我和三米總是睡不下；心裡好像有很多話；特別是三米，他忽然興奮地這麼說：

「陳啊！你知道嗎？美娜準備要跟我訂婚了！」

「什麼？」我以為自己聽錯，所以奇異地問：「你們一見面就談到訂婚？」

「你會認為是奇蹟？」三米十分自然地：「其實，我們在上個月的通信中已經提起了。」

「你們是火辣辣的一對，真的使人不敢相信！」

「是的，美娜十分熱情。我們雖是第一次見面，但她和我比較你與我的交情還要深，因此最後談起雙方的終身大事時，她說她非我不嫁，我也說我非她不娶。」

「你們好像是前生注定的了，可以說是天生的一對。」

「真奇怪！沒想到她對我這麼認真，我也十分愛她。」

「那最後你們怎樣交代？」

「我說：我隨時隨地都可以跟她訂婚。」

「她怎樣表示？」

「她說：候她跟母親商量後就可以決定。」

「難怪你今晚興奮到睡不下。」我說：「不過奇怪的是我們一路從麻坡回來，你為什麼一句也不提？」

「我想等晚上才給你知道，然後再跟你商量：好不好在這時局緊張的時候和她訂婚？」

「你已經對她說你隨時隨地可以和她舉行訂婚，為什麼還會顧慮到這些問題？」

「因為一路回來我想起婚姻大事不是兒戲的。」

「你既然會這麼認真，就要看看你自己有沒有把握，如果能夠取得她真心的愛，那誠如你所說的隨時隨地都應和她訂婚，因為真摯的愛情是不會受時局所影響的。」

「這麼說，你是贊成我跟美娜訂婚！」

「我有什麼理由可以反對？」

「我最低限度在和美娜訂婚之前，應該得到你的同意。」

「為什麼？」

「因為你是我最好的朋友。」

「從何見得？」我故意這麼說。

「我問你：你今晚為什麼也睡不著？」

「因為我關心你。」

「所以我說你是我最好的朋友。」

三

從此，三米幾乎天天在盼望美娜的消息。大約半個月後他才接到她的來信：

親愛的三米：

你離開了麻坡以後，使我像大前年失去父親時一樣的感覺到空虛和痛苦；不知是什麼原因，竟會使我對你發生這麼深厚的感情，日夜一直想著回到你的身邊去。

但是我的希望，一直到了今天，看情形還是沒辦法實現的。因為母親總是說，在這兵荒馬亂的時期，怎麼可以談到訂婚的問題；她的理由是：太平洋的戰爭隨時可以爆發，你們的軍隊也是隨時可以開拔到外地去，要是有一天，你離開馬來亞，那我們要到什麼時候才可以結婚？

我對母親說：不論三米到什麼地方去，我都要跟他訂婚。然後不論他哪一年哪一月才回來，我也願意等著他。

可是母親總是說事情不是這樣做的。

你是知道，她只有我這女兒；她十分疼我，我也十分疼她，她的話我總不能不服從呀！

現在我只有希望太平洋的戰爭不會爆發，讓我們可以永遠在一起。……

三米接讀美娜的信後，整整地痛苦了一天；那個晚上，他是失眠了。

第二天，當三米給美娜的信寄出之後，我們忽然接到上峰的命令：移師北上，但開到什麼地方去，司令官沒有宣布。

翌日午前，部隊離開新加坡，跨過新山橋，經過三個多鐘的行軍後，終於在柔佛的麻坡郊外紮營。

部隊駐防麻坡，似乎是三米意想不到的，但也使三米高興到不得了。他馬上寫信告訴美娜說：他們的部隊已開到麻坡來駐防。這時，美娜的歡喜更不必說，於是在三天後的一個下午，三米就去土油棧區找美娜了。

當黃昏他回來時，我這樣問他：

「和美娜見面了沒有？」

「她看見了，高興得熱淚盈眶，跳跳蹦蹦地說不出話。」

「她向你表示什麼？」

「她說：人既然來到麻坡，無論如何先要訂婚。」

「你怎樣說？」

「我倒有點躊躇了！」

「為什麼？」

「因為時局日見緊張。」

「時局緊張，和你訂婚的事似乎沒有什麼關係。」

「可是我不能誤掉她的終身幸福。」三米接著說：「如果戰爭爆發，我有三長兩短，叫她怎麼辦！」

「你可以不必想到壞的一方面去。」

「我現在倒想到這一點，因為訂了婚，雙方都有責任。」

「如是說，你現在怎樣打算？」

「我已經告訴美娜，訂婚的事，我再要考慮一兩天。」

兩天之後，那是一九四一年十二月八日，軍部接到情報：日軍在暹羅邊境的宋卡與北大年登陸。

果然不到一天，暹羅被迫與日本同盟，於是日軍便集中全力進襲馬來亞。馬來亞的戰爭爆發後，三米於八日下午，忽然改變了態度向我說：他今晚要跟美娜訂婚了，要我做他們的見證人。

「為什麼？」我問他，「現在你改變了主意？」

「因為美娜說我不跟她訂婚，她要自殺；如果跟她訂了婚，她要和我們並肩作戰。」三米很認真：「這樣我應該答應她了。」

當晚，在我和三米下班的時候，我們得到司令官的允許，請假了一個小時，於是三米和美娜就在家裡草草舉行了訂婚禮。

四

日軍集中火力進擊吉蘭丹，吉蘭丹的前線哥踏峇汝，經過兩天的劇烈戰爭之後，七百多名英、印軍便全部被殲滅。

十二月十二日，日軍以迅雷不及掩耳的衝力突破吉打北部的日得拉防線，便分成兩路大軍：一路沿公路及鐵路線前進，一路由海岸穿過丁加奴向彭亨進攻，英、印軍節節敗退，結果，北馬的重鎮檳城，在十九日宣告淪陷；接著日軍又向中馬長驅直入，雖然在庇叻的士林河略遇抵抗，但一月十一日，終於把馬來亞的心臟吉隆坡佔領。

英軍退守柔佛北部麻河南岸，趕築工事，佈下防線，聯合華巫游擊隊以及印軍數萬，準備予敵人迎頭痛擊，只因日軍實力雄厚，攻擊猛烈，結果在麻河上游被成功地渡過河了。

印軍團獨九旅，剛好防守麻河上游，我們因此遭遇到一場猛烈非常的戰鬥。

三米就在這場猛烈的戰火中被敵人的砲彈轟傷了腿。

那時候，我們一排的陣地，已被敵人弧形的砲火圍住。我離開三米不過一丈多遠。我看到他腿部中了彈，便蛇行過去，準備扶他移過安全地帶；可是他死也不肯，還是緊緊地握住機關槍，大聲叫著：

「你趕快守住自己的崗位，我絕對不能離開，此地如果給敵人越過，我們全軍就完了！」

「你的腳已經不行！」我也叫著說。

「但我的意志可以控制我的行動！」

三米咬緊牙齦叫著說；立刻他的機關槍便發出咆哮。果然把敵人的火力堵住了一時；但不久我也受了傷，不到一刻就什麼也不知道。等到我醒過來，才知道我和三米已躺在破漏而陰暗的亞答屋裡，身邊站著美娜和一位馬來青年。

原來當日軍集中火力渡河成功之後，因急於推進到亞逸依淡，企圖切斷英印軍的歸路，除一路繞進南路在峇株巴轄登陸外；從麻河上流渡河的就急速地向前推進，因此趁陣地空虛的當兒，美娜與游擊隊員便把不省人事的三米和我擡進路邊的橡林裡去。然後在大家的救護下，我們才逐漸恢復了知覺。

七天後，忽然有小隊友軍進入亞答屋，我和三米因急於回到自己的隊伍去，於是我們就離開了森林的邊緣。

但日軍的來勢極凶，英、印軍總是抵擋不住，結果於一月卅一日，我軍便將星柔長堤炸毀，退入新加坡去了。

新加坡的英、印軍，雖然與星華義勇隊，在武吉知馬、裕廊、巴絲巴讓等地，和日軍苦戰，然而仍是節節敗退。就在二月十六日，我們終於成為日軍的俘虜。

我和三米因傷勢未癒，沒給日軍配到暹羅築「死亡鐵路」去，就在集中營經過三年八個月非人的生活。但當我們被驅入集中營時，我和三米是被隔開，所以關於三米的情形怎樣，我幾乎一點也不知道。

一九四五年九月，馬來亞的日軍向盟軍總司令投降，被拘禁在集中營的人士，於是被放了出來。我恢復自由後，第一件事要辦的就是尋找三米；非常順利地就在當天晚上和他見了面。

那時候，三米雖然瘦得只存皮包骨，而痊癒後的左腿，也幾乎縮短了一吋，所以走起路來很不自然，但精神還好。他見了我，第一句提起的話，就是問我有沒有聽到美娜的消息。我對他說：我和他一樣完全不知道。他一時感到失望，要求我替他向一三六部隊打探，我當然樂意負起這個責任。

但我和他用盡辦法與有關的人士接觸，然後根據他們的指示，不辭勞頓地到柔佛、奔彭亨、進庇叻、走檳城……到處尋訪，始終聽不到美娜的消息；後來又回到麻坡來打探，還是一無所得。

可是三米始終不肯放棄希望。他時時提起：如果一天找不到美娜，他就會痛苦一天，所以不管在天邊海角，都要流浪去找她。就這樣地他整整尋訪了幾年，雖然還是踪跡杳然。

一日，三米忽然接到印度家人的來信，原來是他母親催他回印度去。這時他在失意的感傷之下，雖然懷念起家鄉，可是為了等候美娜，還是不想回去，後來經過我再三勸釋，他才辦理離馬的手續，下船回印去。

臨出門的那一天，他緊握我的手，懇切地對我說，無論如何要替他尋訪美娜的下落；要是一有她的消息，他便馬上回來讓她團聚。

三米回去後，我盡了所有的精力，到處打聽，到處訪問，但還是沒有消息，因此對三米的來信，我給他的答覆，總是使他失望。

五

去年十月下旬，三米來信說：他的母親要他結婚，他始終沒答應。但他要我在英、印文報上登一則三米尋妻啟事。我照他的意思去做了，一個月後還是沒有反應。後來我把情形告訴他。他回信來說，無論如何還是要替他效勞，因為我是他唯一可以交代的朋友，我認為他的話不錯，所以沒有放棄尋訪的責任，可是人海茫茫，到哪兒去找呢？

上兩個月，他忽然來信說：既然沒有希望找到美娜；他將準備接受母親的意見，在兩個月後結婚。

這一天，我因有新的差事，從檳城到麻坡來，打算在一二天內給他回信，為他的婚姻祝福。第二天我到郵局去寄信，當我離開郵局踏下石路階時，忽然有一個熟悉而親切的鵝蛋形的臉孔在我面前出現。我十分敏感，一看就知道她是美娜，一時高興得幾乎要喊出她的名字。因為那細膩的臉上還是嵌著一對放在白雪堆裡閃亮的黑葡萄的眼睛，所差的只是那常開的笑容凋謝了。因此我很注意地看著她；她似乎在翻開過去的記憶，也驚異地注視著我。於是在她把信放下郵筒後，我便趨前一步：

「請問：夫人是不是美娜？」

「你就是陳先生！」她口氣很快而且十分肯定。

「是的，我是三米的好朋友。」

「陳先生，我是美娜。」

「美娜，你變得不多。」我懇切地：「你現在住在哪裡？」

「我老得多了！」她慨嘆後便以手指著郵局對面的麻河：「我就住在對面港。」

「十分幸運！」我很興奮：「你現在得空吧！我們到對面的咖啡店喝杯茶。」

「我寄了信就要趕回家去。」她面有難色：「我家裡有事，我的孩子在等著我。」

「雖然有事，也應該給我一個地址。」我一面說，一面領前走向對面的咖啡店去。

一坐下，我就這樣說：

「美娜，大家不見面幾乎十八年了！」

「是的，很長的日子。」她頭低下去。

「剛才你說，你家的孩子在等著，孩子很大了吧！」

「十一歲了，但還沒辦法入學。」她擡起頭，勉強發出一點苦笑。

「你先生……」我欲言又止。

「他嗎？」美娜卻敏感地接下去說：「就是三曼亞里。」

「三曼亞里！」我記起來了：「呵，就是那位在十八年前和你在亞答屋裡救護我和三米的馬來青年。」

「是的，就是他。」

「他好嗎？」

「他……」美娜語不成句，忽然眼眶一陣紅，頭馬上低下去。

「他，他怎樣？美娜。」

「他的癌病很重了！」美娜擡起頭，臉上掛著兩行淚珠。

我的心很難過，一時說不出話；沉默了一會才問：

「什麼時候發生的病？」

「已經兩年了。」

「有進過醫院嗎？」

「哪來的錢。」

「現在還可以進醫院嗎？」

「恐怕太遲了！」

為了盡點責任，我暫不提起三米的事來增加她的痛苦，只希望能夠多給她一點安慰，所以這樣說：

「如果方便的話，給我跟你去看看三曼亞里。」

美娜用手巾拭去淚漬，然後說：

「陳先生不怕麻煩，那我們就走吧！」

我於是付了賬，就偕她到碼頭去。一路上巴士跑得很快，美娜有滿腔說不出的哀怨，所以在車上，我們默然無語。

大約廿五分鐘後，巴士在赴東甲的半路上停下，美娜站起來。我知道是到了目的地，也跟著她下車；一直向左邊的甘榜裡走去。就在甘榜路旁，一座將要斜塌下去的亞答屋面前，美娜站住了。這時，有一個小孩子走向我們的面前叫著說：

「媽，你為什麼這樣遲才回來？」

「這是你的孩子，叫什麼名字？」當那孩子一面叫他母親，一面以陌生的眼光注視我，我便這麼說：「長得不錯。」

「末里，叫叔叔。」美娜一面叫他，一面淺笑著對我說：「是的，就是他；他叫末里。」

「末里，你是好孩子。」我又摸摸他的頭髮。

末里拉著他母親的手，然後翻過頭來叫我：「叔叔。」

美娜迫不及待地說：「媽回來遲一點，你爸怎麼樣？」

「他、他老是呼叫著痛苦。」兩顆淚珠從末里的眼裡滴下來。

我們很快地踏上浮腳樓上去。在缺乏光線的黯淡房間裡，我看到一個形容枯槁、身在發抖、嘴裡滴著口水的中年人，躺在床上呻吟叫苦。

我走近他的床前站住，同情與哀傷的情緒使我說不出話。

美娜馬上坐到床沿上去，把他扶正起來，立即拿起床上的毛巾替他拭去嘴邊的口水，然後悲傷地說：

「三曼亞里，對不起，我知道你很痛苦。」她的眼淚一串串掉下：「我本來立刻就會回來的，但因在等哈審的消息；等了一個鐘頭後，他才告訴我說沒有錢。然後我到郵局去寄信，又遇到這位陳先生……」

我看到美娜指著我，便走前一步說：

「因仄[1]三曼亞里，你記得我嗎？我是陳。」

「他是十八年前和我們在麻河一起對付敵人的戰友陳先生。」美娜向他加以介紹。

「你記得嗎？在橡林裡的亞答屋中，你和美娜救了我和三米。」我企圖打開他的記憶的大門，讓他看見了過去的我。

「很久了，記不起來了！」三曼亞里輕微的嘆息。

「是的，十八年了！」美娜感慨地說。

「那時因仄三曼亞里還很年輕。」我回想起十八年前身體壯健、容光煥發的三曼亞里：「那一次要不是靠你的英勇和機智，我恐怕沒有今天，所以今天我要盡我的一點責任。」

「謝謝你！……」三曼亞里的話還沒說完，便喀喀地滴著口水，情形看來相當痛苦。

「請坐吧！陳先生。」美娜的話才說完，末里便把椅子移到我的面前。

我坐下之後，立刻告訴他們說，我十年來因為沒有別的嗜好，所以身邊有點積蓄，現在正是我應該幫助他們的時候，希望他們能夠把心裡的煩悶驅散出去，換一個新的生活環境，慢慢將三曼亞里的病調治起來。於是我開了一千元的支票和身邊所有的現款兩百元一起交給他們。

美娜初時不肯接受，但在我的誠懇的解釋下，她才收下來。

當天下午，她請我在家裡吃飯。我為了要瞭解她們十八年來的生活情形，以及透露給她知道三米

1 因仄，馬來語「Encik」，即「先生」的意思。

十八年來廢寢忘餐到處尋訪她的經過，所以答應留在她家裡吃飯。

六

回到麻坡的寓所來，已經是午夜三點鐘了。我本來就打算立刻給三米寫信的，但因為有點倦意，加以情緒撩亂，所以一直到傍晚才這樣寫：

三米：

當你接到這封信時，你也許會歡喜到跳躍起來，但當你知道信中一切的真相後，你可能會大哭一場。

使你歡躍的是：我已經找到了美娜。

給你憂傷的是：美娜是有夫之婦了！

發現美娜的經過是這樣：

今天上午，我在麻坡郵局面前忽然看見美娜，她雖然已經是中年了，但相貌還是和過去一樣。當我問起她的住所時，她告訴我她住在麻河北岸的一個甘榜裡。然後她給我知道她已經有了一個十一二歲的孩子了。她又說她的丈夫病在床上，病情很重，正要趕回去看他。我得到她的同意，跟她回家去看她的丈夫。

三米，你知道她的丈夫是誰？

告訴你，他是十八年前我們的戰友，就是那位在麻河上游把我們搶救進橡林裡去的三曼亞里。

三曼亞里家庭貧窮，患的又是不治的癌症，現在十分痛苦。我雖然願意盡最大的力量來幫助他們，但只能改善病人的營養，金錢對於病人生命的維持，已發揮不了什麼作用，因為看情形，他是將不久於人世了。

當我看了三曼亞里後，我利用一段時間詢問美娜為什麼會跟三曼亞里結婚？

美娜說自從我和你退回新加坡後，她便接到消息說，我們已經在半途給日軍殲滅。但她不相信；她說你是不會死的。要是會，早已給敵人的盒子炮轟死了，所以她還是一直為你祝福。無奈從此幾年來還是沒有你的消息。

在這些日子裡，她在三曼亞里領導下跟大夥兒一起作戰。雖然集體的生活加強了她的戰鬥意識，但她對你的懷念沒有停止；每當月夜時，她總是對著月亮獻出她的心，希望通過月亮的光芒傳達到你的心上去，因此幾年來三曼亞里對她如何傾慕，她的心卻只有你一個人。所以有一次當三曼亞里向她求婚時，她就坦白地對他說，她的一切已經是屬於三米的。

馬來亞光復後，她一直等著你的消息，但很多人都告訴她說，你早在三年前給日軍殺死了。從這時候起，她開始憂鬱，竟然成病；病得很重。由於她母親早已去世，在她身邊照顧她的只有三曼亞里一個人。經過三年多的醫治和休養，她的健康才從病魔的手裡奪了回來。之後，她便和三曼亞里生活在一起，但無論他對她怎樣體貼溫存，她的整顆心並沒有移交給他，因為她對你的關心還沒宣告絕望。

可是這以後的日子，她因重病初癒，毫無生產的力量，一切生活的供應完全要靠三曼亞里維持。而三曼亞里雖然得不到她的芳心，但還是一直保持著對她的照顧，盡力之所能供給她生活上一切的需要；雖然幾年來他擔當著勞苦的工作，甚至為了醫治她的病而出賣血液也毫不埋怨，因此久而久之才獲得了美娜的同情。

她說：人是感情的動物，她怎能不受感動？因此有一天她經過一場大哭後，便投入三曼亞里的懷抱。

於是她跟三曼亞里結婚，她也跟三曼亞里生孩子，現在她的孩子已經十二歲了。

結婚後幾年來，三曼亞里因有一份職業，他們的生活還過得去。這些時候，她的心境，始終沒有忘記你，但在你的影子永遠不能成為真實的人的時候，那怎麼不使她改變態度，而愛三曼亞里呢！

二年前，聖誕節過後，三曼亞里因負起一件繁重的工作，忽然吐了幾口血；進醫院檢查後，發覺是患上了癌症，因此遵從醫生的話，停止勞動，從此他就失業了。失業後，經濟上更發生了問題，何況患癌症後，是極需要營養的，於是就在東籌西借下過著困苦的生活。

在這些生活打不開的日子裡，三曼亞里知道他的病沒有希望可以挽救，便三番幾次要求美娜出去改嫁，讓他自殺了事。美娜不肯聽他的話，日夜安慰著他；要求他不要為她而擔心。她說她無論如何艱苦，都願意為他的疾病奔勞，而且懇切地對我說：以前她的心還有一半放在三米的身上，現在她整個心已交給他了。

然而三曼亞里的病，卻日見沉重！

稍後我告訴她說，十多年來三米怎樣用盡方法尋訪她，甚至為了等著她，一直不結婚。她說她除了對你感到內疚外，再也不能把已經交給三曼亞里的心，轉過來還給你。

聽她這樣的口氣，你可以放棄一切，不必到馬來亞來了。再說，她最後還要求我不要把她還活在人間的消息告訴你呢！

不過，如果你對她還念念不忘，希望對她有所幫助的話，就讓我替你負起這項責任，讓我盡力所能來照顧她和末里就是了。

最後，希望你提前在印度結婚，也祝福你新開始的生活得到快樂。

……

七

五天後，我還去看美娜，當然我不告訴她已經寫信給三米；我卻問她幾天來有沒有想起三米？她說現在她的心上只有三曼亞里。於是我轉口問她三曼亞里會感到好一點嗎？她說這幾天因為有雞蛋和果子吃，痛苦似乎略見減少，可是口水還是滴個不停。

再過五天，我又去看他們，美娜告訴我說，最近三曼亞里已經可以坐起來了；而且因為她不用為錢東奔西走而整日陪伴著他，他也感到快樂得多了。

再過一個禮拜，我為了攜帶一些滋補的食品進去，又去看他們。這時，我似乎看出他們的生活情形已有了改變，因美娜坐在三曼亞里的身邊有說有笑，而末里也爸爸前、爸爸後，將鄰居一些奇特的情形告訴他；他也時時發出笑聲，雖然還是不停地滴著口水，痛苦顯然是減少了。

從此，我決定每個禮拜去看他們一次。看他們的目的，一方面為盡點朋友的責任，使他們在精神上有所安慰；一方面是可以帶一些藥品和食物去，使三曼亞里在病中減輕痛苦的威脅。

就在第五個禮拜六我去看他們回到寓所之後，一踏進門，就有人送一封電報，拆開一看，使我意想不到，原來是三米從新加坡打來的，說他已經飛抵新加坡；候辦妥手續後，即刻要到麻坡來。

第二天下午，三米果然到麻坡來了。他一看到我，那排雪白的牙齒就咧開：「老陳，你沒想到我這麼快就會來吧！」接著他緊緊地握著我的手，一股溫暖的熱流通過我的心房。

「三米，為什麼你叫我老陳了？」我又興奮、又歡喜：「其實你也不會老呢！」

「唉！不老嗎？已將四十歲了！」

「就是四十歲，還是年輕，正是事業開始的時候。」

「真的嗎？」三米歡躍地說：「這樣，我應該和美娜開始新的生活了。」

「生活是一回事，但，美娜已經有了人。」

「你不是說三曼亞里的病沒有希望了嗎？」

「……」我默然無語。

「有什麼不對？」三米駭異地問：「你為什麼不說話？」

「開口也沒有用！」我的情緒忽然低沉下來。

「為什麼？」三米還是那麼熱情。

「因為你的心還是像過去一樣。」

「我已經告訴過你，一有了美娜的消息，我就要回來的。」

「可是現在的情形已經完全不同。」我坐下來說。

「然而我的心卻沒有變呀！」他也跟著坐下來。

「美娜卻完全變了。」

「不論她怎麼變，我也要見她一面。」

「與其見了她得不到好結果，不如不要跟她見面。」

「但是，我已經來了。再說，我也非見她一面不可。」三米不耐煩似地站了起來。

停了一會，我感嘆地說：

「既然你這麼熱心，我也沒辦法。」

「老陳，其實辦法是人想出來的。」

「好的。」我轉變了口氣：「明天我就帶你去見她。」

「我想不必等到明天，我們現在就去。」他迫不及待地說。

這時，怎樣也阻止不了三米的，於是就和他搭德士去。

二十五分鐘後，我和三米抵達了甘榜。

一陣狗吠的聲音，使美娜從浮腳樓裡踏出走廊來。三米一看見了她，立刻搶前一步，叫道：

「美娜！」

美娜向著叫她的人發楞，是悲，是喜，卻說不出話來。

三米踏上樓階去，興奮非常地趨近她的身邊，美娜就十分自然地撲向他的懷裡去。

三米緊緊地擁著她，好像怕她飛走了一樣，然後悲喜交集而又急促地說：

「美娜，我找你十八年了！」

美娜不敢看三米，但將頭埋在他的肩上，淚珠一顆顆滴下，終於啜泣出來。

三米把她擁得更緊，好久以後才鬆開手，然後拿出手巾拭去她臉上的淚水，小聲地說：

「不必哭了，我已經回來了！」

美娜舉起頭來，理智似乎已克制了感情，所以慢條斯理地說：

「但是現在的美娜已經不是十八年前的美娜。」

「為什麼？」三米兩手搭在她肩上。

「因為我已經嫁給三曼亞里了。」她把三米的手解下來。

「可是你知道我一直在找你呀！」

「然而我現在可以不愛我丈夫嗎？」

「可以跟他離婚。」

「你叫我跟他離婚？」

「是的，然後和我回到印度去。」

「不能，萬萬不能！你就把我當作死好了！」美娜的頭翻過去背著他。

三米走向她的面前懇切地問：「為什麼不能？」

「我問你：要是你是我的丈夫，你十分愛我。我要跟你離婚，你的心會怎樣？何況他現在病得這麼嚴重！」

「美娜，你還是再三考慮吧！因為我沒有對你不起。」三米惋惜地：「要不是發生戰爭，我們早已經有了孩子！」

「是的，要不是戰爭，我也不會這樣。現在我要告訴你：我已經不愛你了，你還是回去吧！」

美娜說完這句話，立即退回內廳去。

三米愕然站著，像木頭一樣。

我走近去安慰他說：

「算了吧！現實既然已經是這樣，你就死掉這條心！」

他對我一看，沒話說，兩隻手掌掩上了臉孔，過了一會就退下樓來。這時，我和他，千言萬語都化成了沉默，大約五六分鐘，三米才開口說：

「我們上去看看三曼亞里吧！」

「是的，我們應該去看看他。」

一踏進廳裡，我看到美娜站在窗下啜泣。三曼亞里也躺在席上呻吟。

三米走近三曼亞里身邊，正要叫他，卻沒想到三曼亞里先開口：

「三米，你……你們所說……的話，我……都聽見了，我……要求你……帶美娜去，好好地待她。……我的病……是不會再好了！……」

「你好好地養你的病吧！美娜一定會在這裡陪伴你的。」三米蹲下去對他說。

「不！不！……」三曼亞里有氣無力地說。

我看到三米和三曼亞里說話，便走近窗邊向美娜勸釋。美娜卻哭著要我對三米說：現在的美娜已經不是過去的美娜，她已經不可能愛三米了。我再三安慰了她以後，便拉三米踏出走廊，然後將美娜的話告訴他。

他聽了我的話後，走近美娜的身邊，握緊她的手說：

「美娜，你的話很對，我很慚愧！現在我要走了，祝你好！」

美娜低著頭沒話說，卻啜泣得更大聲了。

躺在席上的三曼亞里聽見美娜的哭聲，便叫著：

「美娜！美娜！你……你不要哭！你跟……跟他去吧！」

美娜走回丈夫的身邊，抱著他。悲傷欲絕地哭著說：

「不能，不能！我死也要跟你在一起！」

三米看了這樣的情形，忽然催著我回去。這時，天空佈滿著黑雲，陰霾霾地似乎要下大雨。我恐怕乘不到車，便和他下樓來。

當我們離開浮腳樓不遠，忽然聽見有人叫叔叔。我翻過頭去一看，原來是末里從椰林跑出來，他一面跑，一面叫著說：

「叔叔，你幾時來的？我還沒有找過你，你就要走了，為什麼走得這樣快呢？」

「末里，我們來了很久，現在有事要回去，以後會再來的！」我用手圈著嘴巴，大聲地對他這樣說。

末里聽了我的話不再追來了。

我們踏上公路，剛好有德士經過，於是就向麻坡回來。

一路，風很大，黑雲捲著雷雨從我們背後追來，德士不停地跑，但跑不到一半路，忽然壞掉，因為雨大，馬來車夫不想即時下車修理，於是停在路旁足足等了一個多鐘頭，雨才逐漸小下來，結果車子修理了後，來到渡頭已是入晚七時了。

討厭的是德士一到渡頭，狂風暴雨又來了。渡頭只有三幾個人，渡船還沒開出去，我們就在渡頭的雨蓋亭子坐下來。

馬六甲海峽的空際一片漆黑，渡頭周圍的燈光黯淡，我們的心又冷然失意，加以滂沱大雨，波濤叫嘯，所以我和三米默無一語。

但，夜越深沉，我們越加焦躁。

隨著時光的消逝，我們正悶得無可奈何的時候，忽然有輛德士開足燈光，放強火力向我們面前駛來。我們以為是趕渡的人，也就不加以理會，哪兒料到從車上下來的人是美娜和末里。

我看見了他們，馬上趨前去，拉住末里的手，三米也同時走到美娜的身邊，美娜情不自禁地投到三米的懷中去。

我問末里說是怎麼一回事？他哀怨地這麼說：

「我爸爸已經死了！」

我雖早已料到三曼亞里會有這麼一天，但這時卻惘然失措，過了一會，才走近三米和美娜身邊。

這時，我聽見美娜懇切地說：

「三米，你還怪我嗎？」

「我永遠是愛你的，美娜。」三米說。

我接下去問道：

「那你們幾時要回印度去？」

我的話說出之後，才覺得太天真了，但沒想到三米翻過頭來，爽朗地笑著說：

「為了末里，為了美娜，為了我們的將來，我決定不回去。我要和大家生活在一起，把馬來亞當作永遠的家鄉。」

寫於一九六〇年二月五日

人性與尊嚴

一

海邊，是遊人常到的地方。

今夜有月，只是月色黯淡，星光也冷然失色。原來從中午到黃昏，大雨滂沱，雨水不停地捲去了空間的熱氣，接著是冷風帶來了薄暮的陰沉。

然後是北風淒淒。

然後是海潮叫嘯。

這是一道風光明媚的海堤。拍岸的浪花噴走了慣於夜遊的人們。大鐘樓敲過十時一刻，堤上就冷淒淒看不見一個人。

只是堤邊紀念碑附近，有位低著頭逡巡於樹下的青年還不願意回去。

不想回去的人是因為他的心頭打著一個不易解開的緊結；他正在想盡辦法，希望把它解開。

但，那是一個不易解開的結！所以他還是走一步，想一步，一步一步慢慢地走著，走著……

忽然，樹上一顆椰子在他的面前跌下來，「碰」地一聲敲醒了他的沉思，也幾乎推毀他的心結。

他雖然被嚇了一跳，但他的心眼豁然開朗，有如發現真理一樣。
他很高興地右手一揮，拇指與中指一擦，發出「得」的一聲，接著自言自語地這麼說：
「樹上成熟了的果子，一定要跌下來的。」
他立刻登上路旁的汽車，飛也似地把車子開回家來。
他是誰？
是一位從英國回來不久的青年律師：孫大明。

二

孫太太還沒睡，她在客廳等待丈夫回家。因為孫大明今天從法庭回來，臉色一直是陰沉寡歡。
孫大明一踏進客廳，看見太太從沙發前站了起來，笑臉相迎。他馬上一面伸出右手，張開手掌向著太太的臉，像要蓋住她的嘴巴，示意她慢一點講話；一面自己搶先地這樣說：
「親愛的太太，對不起的，我知道你要告訴我你在等我。請你慢一點開口，先倒一杯開水給我，因為……」
「因為什麼？」太太壓下了第一句，卻壓不下第二句了，所以搶著問：「你怎麼這樣緊張？」
「因為我太高興了，太太！」
孫大明像在演戲一樣，雙手一攤；接著便一手把領帶解開，然後倒在沙發上，把雙腳一伸，躺下來了。
「高興什麼？」太太站在他面前，粉紅色的燈光，照得她臉兒像緋紅色的蘋果一樣美。

「我有辦法可以救人一命。」孫大明如不倒翁一樣從沙發上搖了起來。

「大明，你說細岩的案件是嗎？」

「是的，太太！」

「怎麼啦？中午你回來也不講一句。」她埋怨地說：「難道你不知道我對這件案子很關心？」

「凶多吉少！」孫大明又躺下去。

「怪不得整個下午你臉色很難看！」太太緊促地說：「這樣細岩明天可能被判死刑了？」

「是的，看情形，他明天是會被判死刑的。」大明的聲音低沉，接著卻開朗地這麼說：「但說不定他明天也可能無罪！」

「那你明天怎樣為他脫罪？」

「我當然會有辦法。」

「什麼辦法？」

「不想給你知道。」

「為什麼？」

「讓你驚奇！」

「大明，也好！為了尊重你的意見，我還是跟平時一樣，不要知道你的心事，以免影響你的心情。」

「這樣才是我聰明的好太太。」

「我的開水還沒倒給你喝呢？怎會是好太太！」她一面笑著說，一面走近冰箱拿水去。

「你就快拿來吧！」

「不過，我要問你，在法律的觀點上，法庭既然會判他死刑，你為什麼要救他？」太太拿著水問他說：

「因為判他死刑是不公道的。」孫大明把太太的杯子接過手，認真地說：「所以我應盡力之所能來救他，否則，問心有愧！」

「是的，在那樣的場合，細峇是會把姦夫殺掉。」孫太太惋惜地：「只是他為什麼不去自首呢？」

「如果當時細峇敢去自首，今天的局面就不是這樣了。」孫大明一面說一面喝著水。

「大明，難怪對方利用金錢，聘請名律師一直要買他的命。」孫太太站著說。

「但細峇當時的行為，在我的法律觀點，是十分可以原諒的。」

「什麼理由？」

「因為細峇親眼看見一絲不掛的姦夫壓在太太身上。」

「是的，如此誰也會發狂呀！」

「太太，你很聰明。」

「大明，我是沒有你的那張法學文憑罷了！」

「是的，聰明的太太。」

「哈哈……」

一陣輕笑，結束了孫大明夫婦的談話。

三

這是一位在小巷裡賣豆漿水的青年殺死百萬頭家仔烏豬的案件。

原來有一位沒有父母，沒有親戚，身材高大，體魄健壯名叫細峇的，雖然只是受過小學教育，卻沒有粗獷與放蕩的行為。自從去年年頭娶了鄰居的孤女細娟為妻後，便勤勤懇懇地守住自己的小事業。家庭生活不見得怎樣優裕，夫妻兩口子，看起來恩恩愛愛，倒是過著快樂的日子。

今年春節後的第二天，有位朋友對細峇這樣說：細娟最近與百萬富翁的兒子烏豬有曖昧的情事。細峇不信以為真；他認為自己與細娟從小就生活在一起，大家還是經過長久互相了解才結合的；細娟的年紀雖然不大，可是絕不會背地裡去勾搭男人。

端午節前後，又有人告訴他說：細娟時常濃妝豔抹從××巷坐上烏豬的大型汽車；而在近海處的一位友人也對他說：他好幾次看見細娟跟一個男人，十分親熱地走進海濱吃風樓。

流言可畏，細峇的信心有了幾分動搖，特到是近日他發現細娟的衣箱有了一隻名貴的手錶後，對細娟的行為也就不能不發生懷疑了。

原來細娟長得修長合度，面龐很美，自從邂逅烏豬後，在烏豬的殷勤追求攻勢之下，受不了物質的引誘，便跌進他的懷抱裡去；加以細峇整天為了生意不在家，晚上回來後疲倦得一倒下床便熟睡了，於是就促成她陷入烏豬擺設的羅網。

這麼一來，細娟與烏豬的行為便遐邇周知。然而富有自卑感的細峇，在細娟的面前卻佯裝得若無其事；雖然他的心窩早已被怒火燃燒得快要爆炸，但，他每天還是早早就把攤車推出去，晚上遲遲才把它推回來。

細娟看見丈夫不聞不問，更大膽地在公開場所與烏豬出入成雙。

最後一次，當烏豬與細娟在海邊一間吃風樓雙宿雙飛的時候，細峇從窗口偷偷爬進去，他看見烏豬光裸著全身，壓在一絲不掛的細娟身上後，就一刀把烏豬結果了，然後把刀尖指在細娟的胸脯上。

細娟毫無驚慌的反應，只是哀怨地要求：

「細峇，你也把我殺了吧！」

但細峇慌張地丟了刀，逃命走了。

烏豬的父親，富甲一方，有錢有勢，哪肯給人把兒子白白殺掉，於是花了大筆錢後，終於幫助警方找到了線索，把細峇逮捕歸案。

經過幾次的審訊，雖然孫大明律師引經據典，以正義替他大力申辯，無奈法律是替有錢人服務的，加以當日細峇殺人後沒有向警方自首，便終於難逃法網了。

四

第二天九點一刻，法官宣布開庭。

孫大明陪著細峇走上犯人欄，一路不停地對他說了好些話。

最後法官綜合了陪審員的意見，便鄭重地問細峇還有什麼話說。

細峇非常鎮定地看了孫大明一眼後，便從容地這麼說：

「陪審員和大人如果要判我有罪，我還有什麼辦法？不過我有一個要求。」

「什麼要求？」法官嚴肅地問。

「要求控方律師的太太以及陪審員的太太們各跟我睡一個晚上……」

細峇的話還沒有說完，控方律師立刻站起來，怒氣沖沖，幾乎語不成句，而陪審員也大都聲色俱厲；旁聽席上更是一片嘩然。

一陣喧嘩後，終於恢復原來的秩序。

至此，孫大明說話了。

他慢條斯理地這麼說：

「律師和陪審員都是受過高深教育的人，照道理是應該很有涵養的，但大家只因了一句話，卻不能容忍而失態。細峇沒有受過教育，難道他眼巴巴地看見妻子與姦夫在幹著醜事，就不會怎樣嗎？」停了一會，他接著說：「可見樹上成熟了的果子，一定是要跌下來的！」

法庭一時鴉雀無聲。

法官聽完孫大明的陳情後，沉思一會，便宣布細峇的謀殺案保留判詞，於是立刻退庭。

孫太太聽見法官宣布後，馬上從旁聽席急趨前去，一面緊握著孫大明的手，一面興奮地說道：

「精明的好律師，希望你永遠替人民服務！」

「你是沒有一張法學文憑罷了，不然你也是可以做好律師的。」

孫大明喜氣洋洋地牽著太太的手步出法庭。

寫於一九六一年八月十日

吃來吃去

一

「兄弟是何應欽將軍的乘龍。」

「不才是杜聿明司令的快婿。」

「哈哈……」

「哈哈……」

去年禁食節過後，瘦仔高和胖子林，在一個偶然晤面的機會中，這麼互相自我介紹。然後，各自覺得好快意似地，哈哈大笑起來。

當日在場的第三者，對這兩人的印象，永不忘記的，就是他們那種放浪形骸得意的笑態。

自稱為何應欽將軍乘龍的瘦仔高，其實是某地一間小學的華文教員。他所以自稱為何將軍的女婿，原因是他的岳父姓何名英今，他就這麼攀附了何應欽。

自從他攀上了何將軍的關係之後，加以口才流利，交際手腕圓滑，吹擂的技巧又巧妙，所以在社會中，頗見活躍。

然而瘦仔高能在社會活躍，還是與城中某名流搞起關係來的。因為他從小與某名流結為拜把兄弟。拜把兄弟出身寒微，由於幹冒險事業，一路順風得利，銀行戶口有大把銀幣；為人又長袖善舞，交往的多是一些善於吹拍的落魄文人，加上瘦仔高的穿針引線，於是名流的聲譽日隆。越有聲譽的，越要利用社會。利用社會的，便要霸占社會。企圖霸占社會，不能不處處顧藉臉皮；以便維護社會地位的尊嚴。某名流有一日就為了維持尊嚴，結果栽在瘦仔高的手裡。雖然所損失的，從銀行戶口存款的數目看來，只是九牛一毛，不過對於瘦仔高經濟情況的改善，卻是有著決定性的。

原來那一次，某名流有批烏貨從泰國私運入馬，一切保護的架步，原已搞得十分妥當。不料，當要過海時，忽然風吹草動。他為了審慎起見，按兵不動，就將烏貨寄在拜把兄弟瘦仔高執教的那間學校的宿舍裡。如此神不知、鬼不覺地經過了三日三夜。第四天，風聲平靜，正要啟貨運行，瘦仔高突發寄謀，不肯讓貨放行；拉住拜把兄弟的手說道：「老弟，為兄的今日出於不得已才這麼做。老實說，教了十多年書，依然吃不飽、餓不死，看來是無法翻身的了，所以希望老弟玉成就是。今天老弟雖非大富，但百數十萬已不成問題，所以斗膽向你要求，將你建築公司在××巷興建的雙層屋宇，割贈一座予我，並把烏貨利潤撥出五巴仙惠助小兒學業。如此區區要求，敢請老弟玉成，即日理清手續。」

名流千想萬想也想不到拜把兄弟會突然露出這一手，一時想到小不忍則亂大謀：東窗事發，錢財化為烏有；報章揭發出去，名譽掃地事小，被逐出境事大。於是啞子吃黃蓮，忍痛地簽了城下之盟。

這樣一來，瘦仔高非但有洋房，也擁有一輛second-hand的「摩里斯邁那」，轉眼之間，成為教育界的有屋有車階級。雖然拜把兄弟之間已反目成仇，但誼與仇也算不了什麼的，因為拜把兄弟誰也不敢將其中的真相宣洩出去，只是一方恨在心頭而已。

至於那位自稱為杜聿明司令快婿的胖子林，原來是位走江湖的郎中，可以說是貧無立錐的窮光蛋。他並非有什麼出身的醫生，只身邊藏有一本手抄本的《百病自療》的草藥祕方。經他按脈診視的雖然也有好些人，但服過他開的藥後，總是無好無不好。久而久之，不用宣傳，病家自然日漸減少；後來連房東也屢次迫他遷出。好在有一日，一位乳部浮起硬塊的青年寡婦找上門來。本來如果生的是乳癌，並非草藥所能根治的。可是胖子林鼓其三寸不爛的舌，說什麼服抹他的藥後，保證按日可癒。原因是他手上的秘方說明：獨味柳仔樹葉可推消乳腫。寡婦問他包醫到好要多少錢？他說只付他少許的藥錢，醫好後隨她所贈就是。寡婦原也沒什麼錢的，聽他說後，很是歡喜；就這樣對他留下好印象，也就讓他醫治了。後來寡婦乳腫的部份，雖然消沉，病症並沒有痊癒。可是當她露出胸部讓他診視之後，胖子林卻動了心。於是在他的推與摸以及甜言蜜語下，寡婦終於中了他的圈套，而不過兩三天就把身獻給了他。結果胖子林當房東再度迫遷時，就順理成章遷到寡婦的家來。

寡婦雖非富有，除了身邊有個幼孩之外，也是靠雙手過活，但是屋子倒是她自己的。可是對於胖子林來說，卻大不相同。因為寡婦已委身相許，他也就由窮光蛋而變成有家有室的了。至於他的敢誇稱自己是杜聿明司令的快婿，原因是寡婦的先君過去在杜司令的部下當過排長，後來在一場戰役中喪了命的。

二

瘦仔高與胖子林認識之後，來往隨著友誼的增加而日益密切起來。

開始的一二個月，大家都認為對方出身不凡而互相尊重。各人除了知道對方都是「系出名門」，又看到各有所長，比方瘦仔高善於交際的手腕。在胖子林眼中，以為大有借助的地方。而胖子林那種「懸壺濟世」的精神，在瘦仔高心中，也認為不可多得的人才，所以大家都互以「非池中之物」而互相稱許。

但是經過三四個月之後，胖子林從友輩中得悉瘦仔高「起家」的秘密，對他已明了三分，然而對他的那種「臨機決斷」的精神卻佩服萬分，以為這正是自己所要物色的好幹材。而同時瘦仔高也知道胖子林興家立室的底細。雖看出他沒有潘安之貌，然而那善於辭令的口才，實也大有可用之處。因此各都不以對方出身骯髒而見外，反而「推心見腹」地稱兄道弟。不過雙方都很聰明，誰都不願揭開對方的底牌，以免傷害對方的自尊致失掉感情。雖然無所不言，言無不盡，總是小心翼翼地不願觸及對方的瘡疤。

然而有一天，瘦仔高這麼說：

「老弟，在現社會處身，實在很難，你不吃人，人會吃你。」

「不是麼，我也有同感。」胖子林認真地：「我以為社會有三種人。第一種是不被人吃也不吃人。第二種是純粹被吃的。第三種是專門吃人的人。」

「老弟，你認為我們該做哪種人？」

「倘若做被吃的人，便永生不能出頭。做不吃人也不被吃的，如若時運欠佳，也是永遠慘字貼在額。總之，識時務為俊傑，想來還是做第三種人才上算。」

「老弟，我也如你所想，在現社會好人做不得的，實在非做第三種人不可。」

「不是麼，否則吃虧的還是自己。」

「……」

兩人各都看清楚對方的臉孔，於是兩人的一舉一動，也日趨一致。從此密切合作，企圖做吃人的人。

三

有一位姓牟的寫作人，他辦一個刊物，已出版了一百多期。十幾年來，刊物的印刷費，完全靠廣告費的收入來維持。

天下居然有這麼一任枵腹從公，十多年來，單身匹馬，辛辛苦苦，到處求人惠登廣告，實在難得再找到第二位的了。他把寫作看作人生責任？

他把辦刊物當作天經地義？

這其中當然不會沒有原因，姑不論這是牟老選擇求生的辦法，然而他的興趣與精神實在難得，不然怎能支持了十多年？

其實能維持一個並不出色的刊物十多年，牟老的確具有一套新方法與真功夫的，否則在一個普通人支持一個刊物的印刷費，一兩年已經感到有如登天之難了，哪裡還有洋房、汽車以及種種的享受？

所以瘦仔高認為牟老是士大夫輩中最沒有士大夫包袱，而能靠打手風發達起家的大人物。

一日，他瘦仔高登門找牟老來了。他投其所好向牟老這麼說：

他有一位找廣告能手的好友，近日組織一家廣告公司，如能跟他合作，包管刊物每月有固定的廣告費可收入。

牟老一路來對瘦仔高的為人早有所聞，但他老是靠廣告費的收入為歸源，一聽見有機會，鎮定的心也有幾分浮動，所以說：

「廣告的收入，本刊多多益善。如果有大量的廣告與固定的收入，本人十分歡迎之外，當也可以六甲四對分。」

第二天，瘦仔高偕胖子林一起來見牟老。大家一見如故，話機相投，於是你兄吾弟，哈哈大笑一場。

臨離開牟家時，胖子林即刻交上一版全版的醫藥廣告，那是他自己一張「名醫抵埠，擅醫奇難雜症」的宣傳文字。

第三天又交上半版某手相博士看相論命的廣告，第五日也交來全版出售地皮的廣告稿樣。

牟老一連接了二大版半廣告，認為合作順利，一時感到十分滿意。可是從此以後，近一個月中，卻沒見到胖子林的影子。

刊物出版的這一天，胖子林駕了瘦仔高剛噴過漆的汽車，來到牟家，神色閃閃爍爍地對牟老這麼說：

「牟先生，我有件事要和你商量。」

「我有力量可以做得到嗎？」

「絕對沒有問題的。」

「什麼事？」

「我手裡有八萬元，寄放在你這裡，請你替我保管。」

「為什麼不把它寄存於銀行？」

「不能夠的。」

「為什麼？」

「因為這是非法得來的。」

「怎麼非法？」

「走私所得。」

「呵！」牟老一時啞然，似在想第二句話，然後說：「也該把它寄放在有身家的人的家裡。」

「牟先生，你也算是有身家的人。」

「值得你信任？」

「絕無問題，絕無問題。」胖子林連聲表示：「只要麻煩你寫張收條給我就好。」

「這個麼，也是應該的。不過、不過你把它分成二批較方便。一批我替你保管，一批寄放在別人家裡。」

「不必，我想完全拜託你就是。」

「那麼，讓我詳細考慮後，明天才給你答覆。」

「不必考慮，明天我就把錢帶來。」

「這個、這個……」

牟老「這個、這個」還沒有完，胖子林已站起來，開步踏出門外，說道：

「明天見就是。」

但，明天過去了，後天又過去，接著一星期也過去了，胖子林並沒有到牟家來。

直到八月中秋那一天的中午，胖子林才來見牟老，一見面就這麼說：

「牟先生呀！真是對不起，上個月所拜託的事，結果我之所以沒有攜款前來，第一是怕真的會麻煩你。其次，那天剛好福利部開獎，我的朋友中個三獎，於是我用現金把它買了下來，然後名正言順地託銀行經理代領後存入戶口了。」

「這樣妥當了，可說天衣無縫。」

「託福就是，託福就是。」

「那你今後得好好地善於利用。」

「是的，我已買了一片地皮。」

「什麼地點的？」

「成功之後，自當奉告就是。」

「這幾天正在忙於辦理手續，適逢路過此地，故下車來告知一聲。」

「真是有心了。」

「現在對方約定下午一點見面，我必須趕時間去。」

「那就不逗留你了。」

「不必，不必，以後見。」

胖子林一踏出大門，牟老忽然想起二版廣告費早已經是應該收款的時候，卻認為區區的一百五十元，此時向他開口，殊屬不智，於是也就轉想到第二件事去。

牟老所觸及的第二件事，還沒想開去，瘦仔高忽然匆匆踏進門來：

「牟先生，胖子林有來過麼？」

「有呀！他剛離開不久。」

「那我得趕快去找他。」

「什麼事使你這麼緊張？」

「呃，就是買地皮的事。賣方約定在律師樓下見，倘若過時不赴約，他將取消呀！因近日地價大漲，賣方正企圖反約。」

「這樣，事不宜遲，你該趕快找他去。」

「是的，我得趕快找他，以免誤時誤事。」

四

胡建立是本城搞建築事業起家的小富翁，他擔任一家社團的主席和兩間學校的董事，是位很想在社會出名的人物。

胡建立雖然讀書少，識字不多，但是他十分賞識牟老的文字。大前年母親去世，「敬告知交」的訃文，就特別要求牟老執筆。今年某小學新校舍落成，那篇演詞，也是牟老起草的。

牟老似乎摸透了胡建立的心思，所以他的任何文字，胡建立無不擊節稱賞；甚至牟老對他所說，也都十言九從。胡建立因此對牟老那份刊物十分支持，除長期刊登全版的建築公司廣告之外，每年也都給予特別的捐助。

瘦仔高深知牟老與胡建立交情密切，就在禁食節前一天，陪胖子林帶了兩張地契，找上牟老的門來。由瘦仔高開口向牟老說：近日胖子林因買了××芭的大片地皮，急需四萬元過定。胖子林銀行戶口僅存二萬元。必要再籌措二萬，所以決定把過去所買的厝地賣掉，然後集中資本經營××芭的地皮。只因急於出手，一時難找到適當的買主，故拜託他介紹給胡建立。到時五巴仙的介紹費，當然照數支付予牟老當作刊物的印刷費。

「要賣的地皮值多少錢？」牟老聽到五巴仙的介紹費便問。

「不多。八九萬而已。」胖子林接著說。

「八九萬元。」牟老喃喃在心中自語：就八萬來說，五巴仙也該有四千元。於是見錢心開，說道，「候我問問胡先生要不要。」

「適合建築新式樓房的厝地，怎麼會不要。」瘦仔高加重語氣說。

「是麼，那就讓我向他試探試探。」

「事不能慢。」瘦仔高加上一句。

「欲速則不達，你急什麼，倘若胡先生喜歡，十萬八萬絕無問題的。」牟老笑意盈然，把眼光停在胖子林的臉上。

「如是，你的五巴仙也可以即惠的。」瘦仔高說。

「明天，我給你們答覆就是。」

「那麼，明天一早，我們再來。」

第二天，牟老說：胡建立看了地契，有意把地皮買下。不過胡先生說：他需要到土地局查個清楚，然後才能定奪。這幾天剛好是禁食節，政府機關辦公只有半天，要託人查詢，諸多不便。所以說候禁食節過後才來商量。

但胖子林迫不及待似地說：

「禁食節前與禁食節後論價成交都沒問題。只是目前急需二萬元。」

「胡先生沒有把地皮鑑定之前，一定不肯付錢的。」牟老認真地表示。

「這樣，求其方便的話，你先借給我也好。」胖子林張開闊口。
「笑話，我又不是開銀莊的，哪有現金二萬？」
「不夠二萬，以你的名義向胡建立挪借，湊合起來，必能成功；倘若還不足，先來萬六，四千元甘仙算是先付你，我寫借據的數目二萬予你也無不可。」
「這個、這個？」
「這個什麼，助人助己，俱為人生快事。反正地皮一成交，錢也須經過你的手，你把它扣起來不是十分方便麼？」瘦仔高插嘴說。
「好啦，讓我打算打算看，倘若向胡先生借有五七千，你們明天就來拿錢好了，不過借據上數目必須寫明二萬。」
「當然、當然。」胖子林唯唯點頭。
明天，胖子林如約前來，牟老也如約把錢交給他，他也如約把收據交給牟老。
可是禁食節過後，胡建立從土地局所獲得的答覆是：
胖子林那兩張地契是假的。

寫於一九七三年一月二日

火在那裡燒

——風從那裡來，
火在那裡燒。

一

報載「來順園」昨午發生火災，大火把園裡一百多間亞答屋完全夷為平地；男女老少，相競逃命，損失不計其數。其中有一青年與園主千金剛舉行過婚禮，正要登車趕赴機場，飛往香港度蜜月，忽然發現火焰，一時為了報警與救人，便不顧一切，衝進火窟去，結果救了人，自己卻被烈焰的火舌舐去了半邊臉孔，送進醫院後，仍處在不省人事的昏迷狀態之中。

發生火災的「來順園」在什麼地方？是什麼人的產業？

二

離開碼頭搭德士向北上去，不到二哩遙的主幹公路上，你可以看見大路左右兩邊，各佔約近一兩百依格的園地。一邊是建築有新式屋宇的住宅區，一邊也是住宅區，不過所有的屋子，九十巴仙以上還是板屋與亞答屋。

公路左邊的住宅區叫「雨順園」，右邊的住宅區稱「來順園」，都是大園主夏雨來的產業。左右兩園的屋子，都是屬於一個園主的產業，為什麼左邊的「雨順園」，所有的屋子，都是磚瓦的新式建築，而右邊的屋子，卻還保存著原來古老形式的亞答屋？

這其中自然有其改變與不改變的原因和道理。

原來左邊的「雨順園」在三年前發生過一場大火，火神把所有的亞答屋都燒得精光。於是被夷為平地之後的「雨順園」，自然而然改建為磚瓦屋子。

「雨順園」改建為磚瓦屋之後，原來的住戶都失去再住下去的權利。原因是亞答屋的租約上寫明亞答屋永不能改建；一旦被毀後不能再住下去的，業主便有權收回來。

租約上的條文既然寫得十分明白，於是有辦法的租戶在易權與租金重新估值之後，還能住回原屋去的，畢竟十無三四。而那些受過火劫，身家已化為烏有，為了棲身之所，費盡所能發出的精力，到處張羅設法，還是沒辦法謀位再住下去的，只好流離失所，落腳他方去了。

然而「雨順園」的住戶這麼一退一進，園主夏雨來的財富，便有如溫度計，在受熱之後，急急向上高升。

所以改變「雨順園」的面貌，夏雨來雖日思夜想，可是不上兩年的功夫，他也晉身成為上層社會的聞人。

夏雨來吃髓知味，時時夢想「來順園」也忽然捲起一場熊熊的大火，把全園的屋宇化成火海，讓自己變成金剛，以便給他帶來更高的財富。只因「來順園」的居民已看清楚了「雨順園」的怪火；加上「雨順園」被焚毀之後，租戶所發生的痛苦，給大家帶來了寶貴的教訓。所以「來順園」的居民對於火燭，無不小心翼翼，加以嚴防戒備；都認為容易惹火的亞答屋，一旦著火燃燒，後果一定比「來順園」的租戶更加悲慘。

這麼一來，夏雨來希望在「來順園」發財的企圖，用盡心思，也好久不易得逞。可是「來順園」的居民百備還有一疏，難怪昨日忽然被火燃燒起來。

火災是發生在夏雨來嫁女的婚禮舉行後，下午二點在大宴賓客之間，正當女兒秀美偕夫婿廖仲平，預備登車趕赴機場的時候，那股焚燒「來順園」的火焰，忽然給廖仲平看見。廖仲平憑過去在居家「雨順園」看見的那場大火所得來的經驗，立刻意識到這種火焰正是燃燒「雨順園」把父親活活燒死的烈火，所以奮不顧身，脫掉大衣，衝進火窟去，準備敲擊鍋盆，好讓大家及時搶救或者逃命，不幸任務完成之後，自己卻受傷慘重。

那麼夏雨來是一個怎樣的人？

三

「夏雨來嘛，他真的是一位了不起的人物，提起他的機智與才幹，實在少有人能望其項背的。」

有一天，那是當廖仲平一家人搬來「雨順園」居住的第二個晚上，由於父親提起園主夏雨來當初來過番，是由他引薦到來的。

廖仲平聽後就這樣問道：

「爸爸，既然你們兩人是同時一起來南洋的，為什麼你老是這麼平平過日而已，夏園主卻發達得這麼快？」

父親若有所悟，睜大眼睛著意地說：

「人家的發達也不是沒有道理，我活到這把年紀，從來沒有失業過，只能保持三餐溫飽，也不是沒有理由。唉！總說一句：夏先生本事大，我呢，患得患失，為了希望你們兄弟讀書有所成就，什麼事都不敢做，怎麼發達？」

「爸爸，夏先生整天不外是跑來跑去，看來有什麼本事？」

「孩子，跑來跑去也要有本事的，不然跑向哪裡去？我就是沒有本事，才跑不出路道來！」

「我年紀輕，經驗少，所以一點也看不出。他的本事在哪裡？爸爸好不好說來聽聽。」

「爸爸不用多說，只講一個故事給你們聽，你們自然就會明白。」

廖仲平的父親以回憶的口吻這麼說。

「民國廿五年的仲夏。」

「在南中國一個小城的市鎮上，有一間綢緞商店，從暹羅採辦了一批名貴的暹羅綢褲。鎮上一些闊少，時尚所趨，都爭著買來穿。」

「有兩個青年在酒肆閒聊之中，一位向對方這麼提議：『嚇，老兄，友輩沒有一位不知兄臺本事高，機智強。今天我們再來考驗一下；你能不能到滙豐綢緞店，騙取一條暹褲出來，若能成功，我把昨天向該店所買的那條湖水色的褲子也送給你。』」

『老弟，你說可是真的？可不要後悔囉！』

『哪有後悔，老兄能做到，小弟自然也要做到。』

『好，老弟，一言為定，看我的。不過你要跟我合作。』

『怎麼合作法？』

『要是匯豐綢緞店說我身上所穿的湖水色褲子是他們店裡的，你就為我證明說是你昨天買來送給我的。』

『那絕對沒有問題。』

『那絕對沒有問題？』

『一言既出，駟馬難追。』

「兩個鐘頭之後，那位具有機智，聰明過人而被稱為老兄的打扮成闊少，穿了一襲淺水藍的竹布長衫，鵝行鴨步，走入匯豐綢緞店來，向四周壁櫥細看一番，再向東邊的櫥面細心端詳，然後向伙計說：『嚇！老闆，把櫥裡那條湖水色的褲子拿給我試穿一下。』」

「伙計把褲子拿下來，他便把它穿上身去，悠閒地踏著慢步，一會兒，又向西邊的壁櫥注目，又對伙計說：『老闆，請你把那條淺紅色的，拿給我試試。』」

「伙計拿下來給他。他穿上之後，鵝行鴨步一陣，然後將剛穿上去的淺紅色褲子脫下來，交還給伙計說：『真對不起，因不合身，請你收回。』便悠閒地走出店外去。」

「伙計掛好了褲子，回頭一望，他已踏出店鋪門限，就高聲叫道：『先生！先生！剛才你穿上的那條湖水色的褲子還沒脫還給我。』」

「他馬上站住，踏著閒步轉回店裡來，凜然正色地說：『你講什麼？』」
「『我說你身上剛才所穿的那條湖水色的褲子還沒脫下還給我。』」
「『我身上有穿你們的一條褲子？』」
「『不錯！先生，你還沒有把它脫下。』」
「『你胡說！』」
「『先生，我怎麼樣胡說？難道你身上沒有我們的一條湖水色的暹綢褲？』」
「『有，我身上的確有一條湖水色的暹綢褲。』」
「『那就是我剛才拿給你試穿的。』」
「『這麼說，我身上有兩條暹綢褲子了。』」
「『應該不錯的。』」
「『既然不錯，你看我身上到底有沒有兩條褲子？』」
「『那我怎麼知道！』」
「他卻不理睬，立刻把竹布長衫向上拉高起來，向對方招手：『來，你來看，我身上到底有沒有兩條褲子？』」
「伙計看了後，固然只有一條，卻指著他說：『這一條就是我剛才從櫥裡拿下來給你穿的。』」
「『老闆呀！你講話可要算數的，既然你這麼講，那麼大爺來的時候身上就沒有穿褲子了；你大爺怎麼可以出街不穿褲子？如果真的不如你所說的，那麼你可要賠償我名譽的損失囉！』」
「『那麼，我問你：你身上這一條湖水色的暹綢褲是哪兒來的？』伙計也提高聲調加以質問。」
「『好呀！我倒要問你：你們店裡昨天可有賣過一條湖水色的暹綢褲出去？』」

「『我們何止賣了一條！』」

「『一條就足以證明我身上穿來的正是昨天你們所賣的。』」

「『你明明是誣賴，故意來敲詐！』」

「『小子，你這麼無端端地侮辱本大爺，本大爺可要告你。當本大爺請昨天來買的朋友，證明確實是他送給我的，那我就要你賠償我名譽的損失了。』一面說，一面雙手掀起伙計的衣領，把他高高地向上提起。」

「伙計也不示弱地說：『去你的！賠你什麼損失？明明是來敲詐的，還要說漂亮話！』」

「這時，他才把手放下，說道：『第一，控你侮辱本大爺沒有穿褲子。第二，告你亂講我騙你的褲子。』」

「雙方正在鬧得不能開交的時候，真正的老闆從鎮上返店，看到情形，問清楚之後說：『算了吧！讓這位先生回去，我倒霉就是！』」

「可是對方不肯罷休，說道：『老闆呀！你話可要講清楚，否則，官司有得打。』」

「『官司不必打，我們理虧就是，請你回去吧！』」

「一場風波宣告結束，於是這位仁兄不只獲得一條新的暹綢褲子，又得到朋友加贈一條。……」

做父親的講到這兒為止，話一停，廖仲平就接上問：

「爸，這位仁兄……」但欲言又止。

「孩子，他是誰？你無妨猜猜看。」

「莫非就是園主夏雨來？」

「你聰明，一點也沒錯。」

做父親的停了一下又說：

「你可說夏雨來沒有本事嗎？」

「真有本事。」

廖仲平笑笑地說。……

那麼廖仲平的父親，又怎麼會把夏雨來引薦到南洋來呢？

四

廖仲平出身於小康之家，兄弟三人中，他是最小的弟弟。兩位哥哥受過師訓教育，都在教育界服務。廖仲平本來可以讀完大學的，因火燒「雨順園」，家中的財物，都被焚毀殆盡，而父親也在火場中喪生。因此不得不搬到「來順園」租屋居住，也停止了學業找工作做，準備生機恢復之後，再繼續讀下去。

廖仲平的父親廖康懷，年輕時就已經與夏雨來是世交。戰前那一年，因家鄉變亂，難以立足，便由中國南來投靠叔父。出門時，他認為夏雨來才具過人，又是世交好友，就舉薦他給叔父，一起到新加坡來。

廖康懷與夏雨來抵達新加坡不久，日軍南進，佔領馬來亞。廖康懷保守好靜，不想向外發展，留在叔父的酒店繼續工作。夏雨來為人精明能幹，喜歡活動，所以處於兵荒馬亂時期，也有他立足的餘地，於是各奔前程，獨立奮鬥。

日軍佔領時期，姦淫殺戮，無惡不作，不少人犧牲生命，也有無數傾家蕩產。然而也有很多不顧一切，順水摸魚，發達起來。

夏雨來機智過人，鑽營得法，獲得一位富孀的青睞，一路順風得利，不到五七年的光景，也同樣在銀行裡有了很多的存款，而且擁有不少產業。

廖康懷勤儉樸實，固然把身邊的積蓄買貨囤存，在日本時代也賺了一點錢。可是光復之後，軍用幣變成廢紙，除保存少部分馬幣可以周轉之外，結果還是要從頭幹起。不過戰後，由於他重視兒女的教育，盡力加以栽培，所以如果說他略有所成，便是兒女都受到了相當的教育。

夏雨來發達之後很少找過廖康懷。廖康懷也因好靜，加上不善應酬，採取君子之交淡如水的態度，在生活可以過得去的日子，也不想去找夏雨來。不過「五．一三」事件發生之後，廖康懷兩個在吉隆坡教育界服務的兒子，忽然失去了踪跡，事過二年還是一點消息也沒有。兩房媳婦以及眾多的孫兒，生活上忽然失去了依靠，連住的地方也成了問題，因此迫使廖康懷在走投無路之下，不得不求助於夏雨來。

夏雨來夠朋友，看來毫無拒絕之意。答應他馬上要撥出「雨順園」的一間大板屋給他們居住。廖康懷卻不願意白住他的地方，為著長遠打算，認為自己非擁有一間固定性的住所不可，便要求夏雨來把板屋平賣給他。夏雨來本不肯這麼做，口口聲聲說絕對可以永遠讓他們安居下去。只因廖康懷老是不肯接受，於是為了安定對方的心，也就依他的意思，以三千元的平價，把板屋賣給了廖康懷。

廖康懷於是把檳城的住家頂給人家，將收入的一筆茶錢，拿出三千塊錢買了板屋，其餘的便寄放在銀行裡生息，作為供應第三兒子升學的費用，以及輔助日常生活的不足。把自己本該退休的工作，再繼續幹下去，寄望於廖仲平大學畢業後才來退休。

受傷的廖仲平到底是怎樣的一個青年？

五

檳城早晨六點三刻一班的渡輪，除了星期日之外，每天都有很多穿著整齊校服上學的男女學生。你如果趕得坐上這一班渡輪的話，便可以看見這許許多多朝氣蓬勃的青年學生，背著書包，或者手抱課本，在渡輪上飽嚐清新的海上晨風，大家在和煦的初陽溫吻之下，都顯現活潑可愛，有如剛摘下來，飽含光澤的紅色蘋果，幾乎每一張臉孔，都會使你覺得甜美可愛。他們有的翻開書本，在深深地細看或輕聲地朗讀。有的唯我悠然獨坐。有的投注於平靜如湖的海波。有的痴然遠眺檳島的山巒。有的兩相依偎，談笑自若；最使人覺得有情調的，是那成雙作對的男女同學，靠緊舷欄，面對晨光的訪問，而喁喁私語。真是使一般失落美夢而又獨身無伴的人兒，感到可羨可慕。

其中有兩對青年男女同學，每天總是相約為伴，靠著船舷，聊過大約十多分鐘渡輪的時間，然後雙雙搭上政府巴士上HC中學去。原來他們都是住在毗連相近的住宅區。

廖仲平和夏秀美雖是讀理科大學先修班二年級，廖仲平讀的是A班，夏秀美讀的是B班，兩人當初雖已認識，可是不相往來。如今卻是一對感情密切的愛人了。

李大剛與陳叔真兩人都是讀高中三年級的商科班，兩人從高一一直升上高三，相處日久，一路來就有了感情。

李大剛的身材沒像他的名字那樣魁梧高大，不過體質結實，矮小精悍。端正黝黑的臉孔釘著兩顆神采活躍的眼珠；天庭飽滿，充滿著思想力。讀書與學習都很認真，對各種有益於身心的課外活動，他都積極參加。除了樂於為校服務之外，回到「來順園」，又為住宅區父老們創立的民眾夜校義務講課。每晚非過十一點鐘，不能上床休息，明天早早又要起身。可是六七個鐘頭的睡眠並不會使他感到不足，相反地還是精神奕奕，幹勁十足。

陳叔真與李大剛都是還沒超過廿二歲的青年。青年人有青年人的喜歡，她除了喜歡李大剛那種大公無私，樂於擁抱工作的精神之外，就是愛上他那張緊掛著笑容而又樂觀的面貌。因為不論如何繁重的工作加到李大剛身上去，李大剛臉上的笑容總是不會凋謝。

原來陳叔真也有許多像李大剛那種使人喜歡的性格。她功課好，待人接物溫和大方，處處博得同學們的喜愛。在同學們的心目之中，也是屬於思想敏捷、工作認真的人物。

陳叔真的身體比李大剛又高又大，白白的圓圓的臉孔，配著圓圓黑白分明，精神飽滿的眼珠；嫩嫩的鼻子，甜甜的要笑未笑已先笑的笑意，走起路來沒有女人忸怩的體態，卻有一股男人腳步的勁力。不論交給她什麼工作，她從不推辭；任勞任怨，還是笑容可掬地面向著你。所以是人人喜歡接近的同學。

陳叔真與李大剛既具有同樣的性格，加上意志相投，目標一致，所以他們總是在一起學習，一起研究功課。雖然還沒有結婚，可是同學們都認為他們畢業後，必定結婚成為一對恩愛的夫妻。

同學們無不羨慕萬分，深深為他倆的前途祝福。

可是廖仲平還是暗地裡戀著她，愛著她。

原來廖仲平和陳叔真，從小就是鄰居，青梅竹馬，幾乎沒有一天不見面。從小學到中學，他們同在一間學校讀書，同在一個操場玩耍，回到家來，又在一起有說有笑，生活已經把兩人的感情打成一片。

不幸，陳叔真上高中的那一年，父親忽然失業，她也被迫輟學。大約一年多，父親找到了工作，由於工作的地點是威省，他們只好把家搬到「來順園」去。從此便離開了廖仲平。

不久，陳叔真回到H中學繼續高中課程，踏入高中一教室的那一年，她認識了李大剛。因李大剛家也是住在北海。她和他每天都是早上同時上學，同時搭渡輪，搭巴士，同時進教室。下課要是沒有課外活動，也是一起搭渡輪巴士回家。

李大剛住在「來順園」附近的一個甘榜，因為父母早逝，孤苦無依，投靠伯父生活。由於從小就喜歡讀書，經歷比一般孩子多，學識也就比一般同年齡的少年高深。所以從小就和勞動結下了不解緣，不十分重的工作，他幹起來都條條有理，又學會替人補習，具有獨立生活的精神。高中二學年結束的前一個月，「來順園」的民眾夜校要請一位半義務性質的教員，由陳叔真的介紹，他接受父老的邀請。為了工作的方便，他搬到陳叔真的家去住。從此，他們的學習精神，更加積極，他們生活情趣更加濃厚。

廖仲平當二位哥哥失踪之後，也停學了一年。到了他讀高中三時，陳叔真才進校讀高中一。後來他父親在「雨順園」買了板屋，他和陳叔真又再是近鄰；雖然兩園的住宅遙遙相對，還有一段距離，他還是時常去找她。

廖仲平一路來很少離開過陳叔真，而陳叔真和他無論什麼話也談得來。廖仲平也時常向陳叔真表示愛意，陳叔真對他也不討厭。只是陳叔真認為婚姻是人生的終身大事，絕不能太過感情用事，因為夫婦的生活志趣和工作目標必須一致，而且雙方都應具有「人類愛」與「愛人類」的精神。這樣的結合才有意義。她知道廖仲平學有所精，也明白他對她一片精誠。可是她以為李大剛是貧苦出身，具有深厚的勞動精神，在品質的衡量上，勝過廖仲平多多，所以她不愛外貌瀟灑、人見人愛的廖仲平，而愛上矮小精悍、認識清楚的李大剛。

結果廖仲平參加追逐陳叔真的愛情，跑了不少曲折的路，使他明白陳叔真所愛的確是李大剛，可是不肯死心放棄最後的希望。不過一切都已枉然，因為李大剛與陳叔真，在高三將畢業前，為了表示他們相愛的深切，已經在同學面前宣佈，畢業典禮一舉行，他們的婚禮也同日完成。

廖仲平從此才放棄希望，定了心，把精神集中在學業上，準備完成大學學程，實現父親的遺志，負起扶養家小，以及成家立業的責任。

可是廖仲平的心地清靜不久，另一位少女又闖進他的生活圈子。她是誰？她是夏雨來的女兒夏秀美。

六

四年前火燒「雨順園」的那一天，正是農曆七月十五日盂蘭節的中午，家家戶戶都備辦紙錢和牲禮，忙著拜神祭鬼的時分，北角那間好久沒人住過的破亞答屋屋頂，忽然冒出一股又濃又黑的煙火所糾結的烈焰，頃刻之間，大家敲鑼擊鼓；大嚷大叫。可是威勢壯大的鑼聲與人聲，一點也嚇不退暴怒的火魔。一剎那，鼓著濃煙的火舌，已輕易地舐過鄰座的亞答屋。那時，烈火熊熊，萬鈞的壓力，也壓不下了它的放肆。加上烈陽當空，風勢助威，蛇舌噴射一般的火焰更加猖狂。不到五分鐘，北角一帶的屋宇全部發火，熾熱之勢，好似油田燃燒，張牙舞爪，「必必卜卜」，響徹雲霄。天空一片血紅，地下一口火海，蔓延的迅速，無法形容。救火車還沒開到，整座「雨順園」亞答屋都被燒成灰燼。

由於烈焰沖天，蔓延火速，家家戶戶呼天搶地，悲痛欲絕，只顧逃命，身家財產都沒辦法搶救，所以被火焚毀的財物不計其數，人命也損失了四條。

廖仲平的老父廖康懷，就是其中之一。

事後，大家都認為火起得奇怪。那麼熾熱的火，怎麼會無端端地在北角那間久沒人住的屋子發生？

「難道是神火？」

災民沒有一位不這麼說。

可是到底是哪一位昧著良心的傢伙，趁著人家拜神無備之時，暗地裡投下火把，讓它燒了起來？

七

廖仲平與夏秀美兩人早已認識，只是不相往來；雙方的感情卻是在這時的火場建立起來的。

那一天，處身火場的人，只要具有一點天良，看到那種淒涼苦楚的慘狀與孤絕無依的苦況，無不眼紅淚落。

廖仲平和嫂嫂以及侄兒圍緊著那具是父親，是公公，又是祖父，已被燒成焦炭似的屍體，痛喊呼叫。

將廖仲平視為世兄又是同學的夏秀美鑽入人群靠近他；他那種泣血痛哭，驚懼可怕的情景，使她傷心流淚。她蹲下去說：

「仲平同學，世伯遭難，我致表哀痛傷悼！」

廖仲平抬起頭向她一看，用手背拭去眼淚，點一點頭表示接受她的美意；又是垂頭悲哭。

夏秀美靠近他一步，用手指按一按他的肩膀，輕輕地說：

「仲平同學，需要我什麼幫忙嗎？」

半晌，廖仲平才說：

「秀美，謝謝你。」

「仲平，我真心樂意幫你的忙。」

廖仲平於是站起來問：

「秀美同學，你爸爸在家嗎？」

「他，他早上已過海去了。」

廖仲平又跪下去看他那燒成焦炭的父親。但已經不哭了。秀美也跟著蹲下，然後輕輕地拍一拍他的肩膀，認真地說：

「仲平，我父親不在家，你需要什麼，我或者可以做得到。」

「我現在一無所有，不知怎麼辦！」廖仲平那已噙住了的眼淚又滾出來。

「不用擔心，此刻你需要什麼，我一定可以幫你什麼。」

「我先要想辦法收父親的屍骸。」

「那沒有問題，我相信會有人來幫助你。就是沒人來，我和你也可以動手的。」

廖仲平六神無主，不知如何是好。夏秀美卻理智清醒，提出主張。

「不過……」廖仲平欲言又止。

「不過要用錢是嗎？」夏秀美理會得快：「不用擔心，我自己有積蓄，可以馬上拿出一千塊錢給你用。」

「你？……」

「你什麼？仲平，你父親和我爸爸是世交，我與你是同學，連這一點我可做得到的小意思，我也辦不到嗎？」

「秀美，我十分感激你！」

廖仲平這時那顆忐忑不安的心，才慢慢穩定下來。

其實「雨順園」所有的亞答屋化成灰燼之後，檳城熱心人士所組織的救災善後委員會也馬上成立了，一切善後的事都有人負責辦理，救濟工作也即刻展開。

夏雨來從檳城趕回來，親臨火場之後，似乎有無限傷痛，面對那具舉薦他南來的老友的屍體，內心自然也有愧意。不一會，他就回「來順園」的住家去了。

夏秀美也跟著他走，一起步，她就這麼說：

「爸爸，我的同學廖仲平，也是爸爸世交的兒孫，他們現在已流離失所，毫無所有，你要救濟他們呀！」

「三家富，救不了一家貧。」夏雨來淡然地一面走一面說。

「可是他們都是和你一起來過番的世伯的後裔呀！」夏秀美熱切地問：「他們今後的衣食住怎麼辦？」

「這，你可不用擔心。」夏雨來若有其事地說：「救災善後委員會自有辦法，到時我多多關照他們就是。」

「爸，他們馬上需要人救濟的！」

「你叫我怎辦？」

「我要你馬上收留他們，千萬不能採取人在人情在的態度呀！」

「收留他們，那麼多人，可不能囉！」

「人家都知道你與他們都有密切關係的呀！」

「那你的意思怎樣？」

「把我們西北角那一座空著的屋子，讓他們先安頓下來再說。」

「那是新屋子，準備給你做嫁妝的。怎能給他們住？住久了可就會有問題了。」

「絕對沒有問題。」夏秀美緊切地拉住她父親的手說：「爸只有我一個女兒，相信你要給我的東西可多呀！這座屋子又算了什麼，就暫時借給他們住吧！當作我幫助他們的一點表示。」

夏雨來沉吟半晌：

「孩子，你既然這麼說，爸就成全你的善意吧！不過你以後可不要後悔囉。」

「絕對不會後悔，助人為快樂之本！」夏秀美一時熱淚盈眶。

當天的晚上，廖仲平和嫂嫂以及五位侄兒，在夏秀美熱切的關顧之下，就被安頓下來了。

廖仲平劫後，食住有了夏秀美的支助，創傷的生命開始復原。於是由於時間的培養，夏秀美投落廖仲平心田的情種也發了芽。雖然土質貧瘠，種子嫩弱，很慢才茁壯開花，但總算獲得了他的愛。不過夏秀美的愛情是經過了三年的長跑才成功的。

為什麼？

八

夏秀美同情廖仲平的處境，樂意資助他們一家的生活。固然是一種天性所驅使，可是自從廖仲平一家搬到「雨順園」來居住的時候，廖仲平那平額高冠、隆鼻厚耳以及舉止大方的儀表，已深深地闖入她的心境，她一見就對他發生了好感，雖不敢向他露意示愛，夢裡卻時時有他那眉目英爽的影子。

夏秀美為了實現她的美夢，她時常到廖家去。廖仲平的父親對她非常好感，可是廖仲平卻無動於衷。她每次要求向他補習功課，廖仲平總是拒絕不肯答應。

不過由於廖仲平的父親喜歡她，當面稱讚她端莊美麗、清秀可愛，所以促成她老是找機會上廖家去。無奈廖仲平的心另有所屬，不只對她毫無表示，甚至百般冷淡，不願意與她來往。

有一天，夏秀美十分熱切地向廖仲平這樣說：

「仲平同學，今天麗士戲院映出長城拍攝的《小當家》的片子，獲得輿論的好評，今晚，我想請你去看好嗎？」

廖仲平淡然而不近人情地說：

「你要看自己去看，我不喜歡！」

夏秀美一片熱烘烘的好意，沒想到反應是被潑冷水。心有不甘，回到房中，便把頭埋在枕上痛哭一陣，然後負氣地面對鏡子，向著自己這樣說：

「我有哪一點比不上陳叔真。我有不胖不瘦的身裁，同學們都說我具有女性美，陳叔真卻沒有。我有端正的臉孔，清麗秀逸，陳叔真都沒有。我的學程比陳叔真高兩班，到底有哪一點比不上她；她到底有哪一點勝過我？有機會，我一定要質問廖仲平，你這可恨的傢伙！」

然而那天起，夏秀美與廖仲平雖然同校讀書，卻不相往來。

這一次火災發生了後，廖仲平對她的態度完全改變。他看到夏秀美不只不念舊惡，反而發揮「寒爐添炭的精神」表露人類最完美的善性，所以把過去對她完全不理會的觀念放棄了，開始喜歡和她接近，相處密切，可是止於喜歡而沒有愛意，因為他心目中只有陳叔真。

所以夏秀美雖向他痴痴地露出愛意，可是廖仲平報答她的是理性的友愛。不過夏秀美雖然不能如願以償，卻耐心地等待著，對他還是笑意盈然。正如廖仲平明明知道陳叔真所愛的是李大剛，自己根本早已被摔出幸福圈外，他仍是信心牢牢，苦苦等待。

直至今年十月中旬，陳叔真與李大剛向同學們宣布結婚的日期後，廖仲平才有幾分回心轉意，使夏秀美在茫茫的情海中得到了愛的慰藉。不過廖仲平交給她的還不是純真的愛，因為他的心緒對陳叔真還是有幾分繫念。

好在人非草木，所以經過三年的相處和了解，兩顆不能統一的心，終於結成一顆了。

昨天是廖仲平與夏秀美結婚的正日，前夜兩人卻早已飽嚐新婚之夜的快樂。昨日夏府雖大開宴席，歡待親友，可是他倆的心早已飛往香港度蜜月去了。

當他倆踏上汽車要趕赴機場，經過「來順園」的路口，廖仲平忽然看見園裡東北角的亞答屋屋頂火勢沖天，他認為情形不對，馬上脫下大衣，要衝進去救火。車上的夏秀美卻不主張他衝入火海去，按住他的手說：

「仲平，你不能進去，我們趕快去報警就是！」

「不能，這時多數人都喝喜酒去，人手不足，我必須去救。」

「你今天和往日不同，現在你是新郎呀！火那麼烈，你要是有三長兩短，叫我怎麼好！」

「我不能見死不救！」

廖仲平話還沒說完，便擺脫了夏秀美，跳下車來衝向火場去。

「廖仲平呀！」夏秀美在車上激動地大叫：「我知道，你心中還是念念不忘陳叔真；你根本沒把我放在心裡，你要讓人看我穿黑衣做寡婦就是了！」

廖仲平一面奔跑，一面呼救，不久就衝入火海去。

火發時，李大剛與陳叔真和其他一些人早已投入滅火救傷的工作。好些人已被火灼傷了。

廖仲平遠遠看見熾熱的火陣中陳叔真被熏倒在一邊，便奮不顧身地冒險衝進去，把她抱起趕快衝出來。好在及時救護，陳叔真很快就醒悟；即時拖著廖仲平的手說：

「快快，再進去，李大剛在裡面，請你快去把他救出來！」

「李大剛！」廖仲平愣了一愣，躊躇之間，說道：「你放心，我去救他。」

廖仲平找到了昏迷著的李大剛，立刻把他掀在背面，背他出來交給了別人，馬上再跑回去救一個老人。不料給一根燃著火跌下來的橫梁擊中背膀，跌倒下去又被火舌舐傷了臉孔，臉肉也脫落。大家把他救起，已不省人事了。

夏秀美天天在醫院顧守著廖仲平，兩星期過後，傷況才逐漸好轉。

夏秀美笑笑地對他說：

「仲平，等你完全復原之後，我們再選日子度蜜月去。」

「秀美，我想不必了。」

「為什麼？」

「因為這一次我所獲得的快樂，比我們去度蜜月還要有價值。」

「因為你救活了你所愛的人？」

「我不只救活了我所愛的人，也救活了我所愛的人的愛人。」

「仲平，你總是念念不忘她！老是還愛著她？」

「秀美，你講到哪兒去，其實我現在所愛的人就是你，否則，我怎麼會跟你結婚？」

「那你為什麼還一直想著叔真？」

「秀美，愛是有各種各樣的，好像我父親喜愛我們兄弟讀書，你爸爸喜愛發財，我過去愛好陳叔真的爽朗正義，現在我愛好善良可愛的你，但這些都是自私的愛。我冒死去救陳叔真是一種愛人類的人類愛，不是像我和你相愛的愛。」

夏秀美聽後，一股滿足的快感油然而生，立刻笑欣欣地投到廖仲平的懷抱去；廖仲平也緊緊地把她抱住。

走險者言

「過關險過打紫菜囉！」

「潮州老嬸，過關既然危險，你做尼一禮拜之中還要走一二次呢？」

「唉，陳嫂呵！你有所不知，老身不走不做得呀！」

「奇怪，老嬸菜店仔開得大大間，生意不錯；兒媳又做得來。唉，有食有穿，就算了囉；吃到這把年紀，何苦呢！」

「陳嫂，老嬸菜店仔雖大間，其實好看不好吃，生意固然有，欠賬者多，收賬難。再說，老大好賭，媳婦不孝；吃口又多，點兒資本，押食押就吃光。老身若不出門賺些來貼補，生意不久就得關門大吉。」

「潮州叔公過身後不是存有筆錢，店屋又是自置免租，照理生意可以維持才是。」

「老鬼哪有存錢，在生時固然克勤克儉，一家勉強還有碗飯可吃，誰知臨死之前，病重送入老君厝，老君不肯收留，不得已塞進療養院，詎料醫了個把多月，病非但醫不好，醫藥費，卻用了銀千。結果死後，買棺材連墳地，做到功德圓滿，就負了一大筆債，只好將店屋押入銀行，如今店仔雖然免還店租，銀行利息每月也要六七十元！」

「菜店仔看來雖有生意，其實生意做來十分艱難。你想：顧客所賒所欠，月尾肯全數還清者，十無三四，而賒欠一百八十，壓下二三十者，比比皆是，第二個月或第三個月又繼續壓下去，時長月久，愈壓愈多，愈多愈不願意還清。結果呀，賴賬者賴賬，搬走者搬走。做到店前日收減少，周轉不靈，對一盤商賬期也就因此不准，加以欠多還少，取貨也就諸多不便了。於是店前無貨可賣，只得湊集現款買現貨來應付門市，可是貨給人客拿去，現銀一時又收不回。這情形，生意怎麼做，不停也得自停！」

「再說，一家十口；老二老三，高中畢業後無事可做，各人在家吃白飯，女的更不必說了！所以一家生息無，開銷有，吃在菜店仔，用也在菜店仔，就是金山呵，也要給大家吃空！何況老大放蕩不肖！」

「聽說大叔仔中過二萬八千扣（塊）萬字票，對生意不是大有補助？」

「唉，不中好過中；中了愈慘！你想：倘若肯給俺三二千添入店仔做資本，老嬸還要一禮拜走二次巴冬勿剎！」

「難道分文也無入店？」

「入個鬼！錢一有就買大汽車，大吃大開，夫妻夜夜出門，非至三更不回家。」

「老嬸也得管教管教。」

「唉，我就是看不過目，怪責幾句，誰知夫妻不歡就搬出去。」

「怪不得二月來少看到大叔仔在店。」

「因此生意才由老二、老三接手做下去。」

「大叔仔離開店，如今少走漏，生意必定好做。」

「雖然老大出去少耗費，不過今日行情太壞，百貨起價，棲銀又重；貨賣出去，雖有多少利潤，再行補入時卻得不償失，加以資金短絀，補貨無多，貨件不齊，生意更差，老身就不得不冒險，賺些外快，藉以補貼。」

「但是過關險過打紫菜，老孀長此下去，也絕不是善策！」

「陳嫂，這是無辦法中之辦法，如今日子難過，店仔生意雖差，但是門面如不苦苦撐住，一朝關門，那時賒借免想，一家生活就即吊上勾！」

「總之，靠每禮拜走一二次險，帶十頭八頭暹米以及其他雜貨回來，雖可賺一廿扣，絕不是解除生活吊勾個好辦法，何況你老人年齡已五十八！」

「倘若風平浪靜，老身雖磨命，還是願意再拖下去，無奈近日關口森嚴，查了再查，恐怕這碗飯再難吃下去了！」

「呵，巴冬勿剎，地方到底怎樣，為什麼貨物一經過，就有利可取？」

「巴冬勿剎，是馬泰交界一個小鎮，鎮上雖設有關卡管制過境移民，但是鎮上相距馬泰邊境數百碼地帶，兩國邊境居民日間是可以自由來往。由於居民准予自由出入，也不必一定通過關卡而是四四散散來來往往，關卡人員又未能四處顧及，這樣一來，過客攜貨入境，或多或少，都有利可取。不少走私者便利用這特殊環境，攜帶有利可圖貨物，避開關卡人員眼睛，從中牟利。」

「專門賺這種食者這麼多啊！」

「社會窮人多，而且大家認為只要帶些貨物入暹地，再由暹地買些糧食之類雜貨回來，就有利可取，誰不想來呢！所以我來，你來，他來；四甲六埠，甚至州府仔人人都想到這裡來，因為扣除了車租之後還大有利可圖，因此每日男女老少，無不攜帶貨物，背負包裹，想盡辦法，或利用火車，或越過小道，避過關卡人員視線，進進出出，穿梭不息。」

「大家攜帶入暹，通常是什麼貨色？」

「走入暹地，通常是香菇、針菜、罐頭雜貨，甚至藥品等等。由暹入馬，主要是白米，因為白米一千有扣一二銀可賺，一人一次攜帶一千，以及少許其他雜貨，一日穿梭十頭八次，入息就有十餘扣。」

「一個人過關，到底可以攜帶白米若干，再說，攜帶少量白米入關，也不算犯法呀！」

「米糧入口雖屬免稅，不過政府為了穩定米價，避免白米市場受到干擾，對邊境關卡白米入口便實施管制。居民攜帶少量白米過境，雖不算犯法，但是人一多，數目就大大增加。加上暹米每擔成本僅馬幣十餘扣，走私組織以市價售出，每擔可賺二十左右扣。所以就有人大規模專門做走私白米營利，僱用無數小童攜帶貨入暹，帶米返馬，溜來溜去，每日溜十頭八次，數量就大得驚人。米商與米較深受影響，紛紛向政府提出申訴。政府為照顧米商利益，最近便在名正言順的情形之下，實施禁止外米暫時輸入本邦。這樣一來，就連累到平日靠攜帶一二千白米入境度生本屬無礙者，也受到稅警嚴加干預了！」

「情形發展到如此嚴重？」

「不錯，當局鑑於暹米走私入境事件嚴重，就一方面在關卡加強取締走私米糧活動，一方面又嚴厲對付國內出售走私暹米商家。這樣一來，往時靠攜帶多少白米經過巴冬勿剎入境謀取利益平民，一失去機會，不得不遠離關卡，走入叢林，通過膠園邊緣小徑入境。可恨者，走私白米集團，就利用腳踏車隊，神出鬼沒，大走特走。結果政府為阻塞漏洞，就採取嚴厲手段對付。安知城池失火殃及池魚；謀取蠅頭小利的平民，又不得不轉移陣地，另覓途徑！」

「到底平民又走什麼途徑？」

「走遠道，尋求少人來往之小路。」

「雖然路走遠一點，可免受稅警干擾也安心。」

「不過，生命卻掛在警匪槍尖下，就像這一次，我條老命便差點變成槍下鬼！」

「有這種事啊！」

「騙你做什麼！因為自從政府在邊境一帶山嶺與森林加強軍事行動以來，出入一遇上軍警，如被誤認為山頂人（馬共），或遇見混水摸魚匪徒，就可能一命送陰司。你想，俺婦人家，平日只顧賺錢，政事常識一點也無；政府施行戒嚴令，根本完全不知，縱耳頭耳尾聽一二句，也不加以注意。就因為毫無所知，因此老命這次險些送掉。」

「如何送法？」

「陳嫂，說來話長，十分危險就是。」

「老嬸無妨說來聽聽。」

「大家都知道，俗語有句話說：『死罪敢當，餓罪唔敢當』，所以人到了肚子餓極時候，明知做某種事，生命會發生危險，多數人還是冒險做了再來。我就是其中之一，因為了解自己生活發生恐慌，所以明知走邊界，如拿頭髮去試火，但顧不了許多，還是與人一起走。」

「過去，我走巴冬勿剎，都是和李厝老嫂合作，因為李厝老嫂是巴冬勿剎人，她家就在市鎮附近，所以我每次出入邊境，所攜帶貨物都是放在她家中，然後才分批拿過境去，或集中之後才帶回來。否則寄宿客棧或找個所在放貨，非但不方便，所費也多。如是七八個月來相安無事。這一次所以出事，就是聽李厝老嫂所主張。她說走遠路會時間無多，如果不多辦點貨，到底賺不了多少錢，因此她要我多出點本錢，她出人工，大家合作，利潤會比較可觀。否則，她說走到死也賺不到錢。我聽了心花花，認為她說來有道理，於是籌了一百五十扣，心想可以買十頭八擔暹米回來，倘若照市價順利賣出去，二二添作五，各人就可以賺百餘扣了，誰知貪到貧也到。」

「結果情形如何，潮州老嬸快說來聽吧！」

「結果呵，陳嫂，不堪設想就是。那一天早上，我和李厝老嫂與她二位廿餘歲侄兒正要出門，我就問他：『我們要買這麼多米，憑四個人如何挑得過境？』」

「『除了我們四個人之外，還要雇用他人挑呀！所以錢不能完全買米，必須存一部份留作工錢。』李厝老嫂一個侄兒說。」

「『這樣，雇了工人，除去工作，還能賺多少呢？』我問他。」

「『除了工錢，算起來，還是大有和算。』李厝老嫂代她的侄兒答。」

「我們於是很早就過關去，不久到了離市鎮不遠一個卜間，買了大約九十扣白米，然後分作九小包，我與李厝老嫂二人扛一包，二位侄兒共扛三包，其餘五包僱五個暹地後生仔代我們負過境，每人工錢議定八扣，不過要拿了工錢才肯過境，無辦法只有照給，於是九個人就偷偷進入邊境大膠林。走不到半個鐘頭，我與李厝老嫂已經筋疲力竭，別說要扛三四十斤重米包，就是跑路也恐怕成問題。這時膠林又悶又熱，使人呼吸困難，滿身流汗，更是難耐。二位侄兒與五位暹地人卻遙遙領先跑前，終於我們便被放落在後面。所以半休息，半趕路，走了點多鐘，仍是走不了多少路。我問李厝老嫂說：『到底要走多少路才能過境？』」

「『照平常人走法，也要足足三點鐘。』李厝老嫂說。」

「『我父囉！為什麼要走這麼遠？』我問。」

「『因要避過軍警，就要繞遠一點。』她說。」

「『現在暹地人走在前頭，我們連望也望不見，叫也聽不到，園路又複雜，要如何走法？』我問。」

「『不要緊，慢慢走就是；路，我熟悉。』李厝老嫂有氣無力，聲音比我更微弱。」

「想起血本，我咬緊牙齦，忍耐繼續向前，雖然走得像烏龜一樣慢，也總算走了二個多鐘頭。」

「大約是日中度時，膠林東面，忽然發出三四響槍聲。我一時害怕起來，就問李厝老嫂說：『前面為什麼槍響，到底發生什麼事？』」

「『不會有什麼事。』李厝老嫂似乎十分鎮定，說道：『聽說近來有人炸石山，不必顧慮，還是走快點吧！』」

「我正想再說話，忽然又從頭上膠林掠過一陣槍聲，真是驚死人！

「李厝老嫂，似乎也驚奇起來，所以叫我放下擔，然後說道：『大概是剿山隊在剿山。』」

「『是麼，那怎麼辦？』我問一句。」

「『有什麼辦法？聽天由命就是！』」

「『我們就在這裡歇一歇，不必再走了。』」

「『好，我們就暫停在這裡，看看情形如何，再作打算！』李厝老嫂繼續說。」

「我們於是就暫停在那裡，足足歇了一個鐘頭後，四處已經靜靜，正要向前走時，忽然看見東面路頭，一個雙手抱著頭顱，身上血跡斑斑的青年躑躅過來，注神一看，原來是李厝老嫂侄兒。

「李厝老嫂即刻跑上前去，我也跟著向前。」

「李厝老嫂大聲嚷道：阿豬，你到底發生什麼事，做什麼臉青嘴紫，滿手是血？」

「她侄兒一面走前一面說：大概是剿山隊在剿山。」

「『你身上為什麼有血？』李厝老嫂急急問一句。」

「『我與阿林緊跟著暹地人後面，恐怕他們把米帶走。忽然傳來膠林外嘈雜人聲，我們一停歇，一陣槍聲送來。我驚到六神無主，等到定神一看，阿林已倒在地上，我的手臂也中彈出血，於是不管三七二十一，放下米擔，拔腳就跑回頭……』」

「『五個暹地人所負的米呢？』我急問一句。」

「『他們一聽見槍聲，早已放下米包逃命走了！』他說。」

「『那怎麼辦？』我問。」

「『生命要緊！有什麼辦法。』李厝老嫂說。」

「李厝老嫂說來有道理，所以我問阿豬：『阿林情形如何，我們應去看一看。』」

「『阿豬你手上傷重不重？』李厝老嫂聽了我說後問一句。」

「『我的手傷不重。』阿豬似乎明白李厝老嫂話意，所以說：『等一下，我再跑去看看阿林。』」

「『對，對，你該去看一看，你兩人還是叔伯兄弟。』李厝老嫂口氣哀傷。」

「再過大約半個鐘頭，膠林已經十分靜，我就催促阿豬前去探看。他也說應該去看一看。阿豬走後，我心頭七上八下跳個不停，李厝老嫂也滿面哀怨。好久以後，阿豬回來說：『阿林人已不見了，連暹地人丟下的白米也無影無蹤。』」

「『奇怪，到底是怎麼回事？』我問。」

「『是不是真的是剿山隊發槍？』李厝老嫂也這麼問。」

「『我沒有看見什麼人。我聽見槍聲後，就看見阿林伏在地上，那時我手臂也出血，於是我就向後跑回來。』」

「『為什麼阿林連米會不在呢？』我懷疑地問地一句。」

「『是呀！倘若是剿山隊，勢必再前來搜索呵！』李厝老嫂也似乎懷疑起來。」

「『這可能是匪徒趁機打劫！』阿豬說。」

「『也未可料……』我的話還未說完，膠林左邊忽然閃出四位蒙面人，二人握手槍，二人手執尖刀，口操暹語，凶神惡煞一樣粗聲厲色，叫我們將錢貨放下。」

「李厝老嫂答說她身上無錢，那兩個傢伙即刻用槍尖，分別指住我兩人頭腦。我只得乖乖拿出袋裡所存二十扣，也脫下戒指給他。李厝老嫂也罄出袋中所有交給他們。匪徒無良，臨走也把白米帶去。」

「被搶到一身空空之後，回到李厝老嫂家來，已是上燈時分。沖了涼正要吃飯，阿林也垂頭喪氣地回來。大家查問之後，原來他沒有受傷，只是受驚而已。」

「『那你為什麼一下子就倒下去，像死了一樣？』阿豬接著問他。」

「『倒下去，假裝死了才不會危險；站著就更加危險。再說，匪徒來了，看見人已死，也不會再來加害，不然他們會再打你。』阿林解釋。」

「『原來不是剿山隊。』阿豬說：『真真是匪徒！』」

「『哪裡不是匪徒？』阿林說：『槍聲第一響，我即刻倒下去假裝死了。過一陣後，我才打開眼睛，偷偷看一看，阿豬和暹地人都走了。等一會，我聽見沒有動靜就站了起來，想把白米包拉在一起，哪知路口忽然衝來四位蒙面大漢，二人握槍，二人執刀，凶凶對我說還不趕快逃命。我看勢頭不對，三十六著走為上策，就掉頭逃出膠林。』」

「潮州老嬸，這麼說來，你與李厝老嫂不是遇上剿山隊，是碰見匪徒了，唉，真是偷雞不著蝕把米呀！」

「唉，陳嫂，無運就是，淒淒慘慘籌了一百五十扣，滿希望可賺回百八十扣，如今連本喪盡，你想慘不慘！」

「潮州老㛞，破財消災，大命平安，慢慢來就是。」

「唉！大命雖平安，生命還是大有問題呀！」

寫於一九七〇年十二月十日

白燈籠

一

史叔公宅第的大門前，那對當年為辦長孫結婚喜事，換上去的新燈籠，經歷了四年的風吹日曬，如今紅漆脫落，黑字褪盡，樣子變了，顏色也變了。

四年前的那一天早晨，門前鬧哄哄地掛上了新燈籠，大家喜氣洋洋。新燈籠原是通紅艷麗的，現在久經風日之後，又變得像當年那對被放棄的殘破白燈籠一樣。難怪史第門前又是一片冷落。

老一輩的人說：紅煥煥的燈籠，顯赫光耀，是興盛的徵象，看見了它，就有可愛的感受，使人生氣蓬勃，滿懷高興；哪一家掛上了紅燈籠的，總是喜事臨門，大家笑臉相迎。褪色的白燈籠，殘破哀怨，死氣沉沉，一見了就使人討厭，是絕望與死亡的哀兆。所以有人說，白燈籠掛上了哪一家，哪一家不是門庭敗落，便家有喪事。

史叔公的家並沒人去世，為什麼大門前那對紅漆脫盡，黑字變白的破燈籠，還不換掉？

原來史叔公一年來，處處與人鬧意氣，不止財路絕塞，事業失敗，而平日有關係的人，也幾乎都與他停止來往。如今門可羅雀，失意之餘，也就無心把那對褪盡色澤的燈籠換掉。

史叔公雖非富甲一方，可是在小小的山城裡，他擁有膠園二丘，與一家頗具規模的錫礦；雖然家中人丁稀薄，子孫不肖，可是在山城社會，還是受人推崇擁戴；無論學校社團，以及慈善機構，在在無不希望獲得他的幫助，而推舉他擔任要職。

可是自從白衰狗這傢伙踏入他的門庭，在他的生活圈子搞起幫派關係，挑撥離間，以及慫恿割減估俚工資之後，一切以往的形勢就完全改觀。

白衰狗，姓白名狗，原來叫白狗。因為他一路來，搭上了哪一家，哪一家不是惹上是非便是家勢沒落，所以人家說他是一只白燈籠；白燈籠掛上哪一家，重的家破人亡，輕的家勢衰退敗落。由於他往往使人倒霉，所以大家就給他在狗上面加了一「衰」字；名頭一出，以後人家在背後便叫他作白衰狗了。

白衰狗身材高大，白淨臉兒，嵌著一對金亮的鼠眼，二片薄唇蓋不密的闊嘴，配上一口尖利的牙齒，說起話來，聲調高低抑揚，井然有序；可以滔滔不絕地把樹上的鳥兒呼喚下來。然而有識之士，看他腦後見腮，多是見面幾句應酬便罷，很不願意與他搭上關係，深恐一朝來往，惹禍上身。

但是一般耳膜輕薄，喜歡聽甜言蜜語與歌功頌德之輩，一被他搭上，卻飄飄然地感到快哉樂哉！

史叔公就是喜歡聽歌功頌德這一類的人。

其實，史叔公向來在山城之所以能眾望所歸，不外是他有錢有勢，於是在他的錢財與勢力範圍內，誰都要敬畏他三分；加上社會窮人多，需要救濟的，處處都是，所以要靠他的就必須擁戴他。

就因為他明知山城社會的建設非靠他出錢出力不可，他也就任所欲為，加以他為人偏頗，性情暴躁，社會上所舉辦的一切大小事，就必須看他的眼色，由他主意，否則難以順利進行。

這麼一來，群眾工作與他發生關係的，碰釘子的也就越來越多，可是大家到了忍無可忍的地步，也就靠自力更生堅持下去了。史叔公因此處在眾叛親離時，白衰狗就趁虛而入。他也因寂寞而感到需要人親近。於是二人一拍即合，自然而然就有叫有應。

然而從此，史叔公的宅第大門，被白衰狗這只燈籠掛上去之後，門庭也就更加冷落了。

二

白衰狗搭衰了史家，不久又蟬曳別枝。

被白衰狗搭上的是一家和他同姓的白時仁，一位由經營人肉買賣起家之後轉而幹走私大幫的暴發戶。

那一天，白時仁在山城酒家宴客，白衰狗當然也適逢其會。

白時仁所以在山城酒家設宴請客，不是為父母做壽，也不是替兒女結婚，更不是家有什麼喜事。這無以為名的酒會，只可說是聯絡感情而已。

不過，白時仁需要與地方人士聯絡什麼感情？

原來是山城會館今年度職員改選已經到期，白時仁有意問鼎該會館的總務缺，希望給人留下良好印象，便未雨綢繆，做些準備工作，促成屆時大家投他一票。

山城會館在山城中，不像其他的小社團，沒有人願意擔任它的職員。有些人就是被某些社團推選為職員，也是不得已的，然而每逢舉行會議，出席的還是寥寥無幾，幾乎非至流會再度召開不可。原因是這種小社團缺乏固定的基金，常年經費都要由職員捐助維持，所以身任職員的利潤沒有，破財有份。山城會館可不同，它擁有六十幾間店屋的產業，擔任職員的，非但不必出錢，春秋二祭又有參與宴會的享受。而數十間店屋，時常有租約上的糾葛，或修葺、或加租、減租等問題，一朝租屋易名，總務就有全權主理，擔任斯職的大有肥水可取，因此總務一職，歷屆角逐的，也就大不乏人。

白時仁今年之所以會問鼎山城會館的總務，說起來也是有原因。

好幾個月前，有一天早上，白時仁和朋友，在香山茶樓品茗，他們由行情談到生意，由生意談到門市，由門市談到店址的地點，大家都認為山城會館在大街路口所擁有的二座店地，如果能活動到手，把它蓋起四層樓的店屋，無論做哪一行的生意都占地利。但要獲得這二座店地，可不是容易的事，因為山城會館主席，一路來都是由史叔公所把持，而總務一職，也是史叔公直系人物沈大才擔任；這二位如不易人，誰也無法獲得大街路口店地的蓋建權。

「如是，這二塊地皮，不是長年要讓狗放屎。」坐在白時仁右邊姓陳的說。

「這也無法，史叔公與沈大才二人如不點頭，什麼人的提案也不能獲得通過。」左邊那位姓朱的也這麼發表他的意見。

白時仁覺得奇異，飲一口濃茶後問道：

「那史老頭到底具什麼存心，會館本身既無意蓋建，也不肯讓別人利用，如何說得過去呢？」

於是姓朱的就發表他的見解：

「我看是這樣：如果由會館自行蓋建，那筆存在史老頭機構裡增息的會館基金，勢必須拿出來應用，一朝拿出，顯然在於史老頭是一種損失。其次，店屋蓋好之後，史老頭身為主席，當然不能自己租用；其實史老頭再也沒有什麼其他的好做，就是有，也沒有親信的人手可以管理。再其次，史老頭一路來心胸狹窄，他企圖永久做山城的一等領袖，便不願意看見別人擁有大規模的生意，更不願意別人的財路勝過他，而影響他的地位，因此對於一切對他不利的會務，他都採取敷衍的態度，使之不了了之。」

「白兄頗有見地，這樣，他們兩位如不去職，一切比較積極的事，便別想行得通了。」姓陳的接著說。

「既然這樣，我們現在何不趁史老頭眾叛親離之時，大家擠入去，把他的主席位革掉。」姓朱的提議說：「就是一時不能把他的主席位革掉，能夠有人頂替總務一職，然後跟史老頭採取不合作的態度，史老頭也就不能任所欲為。」

白時仁聽後有點懷疑，所以說：

「雖有道理，但我們的力量可以做得到嗎？」

「只要大家合作，分頭活動，今年選舉的局面就可能改觀，何況現在要打擊他的人正多。」姓朱的一面為白時仁添茶，一面很有把握似地這麼說。

忽然在他們三人背後發出這樣的話：

「你們所說的，我很贊成。」

白時仁與友人談得正起勁的時候，沒料到躲在角落裡獨自飲茶，沒人看到的白衰狗，已經從他們的背後，走到茶座來了。大家幾乎都嚇了一跳，其中那位姓陳的便說：

「白狗兄，我們說什麼，你贊成什麼？」

「老兄何必見外嘛，剛才三位所談論的，我在你們背後都聽得清清楚楚呵！」白衰狗露出滿口尖利的黃牙，薄含笑意，順手拉了一張椅子坐下來：「其實，我和大家有同感：這老頭一日不離開山城會館，山城會館的會務就一日不能開展。」

白時仁若有其事地說：

「老親呵，近年來你不是時常出入史叔公門戶，為什麼也說出這種話？」

「是嘛，就是我時常在他家出入，所以對老頭的為人才了解得十分清楚。」白衰狗認真地答。

白時仁聽了之後，笑笑地：

「老親，此地說話不便，下午勞駕到我烏必（辦公室）來，我們談個痛快就是。」

然後付了茶資，各人就先後散去。

三

下午二點，白時仁殷切地拉住白衰狗的手，一起坐下，然後駭異似地問：

「老親，前年史老頭與徐老頭，因錫礦業權打官司事，你不是出席法庭做史老頭的證人？」

「唉，別再提那件事了。」

「為什麼？」

「一提起就掃興。」

「什麼事呢？」

「其實嘛，理虧的是史老頭。」

「既然如此，老親你為什麼又支持他？」

「還不是希望他多隆嘛。」

「後來他多隆（幫忙）了你沒有？」

「非但沒多隆，還恩將仇報。」
「這如何說起？」
「後來徐老頭勝了官司，他就說我是徐家的狗腿；這可恨不可恨！」
「原來如此，所以老親你也就離開他了。」
「不離開嘛，還留戀做什麼？」
「所以，老親你對我們早上所說的表示同情？」
「非但同情，我還要為你們出一臂之力，把他的主席位置推翻。」
「老親你有這種能力？」
「我有史老頭貪污的證據。」
「你敢？」
「為了大眾的利益，有什麼不能做嘛！」
「這麼說，老親你真的可以幫我們一臂之力了。」
「不止這樣，還要做你們的開路先鋒。」
「怎樣開法？」
「先向山城會館的執委們暴露史老頭貪污的經過，然後將他企圖侵吞業權的證據拿給大家過目。」
「老親你這麼做，不怕史老頭怨恨！」
「史老頭對我不仁，我白狗當然對他不義。」
「那老親不怕他對你報復？」
「他倘若向我報復，我一定要揭發他缺德的事。」

「什麼缺德？」

「當然是不可告人的。」

「有什麼證據可使人相信？」

「不止可使人相信，而且可以給人看看真實的相片。」

「老親你是口花花說說罷了！」

「說虛話的是烏人。」

「你為什麼要這麼做！」

「因為這種人不值得我與他合作嘛！」

「你不是與他合作過一段長時間了？」

「可是結果一無所得，還受冤枉。」

「冤枉你什麼？」

「剛才不是說過；他說我是徐家的狗腿。」

「因此，你就要離開他？」

「跟他沒有好處。」

「跟我們就會有好處？」

「哈哈，最低大家能合作得來嘛。」

「怎麼合作法？」

「史老頭使大眾失去信心後，我便向大眾大力鼓吹，說明非選你做主席不可。」

「談何容易呀！」

「天下無難事，老實說，只要我白狗肯鼓三寸不爛之舌，大家不信我的話十句，最低也會信五句。」

「我哪有資格可當山城會館的主席！」

「其實嘛，有錢就可以當主席；再說，不能當主席，也可以擔任總務。」

「還是沒有資格！」

「什麼資格不資格，弄到手就會有資格。」

「能嗎？」

「包在我白狗身上，只要你老兄肯出山，什麼天大的事，我都能做到成功。」

「既然你有這麼大的能力，大家又是宗親，那我『勉為其難』就是。」

「一言為定。」

「駟馬難追。」

四

白時仁在宗親白袞狗大力的吹噓奮緣之下，果然做了山城會館的總務。

不過白時仁當了總務之後，不但沒有與史叔公採取不合作的態度，且合作得很密切，而對於會務的把持，比較前任沈大才有過而無不及。好多過去投票支持他的，都眾口同聲說白時仁過橋抽板。原來，他對於大眾的福利，非但毫無照顧，且變本加厲，從中取利。於是不少原來對他有所寄望的，都因灰心而逐漸疏遠了他。相反地，白袞狗出入他的門戶更加密切了。

然而，他的大門無形中已掛上了白衰狗這隻白燈籠，日子也不得好過。

倒霉的日子終於到來，白時仁當上山城會館總務半年之後的一天，他藉上層社會的地位，得意忘形地，吞沒了同幫的一批黑貨，而被黑道夥伴毀屍滅跡。

所以山城人士都說：

白燈籠又毀了一條人命。

不過，大家也這麼說：

物類同聚，死有餘辜。

寫於一九七二年五月五日

愛屋及烏

一

平平廿三歲那年高中畢業，論學齡，是比較高了一點。他從小學讀到中學從沒留過級，只因母親怕他年紀小，在校中有許多不便，就耽延了好幾年才給他入學。

平平對於學業，採取不落人後，也不求於人前的態度。他認為書永遠不能讀得完，學是無止境的；但他很聽母親的話，更熱愛母親的事業。

他不是沒有父親，只是在他二歲時，父親一去不回。不過他們的經濟環境還好，原因是他母親善於經營，每月有固定的入息。

平平五官端正，身體健康，讀的是女生多於男生的學校，所以成為女同學追求的對象。他卻情有獨鍾，不是見一個愛一個的花花公子，思想相當保守，與他母親那種鴻圖大展的手法完全不一樣。

他母親不是給父親所拋棄，父親所以一去不回是有原因的。那是日軍南侵的前夕。

一個天氣惡劣，細雨穿過迷霧，織成一片薄紗，籠罩著黃昏的大地。丹絨海灣忽然捲起了巨浪，接著後浪推前浪，像千軍萬馬，浩浩蕩蕩撲向灘岸，一時發出嘩啦嘩啦勝利的狂笑。有一艘被浪濤俘虜的小電船，馬達還發出嘶嘶的喘息，似在做最後的掙扎，但看它所面對的命運，顯然已被推靠岸來了。果然不到片刻，終於躺在淺水中的沙灘。

同一時候，灘岸漁寮中有位少女，自昨天午夜，一直站在海灘附近的大石下，聚精會神地痴痴瞪著海面，盼望她那出海捕魚去了四天不見回航的爸爸和弟弟歸來。

可是海角茫茫，卻給她發現了一艘被風浪捲上淺灘的小電船。

少女也許受了好奇心的驅使，或者把等待家人回來的希望，寄託在突然發生的奇蹟上，所以當小電船擱在淺灘上，她本能地就從大石下衝出去。

事實使少女十分失望。

船上並沒有她的爸爸和弟弟，卻是四位橫七八豎的陌生臉孔，死沉沉地迷睡著；沒有一點聲息，沒有一絲反應……

她一時雖有點驚異，不過由於一向與海浪搏鬥過日，精神還是相當鎮定，懂得如何應付。於是，她毫不猶豫地攀上船去。看看其中三位已斷絕了呼吸，只有一位急促地喘息，認為還是活著的，就很快又跳下海灘，出盡氣力，順著浪勢，把小電船推上幾步。

風已靜，雨也小了。

黃昏逐漸化成灰色，灰色慢慢黑沉下去；黑暗中，海潮開始退卻，然而失踪的父親與弟弟，在少女心中所引起的想念，卻不因天色的黯淡而消退。

少女觸景生情，又煩惱又淒愴，也使她感情沉重。她看到船中唯一活著的青年還沒有清醒，就把船燈上了火，然後跑回漁寮去，馬上把開水帶回來，倒了一杯，慢慢地灌進青年的嘴裡。

十幾分鐘過後，那青年忽然發出一聲呻吟，不久又翻轉了身體，滿臉倦容直望著少女，卻默然說不出話。

少女看青年逐漸清醒，就給他再喝些水。一連好幾次之後，神情疲憊的青年終於安然睡去。東林海灘，除了少女一家的漁寮之外，附近都沒有人家。她看到船上的青年睡了後，就跑回自己的家來。

夜逐漸深沉，浪濤也慢慢平靜，只有海角不停地發出喃喃的叫嘯。哪兒知道，海角的呼號更使少女想起父親與弟弟，也增加了她的憂愁和傷感。要不是電船上另一件事使她分了心，她甚至可能通宵哭泣。但她還是心事重重，輾轉床側，一直到荒雞啼過四更，才迷迷糊糊睡去，然而天一亮，她又慌忙下來，馬上走下海灘爬上電船。

船上的青年早已睜開眼睛，一看見少女就開口小聲說：

「姑娘，你早！」

少女沒答腔，只是把右手的食指插進嘴裡，睜大眼睛看著他。

躺著的青年，發出倦容淺笑：

「好姑娘，謝謝你。」

少女還是不開口，卻斟一杯水，拿近他嘴邊。

青年喝了水，停一下，說道：

「謝謝你。」

「你好一點麼？」

少女放下茶杯，發出第一聲。

青年點點頭，然後轉一轉身，似乎要坐起來。少女明白他的意思，就扶著他的胳肢窩，使他坐穩，然後拿一隻火水油珍給他按住，關心地對他說：

「你餓了吧！」

「是，是。」

少女立刻跳下海灘，一直跑向漁寮去，大約過了一個鐘頭，她攜了稀粥上船來，然後用湯匙一匙一匙送進青年的口裡去。

朝陽從海平線慢慢上升，海面一片平靜。

失蹤的人還是沒有消息，船上的青年已坐得穩定，甚至可以左右轉動。

青年恢復了精神，便指著船上的死人，小聲地對少女這麼解釋：

「左邊的一位是我的堂弟，右邊二位是我們的伙計，他們都是在昨天下午先後斷了氣，等一下，請你幫我設法把他們埋掉。」

少女驚異地又是把右食指插進口裡去：

「要怎樣埋，我怕！」

「你不必怕，下午讓我自己動手。」青年安慰她一句。

「下午你怎樣就會有氣力？」

「我並沒有什麼，只是餓了兩天疲倦罷了。」青年若無其事：「過了一些時候，我精神好了以後就能動手。」

停了一會，少女關心地問：

「你們是從哪裡來的？」
「荷蘭地印尼巴冬。」
「為什麼會給風打到此地，船上的人為什麼會死？」
「以後我會詳細告訴你。」青年睜大眼睛：「我倒要問你，此地只有你一個人？」
「不，還有我爸爸和弟弟。」
「他們呢？」
少女馬上低下頭，悲傷激出了眼淚……
「怎麼，你哭了？」
少女默默無語。
「不要悲傷，告訴我，他們在哪裡？」
「他們出海捕魚去。」少女泣不成聲：「已經四天沒有消息！」
「四天？」
「是的。」
「你爸爸是不是胖胖，弟弟又高又瘦？」
「是呀！是呀！」少女歡叫起來：「先生，你怎麼知道？你一定是見過他們。」
「我……」青年欲言又止。
「什麼？」
「我……是見過他們。」
「什麼時候？」少女又歡喜又緊張，靠近青年的身邊。

「前三天下午。」

「在什麼地方？」

「在巴冬海口。」

「我爸爸和弟弟怎樣？」少女急急地：「當你看見他們的時候。」

「沒有怎樣。」

「我爸爸的漁船到底漂到什麼地方去？」

「這，」青年支吾地：「這可不知道了。」

「我是問你，」少女緊切地：「當你看見的時候，他們怎樣？」

「他、他、他們沒有怎樣。」

「先生，你為什麼吞吞吐吐──」少女捏緊手指，埋怨地：「難道有什麼蹊蹺？」

青年愕然不知所措，只是沉默著。一時臉色顯得十分難看，似乎有難言的苦衷。

少女咬緊牙齦，由緊張化成癡然，但一會兒卻啜泣起來；漸漸地，啜泣變成哀哭，接著突然號啕大喊，終於搥胸頓腳。

青年無可奈何地看她痛哭，經過相當時間，才發出安慰的口氣：

「不要哭了，以後我一定把詳細的經過告訴你。」

「你為什麼不現在就告訴我？」

「我有難言之處，請你原諒。」

少女驟然睜圓眼睛望他一下，停止了哭聲，只是急促地呼吸著。

青年把身軀移前，伸出手，牽住少女的衣裾，然後誠懇地對她說：

「姑娘，你不必悲傷，讓我把船上的事情料理清楚，我明天自然陪你出海，把你爸爸和弟弟找回來。」

「真的麼？」少女很快反應，像已經看見了爸爸和弟弟一樣高興。

「哪兒會假。」青年勉強笑著說：「傻人！」

少女拭去淚漬，憂鬱的容顏消失，神情逐漸恢復了常態，接著也有了笑意。雖然不是真情快意，可是已經把心中的傷鬱清除出去，所以忸忸怩怩：

「先生，你可不要騙我。」

青年放下手，雙掌交叉放在自己的腦後，然後躺下去望著天壁，小聲地說：

「我不會騙你，不過下午你可要幫我挖沙坑，把船上的人埋掉了先。」

「你明天反正要帶我出海找爸爸和弟弟，不如趁這機會，將他們載出去丟下海。」

「嗯，」青年沈吟半晌：「這倒是個好辦法。」

二

青年經過一天的休養，當夜又足足睡了十個鐘頭，第二天醒來，體力幾乎已恢復常態。所以天一亮，當少女登上電船，他就起身，一吃完早點，便把油櫃添滿了油，即刻開動馬達，朝向太陽上升的東方駛去。

晨光熹微，海面仍是一片謐靜。

馬達均勻而有節奏地唱著晨光曲，聲調清脆，聲聲配合少女急促的呼吸，使她精神奮發，極有信心地滿以為不久就可以看見父親與弟弟，所以興奮地說：

「先生，為什麼不把船開快一點？」

青年神情渙散，正對著海面發楞，給少女一提，不經意地被嚇了一跳，醒悟過後才答應：「這樣走已經夠快了。」

是的，每小時七八哩的速度，已經是相當快。要不是青年心事重重，而急急要把屍體投入海裡去，這時的馬達可能不會有這樣的快速。

二個多鐘頭後，東林海灣的峰巒翠色已經在電船的背後失落，面前的群山雖然遠遠在望，卻模糊不清。

青年於是把船停下來，少女出盡力量幫他扶起屍體一具一具推下海去。

第一、第二具屍體很快就沉下不見了，那一具屬於堂弟的卻隨海浪漂浮著。青年神色驚異，老是望著它，一句話也說不出，好似一幕可怕的回憶在噬吃他的心。

少女以為他因傷心兄弟的死亡才會如此失神，所以當他望屍凝思時，她也坐下支頤仰天，靜靜地思想自己的事；直至青年長呼短嘆，她才站起來，問他到底是為了什麼？

對方卻張開雙掌，掩住臉孔，煩躁地說：

「沒有什麼、沒有什麼！」

「沒有什麼，」少女關切地：「你為什麼這樣傷心？」

「因為……」

因為什麼，青年卻沒有說出，少女急切又問：

「既然你不想說給我聽，我也不要知道。現在請你快一點開船去找我爸爸吧！」

青年如夢初醒，開動馬達，又把船轉頭向西南方開去；一直走了二個多鐘頭，但要到什麼地方去，心中毫無主意。於是船兒老是不能抵達目的地，只是在大海中轉來轉去，雖然少女驚異地不斷追問：他只是這麼說：

「三天前，我就是在這裡遇見他們呀！」

「但現在我爸爸和弟弟到哪裡去了？」

「我可不明白。」

青年口頭雖說不明白，心中卻是很清楚的。他所以不能說出真相，心中有數。所以面對少女望著他時，他總是不敢抬起頭來看她。

結果在日漸西斜時，他們除了把載來的屍體投入深海之外，就一無所得地把船開回東林海灣來。船抵達淺灘後不上一個鐘頭，青年忽然發高熱，立刻病倒下去。

少女讓他睡在她爸爸的床榻上，十分認真地照顧他。

青年對於她的照顧，感到無限內疚，所以在神志還清醒時，就把褲袋裡的四千多元鈔票拿出來，然後，交給她：

「姑娘，看情形，我是要病倒了。我這一筆錢，你可以把它收起來，除了替我請醫生診病之外，你也可把它當作家用，還有，請問：你叫什麼名字？」

少女不肯接受他的錢，只是看著他，然後答：「我名叫阿嬌。」

青年好容易地坐起來，有氣無力：

「阿嬌姑娘，你不必怕，因為你對我好，我才敢求你救我；請你答應我，拿去吧！不然，我有三長兩短，這些錢要給誰？……」

阿嬌由他這麼一說，就伸手把錢接過來。

青年才安然地繼續說：

「還有，我船上艙底下，有五包貴重的貨物，你設法把船拖進蘆葦那邊去，把貨物掩蓋好，不要給人發現，我病好了之後，一定好好報答你。」

他的話一說完，人就軟癱下去。

阿嬌扶他睡下，安慰他說：

「你安心，我們是窮家人，這裡不會有人來的。」

阿嬌雖是窮家出身，廿多歲的姑娘，對於當前所發生的一般普通事物，憑她的經歷，是懂得應付的。所以她第一步就如青年所說，先把船推進溝裡，將貴重的貨物搬起來藏好，再把電船拴住，又用椰葉把它掩蓋妥當，然後將四千元的整數收入鐵罐，埋藏在漁寮背後小丘的泥窟裡；其他的散錢才放在身上。第二步立刻上卜間去，買了一些家中應用的物品，同時向藥材店抓了一帖疏發性的草藥回來，及時煎給青年服食。

阿嬌以為青年的病好了之後，一定會將父親和弟弟的下落告訴她，所以日以繼夜，非常耐心地照顧他。同時為了守住青年留在家中的秘密，就連那位在過港芭場種稻的族長，她也不想讓他們知道。

青年的病逐漸沉重下去，夢中頻頻發出囈語，這樣一來，普通的藥茶當然是治不好他的，阿嬌於是請了一位中醫師來家給他診治；一星期過去了，病仍是那麼沉重，身體日見衰弱下去。

再過一星期，阿嬌認為情形不對，想盡心事，請了一位西醫到來，給他打針服藥，一連經過四個星期小心調護，神色才逐漸好轉，可是仍在呻吟中過日。

這些日子，阿嬌為了避免旁人的懷疑，對所認識的人都說：病人是她家荷蘭地的一房遠親，特地到海邊來養病；所以也對醫生說，無論多少錢，一定要把病人醫好。

醫生也十分認真地對阿嬌說：病人因虧損過重，雖然慢慢可以把他醫好，不過必須經過相當的時日才能恢復健康。

三

日軍瘋狂地發動太平洋戰爭，馬印的交通即刻斷絕，兩國親友音訊杳然。

青年經過阿嬌日夜仔細照顧和靜心調養，精神雖日見起色，仍不能離開病床，天天還是在服藥補養中。一天，當日軍的鐵蹄踏上新城時，他從阿嬌口中聽到惡劣的消息後，精神深受震驚，但奇怪的是他的沉痾卻霍然痊癒。一時使他又驚又喜。驚的是如今戰火到處燃燒，巴冬的妻女完全不知如何，喜的是自己的疾病忽然好轉起來。然而已促使他發起歸家的念頭了；無奈熊熊的戰火，燒斷了所有回家的歸路，加以身體仍需多方補養，同時為了逃避日軍的耳目，只好暫時在漁寮隱居下來。

阿嬌盼望知悉父親與弟弟的消息，仍是日夜念念不忘，特別是自從青年的疾病好了後，對於父親與弟弟失踪的謎底，更希望能獲得早日揭開。另一方面，她與青年相處有相當時日，由於盼望他早日恢復健康，而對他已付出了親切的感情，因此兩人之間的所謂陌生和隔膜，幾乎完全沒有這回事，已經把青年視如自己家人一樣。

當日下午，外間幾家雜貨店還沒有關門，阿嬌便趕快買了好些糧食以及日常用品回來，由於外間風聲鶴唳，人心惶惶，所以她把糧食一放下，就在青年的床沿坐下來，然後以非常關心的口氣這麼說：

「嚇……外面風聲很緊，看情形，你的病好了也不能離開這裡，知道嗎？」

「姑娘，我已知道歸家不得，看來我目前也非在這裡住下不可。」

「你現在不要再叫我姑娘，叫我阿嬌好了。日本兵到這裡來，我們才能認做自己人。還有，你姓什麼，名什麼，也要告訴我；有人問起時，我才不會一時說不出。」

「是的，你想得很周到，那從今天起，我就叫你阿嬌好了。至於我因年紀比你大，你就叫我李財哥。」

「原來你姓李。」

「那你呢？」

「我姓何。」

「這樣，我們就認作親戚好了。」

「不過，我剛在卜間聽人說，日本兵來後，沒結婚的女子是很危險！」

「很可能，其實就是結了婚的女子，也不見得平安。」

「這樣，我必須躲開。」

「躲到什麼地方去呢？」

「是的，躲在什麼地方才好，再說，日本兵一定搜查得很緊，因為他們不論到了哪裡，姦淫擄掠是免不了的。」

「我怕！……叫我怎麼辦？」

「總是要想一個妥善的辦法。」

「我想……」

「你想什麼？」

「我想，你、你……假裝是我丈夫。」阿嬌臉有難色，羞答答地：「當日本兵踏入卜間，我們就一起躲進漁寮後的山坑草叢中去。」

「這也是無辦法中的辦法。」青年沈吟半晌，現出笑意：「那我們就裝作夫妻好了。不過，卜間上的人都不相信我們是夫妻呀！」

「到時，我可以對人說，你是由我爸爸從荷蘭地招贅入來的。」

「對、對，好在我也見過你爸爸，知道他是怎樣的人。」青年笑笑地想牽挽阿嬌的手：「那麼從今天起，你就是我的妻子了。」

「但並不是真的，你也不能當作是真夫妻。」阿嬌滿臉暉紅，把對方的手一推就站了起來。

「當然不會是真的。」青年說：「不過是真是假都好，我這一次病得這麼重，如果沒有你照顧，恐怕早已沒命了，所以無論如何，我一定要真情實意地對待你才是。而且要深深地感謝你。」

「感謝可不必，李財哥，你不要忘記我就好了。還有，你現在的病已好，你必須把我爸爸與弟弟的下落講給我聽。」

青年眉頭一蹙，心事重重似地過了一會，終於這樣說：

「阿嬌，你放心，我一定會將我怎樣遇見你爸爸和弟弟的情形詳細告訴你，我甚至決定帶你到一個地方去，說不定他們的船還在那裡，只因現在水路不通，已去不得。總之，你放心就是，一有機會，我一定帶你去，絕不會給你失望。」

「是真的？」阿嬌把對方所編造的故事當作真實：「那日本兵走了以後，你一定要帶我去，不過沒帶我去以前，你先把他們住的地方告訴我。」

「告訴你也沒有用呀！因為我說了，你也不知道那是什麼地方！」

「這樣說，日本兵走了之後，你告訴我好了。」

「我當然會告訴你，你大可放心。」

阿嬌信任青年的話，從此就放下心來，把尋覓父親與弟弟的希望寄託在青年的身上，甚至也暗地裡把自己的終身歸宿投在對青年愛戀的寄望中。雖然青年完全是以一種敷衍的態度去麻痺阿嬌的痴心，但阿嬌對青年卻徹頭徹尾的信任，從開始見面到現在，對他已付出所有的真情。由於人是感情的動物，不久青年深受感動，也發出真情實意，於是雙方墜入愛河而發生了不尋常的關係，進而由假夫妻變成了真夫妻。

四

在日軍佔領馬來亞的三年八個月中，阿嬌對於父親與弟弟的懷念，逐漸給溫暖的家庭生活所沖淡，青年雖心掛念著巴冬的妻女，也在愛情的擁抱之下，慢慢消沉。這些日子裡，他們平安無事，他們的愛情結晶品——平平這個孩子，當英軍克復新城時，他也兩歲大了。

戰爭一結束，青年忽然興起巴冬一行的念頭，只因一時海路仍未暢通，他只好先做一切的準備。他首先把三年來所收藏的黃金分批賣出去。兩個月之後，一切手續都做清楚，剛好有條舺舡要開赴巴冬，他就決意出門去。由於擔心海上安全的問題，他除了帶些鈔票在身邊之外，大部分現款就交給阿嬌保管，希望阿嬌好好地照顧孩子，讓他回去把巴冬的妻女接到新城來，然後買屋置業，一起過天倫之樂。

臨走的那一天，他交給阿嬌一封信，然後難以啟齒地說：

「阿嬌，這封信在我出門之後，你才把它打開，詳細多看幾次，你就會明白你爸爸和弟弟到底怎樣。」

「是嗎？」阿嬌驚奇地全神貫注著手中的信，立刻就把信封撕開，急急要把信箋抽出，緊張萬狀不由自主地：「你為什麼要在這個時候才告訴我，難道有什麼不可告人的地方？」

「是的，阿嬌，我有很多對你不住的地方。」青年馬上制止她的手，使她不能把信箋抽出：「我因不敢當面向你提起，所以一直等到今天要離開此地時才告訴你。我要求你不要現在就看，好讓我不致於無地自容。」

阿嬌愣然發楞，把手放下聽他說。過了一陣，卻斷然地開口：

「那你就走吧！」

青年提起皮篋，頭也不顧地踏出漁寮。

阿嬌神色錯愕，迫不及待地把信箋抽出，展在眼前：

阿嬌：

我走了，但我不是可以一走了之，不久我還是要回來，因為我虧欠你們太多了。

我早就應該把實話向你說，所以沒有說出，是因為我說不出口，才一直拖到了今天。

我對你說，我看過你爸爸和弟弟，完全是真的。那是三年八個月以前的事。記憶永不褪色：那一天下午，天氣晴朗，海面無波，視線中的一切景物都可以看得分明。我正把緊舵，恐慌地駕著電船逃開緝私船的追逐。那時船上的堂弟與二位伙計都中了緝私船的流彈，重傷後不省人事，使我更慌張地盡量把船開得快，企圖逃出危險的地帶。

不料有一隻小漁船，向我面前駛來，我以為是緝私船的伙伴，必須先下手為強，便開足馬力向他們衝去，等到我看清楚船上的一老一少原來是漁夫，想要轉舵已經來不及，就這樣地把小漁船撞碎，回頭看時，海面除了一片血紅的水沫之外，什麼人也不見了。我明白已搞出了人命，正在懊悔不已，忽然發覺堂弟呼吸短促，在作極端痛苦的掙扎，而其他二位伙計，也許受過分的震動，都斷了氣，為了不忍看堂弟痛苦，希望替他解脫，我就用繩子把他活活勒死，然後急急地把船開向馬六甲海峽，不知在什麼時候自己也昏迷了過去，一直到給你救醒。

我說要帶你出海去找你父親和弟弟，完全是在欺騙你。你雖然把我的謊言當作真實，我的心卻一天比一天痛苦；更難過的是我殺害了你父親和弟弟，不但沒受到報復，反而得到你的救護，甚至又騙取了你的貞操，娶你為妻，這種種的內疚，便是使我不敢向你說明的理由。總之，我太對不起你們了，而你卻給了我不少好處，因此，我不能一走了之。今天，我除向你坦白說出我的罪過之外，不久，我還要帶著妻小回來向你贖罪的……

阿嬌看到這裡，沒心再看下去，因為爸爸與弟弟活生生的印象又浮上心頭。於是一陣痛苦給她帶來了很多的回憶，回憶使她把平平擁在懷中，萬千的感觸，都集中到她心頭的深處，她的小小的心窩被擠得頭昏腦漲；過了一陣子就不知不覺地跟平平一起睡了過去。

醒後的阿嬌，痛定思痛，明明知道丈夫是殺父與弟的仇人，恨他入骨，然而自從丈夫出門以後，每當抱起平平時，卻對他總是念念不忘，結果在等著他回來的日子中，恨與愛交織，痛苦萬分。

一天，有人前來問阿嬌說，李財哥所搭的那條舯舡，開到印尼去已經好幾個月了，為什麼至今還未抵達巴冬，是不是給漂浮在馬六甲海峽的魚雷所炸毀？

「不會的！不會的！」

情況的確令人擔心，阿嬌卻希望不是真的。

然而這晴天的一聲霹靂，已把她心上的憤恨完全驅散，換上的是滿腔的愛與憐。從此，她只有在盼望與回憶中度過苦悶的日子；寂寞時不是對照片中的人痛苦啜泣，便是利用懷抱中的平平填補心上的空虛，默默地祈禱，希望有一天丈夫忽然回來。

但是，日子匆匆，一天又一天地過去，李財哥的消息仍是杳然落空。

後來，阿嬌除了把她與平平和丈夫合拍的那幀合家相放大，作為紀念之外，就毅然許下了心願，要積極把孩子養大成人。

五

平平與秀秀，是今年馬來亞大學經濟學院畢業的榮譽學士。他倆專攻的是「農村經濟」，對發展馬來亞農村經濟的研究，甚有心得；由於志趣相投，決定一起深入東海岸去，獻身於改善農民生活的工作。

這一次，集體出門下鄉的工作隊隊員有八位，隊中女隊員只有秀秀一位。

秀秀功課好，平日工作認真，待人接物彬彬有禮，甚得同學愛戴，所以被選為工作隊隊長。

其實秀秀畢業高中的那一年，已經是新城ＨＣ中學兩千多位同學的學生領袖。但，這並不意味著她只具有男子性格；她生為女人，在世俗的眼睛裡，女性美所具備的條件，她幾乎都沒有欠缺，而且可以說一切比人強得多。

比方，代表女性美具有決定性的那對心房的窗櫺——眼睛，在粉紅色的瓜子型臉上，就宛如掛著一對高貴晶瑩的珍珠，是那麼均勻、那麼炯炯有光地照亮著別人的心；而白中透紅的青春氣息，也十分鮮明地在豐滿的肌膚上處處流露。舉止更是大方，聲調也十分清脆，跟人講話，或發表意見，總是從容不迫，先後有序地像第一流的明星在說白一樣。

所以ＨＣ中學第五屆高中畢業典禮中，代表全體學生致謝辭的責任就落在她的身上。

在演辭最後的一段中，她激昂地這麼說：

「戰鬥的人生，宛如海燕在怒海洶濤中前進，我們應該像前進中的海燕；雖然洶濤惡浪緊緊包圍著我們，每每可能使人喘不過氣，但是，我們應該鎮定地堅提勇氣向前，就是不幸有海葬的危險，也不應消沉氣餒。因為，這就是人生；人生就是戰鬥。同學們！讓我們像英勇的海燕向前邁進吧！」

激昂的演辭，感動了每位同學的心，鼓舞起大家的情緒，大家情不自禁地報以熱烈的掌聲，歡迎她走下台階。

散會後，從座中前去迎接她的是平平。他熱淚盈眶，緊握著她的手，神情激動：

「秀秀，你講得太動人，我像服了興奮劑，相信全體同學都會和我一樣。」

「平平，有意義的人生，事實就該這樣。」一股男子性格的氣概，沖淡了秀秀的女性美，使她一時變得近似男人了。

他倆心花怒放，歡樂地談個不休。

同學們幾乎都知道秀秀與平平的感情是比較深切的，所以當她拿了畢業證書跟平平走向校園去的時候，誰也不想打擾他們，就讓他倆自由自在地走開。

於是秀秀與平平就在棕櫚樹下的石凳坐下。

平平把秀秀掌中的畢業證書拿了過來，懇切地微笑著：

「秀秀，畢業後，人生的第二件事，也需要我們去完成。」

秀秀也許在回憶剛才講過的話，若有所悟地：「是的，平平，我們要像展翅騰空的海燕，奮發地飛入洶湧澎湃的汪洋，越過高薄雲天的峻嶺，去迎接東昇的太陽，你認為對嗎？」然後張開笑容等待對方的答覆。

「不錯，你的人生觀使我十分佩服。」平平顯出有限度的一笑：「不過，你……」

「我，什麼？說吧！」她明知平平要說什麼，又故意要他說下去。

「就是昨晚我向你提出的要求。」

「平平，我已經告訴過你了，不論在怎樣的情形之下，我一定要升學。如果經濟上有問題，就去找一份工作，一二年之後，要是可以應付三年學程的學雜費，我就入學，然後半工半讀，籌措膳宿費，所以對於你的好意，我不能一時答應。」

「這樣，要等到什麼時候？」平平停了一下，無奈何地：「因為大學畢業，我還是照樣要回來管理家業。還有，你看得見的，我母親怎麼肯讓我離開她身邊？」

「但是我不願意你為了家庭就忽視自己的前途，我也不想糟蹋我的將來。」

「我有苦衷，你卻不能體諒我。」

「我並不是不知道，只是人各有志。」

「這樣，你所說的，還是昨晚的話。」秀秀不開口，只是痛苦地望著平平。平平的精神不能集中，把手中的畢業證書交回給她，然後站起來，沉默了一陣，才感嘆一句：

「我的好意，你完全不明白……」

秀秀也站起來，順從他：

「平平，不必煩惱，慢慢來，明早再說吧！」

「你從來又不肯到我家去，明早又是要我來找你。」

他倆姍姍又走進人叢中去。

於是同學們興起了離別的情緒，繼續說他們所要說的話。

平平雖然也跟大家一樣，然而似乎喜興的只是在臉上，內心卻隱藏著無限的憂愁，就在同學還沒分散時，他拉住秀秀的手：

「秀秀，明早我再找你，但，現在你要答應我一件事。」

「什麼事？」

「讓我送你回家去。」

「同學們正要離別，為什麼這樣快就回家？」

「反正大家所要說的，已在畢業考試之後，幾乎都說完了，現在還有什麼話可說？」

「你不知道，離別前的話是講不完的。」

「還不是前程珍重的那一套。」

「好吧，再逗留一個鐘頭，你能等我，我就載你回去。」

「你既然要我等，我就等你好了。」

「不過要是你不高興，那就不必。」

「我有什麼不高興，我一定等。」

六

秀秀的姨媽知道外甥今天到校領取畢業證書，為了慶賀她高中畢業，中午特別宰了一隻雞佐餐，正等著她回來吃飯。

平平時常到秀秀的家來，算是秀秀姨媽的熟客，所以姨媽也要平平留下來一起吃飯。平平有很多話要跟秀秀說，也就不推辭地留下來。

姨媽在飯桌上由秀秀的畢業談到升學的問題，雖然沒有肯定地贊成秀秀一定要升學，卻認為她妹妹只有秀秀這麼一個女兒，也是李家僅存的一人，加以她妹妹臨終時，又留下一筆錢，說明最好是給秀秀當作教育費用。廿多年來，她的生活情況雖然不大好，但這一筆錢，還是好好保留著；雖然錢的數目並不多，拿它作為維持大學的學雜費，可能很快就用光。不過無論如何，秀秀決定升學的話，她一定要利用它作為大學的教育費，不足時，她再想辦法籌措。

「姨媽，我可以半工半讀的。」秀秀細聽姨媽的意見，內心快慰，時時顯露可愛的笑容。也許由於興奮，便放下筷子，發出堅決的口氣：「為了學業，我願意吃苦。」

「傻孩子，讀書是要用心的呀！半工半讀讀得了什麼書？你雖肯吃苦，精神卻很難集中，何況大學的功課不比高中的容易。」姨媽只受過初中教育，自出嫁四年喪夫後，就全神貫注服務於教育界，雖僅是一名小學教員，認識事理卻十分清楚，對於讀書的道理，見解頗深。

平平滿懷心事，他原來就不贊成秀秀升學，秀秀卻認為非升學不可，如今聽姨媽的口氣，對秀秀的升學，雖不表同情，也不加以阻止，所以他認為不便發表意見，只有一面吃飯，一面聽。

姨媽卻要他開口，認真地問他：

「平平，你聽我的話有道理嗎？」

「很有道理……」平平沉吟半晌，然後說：「升學的費用倒不成問題；不過我認為秀秀就是不升學，對於她的前途，也沒多大關係……」

平平不再說下去，姨媽卻接著問：

「升學的費用為什麼會不成問題？」

「秀秀如果非升學不可的時候，我是應該幫助她的。」

「怎麼可以要你的錢？」

「我的錢，將來不也是秀秀的錢。」

「但你們還沒有結婚。」

「遲早是要結婚，就是現在準備結婚也可以。」

秀秀睜大眼睛，心花怒放，似有不尋常的感受，但沒有表示什麼，只是在注意姨媽的反應，好在姨媽所說的，已替她說出了她所要說的話。

姨媽放下左手的飯碗，右手的筷子，像筆桿一樣夾在拇指與中指之間，然後腕骨靠著桌緣，掌邊托著下頦，露出中年婦女溫婉的笑意，從容不迫：

「秀秀不升學，對她的前途為什麼會沒有多大關係？」

平平不經思索，也毫不掩飾：

「我母親只有我一人，照目前我們的入息，平日就是多花了一些也是用不完的，所以不需要靠秀秀出外做事，也可以安定過日。」

「不過讀書並不只是為了賺錢的。」

「話固然是這麼說，女人讀了書，也是要回到家庭去。」

「除了家庭，也有別的工作應該做。」秀秀不同意平平的看法，打破了沉默，插進一句。

「讀書的目的與其說是為了解決生活，不如說是為著美化人生而希望能盡點做人的責任。」姨媽放下托下頦的右手，也把手中的筷子放下，然後加以解釋：「吃飯固然是問題；其實為了維持生命，人人必須吃飯，所以吃飯是每個人的自然要求；即使不讀書，吃飯的問題也要解決，只是這個問題，不是人人能輕易解決得了的。能夠幫助大多數人解決這不易解決的問題，個人的吃飯問題自然也就解決。讀書能充實知識，具有知識，對人生的看法，也許會比較深入；一旦了解人生的意義而服務於社會，他可能會生活得更快樂。因此有機會可以讀書當然要讀，沒機會讀書的，也不必過分勉強，因為喜歡讀書而希望多讀點書的人，在社會中他也可以讀到比課本更加具有內容的書，平平，你認為是嗎？」

由於姨媽的話，句句有道理，這時的平平就是希望秀秀與他結婚而不願她升學，也不好說姨媽的話不對，所以他點點頭表示有道理，不過稍後他卻對秀秀這麼說：

「秀秀，我不反對你升學，只是我覺得為了我們的婚事，你還是不必急於升學，誠如姨媽所說：在社會中，我們也可以讀到比課本更有內容的書。」

「那是沒有辦法之中的說法。」秀秀大不以為然：「我認為有機會還是要升學；無論如何，升學的機會不能放棄。」

平平沒有立刻反應，姨媽也不表示什麼，只是笑笑地：

「現在我們暫停談論這個問題，還是把桌上的盤碗清理後再說。」

於是大家忙過一陣後，平平一坐下來就先開口：

「姨媽，我想秀秀還是堅持要升學的事，這個問題留待明天再說吧，我現在應該回家看我母親去，不然她會急著等我回家的。」

「也好。」姨媽笑笑表示同意。

平平於是走上他的福士偉根汽車，獨自駛回丹絨東林的住家去。

七

丹絨東林，離新城七八英里，那是一處景色宜人的海灣，二十多年前，這兒卻是一片不受注意的荒僻地帶。

也許是新城的繁榮進步得慢，二十多年前，這片秀麗的地區就沒人加以注意，因此靠海的灘岸，只有孤零零的一座作為漁寮的亞答屋。但是秀麗的風光畢竟久藏不住，所以二十多年後的今天，終於化成高尚的住宅區。

丹絨東林能成為住宅區，這該歸功於阿嬌的開發。阿嬌當日自從丈夫一去不回後，就決定把身邊的六萬塊錢作為從事投資的經營，適逢漁寮附近的園主急於要把地皮售出，她靈機一動，認為園地離卜間不遠，把它買下來，準備將來建築房子出售，一定比較現在白白把錢收藏著會有利息，於是便撥出二萬餘元把八依格的園地買了下來。

戰後新城各業欣欣向榮，尤其建築業，更一枝獨秀；各處興建的洋房屋宇，由於人口驟增，很快就被人買去。

阿嬌觸動所好，也依照計劃，在靠近卜間一方的園地，建築新型的半獨立式平屋四座，沒想到牆腳一動工，就有人訂購了兩座，其他兩座也在裝好水電便被人買去。這樣一來，她更有信心地擴大經營，不過三幾年的光景，就把所擁有的地皮都先後建完。

由於海灣地區清幽，附近一帶的園地，也由他人的建築公司紛紛蓋起房子，於是沒有人注意的地方，開始改變成為住宅區。

阿嬌因有利可取，繼續購買地皮，由於經營得法，業務就一日比一日穩定。她雖是女流，卻具有漁民耐勞與戰鬥的精神，在一兩位助手的幫助之下，自己把緊著舵，一步一步向前邁進。

不過辛勞的日子也使她容易蒼老。原來四十多歲的年紀，看去將近五十的邊緣，事業的雄心固然萬丈，對於前途的發展，卻不能不想找個得力的接班人。如今兒子高中既已畢業，普通工作，假以時日，當然可以幫她一臂之忙；加以自己辛苦建立起來的事業，也要兒子將來繼承下去，因此她並不希望她的兒子繼續升學，她要把他留在身邊從事建築的學習，讓他吸取工場經驗，以便將來自己退休後，可以讓他順利把事業繼續發展。

平平也有這個意思，他希望與秀秀結婚後，共同負起責任，來減輕母親身上的負擔。但秀秀的人生觀與平平熱愛事業的觀點不同。她當前唯一喜愛的是學業。因此平平回家見了母親，還是愁容滿面。

母親一眼看去，就關心地問：

「怎麼樣，秀秀不答應是嗎？」

「她說她還要升學。」

「我本來想讓她和你在我身邊一起學習。」母親說：「一年半載之後，你們就可以分擔我的一部分責任。她既然要升學，婚姻大事也不可勉強了。」

「我還是愛她。」

「你願意等？」
「願意。」
「不怕她變心？」
「她不會的。」
「牛馬可料，人難料！」
「秀秀不是那種人。」
「為什麼？」
「因為也有別人追求我，我不要，我只愛她；她是知道的。」
「這麼說，你是愛定她的了。」
「是的。」
「那就給她去讀好了。」
「但是她不夠錢。」
「怎麼讀下去？」
「她要靠工作的收入來維持。」
「半工半讀恐怕也維持不了。」
「所以我要求母親幫助她多少。」
「反正她將來也是你所要的人。幫她倒是應該，奇怪的是她為什麼始終不肯到家裡來？」
「她說不好意思。」
「有什麼不好意思，難道另有存心，不過看她的照片，相貌倒是忠厚。」

「我想她的心與貌是一樣。」

「這樣，我還是鼓勵你跟她一起去讀。」

「我不是要離開你了！」平平驚異地：「你不是要加重責任？」

「為了你的婚姻和前途，再說多讀一些書，對你的事業也是有所幫助，我願意多吃苦幾年，只要你們都好，我是無所謂的。」

「書，我是可以讀，只是我一心一意想幫助母親，也就認為沒有再讀下去的必要。如今你要我讀，我當然要聽你的話。」

「你要明白，我一切都是為了你。」

……

第二天一早，平平就去找秀秀。秀秀沒想到他忽然改變了主意。而要和她一起升學去，於是高興到不得了；馬上把消息告訴姨媽，姨媽也為他們的升學祝福。

八

三年後的四月初旬，馬來亞大學舉行畢業典禮。平平的母親與秀秀的姨媽都到吉隆坡參加盛禮。雙方非常高興；更高興的是雙方選了一幀認為最好的畢業照片，交給商報製版刊發「結婚啟事」。

翌日晨，平平秀秀喜洋洋地搭早班車回到新城，準備即日下午飛曼谷與香港度蜜月去。

當天下午四點鐘的時候。

秀秀在姨媽房裡整理行李。平平擔心趕赴機場的時間迫促，便走進姨媽的房間，想幫助秀秀把行李帶出，舉頭無意一望，忽然在牆上看見父親的照片，一時覺得奇怪，就問道：

「秀秀，你們怎麼有我爸爸的照片？」

「你爸爸的照片？」秀秀莫名其妙：「在哪裡？」

「哪！」平平指著牆上所掛的：「就是這一幀。」

「什麼，他是你爸爸？」秀秀愕然，接著驚異地：「你在哪裡見過他？」

「我沒有見過他，不過我家裡有一張合家歡的大照片；照上的爸爸就是他。」

「沒有錯？」

「自己的爸爸哪會弄錯。」

「他也是我的爸爸呀！」

「真的，他是我們的爸爸！」

姨媽聽見他們高聲談論，跑進房裡；明白了這回事，又悲又喜地說：

「原來大家都是至親骨肉！」

「姨媽，事情是怎麼搞的？」

平平與秀秀幾乎同時這麼發問。

「你們坐下來，經過是這樣。」姨媽也坐下來。她說：「秀秀的母親是我的妹妹，她原來住在巴冬，戰後一天，她接到秀秀的爸來信說，他一兩星期內就可以回家和他們團聚。秀秀的媽好像從水裡撈到月亮一樣高興，因為她已經將近四年沒有丈夫的消息，不久就要見面，當然高興得很，但高興寄託在盼望中的二個星期好像二年一樣難捱，而秀秀的爸又沒如約回家。接著又是二星期又二星期地接連過去，不但還是見不到人，連片紙隻字也沒有；前日的來信也沒有寫下通訊處。至於我這裡的地址，她也無從探悉，於是她比三年八個月以前，當太平洋戰事發生後，丈夫失去聯絡時還要焦急，原來將要見面的親人忽然又不見了。特別是當時正盛傳各處海路漂浮著的水雷炸毀不少船隻的噩耗，更使她憂心如焚；那些不祥的消息所帶來的聯想，總是膠緊著她忐忑的心頭，最後在驚恐與淒惶之下，她便帶了三歲的秀秀冒險渡海，投奔新城來，希望找到了我之後繼而尋得丈夫的下落。哪裡知道日軍攻陷新城時，我全家也慘遭浩劫，由於我丈夫與小叔都是出名的抗日分子，所以我們全家老少也難逃魔掌。我雖然萬幸保存了生命，卻因逃避漢奸耳目，居處不得不一遷再遷，所以她輾轉能找到我，間接直接不知費盡了多少工夫。可是我們姐妹見面後，想盡方法，甚至登報尋人，仍是不明秀秀爸爸的下落。妹妹終於因失望而憂鬱成病，一病不起，秀秀也就變成孤女了。秀秀找不到父親，禍不單行，又失去了母親，小小的心房怎樣藏得住如此慘重的哀痛，好在輕輕的年紀，容易把一切忘記，加上我小心照顧，所以在短暫的時日中，才治好她悲哀的創傷。牆上的相片就是當日登報尋人啟事用的，也是秀秀認識爸爸唯一的信物。要是秀秀的媽當日沒帶這張照片在身上，那麼今天你們姐弟就亂倫成為夫妻……」

平平與秀秀聽完姨媽的話，愕然相視而笑，大家馬上把行李放下，一陣純真的感情湧了上心頭，二人緊緊地互相擁抱起來。

平平情不自禁地叫聲：

「好姐姐！」

「好弟弟！」

秀秀接著脫口而出。

姨媽笑著說道：

「你們倆手足情深，會有今天的好日子，都是各有一個好母親，否則，就不堪設想了！」

「是的，要是我母親不愛我爸——」秀秀以懷舊的口氣：「我們就不會到新城來。」

「如果我母親存心不良，我也不會有今天。」平平得意地：「所以我一定愛我的母親。」

「我更愛我姨媽。」秀秀認真地：「如果沒有她，我一定活不成。」

「所以愛人也會被人愛。」姨媽笑容可掬。

於是平平陪著秀秀與姨媽立刻上丹絨東林看母親去。

作為母親的阿嬌一時喜出望外。把秀秀緊緊擁在懷裡，有如擁著失踪多年突然回家來了的丈夫，一時興奮得熱淚沾滿衣襟……

訂正於一九七四年五月二十日

殺妻案

一

汪生殺了他的太太姍姍後，又引刀自殺。姍姍是我的妹妹；妹夫引刀自殺時，我又在場，所以便成為法庭唯一的證人。開庭那天，法庭要我將詳細的經過記錄下來。以下便是我的供詞。

那一天，是七月七日，晚上十一時三刻。

「我把你妹妹殺了！」

汪生一陣急促的捶門聲，將我從熟睡中擾醒了來，當我把大門打開時，他一見了我，第一句，就是這樣嚇人的話，然後上氣接不著下氣，一屁股向門階坐下，接著失神地呼喊、啜泣……

我一身疲倦的睡意，聽見他說殺了妹妹，神志立刻清醒，但，似乎還能控制自己，所以毫不慌張地這麼問他一句：

「現在姍姍怎麼樣？」

「死了！」

他很快地回答我，聲音帶著陰沉、憎恨，然而又含著悲怨，是從他牙縫中擠出來的。

「孩子們怎樣？」

從汪生悲恨交集的口氣中，引起我發出對外甥們安全的關心，所以蹲下去問他一句。

「他們都睡著，完全不知道這回事。」

他一面啜泣，一面這樣回答，聲調仍是充滿哀怨；要不是想起他是殺人犯，單看他的神色，的確會使人憐憫！無怪他投著乞憐的眼光望著我，像向我求助似地，使我也發生了幾分同情。

但，我對他只報以憤慨，因為我理智清醒，明白他已闖下殺人的大禍，所以，我嚴肅地對他說：

「起來！跟我回去！」

一路上，汪生的手是冷冰冰的。當我拉起他一路走時，他身上那股寒流，一直從他手心襲上我的心頭。走過那段冷靜的椰林後，面前那座蹲在黑堆裡的亞答屋，就像一隻兇殘的老虎，伏在椰樹下，那麼令人害怕。雖然這屋子的每一片磚面，都是我平時踏透了的，但如今我要去看的人，已不是往日活潑的妹妹，而是一具被刺殺後的死屍。因此，我溫暖的心，這時也跟著冷冽了。

「你進去吧！」

臨到門口，汪生忽然躊躇起來，對我這樣說。

「你呢？」我拖著他：「你怕！企圖避開？」

「不！」停了一會，他發抖，顫著喉音：「我……我慚愧！對不住人！」

「現在不是談這些良心話的時候。」我大聲說：「不許可你不進去！」

接著，我推開虛掩著的大門，立刻嗅到的是一股血腥的氣味，而陳屍廳上的妹妹，赫然在我的眼前。我衝過去，那把插在她胸脯上閃亮的童子軍刀，好像插在我心上一樣，我傴僂著身看她，她還沒有斷氣，噙著淚珠的眼睛還露開著，無限幽怨。
「姍姍！你怎麼樣了？」
我一時說不出適當的話。
姍姍沒出聲，眼淚流得更多，神色更悲，閃亮的淚珠，一顆顆滾下，滾下……
「我召車子去，把你送進醫院。」
於是，我接著翻過頭對汪生說：
「你還不趕快去叫車子！」
然後再向姍姍說：
「汪生太對你不住了！」
「不！他沒錯！」
想不到姍姍會說這話，但說完這句話後便不會說話了，很快的，兩眼瞪直，頭一歪，氣斷了。
立刻，廳上又恢復了原來的死靜。
約過廿五分鐘，汪生躑躅回來。
「叫到車子沒有？」我問他。
「路邊左右都沒有車！」停了一下，他接著說：「有一輛經過的，我喊他停，卻不肯停下，也許是夜深，人害怕；附近又沒有電話站，叫我怎麼辦呢？」
「車子來也沒用，人已死了！」
汪生聽我說，面向姍姍蹲下去，忽然把姍姍胸脯上的刀抽起來，向他自己胸膛刺進去，一時血流如注。我馬上衝過去，一手把他胸脯上的刀抽出來，一手從褲袋拿出手巾，趕快塞住流血的傷口，然而卻悲憤交集地這樣對他說：

「不許你再動了！趕快用手按住手巾，我出門設法叫車子去。」

離開家門，走到馬路口，自己雖已喘息不已，好在有輛車子從路頭遠遠駛來，使我忘記了喘息，於是我帶著悲喜的身心，立在馬路中央，舉起雙手，終於將車子攔下來；剛好被攔住的車子，正是警察巡邏車。

半個多鐘頭後，汪生便被送到醫院去，醫生檢視後，經過輸血，人雖還昏迷不醒，但不是致命之傷。

二

第二日。

是一個空氣沉鬱，滿天霧色，而又飄灑著毛毛細雨的黃昏。

我幫忙腳夫，把姍姍的棺柩扶下壙穴後，帶著滿腔哀傷的心情，順途躑躅進醫院。經過負責警衛的人員准許後，我才踏進病室去。

汪生睡在床上，神色頹喪；瘦槁與哀怨的臉上滿掛著淚痕。他一看見我，便要掙扎起來，但畢竟因沉重的創傷控制了他整個身體，所以頭一擡，兩手便支持不住，又是躺下去。

我看見他那麼吃力，便走近床沿阻止他，叫他不必坐起來，他卻連聲不絕，近似發狂地這樣叫著：

「不！不！我要站起來，我要向你懺悔，我太對不住你的妹妹了。為什麼？……為什麼我要殺死她？」

「汪生！冷靜一點吧！」我用緩慢的口氣提醒他說：「你向我懺悔是沒有用的，人已給你殺死了，懺悔後姍姍也不會活回來。現在你還是不必太緊張。我問你。正如你自己所說的，為什麼你要殺死她？」

「是的！我為什麼要殺死她呢？我太殘忍了！我該死！我真的是該死！」

他聽了我問他的話後，神志忽然由頹喪變成高度緊張：一方面高聲大叫，一方面握緊拳頭，打擊自己的頭顱。

「你瘋了嗎？當心你的傷口是會激出血來的！」

「反正我殺人也該償命！」

「這話是沒有錯！」我看汪生的態度沒像剛才那麼激動了，因此略停一會後，又這樣說：「不過殺人也該殺得有道理，道理充分的，就是上絞臺，也會心安理得。再說：假如是出自不得已而殺人的，比方是為了自衛，或者是被刺激到神經錯亂而殺人時，在這些情節下，法律對於犯人是可以從輕發落的。」

我之所以會對汪生講這些話，原因是認為汪生是不會無故殺死姍姍的。因他是個有理智，一向安分守己，待人接物彬彬有禮，而不惹是非的讀書人。所以他會殺人，最少有一半責任應由姍姍自己負責。於是為了要他將殺姍姍的動機詳細告訴我，我便用以上的話開導他，希望他清醒過來，坦白地說出殺人的動機，假如真的是出自不得已而殺人時，那或許在有利的情節下得到法律的寬宥。原因是姍姍臨終時，曾經告訴我說汪生是沒有錯的，因此最後我便對他這樣說：

「告訴我！到底是什麼動機，引起你殺姍姍？」

以下便是他的自供，由在旁的警衛人員，暗中記錄下來的文字：

我殺死姍姍，是在我不願意殺她的時候。

我曾經懷疑過世界上的人，為什麼會殘忍地殺人。可是如今由於姍姍的變態，已使我明白人之所以會殺人，原因是被殺的人，往往刺激殺人者非殺人不可。我便是在這樣的情形之下殺了姍姍的。

四年前，姍姍本來所愛的人是她的表哥陳道，她後來之所以會跟我結婚，最大的原因還是我對她有真摯的愛情，因此才影響了她的態度，也轉變了她的認識。四年前我們的生活能過得和諧，未始不是建築在我這份真摯的情分上。

但自從今年年頭，我的肺病嚴重，被學校辭退了後，姍姍的態度慢慢轉變了。她幾乎每個晚上都濃裝豔抹出去，而一定十二時過後才能回家。我很不放心，於是有次我問她說為什麼在我病嚴重時要常常外出。她答我說：完全是為了我。我對她說：我不相信她是為了我。她卻說：不是為了我，我們以後要怎麼過日子。聽了姍姍的話，看了姍姍的態度，我的心一陣酸一陣痛。為了要說服她，我對她說：我們的經濟固然發生問題，每月靠自家那片椰園的收入，勉強還是可以維持過日子，雖然醫藥費全無著落，但我願意掙扎，原因是我的病雖十分嚴重，但我是不會立刻就死的人。姍姍似乎不理會我的話，還是時常外出，回來時除了帶些補肺的藥丸外，便常常對我說：她正在設法要把我送進醫院去。我卻對她說：如果要把我送進醫院去我一定要自殺，理由是醫院不會好待沒錢的病人，我願意在家裡休養。姍姍還是堅持自己的主張，天天照常外出。因為我老是不明白她為什麼要那樣濃裝豔抹出街去，於是日子一久，我的心便懷疑起來了。有一天，當她出門後，我就偷偷跟著她，沒想到一踏出路口，便看到陳道的汽車已在路邊等著她。我一時無名火直升三丈，又是嘔了血，回來一直不能睡。晚上十一點後，她回來了。我故意問她上什麼地方去？她說跟人家補習去。我忍下去，不想再吵鬧，因為姍姍一回來，她還是問前問後，似乎很關心我。不過有一天早上，當姍姍還沒出門，我便到陳道的門前躲藏起來。還不到十點鐘，姍姍果然在汽車上，依偎在陳道的身邊，那時我想跟著進去，卻沒有勇氣這麼做，結果我吞聲忍氣回家來，等著，等著。姍姍回來了，我於是提出質問：

「你到底上什麼地方去？」

「跟人家補習功課。」

「跟什麼人補習？」

「一位朋友的兩個姪兒。」

「什麼朋友？」

「你不必問，我沒有對你不住就是了。」

「我偏要問，找舊情人陳道去是嗎？」

「是的！但不是去談情。」姍姍苦衷地說：「而是去跟他的兩個姪兒補習功課，希望換點錢來給你醫病。」

「你不必說漂亮話，我不需要這樣的錢。」

「不是白拿他的，是用我的勞力換來的錢。」

「總之，我不願意用這樣的錢。」

「可是你的病是不會好的。」

「我並不希望我的病立刻就好，但是我可能掙扎下去。」

「不可能的。」姍姍更哀怨，一面說，一面啜泣。我卻一面嘔血，一面嚴詞指斥她：

「你是別有用意的，以後不准你再到陳道的地方去。」

第二天，姍姍不再出門了。第三天、第四天，她陪著我，使我胸口輕鬆了許多。不料第五天，她又要出門去。她要走時，我問她說：「出門做什麼？要到什麼地方去？」

「我不能老捱在家裡。」她說：「柴米將發生問題了。」

「但你不能再到陳道的家裡去。」

「你不願意我去，我是不會再去的。」

姍姍出門後，我的心沉重起來，又生起疑心，便到陳道的門外等著她。果然在下午二點一刻，姍姍坐著陳道的汽車出來，晚上，姍姍回家，我光起火，問她說：

「你不是說已不再到陳道的家去？」

「你怎知道？」

「除非已莫為！」

「我是跟他辭職去的。」

「願你以後不再去。」

姍姍不出聲，走向廚房去，抽噎，啜泣。我也不想再鬧下去。

但三天後，一個下午，當我熟睡了，姍姍又溜出家門。由於她不告訴我而出門去，更使我疑心，因此我也匆匆出門，沒想到當我下巴士，忽發現姍姍與陳道從首都旅館出來。我一時忍無可再忍，企圖衝過去，想當面斥罵他們一次，但還沒有接近他們身邊，他倆已跨上汽車去，接著一陣從汽車屁股噴出來的黑煙，把我激得又吐出一口血。

晚上，當姍姍回來，老實說，我很疲倦了，但滿腔氣憤卻支持我站起來，我罵她說：

「三番幾次背著我找情人，還瞞著說是為了我。你這不要臉的蕩婦！」

「你不能這樣隨便污辱人，我可以發誓，沒有對你不住的地方。」

「沒有對我不住，與你表哥上旅館幹什麼勾當？」

「是為了你。」

「與舊情人在旅館幽會，還說是為了我，這是什麼話，簡直是騙孩子。」

「你想怎麼說就怎麼說好了，反正我們問心無愧，因為我並沒有做出對不住人的醜事。」

「你與情人上旅館幽會，根本便是背著我偷漢子。」

「你要這麼說，我有什麼辦法？」姍姍哀傷地哭起來：「好吧！你既然說我是背著你偷漢子，那麼就讓你等著死好了。」

「不是幽會，也不是偷漢，你到底上旅館做什麼事？告訴我好啦！」

聽了姍姍的話後，我有點內疚，所以這樣問她。

姍姍啜泣未停，我還沒聽見她的答覆，陳道這傢伙忽然在我家門外呼喚姍姍，姍姍一聽見陳道的叫聲，一溜煙又出去。這時的我幾乎要發瘋了，也跟著搭巴士出去，剛好下車時，又看見姍姍與陳道一同上首都旅社，我跟著衝上去。但看不見他們進入哪個房間，於是只得忍氣回家。

前晚，姍姍回來特別遲，當她一進門，我便拖著她的手罵道：

「蕩婦！你還敢否認不是跟姦夫幽會？」

沒想到姍姍反常地這樣回答：

「是的！跟姦夫幽會，你要怎麼樣？」

聽了她的話，胸膛好似被火燒到一般，一時憤怒使我失去理智，我將桌子上的童子軍刀抽起來，對著她的胸脯亂刺過去……等到我清醒過來，痛定思痛時，我已鑄下大錯了。因為姍姍不但不掙扎避開我的刺殺，反而趨近我，一面哭，一面這樣叫：

「你沒有錯！你就殺了我吧！但是，我也沒有錯！」

三

我從醫院回家後，一躺下床，心頭便想起了以下的往事：

四五年前，我與汪生同在一家報館做事。那時我是負責副刊的編務，為了要充實副刊的內容，常常拉起搞文藝的朋友替我寫稿。汪生是馬華寫作圈裡知名的文藝工作者，他雖然是負責地方編輯，但我卻常常催他替我編的副刊寫稿，於是由於拉稿以及同事的關係，汪生就時常到我家來。那時姍姍也常常寫稿給我，她的詩寫得相當成熟，好多人喜歡讀她的詩，汪生就是喜愛姍姍的詩，而跟她做起朋友來。

姍姍跟汪生做朋友，家庭並不反對，反對的是不喜歡他們常常外出。我卻認為在不妨害雙方健康的原則下，就讓他們常常在一起也沒有關係。母親卻認為一個女孩子跟男朋友常常外出，對於她的婚姻前途是有決定性的。母親會說這些話是有她的理由，因為姍姍已經廿二歲，論年紀是當嫁的時候，何況母親正在努力促成姍姍跟表哥陳道的婚姻呢！

其實姍姍之所以喜歡與汪生在一起，而汪生也常常喜歡陪著姍姍玩，這或許是他們雙方都已有了感情。由於感情的相投，他們在婚姻上何嘗不可能結合。所以對於他們的外出，在促進雙方的了解上是會有幫助的，因此我就不反對他們在一起了。

幾個月後，事實證明我的看法沒有錯。汪生果然託一位同事向我說：他要向姍姍求婚，希望我能說服母親贊成他這門婚事。

我倒沒有問題，然而要說服母親，卻會有問題。因為我認為他們有同樣喜愛文藝的目標，雖然汪生家境比較清貧，但只要雙方能夠合作，兩人的生活前途，靠雙方的勞動是可以解決的。問題是在姍姍除了與汪生有文藝的興趣外，對於汪生的家庭環境是否感到滿意。因為她對表哥確實是比較早有了感情，雖然陳道心目中是意向另外一個人，但母親就因為與陳道有親戚關係，以及看到陳道的事業上已有了成就，所以對姍姍與汪生的外出，她當然要替女兒的前途擔心。因此，替汪生向母親提起他要與姍姍求婚的事，是會有問題的。

但我不願使汪生失望，所以我對他說，只要姍姍對他有意思，母親在最後的時候，我才來說服她。汪生說：姍姍與他不但志趣相投，甚至對他的感情也不壞，每次他要求姍姍陪他外出，姍姍總不會拒絕，相信他向姍姍提起婚事是不會有問題的。

我聽了汪生的話，以及看到姍姍對他親熱的態度，我也認為可能性很大。但是我不敢肯定這是事實。於是為了要證明汪生的看法是否正確，我便將汪生的話詳細地對姍姍說；問她對汪生是否有意思，會不會接受汪生的要求。姍姍說，她與汪生的來往，純粹是為了研究文藝，她對他的印象雖不壞，而他對她也有深摯的友誼，但還沒有到達可以談婚姻的程度，事實上她的婚姻對象還是表哥陳道。至於說她之所以常常陪汪生外出，那除了滿足汪生的要求外，最大的目的便是利用來刺激表哥，表示抗議表哥對她的冷淡……

我將姍姍的意思轉達汪生，汪生似乎不相信我的話，於是親自對姍姍提起。結果姍姍對他說的話與她告訴我的沒有兩樣。

從此汪生消極下去，稿子也不寫了。每晚下班，買醉解愁，回家後又是失眠了。於是身體一天一天敗壞，不到幾個月，便害起肺病來。可是汪生進醫院後，仍是念念不忘姍姍。當我去看他時，他要我替他告訴姍姍說，他的肺病完全是為了想念姍姍而引起的，只要姍姍能愛他，他的健康就會馬上恢復，不然的話，當他還沒死去時，姍姍能常常到醫院看她，他在九泉之下也會感念她的。

回來後，我將汪生的話一句一句告訴姍姍，並且勸她說，先前既然做了好朋友，那麼就不是愛他，如今到了這個地步，對他的要求該給予多少的安慰。姍姍聽了汪生交代我告訴她的話後，已受到感動而產生了同情心，再加上聽我的勸導，她終於要我陪她上醫院去看他。

汪生看到了姍姍，滿臉的憂鬱愁雲，幾乎不見了，一聽到姍姍的安慰，也喜上眉梢。後來再經過姍姍幾次的慰問，病勢也日見起色，於是休養了兩個月後，醫生也允許他出院了。

當汪生出院的那一天，姍姍在報上，也看見陳道的結婚啟事。於是姍姍在希望宣告幻滅後，再加上汪生熱切真摯的懇求，便漸漸領悟到汪生那份友情的可貴。結果又經過一年長時間的生活與了解，以及朋友們的鼓勵與慫恿，他們便宣告結婚。

結婚後，他們的生活如魚得水，汪生的健康恢復後，在我辭退報館的工作時，他便接替我的職務。姍姍在家料理家務，他們過著快樂的日子。

今年年頭，我從蘇島回到馬來亞。第一家我去拜訪的是汪生和姍姍。想不到他們已經有三個孩子，家庭情況與我離開他們時完全改變了，汪生又患上了嚴重的肺病，報館的職位也給辭退了。生活失去了原來的顏色。更沒有想到在我第二次從蘇島回來還不到十天，他們的家庭便發生了這樣的不幸。

四

聽完了汪生談起刺殺姍姍的經過後，我明白他所以刺殺姍姍，除了心理發生變態，人窮志短外，便是看到姍姍接近陳道後而產生了嫉妒心，於是在多次的刺激下，加以環境的壓迫，就情不自禁而闖下了殺人的大禍。

我為了要理解姍姍為甚麼要找陳道以及跟他上旅社的原因，所以第二天一早，便找陳道去，希望他能告訴我一切。

以下就是陳道對我所說的話：

姍姍是位好太太，她的被殺是無辜的。

我跟姍姍來往，並沒有不正當的行為，其實我跟我太太的感情也不壞。汪生懷疑我與他的太太有染，那是庸人自擾。

自從姍姍嫁了汪生後，三幾年來我一直沒有見過她。今年第一次遇見她便是在ＣＬ舞場裡。當我發現她時，我不敢相信她會是姍姍，因為像姍姍這樣的女人，不可能會當舞女的，但在我面前的人果然是姍姍。既然事實是她，我便叫舞女大班請她過來。姍姍一見我，掉頭便走。我追過去，問她為什麼不理睬我。她說：我不能跟一個我所恨的人跳舞。我聽了她的話，知道她心裡有苦衷，但不明白為什麼會當起舞女，因此故意這樣問她說：

「姍姍，你現在是不是當舞女？」

「是！」

「舞客無權選擇舞女嗎？」

「舞女也有權可以不接受她不喜歡的舞客。」

「既然這樣說，我們的碰頭是多餘的了。」

「不錯！徒增加一邊的痛苦。」

姍姍說完了這句話，把桌上的手提包一拿起便走，走得很匆促。她是我的表妹，她曾經追求過我，我對她的感情也不壞。如今我看見她落難，我可以不援手拯救她嗎？不！良心過不去。於是我也跟著她出去。

走出舞廳大門，便看見姍姍在路邊躑躅。我把車停下，將她扶上車來，一直把她載到我家。到了家門，姍姍不肯下車，我對她這樣說：

「姍姍！你應該面對現實，過去的事就讓它過去。你對我並沒有不對的地方，我對你倒應該負起你今天落難的後果。今天我不把你載到別的地方，而將你帶到我家來，你就可以明白我的心跡了。總之過去的誤會，我應該慢慢向你解釋。」

姍姍聽了我的話，冷淡地對我一看，便跟我下車。在廳上，我將她介紹給我太太認識，她們一見如故，好像老朋友一樣。這時太太因要陪母親出街去，於是我們在廳上便開始了下列一段談話：

「自從我結了婚以後，我很想跟你談一次話。」我說：「無奈老是碰不到你，上你的家，你母親對我又很冷淡。」

「想不到你會這樣有心。」姍姍淡然地這麼說。

「其實我對你根本就不想變心的。」

「會變心的人是陳道！」
「你要這麼說，我也沒有辦法。」
「難道你與你太太的結婚，不是出諸自願的嗎？」
「可以這麼說，因為家庭要我這麼做，我有什麼辦法？何況我們的經濟命脈還操在她父親的手裡。」
「既然這麼說，那還有什麼不滿意？」
「現在太太對我很好，我也不怪她了。不過我該向你解釋。」
「不解釋也沒有關係的。」
「我可不是屬於那種不講道義的人。」
「最少我應該關心你：為什麼你要出來當舞女？」
「為了汪生的肺病嚴重須用錢。」
「既然這樣，能不能接受我的幫助？」
「錢不是你的，我不能接受你的錢。」
「為什麼？」
「你家早已不高興我。」
「你的思想錯誤了，你要多少錢還是先拿去用，既不願白用我家的錢，那以後有了才拿還我也好。」
「同樣是等於用你的家的錢，無論如何，我是不會拿的。」
「那麼肯不肯給我替你抵個職業，來代替你當舞女的工作？」
「那倒可以，只要那個工作是可以賺錢的。」
「我有兩侄兒剛從香港來，他們明年要插進小學五年級，現在各科都需要補習，你能不能幫忙？」

「可以用我的勞力換錢，我絕不會不接受的。」

第四天開始，姍姍便到我家當家庭教師了。

上個月姍姍告訴我說，她丈夫近來火氣很盛，動不動便罵她，很不喜歡她出外工作，更不喜歡她到我家來。

我告訴她說，丈夫既不喜歡她到我家來，那麼她可以請假不必來。但姍姍卻不肯那麼做，她說無論如何，也不能白拿人家的錢。

最近姍姍又告訴我說，她丈夫的病已經很嚴重了，她想把他送進醫院去，但她的丈夫說，如果要把他送進醫院去，他寧可自殺。

我對她說，病已經嚴重，那只有送進醫院才是善法。

她已經試圖過兩次，但兩次都失敗。她不忍丈夫自殺而死，她希望用別種方法來拯救他，因為她愛她的丈夫。

我很同情姍姍，到處替她設法買藥。最近有位從美國回來的朋友，聽說帶來一批新近美國藥廠發明的特救治肺藥丸。我為了找那位朋友，陪姍姍到他住的旅館三次，想不到那人的藥，在船上還沒拿到，姍姍卻死在她丈夫的刀下……

最後，陳道又這樣說：

「我所說的話，不一定能使你們相信，但我可能找出姍姍寫給我的信，由她的文字上，你們便能證明我跟她的清白。」

五

法庭宣判的那一天，證人之一的陳道，將他告訴我的經過那些話，再念過一次後，為了要證明他說的話的真實性，他便將姍姍寫給他的信呈堂作為證據。

法官為了結束本案而做最後的宣判。認為姍姍寫給陳道的信有發表的必要，於是就將原函當堂宣讀出來：

表哥：

我們過去的事情，誠如你所說的，就讓它去吧！當初我對你存著誤會，認為你是不講道義的人，直到昨天跟你見面後，才知道你有你的處境和苦衷。現在你能忠實於你的太太，正如我對我的丈夫忠實一樣。我認為這是對的，能夠這樣做的人，他們的家庭才可能達到幸福。

我之所以不能接受你的幫助，原因是你的經濟還握在你太太父親的手裡，如今你能給我替你兩個侄兒補習，我已經感到滿足了。

你說你每天要用汽車來接我上班，雖然你太太也要你這麼做，但我卻不願意使你麻煩：一方面人言可畏；一方面浪費你的時間，所以我不同意你用汽車來接我。

最後對你關心我丈夫的病情，我替他向你致謝。

至於補習的時間就在後天開始。

專此祝你們快樂！

姍姍某月某日

陪審員聽完了陳道的供詞以及姍姍的信後，大家都認為姍姍的被殺是冤枉的。於是一部分陪審員，認為汪生殺人的罪狀成立，但大部分陪審員卻認為汪生所以會殺姍姍，是在心理變態下受到刺激，理智一時可能失去控制，所以殺人屬於無意，罪狀應改為誤殺。最後投票的決定，而法官也認為誤殺的理由充分，於是結果十分可能被判死刑的汪生，便改為十年徒刑。

犯人欄的汪生聽見最後的宣判，卻向法官要求改判極刑。

他大聲這樣嚷著說：

「我是蓄意要殺姍姍的。」

寫於一九六七年十月二日

死運

一

人生的處境好壞，如果說是與「運氣」有關係的話，那麼，以宰吾今日生活上如意的情形看來，可以說他是正在走「死運」。因為宰吾沒進入醫院檢查身體以前，和他來往的人並不多；就是整個「卜間」的人認識他的，也寥寥無幾！

事實上：以前那些日子裡，即使宰吾熱烘烘、笑嘻嘻地跑上人家的門去；甚至他所提出的事，或所說的話，對主人十分有利，但人家也不會把他當作類似客人或朋友看待；換句話說：幾乎多是存著「防人之心不可無」的態度來提防他、冷淡他。

為什麼人家會提防與冷淡？無他；只因宰吾是在山芭裡乾吃粉筆灰的教書先生。

吃粉筆灰的教書先生大有其人，未必人人都會受人冷淡。是的，諸如那些入息豐，有洋房、汽車的，不是都受人另眼看待？

宰吾可就不同了，今年在這山芭教，明年可能被滾到那個山芭去；還有，他那套唯一見得人的白斜紋洋裝，早已給灰塵染成黃色的了；加以臉黃肌瘦，無精打彩，說明了他已經窮途落魄，更不難引起人家對他冷淡與輕視……難怪遇見他的人，十之七八，都好似沒見到他一樣，至於左鄰右舍，有些人還把他當作鄰居的，見面時，也不外是這麼問道：

「你明年還有書教麼？」

人家的口氣不論是帶著諷刺的，或是同情的，宰吾總是滿臉堆著笑容，像無所謂一樣地給予回答。然而，老實說，他的生存，在街坊上的人，看起來總以為是多餘的。有人就這麼說：像宰吾這種人，對於別人的生活所發生的影響，根本是起不了作用的。所以他所住的地方，雖然也占著「卜間」的一個角落，「卜間」上的人對他就沒有什麼印象了。

但是，今天可不同，陳醫生上他的家、李經紀到他的家，連那出入口商行的王老闆、在都城某中學執教的白老師，也都匆忙地擠上他家去。

這樣一來，宰吾那往日門可羅雀的亞答屋，今天就門庭若市。經過他家門外的人，誰都會發現往日連一輛三輪車也不會經過的，日來居然有好多輛簇新的汽車停歇下來，而且他的太太，也驟然受人敬重；出入有人供給汽車代步，上車有人叫「先生娘」，下車也有人稱「宰夫人」。

為什麼？

沒為什麼，只是宰吾今日正在走「死運」。

宰吾是怎樣走上「死運」的？

原來是他入醫院，受過醫生檢查身體後，被證明出肺部已發生了不治的癌症。

二

馬來亞獨立後，經濟情況沒辦法一時搞好；尤其自外國的大樹膠園主相繼把膠園割成若干小園丘分別出售後，更使國內的現金一批一批被吸收了去；影響所及，商場越趨冷淡，投機的生意更是一枝獨秀；當地的權威報章，幾乎天天有人壽保險公司的半版甚至全版的廣告刊出，諸如「不限入會年齡，優待參加日期，同時參加四組，可以領足三千元以至六千元、一萬二千元……」的種種宣傳與巨大的金額，就吸引了不少人士的注意。這麼一來，有不少發覺自己的生命已經蠕近死亡邊緣的人士，喜於身後家人有一筆善後金可以領取，就紛紛爭購壽險，而有些家屬看見家裡有病人將不久於人世的，也想盡辦法，希望於病人身故後可獲得一筆收入；至於投機商人，也集中生意眼到這方面來，他們一經打探出某位人事已高或有某種宿疾，將於一年半載後離開人世而缺乏經濟能力購買壽險的，便想盡方法來與他們合作；承認他們是家屬或親戚，替他們按月向保險公司繳款。因此孤獨無靠的老人，醫院中患肺癆的，以及流落街頭的病丐，就成為投機家生意眼的對象。

辛吾就是其中之一。

那一天的上午，經紀李為了一宗人壽保險的生意上醫院去。當他要離開醫院，打從三等病室經過的時候，無意中看見他的妻舅，跟著好些人圍成一堆，人聲嘈雜，其中也夾雜著婦人的哭聲。

經紀李一邊舉手向他妻舅打招呼，一邊姍姍地走近而擠進人堆裡去，一看，原來有位年紀約近半百的男人，無精打采地躺在床上發愁，床邊坐著一位中年婦人，低著頭在哀怨地啜泣。

經紀李聽過他妻舅的說明後，知道那位躺在床上的病人，給醫生檢查出肺部已發生了毒癌，他妻子知道後便悲傷地哭了起來。哀怨的哭聲引起了好些人的同情，大家就紛紛圍上去給予安慰。

經紀李於是更擠進一點，靈機一動，表現出十分關切的樣子，向那位悲傷的婦人問道：

「你丈夫的病，發生幾個月了？」

婦人聽見有人這樣問，一邊以手掌拭去頰上的淚漬，一邊擡起頭來哀怨地答：

「還是剛由醫生檢查出來的。」

「這麼說，才是初期發生的，還有時間可以醫治。」旁邊有位青年婦女，勉強開著笑容，以樂觀的態度插進一句後，也給予誠懇的安慰：「吉人天相，不必悲傷。」

「唉，這是有錢人的病，我們是窮人，哪裡去找錢來醫治？」

「你們是做什麼事的？」

經紀李聽了婦人訴說苦況後，又發出關心的口吻問她。

「先生，他是教書的。」婦人失意地低下頭去，淚珠一粒一粒滴下來，似乎又要啜泣：「教書生活已經度日如年，哪裡還有錢……」

「教書先生……」經紀李若有所思，頭稍微一歪，這麼自言自語。然後翻過頭來，又是同情的口氣：「不要緊，有人會給你們幫助的。」

躺在床上憂愁的病人，聽到有人肯幫助的話，一時似乎受了感動，臉上的哀愁也躲在一邊，但只望一望那說話的人，沒表示什麼。他的妻子卻搶著開口：

「先生，是誰會幫助我們？」

「我有朋友，他很肯幫助窮人。」經紀李毫不掩飾地：「他是慈善家，他一定會大發慈悲！」

「是什麼人？你這位先生可以替他們介紹啦！」

一時，很多對從不同方向發出來的視線，都集中在經紀李的臉上。其中有位好心腸的年輕婦女，就向他這麼催促。而病榻邊的婦人也向他投著乞憐的眼光，發出懇切的要求：

「是的，就多隆你替我們介紹。」

經紀李向著那位對他催促的年輕婦女展開了美麗的笑容；一陣得意的情緒正從他心窩裡散發出去，忽然聽見婦人的請求，不得不轉過頭去，肯定地說：

「一定的，一定的，今天四點鐘你到友聯街泰林商行找我，我自然帶你去見他。」

「先生，這樣就多多感謝你了。」

「不用，不用，大家都是華人。」

經紀李口若懸河，神氣十足地以敏捷的手法把公事包打開，拿出一張名片交給婦人，笑笑地：

「地址和門牌都在這裡，下午記得找我就是了。」話一說完，便姍姍地離開了人群。

三

下午五點鐘的時候，西斜的太陽還十分強烈，像把巨型的銀刷，把泰林商行整個「烏必」刷得銀光四射，但裡面靜悄悄，一點聲息也聽不見。

經紀李自下午三點多鐘，便回到「烏必」來了。他滿以為早上接他名片的婦人，一定會因急切要找人幫助而在下午四點鐘左右到商行來，哪裡知道五點的鐘聲已敲過了，人影也沒見到。

他似乎是坐得不耐煩，一連打了幾個呵欠，隨著時光的消逝，認為婦人是不會再來了，於是用腳尖脫去鞋子，雙腳伸上辦公桌去，把背脖躺在椅靠上，就假寐下去。

其實婦人早在下午四點鐘前便出門來找他，只因出不起車費，所以一街走過一街，加上友聯街是大街的橫巷，她穿梭了好幾次都找不到；等到她看見泰林商行的招牌後，一個鐘頭的時間也就很容易溜過去，所以當她踏進商行辦事處時，經紀李已經呼呼喘地睡去將近卅分鐘了。

婦人看見經紀李已經睡著，不叫醒他就得等下去，不得已便站在辦公桌邊輕輕地這樣呼喚：

「先生、先生。」

經紀李雖然睡去了好久，畢竟因為有心事牽掛，半醒半睡中一聽見有人呼喚，也就很快地醒過來；連忙把腳縮回去，匆忙地穿好鞋子後，便站起來，微笑著說：

「對不住，對不住，我以為你不會來了，所以等得很疲倦，連睡去也不知道。」

「我也對你不住。」婦人抱歉地說：「因為認不得路，麻煩你等了好久。」

「無所謂，請坐、請坐。」

「你先生也坐下來吧！」婦人自己卻沒坐下。她站著。東張西望：面前三四張辦公桌，除了一張有一架電話機外，其他的一點文件也沒有。這些簡單的現象，也許有點使她感到空疏，所以很著意地問：「先生，你要替我們介紹的慈善家，是住在這裡？」然後把投在樓梯口的視線轉移到經紀李的臉上來：「他是不是還在樓上還沒有下來？」

「不，他不是住在這裡的。」經紀李毫不猶豫地說：「實不相瞞，他和我都是一樣的，我們是股東生意，大小事由我主意都可以。」

婦人雖覺得有點意外，可是她的目的是來向人求助的；反正也不是有什麼東西要給人；只要有人肯幫助她，求助於任何人都是一樣，所以她就很自然地：「既然你先生也是做善事，就請你多多招呼好了。」

「我們可以坐下來慢慢談。」經紀李看出事情已有了頭緒，於是就坐下來；一面把辦公桌邊的另一張椅子推出去，一面問她：「請問你先生叫什麼名字？」

「他叫宰吾。」婦人一坐下很自然地答。

「宰太太，」經紀李認真地：「老實告訴你；我們是與病人合作做人壽保險。即是說，病人窮困的，如果能跟我們合作，不但可以購買人壽保險，或參加人壽互助會；而且在合作開始後，又能得到我們商行的接濟，比方醫藥費、生活費，以及其他的一些雜費……所以病人能跟我們合作，無異是得到慈善家的幫助一樣。」

宰太太低著頭靜靜地聽。對方的話，一句一句都在她的心裡尋求反應，但她沒開口表示什麼。

經紀李繼續說下去：

「宰太太，事實是這樣，我的話你聽得明白麼？」

「呵，呵……」

宰太太似乎還在研究對方的話，所以還是沒法表示意見。

經紀李不厭其詳地繼續說：

「這對於病人，特別是一些經濟困難的，確實很有幫助，因為我們除了供應病人一切的應用外，將來病人身故，家屬還可以領到一部分安家費，幾乎一舉兩得……宰太太，你可以考慮考慮，如果需要的話，就將你家的地址告訴我，我派醫生到府上檢查你先生的身體，醫生認為可以，我們馬上便可以合作，宰先生也馬上可以得到醫藥費的補助……。」

過了好久，才聽見宰太太膽怯地說：

「我明白了，不過我得回家去商量商量，如果他肯，明天下午，我就把地址送來。」

婦人走了後，經紀李摸摸他凸出的肚皮，伸了一個懶腰，眼看一筆人壽交易到了手，於是一陣得意的情緒又從他的心窩裡散發出去。

四

一個星期後，街坊上有不少人知道宰吾的肺部發生了不治的癌症；也有人知道泰林商行的經紀李替宰吾購買了二萬五千元的人壽保險。

再過了兩天，那位從來不跟宰吾認親的王老闆，忽然與宰吾認親了起來，（自認是他的堂侄）也替他投了二萬元的人壽保險。

又過了半個月，那位在都城執教，適逢假期回到卜間來的白老師，也口口聲聲說：宰吾的太太是他姑母，而大發慈悲地替姑丈繳納了人壽互助金的月費。

……

這樣一來，使到宰太太忽然大忙起來了。今天早上去保險公司，下午又上律師樓，明天不是去保險公司，便是趕赴人壽互助會的辦事處。

她要去保險公司或人壽互助會辦事處，是以妻子的身分替丈夫購買人壽保險，或繳交互助金月費。她上律師樓是要與那些替她出錢作保險金或互助費的「親戚」簽訂合約，保證她在丈夫身故領出保險金與互助金後，照約以十分之九的數目償還經紀李、王老闆、白老師……，這些人在宰吾病期中所墊出的醫藥費與生活費。

當然的，這些日子，宰太太出門都有人供應汽車代步的，於是她近日來常在日光下出入，皮膚棕黑起來，神彩卻非常煥發，原因是她那向來囊空如洗的衣袋，已開始有幾張老虎鈔票擠在一起了。

至於宰吾本人，雖然身上患上絕症，將不久於人世，不過據醫生檢驗後，生命還可以維持一兩年，這樣，他的壽命當然可以越過保險公司與人壽互助會所限定的期間。然而這些投機家為了希望利潤可以十拿九穩，便認真合作起來，有的分別供應醫藥費，有的供給雞蛋、阿華田等滋補品，有的供給水果和雜用……盡量使他的生活舒適，保持期限內壽命的平安。於是這個星期有經紀李到他的家來，下個星期又有王老闆前來探望，再下個星期，不是白老師，就是白老師的家屬到來探望，大家噓寒問暖，有如親生骨肉，無不希望他平平安安度過這一兩年。因此這些日子，他除了病發作時感痛苦外，生活上總是十分寫意的，因為他向來吃不到的食物今天可以吃到了；一向不敢奢望獲得的東西，如今得到了。至少這些前來探望的「親戚」也像是子孫一樣……雖然想起生命一天一天地接近死亡的日期，可是在生命還沒結束以前，有人肯供給一切的費用，免得失醫挨餓，在他怎不感到心滿意足呢！

寫於一九六〇年五月二日

娘惹

薄羅衫子套沙郎，口嚼檳榔桄葉香；
黑髮黃皮原漢種，番腔十足已忘唐。

——劉果因

一

昨天晚上，娘惹殺死亞峇，自己也自殺了。

二

娘惹，她是我過去的女房東。

那時候的娘惹，雖然是三十二三歲的女人了。但，她婀娜百般，不但愛好打扮；又喜穿著花衣，那一面鵝蛋形的臉，總是用水粉塗得像花貓母一樣，有時袒露上胸，圍著紗郎，嘴嚼檳榔，滿口血紅，走起路來，像蛇一般，像夏威夷女郎一樣妖嬈。

最使人感到奇異的，就是娘惹每天總要花三幾個鐘頭，站在門口，像狩獵一樣，十分注神地東張西望……

她到底在等候什麼人？無人知道。

娘惹的丈夫，據說是在坡下做手工的生意。他所做的是哪一類的生意，我們不曉得。因為他有時可以十天八天不回家來的。

於是就常有陌生的男子到娘惹的房間去了。

娘惹和那些從外面偷偷進來的男人在房裡搞些什麼，我們也無從知道。因為我們住的房間，跟她的有相當距離，因為她的房間雖然時常人來客去，我們不想知道那些閒事，也就不明白娘惹和那些男人到底是什麼關係了。

三

說來是五月前的事。

那時候妻帶著兩個孩子南來，我為了節省家用，決意把家安置在郊外。於是請朋友介紹房子，結果就向半山頂一位稱呼娘惹的女人租了一間小房。地方很狹小，除了安下一張眠床，以及在窗腳放下一隻小桌子外，其餘的一點也不成樣的家私，只得東堆西塞；連一個小書櫥也得釘在壁板上，眠床腳下的木箱也成了臨時的衣櫥。小孩子睡的地方無著，只好破費了叻幣二十五元，請木匠裝釘了一架小吊鋪，草草解決小孩子們睡的地方。

這樣設備的所在就在我的家。

地方雖然很狹小，但太陽下山後，明淨的月兒在椰梢上探頭微笑時，正是我們沖完涼後，於是在夜風習習的樹下，談天說地，倒也十分愜意。因為我感到能得有這樣一個家，確是萬幸。所以那時候，我十分滿意我的家。大約有兩個把月的時間，每當星白月潔，窗外的清風呼呼，我和妻睡在地鋪下，兩個孩子睡在吊鋪頂，我們面對著那富有詩意的夜色，大家喃喃地講述趣味的故事，或者想起故都美麗的情景，實在也歡樂萬分，所以欣喜的情緒，時時瀰漫著斗室。

不料第二個月，我要將租金交給娘惹的時候，娘惹忽然扳著臉孔向我說，她的房間自己要用了，要我在五天內搬遷。我向她要求展緩半個月，她卻斬釘截鐵向我這樣說：

「不准就是不准，自己要用就是自己要用！」

我看到她一點也不能通融了，也頗強硬再答覆她說：

「不准也得等我找呀！」

但，當晚娘惹卻動員了十數位人馬，到亞答屋裡來。其中馬來人也有，孟加里婆也有。男子赤腳露胸，女人撩起紗籠，嘰哩咕嚕大聲叱喝。

「哈咪？教冊先生唔驚拳頭是無？」

「只叻甲！教冊先生呵！……」

……

回想當日，我由朋友介紹來看房子時，娘惹問我幾時搬來居住。我告訴她說候國內的女人到坡後才搬上來。她投著吃人的蠱惑的眼睛向我這樣笑著說：

「亞峇，無要緊，先搬起來企本好……」

如今卻變成像老虎般這麼兇。我看出事情不好，既無理由可講，復受流氓威脅，三十六著，還是走為上著。

……

事後，我探問鄰居的老太婆，問她可知道我們的女房東為什麼這樣急用房間。老太婆笑著這樣告訴我：

「因為娘惹新近認識了一位單身男子，她把房子租給他。」

我明白了這底細後，為了完成她的好事，就決定搬家了。

當夜，孩子都呼呼入睡，我和妻卻老闔不上心的窗檽。

四

第二天，我們搬家了。

新居處是娘惹隔壁林先生的家。

林先生之所以歡迎我們搬過去住。他說我們是讀書人，而且他的房子是空著的。他又說他早就預料到我們不會在娘惹的家居久下去的。因為他知道像娘惹這樣的女人，無論如何是不會怎樣好待讀書人的。無奈他早不認識我們，否則他會告訴我們許多關於娘惹的故事，使我們聽後自然不敢到她的家去租房居住。

但五天後，我終於從林先生家人的口裡知道了娘惹的故事。

娘惹是P城某富翁的獨生女兒，年輕時是一個美麗的女人。

她雖然還有一個至親的胞兄，但他在她六七歲時，早就失踪了。

他失踪的原因是由於和一個走江湖的人做朋友引起的。那一次，一個走江湖的人到她家的紅毛樓外草地做把戲。他看見江湖人一身技藝，很是欽羡，所以把戲歇後，他和江湖人談得很是投機，甚至跟江湖人到旅館去。一連幾天後，他的身上以及手臂已給江湖人用藥水繡上一條條美麗的紋龍了。不久，江湖人離開了P城。而他也跟著宣告失踪了。

娘惹的雙親自從大兒子失踪後，對於僅存在身邊的女兒，就愛得比自己的生命還貴重。為了使女兒的生活過得舒適，特地為她僱用了兩位女傭人，比皇家款待公主的工夫也差不了許多，所以娘惹從小方過著嬌生慣養的生活。不必說家庭裡的工作，她用不著染指，而九歲入學時又是傭人隨緊身邊，因此她由小到長大，心裡從未有發生過不如意的事。因為只要她稍微發惱一下，她所要求的事都能達到目的的。

原來娘惹的父母對於她每次的要求，只要稍微做得到的，什麼都會依從她。就是娘惹十八歲後，懂得交遊男朋友，時常到海邊游泳、拍拖，以及上戲院，到了夜很晚才回家，甚至學跳舞，和男朋友逛遊舞廳，與一些不該是娘惹這時候應有消遣，也從沒有受過家庭的干涉，頂多是當她回來時候受到這樣的：

「My daughter, where are you going?」

被問一句罷了。

原來是做父母的心，對於她這樣僅存的女兒實在疼愛了。

因此二十歲後的娘惹，幾乎變了一副男人性格。她十分瞧不起女人，但卻很喜歡和男人混在一起。所以她穿的褲子就是男裝的牛仔褲；頭髮電的是最新的髮式。當她戴著黑眼鏡和白手套時，純然之西方的牧童女郎了。說得明顯點，宛如現時橫行市上的女阿飛一模一樣。

娘惹踏上廿二歲的那年，她愛上了她對門的李家少爺。李家少爺也十分愛她。於是他和她進行訂婚。

從此娘惹似乎放棄了其他的男朋友，天天和李少爺結成一起，雙方的恩愛，像天上的對對雁鳥，宛如池塘裡的雙雙鴛鴦一樣，很快地他們的愛情就開出美麗的花。

一年後，李少爺動身赴倫敦攻讀法律。

當他要和她分別時，他們有一個美麗的誓約。他告訴她說：他的心始終是愛她的，無論西洋女人如何溫文美麗，他始終不會變心，希望她用功念完九號位的書，等著他回來和她結婚。

娘惹聽完李少爺的交代很是滿意，也安慰他說：就是海枯石爛，她不會變心的。她一定努力讀書，等著他回來。

雖然一個好像聖女，一個宛如勇士……

但李家少爺去倫敦未及一年，娘惹卻勾搭上了另一位陌生男子。而第二年的五六月間，她的肚皮不知道怎樣也一天比一天隆大起來。結果生下來一個男嬰，雖然三天後，那男嬰因未成熟的關係而夭逝，然而李家卻與她解除了婚約。

娘惹從此下嫁了那陌生男子。可是不到一年，當她身邊的嫁妝被那陌生男子騙光後，她就被遺棄了。接著日軍侵略太平洋的戰爭也在這時候發生。她不得不回到雙親的家來。雖然她改過了楊花水性的輕浮舉動，但她那顆實在不能長久安靜的心，一受到情感的風暴侵襲時，輕浮的心免不了又動搖起來了。於是她又嫁了人。新丈夫是一名商人。可是結婚不久，她的丈夫就給日軍發覺出是重慶間諜。結果不但在日軍的刀下犧牲了生命，又連累到她雙親也坐了牢，甚至在坐牢期內害了病丟去生命。她呢？靠著年輕美麗的色相，很快地，就給日軍憲兵隊長收去做戰時夫人了。

三年八個月的漫漫長夜溜過去，接著是日軍投降了。

和平後，娘惹時常出入賭場，她認識了好多男人，於是不久，這女人又換了丈夫。新丈夫是專門搞賭博事業的老粗，性情很暴躁。他用金錢買住了娘惹的心。但娘惹有什麼不能滿足他的慾望時，他就對娘惹賞以老拳。娘惹對於這位硬派丈夫大吃不消，終於又和他分了手，轉嫁給了現任丈夫。

現任丈夫叫陳福。年紀雖四十，做人卻老實。他所以會娶到娘惹這種女人來做妻子，事情說起來也湊巧。

陳福是一位裁縫師，他早已是有婦之夫。家住山頂，他早出晚歸，女人料理家務，看顧孩子。一家三口原是快樂的家庭，不料在和平的信號到來，當人們正在狂歡的時候，他的妻子在醫院忽然病逝了。於是他在悲慟之餘，每天只好帶著兒子在身邊做工。

娘惹身上穿的衣服向來是陳福裁製的。因此她和他搞得很熟，雖然說陳福一向不知道娘惹的身世怎樣，而娘惹也不明白陳福是什麼底細。但他們的交情總由生意的關係搞成很好。

有一天，娘惹從賭場回家，當三輪車經過陳福的裁縫店前時，她忽被汽車撞傷。陳福看見是他的老主顧娘惹，馬上就請了汽車載她到醫院去，並且親自和她料理一切。

娘惹在身心雙重創傷的苦悶下，看到陳福對她這樣體貼入微，自也有一番不尋常的感覺。所以出院後，為了表示對他的一番感激，就時常到他的裁縫店去，藉著幫助他看顧孩子為理由，久而久之對他就生起了愛慕的心了，而陳福為了家庭上的需要，也很快地接受了她的意思，於是經過一些時日後，他們便宣告同居了。

娘惹住到陳福的家裡去後，除了看顧他的孩子外，別無事事，生活十分清閒。因為陳福是一位很會體貼妻子的人，加以遲出早歸，所以他們初時的生活過得十分滿意。

幾個月後，馬來亞的膠錫價好轉，裁縫事業也隨著發達，這時候陳福因業務上的關係，不得不早出晚歸了。可是娘惹因一時不慣於寂寞，所以很不滿意丈夫的晚歸，就時常口出怨言了。

陳福明白了娘惹的苦悶，就和她商量把空下的一間房子租出去。他向她表示：與其說是潛意識得到一點租金的收入，倒不如說是為著增加房子的熱鬧，而企圖驅走她心中所埋怨的寂寞。娘惹對於丈夫的主張當然感到滿意。

就這樣，他們的房子開始租給房客了。

第一任的兩位房客都是青年。他們是陳福的親戚。為了在學校居住感到不便，就租居到他的家來。但不上一學期，這兩位青年學生看出娘惹對待他們的行動太過肉麻，所以他們搬走了。

第二任房客是一對青年夫婦，據說也是陳福的親戚。但他們也住不上兩個月就住不下去。原因是青年的妻子，時常發覺丈夫與娘惹的行動有點異樣。所以親自向陳福辭租，勸令丈夫遷居他處。

第三任房客是一位單身女人。但那位女人因為好管娘惹的閒事，結果不上個把月卻給娘惹趕了出去。

第四任房客與第五任的房客，也都是因事住不上一兩個月就遷居了。

很多房客，之所以住不到個月就不能居住下去，關於其中詳細的原因，陳福後來不但完全明白，連娘惹這女人過去的身世，一點一滴，他也完全知道了。於是造成了他對娘惹這女人感到無味，而在心灰意冷下，甚至不願意天天回家去了。

由於陳福的少回家，娘惹的浪漫生活因此更加放縱了。所以今日有陌生男子到她房裡去，明日也有人從她的房裡溜了出去，並不是沒有原因的。

五個月前，娘惹為了掩護她那不正當的行業。自己出主意又把房子租了出去。最近幾天，她之所以會那麼急切地要把房子收回來，原因是她新近多認識了一位單身的男子，據說那男子對她很有情，又說她和他還合作經營一宗事業呢！所以娘惹才急急要將那租出去了的房子收回來。

……

五

我明白了娘惹的身世和做人的態度後，對於她那蛇般的腰，以及那張妖嬈的臉，感到駭異。同時也為她那將近到來的末日更感到可怕。因為我時常看見那位和她很要好的男子，總是鬼鬼祟祟地和娘惹，像狩獵一樣常常站在門口東張西望……

六

昨天早晨。

當我牽著腳車要落坡上課時，我看見娘惹那心愛的男人，引著一位面貌哀怨的青年女郎出去，背後又跟著一位衣冠楚楚的中年男子。那男子時常把頭翻過來看人，我發現他的眼睛像賊一樣凶，我也看見娘惹站在門口，對著他們怒目恨視。

昨天晚上，娘惹為什麼會將她心愛的男人殺死後而自殺呢？

今天早上一部分理由，就由這個在昨天早晨，跟隨著那面貌哀怨的年輕女郎後面，而時常翻過面來看人，有著一對賊眼的中年男子說出來了。

原來他們是經營販賣少女以及零售人肉的集團。

至於娘惹所以會把她心愛的男人殺死，據說他是愛上了那面貌哀怨的年輕女郎。

而這個被娘惹殺死了的人到底是誰？

今日當娘惹的一位至親的嬸母來看他的屍身時，才發覺到這人原來就是娘惹六七歲時，失踪去的胞兄亞峇。

因為他的面貌以及身上的紋龍，一點一滴完全給他的嬸母認出來了。

寫於一九五〇年四月五日

馬華文學獎大系08　PG0800

爸爸過劫

——方北方小說選集

作　　者	方北方
主　　編	潘碧華、楊宗翰
責任編輯	鄭伊庭
圖文排版	邱瀞誼
封面設計	王嵩賀

出版策劃	釀出版
製作發行	秀威資訊科技股份有限公司 114 台北市內湖區瑞光路76巷65號1樓 電話：+886-2-2796-3638　傳真：+886-2-2796-1377 服務信箱：service@showwe.com.tw http://www.showwe.com.tw
郵政劃撥	19563868　戶名：秀威資訊科技股份有限公司
展售門市	國家書店【松江門市】 104 台北市中山區松江路209號1樓 電話：+886-2-2518-0207　傳真：+886-2-2518-0778
網路訂購	秀威網路書店：http://www.bodbooks.com.tw 國家網路書店：http://www.govbooks.com.tw
法律顧問	毛國樑　律師
總 經 銷	聯合發行股份有限公司 231新北市新店區寶橋路235巷6弄6號4F 電話：+886-2-2917-8022　傳真：+886-2-2915-6275

出版日期	2012年8月　BOD一版
定　　價	490元

Printed in Taiwan

國家圖書館出版品預行編目

爸爸過劫：方北方小說選集 / 方北方著. -- 一版. -- 臺北市：釀出版, 2012.08
面； 公分. --（語言文學類；PG0800）
BOD版
ISBN 978-986-5976-61-3（平裝）

857.63 101015201

讀者回函卡

感謝您購買本書，為提升服務品質，請填妥以下資料，將讀者回函卡直接寄回或傳真本公司，收到您的寶貴意見後，我們會收藏記錄及檢討，謝謝！如您需要了解本公司最新出版書目、購書優惠或企劃活動，歡迎您上網查詢或下載相關資料：http:// www.showwe.com.tw

您購買的書名：______________________________

出生日期：________年________月________日

學歷：□高中（含）以下　□大專　□研究所（含）以上

職業：□製造業　□金融業　□資訊業　□軍警　□傳播業　□自由業

□服務業　□公務員　□教職　□學生　□家管　□其它_____

購書地點：□網路書店　□實體書店　□書展　□郵購　□贈閱　□其他

您從何得知本書的消息？

□網路書店　□實體書店　□網路搜尋　□電子報　□書訊　□雜誌

□傳播媒體　□親友推薦　□網站推薦　□部落格　□其他__________

您對本書的評價：（請填代號　1.非常滿意　2.滿意　3.尚可　4.再改進）

封面設計____　版面編排____　內容____　文／譯筆____　價格____

讀完書後您覺得：

□很有收穫　□有收穫　□收穫不多　□沒收穫

對我們的建議：______________________________

____

____

____

請貼
郵票

11466
台北市內湖區瑞光路 76 巷 65 號 1 樓
秀威資訊科技股份有限公司 收
BOD 數位出版事業部

(請沿線對折寄回，謝謝！)

姓　　名：________________ 年齡：________ 性別：□女 □男

郵遞區號：□□□□□

地　　址：____

聯絡電話：(日) ________________ (夜) ________________

E-mail：____